O Poema dos Lunáticos

ERMANNO CAVAZZONI

O Poema dos Lunáticos

ROMANCE

Tradução
Ana Maria Carlos

Ateliê Editorial

Título do original italiano
Il Poema dei Lunatici

A publicação desta obra contou com contribuição
do Ministério das Relações Exteriores da Itália.

Dados Internacionais de Catalogação na Publicação (CIP)
(Câmara Brasileira do Livro, SP, Brasil)

Cavazzoni, Ermanno
O poema dos lunáticos: romance / Ermanno Cavazzoni; tradução Ana Maria Carlos. – Cotia, SP: Ateliê Editorial, 2005.

Título original: Il poema dei lunatici.
ISBN 85-7480-246-8

1. Romance italiano I. Título.

05-2119 CDD-853

Índices para catálogo sistemático:
1. Romances: Literatura italiana 853

Direitos em língua portuguesa reservados à
ATELIÊ EDITORIAL
Estrada da Aldeia de Carapicuíba, 897
06709-300 – Granja Viana – Cotia – SP
Telefax (11) 4612-9666
www.atelie.com.br / e-mail: atelie_editorial@uol.com.br

2005
Impresso no Brasil
Foi feito depósito legal

SUMÁRIO

APRESENTAÇÃO

"Não sei bem o que a realidade é, as coisas literárias são coisas que produzem realidades e, então, a realidade vem depois da coisa literária." Esta afirmação é de Ermanno Cavazzoni, autor italiano contemporâneo, cuja obra mais famosa – *O Poema dos Lunáticos* – recebeu na Itália o prêmio Arcangeli, tendo sido ainda traduzida em várias línguas, inclusive em japonês. A escrita de Cavazzoni, como grande parte da escrita que vem sendo produzida desde a segunda metade do século XX, configura-se como uma escrita metaliterária. Observamos nela uma preocupação constante em apontar para a especificidade da própria literatura, para um valor que lhe seja próprio. Num universo como o nosso, que tende a uma padronização do imaginário, a literatura apresenta-se cada vez mais como o lugar apropriado para a exploração da multiplicidade dos sentidos do real. Cavazzoni parece-nos que compactua com a idéia de Italo Calvino de que o desafio imposto ora à literatura é o de "saber tecer em conjunto os diversos saberes e os diversos códigos numa visão pluralista e multifacetada do mundo"[1]. Sua preocupação em identificar a pluralidade de "verdades" possíveis em qualquer sistema de signos vem percorrendo a sua produção desde o início. O título de seu livro de estréia indicava já esse interesse: *Guida alla lettura del quotidiano. Lo studio dell'italiano in un corso 150 ore* [*Guia à Leitura do Jornal. O Estudo do Italiano em um Curso de 150 Horas*], de 1976[2], tinha a proposta, segundo Luciano Morbiato, de "desmontar o mecanismo da notícia de jornal através de exercícios que levassem a um novo texto: a notícia não falsificada"[3]. Como estratégia para a desmontagem-remontagem da lógica das verdades "falsificadas", Cavazzoni não raras vezes recorreu à linguagem do *nonsense.* Invertendo, através dela, a visão "oficial", carregou a fala de suas personagens com uma loucura que aponta, a todo momento, para sentidos inusitados da história, da filosofia, da religião. E estabelece, assim, através da literatura, novas conexões, ligações que o mundo dito real parece ter perdido. Ou falsificado.

Em 1986, junto de Gianni Celati, Tonino Guerra, Antonio Tabucchi e outros, participa da obra *Esplorazioni sulla via Emilia, Scriture nel paesaggio* [*Explorações na Região da Emilia, Escrituras na Paisagem*] apresentando o conto "Acque dei pozzi", que já trazia como protagonista o "lunático" Savini, personagem que continuará sua "existência" em *O Poema dos Lunáticos.*

Em entrevista a Luciano Nanni, Cavazzoni expõe uma outra característica da sua obra, que é a busca pelo "absurdo verossímil":

1. *Seis Propostas para o Próximo Milênio: Lições Americanas*, São Paulo, Companhia das Letras, 1990, p. 127.
2. Rimini, Firenze, Guaraldi.
3. "Ermanno Cavazzoni", em *Lettera dall'Italia*, Roma, Istituto della Enciclopedia Italiana; 28: 7-8, ottobre/dicembre 1992.

> [...] o previsível, o não absurdo, é pouco surpreendente; também Frassineti, e outros autores que citei a vocês, são autores próximos (sim, pode-se dizer) do absurdo, mas do absurdo verossímil (neste momento não sei defini-lo melhor), o gosto pelo excesso, pela situação impossível, mas que se torna narrável[4].

E é esse "absurdo verossímil" a tônica mesma de seu livro mais famoso. As personagens de *O Poema dos Lunáticos* entabulam diálogos "loucos", criados dentro da "lógica" do *nonsense*, indicando uma tendência de Cavazzoni para exercício lúdico. Da exploração da literatura enquanto jogo será fruto o *oulipiano*[5] livro *I setti cuori* [*Os Sete Corações*][6], no qual o autor, junto com alguns de seus alunos, escreve sete versões "degeneradas" de um dos contos que integram o livro *Cuore* [*Coração*] (1886), de Edmondo de Amicis. Antes deste, em 1991, Cavazzoni havia publicado o livro *Le tentazioni di Girolamo* [*As Tentações de Jerônimo*][7], romance que, seguindo os passos já trilhados no conto "A Biblioteca de Babel", por Jorge Luis Borges, e no romance *O Nome da Rosa*, por Umberto Eco, tem como cenário uma biblioteca. Além dos textos de Borges e de Eco, muitos outros são citados no romance cavazzoniano. Retomando o tema do livro enquanto metáfora do mundo, esta obra apresenta constituição metaliterária e construção baseada na intertextualidade. Ao se preparar para um exame, o protagonista

4. "Il corpo narrante: incontro con Ermanno Cavazzoni", *Parol* 14, http://www.unibo.it/parol/files/cavazzoni.htm.
5. Referimo-nos ao "Oulipo" (Ouvroir Littérature Potentielle), grupo criado em 1960 por François Le Lionnais, e que tinha como proposta a renovação da composição literária por meio de jogos combinatórios com a linguagem.
6. Torino, Bollati Boringhieri, 1992.
7. *Idem*, 1991.

passa uma noite encerrado entre os livros de uma biblioteca. Porém, não consegue encontrar nunca o que procura: um ensandecido bibliotecário-chefe traz-lhe livros que não pediu, livros em que faltam páginas, livros cujos conteúdos são diferentes do que os títulos sugerem. Como se não bastasse, a biblioteca é povoada por seres estranhos, que invariavelmente impedem o protagonista de concentrar-se e de continuar sua leitura, tal como o São Jerônimo a que alude o título.

Em 1994, Cavazzoni publica o livro de contos intitulado *Vite brevi di idioti* [*Vidas Breves de Idiotas*][8]. Nessa obra o autor faz uma análise das loucuras do homem comum, diagnosticadas como "idiotias". Na contracapa, a explicação:

> Ainda que todas as vidas sejam invadidas por uma sutil idiotia, algumas são dotadas de uma idiotia exemplar, que deveriam ser mostradas às crianças e tomadas como exemplo.

Nessas "idiotias exemplares" são retratados desde o pintor que não entende a própria pintura – e que tem como par complementar o crítico que não compreende as palavras da crítica que faz – até um homem que, em virtude do agravamento de sua úlcera, passa a não reconhecer mais seus familiares, acreditando que aquelas pessoas que coabitam sua casa são, na verdade, refugiados albaneses.

"Parece que a atividade espiritual de ler, ao se fazer cada vez mais incorpórea, silenciosa e solitária, tenha ficado também sumariamente malsã; e induza a uma putrefação mais célere dos corpos." Assim se inicia a obra seguinte, *Rivelazioni sui purga-*

8. Milano, Feltrinelli.

tori [*Revelações sobre os Purgatórios*], pequeno livro ilustrado com pinturas de Walter Gasperoni, Enzo Fabbrucci e Gilberto Giovagnoli, no qual Cavazzoni novamente abordará o tema da escritura como leitura.

Em 1999, Cavazzoni publica mais um romance – *Cirenaica*[9] –, cujas personagens habitam uma onírica cidade-purgatório onde tudo é falso, e onde o cinema local exibe infinitamente o mesmo filme, "Cirenaica", velha obra reduzida a pedaços. A vida desses personagens parece-lhes completamente estranha: até as palavras que usam dão-lhes a sensação de terem sido "emprestadas". Na página inicial do livro, o narrador, sob a máscara do autor, avisa que o original datilografado e anônimo do que se irá ler, definido como "memórias", havia sido encontrado por ele no chão da estação ferroviária de Milão. E, nesse jogo de falseamento, Cavazzoni retoma aqui seu tema mais caro, que é o do tênue limite entre realidade e ficção.

Gli scrittori inutili [*Os Escritores Inúteis*][10], sua obra mais recente, nascida do mesmo hilariante veio de que antes brotara *Vite brevi di idioti*, é uma espécie de manual para quem quer se tornar um escritor inútil. Parodiando as inúmeras escolas e obras sobre escritura criativa, segundo os critérios da narrativa potencial oulipiana, combina os sete pecados capitais com as sete eventualidades da vida:

> Uma escola de escritura que se respeite introduz o aluno ao vício; por isso é formada por sete docentes, sendo sete as matérias ensináveis. Para compilar o pequeno manual que segue, um aluno principiante sub-

9. Torino, Einaudi, 1999.
10. Milano, Feltrinelli, 2002.

meteu-se a sete aulas (de luxúria, gula, avareza, preguiça, inveja, ira e soberba), as quais foram fielmente transcritas de modo a que qualquer um, no futuro, possa usufruir delas livremente.

Não é fácil também tornar-se inútil, por mais que se estude, que se aplique e que se esforce; a menos que a vida, com suas eventualidades, venha ajudar. E apurou-se que as eventualidades são sete: as escolas que freqüentamos, as famílias que nos acolhem, os vexames que sofremos, as esperanças desfeitas, os fantasmas que nos visitam, os vagabundos em que nos tornamos e as demências das quais não escapamos.

Se combinarmos os vícios com as eventualidades teremos exatamente quarenta e nove casos possíveis, que são aqueles aqui recolhidos e ordenados. (p. 9)

Nesse irônico elenco encontraremos, por exemplo, o escritor que vive embaixo da escada de outro escritor de quem tornou-se escravo ("Verduras Estragadas"); escritores em desuso mantidos pelas editoras para ler e avaliar as obras que chegam, que têm seus nomes em segredo para que não corram o risco de serem corrompidos com dinheiro ou chantagens sexuais pelos aspirantes a escritores ("Escritores em Desuso"); a cooperativa de escritores maltratados e nunca publicados que tem como par complementar a revista de crítica especializada em escritores maltratados e nunca publicados, lançada por críticos considerados incapazes pelas revistas de crítica ("Cooperativa Mediante Pagamento"); o incrível aumento de escritores registrado em determinadas épocas, nas quais a sociedade civil desaparece, "ou se refugia exasperada além-mar", uma vez que o número de escritores é tão grande que constitui a totalidade da população ("Hipertrofia Escritural"). Livro sobre escritores, sobre o mercado editorial, sobre a crise, enfim, por que passa atualmente a literatura.

Ermanno Cavazzoni nasceu em 1947, na região da Reggio Emilia. Atualmente é professor de Estética na Universidade de Bolonha. Além da produção literária, Cavazzoni também dirige, junto com Gianni Celati e Stefano Benni, a revista *Il semplice* [*O Simples*], uma publicação da editora Feltrinelli, de Milão. Como toda revista, também essa, nas palavras de Luciano Nanni, "é guiada por uma idéia acerca da arte de que se ocupa; no caso, um tipo particular de escritura narrativa muito marginal e transgressiva com relação à literatura oficial". É o próprio Cavazzoni quem tentará explicar do que trata *Il semplice*:

> [...] a revista tinha mesmo a idéia, pequeno paradoxo, de não ter idéias. A palavra "simples" foi pensada em dois sentidos: antes de mais nada, havia um amor especial de quem a tinha criado pela prosa "simples"; é sempre difícil indicar qual seja a prosa simples, mas nos parecia que fosse a prosa que não adota o modo de escrever que nós costumamos chamar de "literariês", análogo a uma outra língua que podemos chamar de "tradutoriês". [...] às vezes, quando se lê uma linha de prosa literária, se reconhece instantaneamente que aquele que a escreveu tinha a intenção, a partir já da primeira sílaba, de escrever algo de "literário", e isto é um jargão, uma espécie de desvio pelo desejo de se fazer reconhecer como autor literário; é como se fosse uma espécie de sinal: "aqui se está escrevendo na forma de ficção literária". [...] Depois, em segundo lugar, para explicar o título da revista, os simples eram as ervas medicinais; a palavra deriva do latim *medicamentum simplex*, as ervas que os frades cultivavam nas hortas, para fins curativos, as ervas medicinais, que na terminologia médica tinham se tornado os simples. Havia a vontade de sublinhar a virtude terapêutica das coisas literárias. [...] Ler, assim como escrever, têm freqüentemente uma função curativa, ajudam um pouco a sarar[11].

11. *Parol* 14, *op. cit.*

Cada novo número da revista traz um elenco dos gêneros possíveis de serem ali encontrados. No número 6, por exemplo, publicada em 1997, encontraremos nessa lista desde "Autobiografias de Símios" a " Discursos sobre o Método", passando ainda pelas "Histórias de Dois que Sabiam Ler um o Pensamento da Outra, só que um Era um Leitor Veloz como um Raio e a Outra uma Leitora Lenta como uma Tartaruga", ou pelas "Descrições Circunstanciadas pela Eternidade". Apesar do tom paródico do catálogo que introduz os textos da revista, o que veremos ali impresso serão fragmentos das obras de escritores consagrados, como William Blake, Giorgio Manganelli, Samuel Beckett, Sören Kierkegaard, entre outros.

Nesta rápida passagem pela narrativa cavazzoniana procuramos indicar algumas das características que vêm se repetindo em sua obra desde o início. Acreditamos que, em sua produção, o mais marcante seja mesmo a exploração do *nonsense*, forma que ele explora com a finalidade de provocar aquela sensação de estranhamento que toda arte procura causar.

Cumpre ainda registrar que *O Poema dos Lunáticos* serviu de base para o filme *A Voz da Lua*, de Federico Fellini, que contou com a colaboração do próprio Cavazzoni na realização do roteiro. Sobre a influência que o diretor italiano exerceu sobre ele, disse Cavazzoni, em entrevista a Osvaldo Guerrieri:

> Foi um belo encontro, tornamo-nos muito amigos. Fellini me parecia um cabo-de-guerra do nosso tempo. Fazia os filmes assim como, há certo tempo, se conquistavam as cidades. A comparação agradava-lhe.

Certamente mudou minha vida. [...] Foi um incentivo para que trabalhasse melhor[12].

Essa amizade talvez tenha surgido porque ambos apresentam em suas obras um traço bastante semelhante: a aproximação entre a comédia e a poesia. Para Fellini,

> a comédia é, entre todas as formas de espetáculo, aquela que mais se avizinha da poesia porque, reinterpretando a realidade, faz uma releitura dos sentimentos, desnaturando a natureza. Ela permite que inventemos, que não nos limitemos à crônica, às aparências. Em suma, é a fantasia e eu, embora na época do Neo-realismo fosse visto de forma distorcida por essas minhas afirmações, acredito sobretudo na fantasia. Criar é inventar, não copiar. E com a comédia, com o humor, é possível inventar muito melhor[13].

Para o crítico Filippo La Porta, *O Poema dos Lunáticos* parece até ter sido escrito com o propósito mesmo de se tornar um filme de Fellini, por apresentar

> [...] mulheres transbordantes e insaciáveis [...]; ou mulheres mitológicas, metade damas e metade agressivos galos monteses [...]; uma figuratividade alucinada e um senso barroco de mundo como palco; a proliferação de tipos extravagantes e obsessivos; a idéia da viagem fabulosa (para dentro do inconsciente ou para dentro da loucura); até mesmo um certo gosto, que sempre percorreu o cinema felliniano, pelas histórias curtas e pelos fragmentos narrativos[14].

12. *La stampa*, Torino, 7 giugno 1998, p. 3.
13. *A Voz da Lua*, Porto Alegre, L&PM, 1990, pp. 16-17.
14. *La nuova narrativa italiana: travestimenti e stili di fine secolo*, Torino, Bollati Boringhieri, 1995, p. 63.

É através da fantasia e da imaginação que Cavazzoni constrói sua obra, num jogo incessante que procura desmontar os lugares comuns de uma realidade estagnada. Escrever um romance, para ele, "requer muito empenho, provoca ansiedade, faz com que você passe momentos em que se sente estúpido. Escrever é como fazer polenta: você deve mexer e mexer e, depois, servir"[15].

15. *La stampa, idem.*

O Poema dos Lunáticos

ADVERTÊNCIA

come gli mostra il libro che far debbia;
e si sciolse il palazzo in fumo e in nebbia.

[como lhe mostra o livro o que fazer devia;
e dissolve-se o palácio em fumo e em névoa.]

ARIOSTO, *Orlando Furioso, XXII, 23*

Os casos que aconteceram comigo, tenho ainda que entender, e não parei de refletir sobre eles.

Eu mesmo, aquilo que fiz e as conversas que tive, em certos momentos difíceis, não sei como poderia defini-los. Por isso, eu os submeto à atenção de qualquer um que os entenda. Depois veremos.

Dizendo isso, fico mais tranqüilo, e da minha parte não digo mais nada, a não ser os fatos como me pareceram.

1

OS FATOS COMO ME PARECEM

Houve, no início, essa coisa muito estranha que, provavelmente, ninguém acreditará, mas existem escritos em garrafas no fundo dos poços.

O que significa, me perguntei, colocar em um poço uma mensagem em garrafa, como faria um náufrago no mar. E sempre fiquei muito perplexo com isso.

É freqüente, porém, nas campinas, disseram-me, encontrar nos poços cartas, bilhetes, cartas ameaçadoras ou rabiscos tampados, dentro de uma garrafa. E há coisas ainda mais extravagantes, que se vê boiar na superfície.

Esse fenômeno ninguém sabe explicar. Ou melhor, muitos acreditam que a água dos poços seja comunicante no subsolo e que na campina, freqüentemente, se ouvem vozes ou lamentos vindos dos poços e, às vezes, até chamar pelo nome.

É difícil talvez de acreditar, mesmo que a coisa seja reconhecida e comum. Mas aqui diziam que as vozes são como as garrafas, e que não se entende nem uma nem outra. Poderiam ser superstições, em um certo sentido.

De qualquer modo, comecei a vagar no final de agosto, mas assim, com poucas esperanças. Ou seja, eu tinha alguma esperança, mas não dizia. E segui, como direção, a linha à beira das montanhas que atravessa também algumas cidades.

Alguém me disse que encontraria somente água, mas não foi bem assim.

Experimentando pescar, encontrei no início ferro, no fundo, garfos velhos, anzóis, tudo muito enferrujado. Em Salvaterra, encontrei o cabo de uma carreta, e até o camponês que me ajudava espantou-se.

Ele me disse também que próximo ao poço costumava ficar uma velha, no passado. Sentava-se ali para lavar chicórias, e era como se o poço conversasse com ela. E não era só isso. Quando se punha a falar, os seus braços pareciam-lhe dois pedaços de corda, e não podia segurar nem uma chicória.

Eu escutei sem dizer muita coisa. Depois, pescamos um imã estragado e alguns anéis de latão, eu acho.

Depois também, enquanto andava a esmo, disseram-me que encontraram certa vez um comício em uma garrafa. O comício de uma socialista, ou quase.

Não sabia se acreditava. A menos que seja verdadeira essa rede de água subterrânea. Pareceu-me que, no campo, concebam os poços como se fossem alçapões, e que a campina seja uma espécie de crosta. Vivem sobre ela por hábito, mas também com ceticismo, eu diria.

Depois, de vez em quando, acontece o transbordamento de um poço, isto é, a água chega até em cima e sai, ou chega quase até a borda e ondula. As garrafas que estão ali vêm à tona. Vêm à tona a madeira e as coisas leves. Todo o ferro e as substâncias minerais, ao invés, permanecem no fundo.

Isso me contaram. A água dos poços, disseram-me, sente muito a lua; há como uma maré que sobe e desce lentamente. Ouvem-se chiados ou respiros, quando a água volta a baixar, e são mais lamentosos durante os quartos-minguantes.

É por prudência, acho, que fecham os poços à noite, porque às vezes sobe uma umidade, ao amanhecer, que perturba o sono de todos. Soube até mesmo que, se quiser, o poço comanda os sonhos, fazendo-os bonitos ou feios segundo o seu capricho, ou segundo as suas preferências. Mas não sei quanta verdade há nisso.

Uma senhora em Selvapiana, quando cheguei, mostrou-me o seu poço, com a água no fundo, a cobertura e a roldana.

Diz que ainda o usam de vez em quando, mas que é mais cômoda a água encanada.

Diz que desde menina ficava impressionada com ele, porque ressoava e fazia eco; depois começou também a falar com ela. Dizia frases gentis. Eram frases truncadas e de pouco significado. E diz que não gostava de não entender direito. Assim uma pessoa passava a tarde toda atenta somente ao poço, e mesmo quando andava pelos campos tinha na mente o poço, e continuava a escutar nos ouvidos as suas frases.

Mas sua irmã escutava coisas ainda mais estranhas, que eram murmúrios perto do ouvido, tanto que ficava sempre preocupada, quando puxavam água para cima. Depois fez com que a descessem com a corda do balde. Permaneceu lá embaixo muito tempo antes de gritar: levem-me para cima. Não quis dizer nada depois.

Eu não sei que história é essa ou se são brincadeiras.

Visitei esse poço. Fica no quintal, comum, com uma cobertura.

Vieram ao meu redor todas as pessoas da casa e das casas vizinhas. Jogamos uma rede que trouxe um lagarto. Por isso, mais do que qualquer outra coisa, a gente riu.

Um peão perguntou se eu era do serviço de água e esgoto. Disse que não, mas que viajava pela secretaria de higiene. Disse por dizer. Depois me dei conta de que aquelas duas irmãs estavam na entrada da casa e se balançavam um pouco para os lados. Pareceu-me que a cabeça delas balançava também. Provavelmente, o poço estava contando alguma coisa para elas. Uma disse que devíamos ir embora, porque a água agora resmungava e elas não gostavam de ouvir isso.

Soube que se chamavam Carboni, as irmãs Carboni. Eram as duas solteiras, mas todos diziam que o poço servia de marido para elas.

Essas pessoas fizeram-me ver, depois, onde volta a beber, de vez em quando, Taddei Filippo. Ele caiu no poço uma vez porque de baixo alguém o havia chamado. E desde então não quis mais morar em sua casa, mas fica nos arredores, dentro das valas e vigia sua família: quem chega, quem parte. Vigia o pai cultivando a horta ou vigia a mãe. Geralmente, fica dentro de um buraco e olha os camponeses e a lida no campo.

Este é Taddei Filippo; mas não estou muito certo que exista de verdade.

Levaram-me pelos campos para ver algumas covas, disseram que são as suas tocas. Depois me fizeram ver os prados, algumas canaletas. Diziam que, agora, ali morava Taddei Filippo. Depois me fizeram ver uma vinha, algumas plantações de acelga, uma estaca.

À distância, vi então alguém correndo e todos gritaram atrás dele: "Filippo, Filippo". Disseram-me depois: "Era ele, era Taddei Filippo correndo".

Mas não sei o que dizer sobre essa história, nem mesmo se é verdadeira.

De vez em quando, vai escondido beber a água de sua casa, depois volta para o meio do trevo. No verão, é visto no milharal, ou melhor, se o milho se move dizem que é ele que fez o ninho junto dos faisões.

É velocíssimo correndo. É visto só por um instante, como uma flecha, de uma sebe a outra. E todos gritam, mesmo as mulheres, que têm como que medo que lhes suba pela roupa. De qualquer forma, tem tamanha velocidade, quando aparece e desaparece, que faz rir de verdade, e não se tem tempo de distingui-lo bem e dá vontade de gritar-lhe alguma coisa, para incitá-lo e também para assustá-lo.

Para mim foi uma surpresa, e gostei muito.

Quando parti, acho que esse estranho senhor Filippo estava dentro de um palheiro, porque vi poeira e vi faiscar alguma coisa, que podia também ser só um coelho ou um peru.

Eu, ao olhar o campo, pensei que levar um vida escondida não é simples nessa região, porque existem poucas árvores. Alguém que tenha a vocação de Filippo, de ser assim clandestino, deve forçosamente se tornar velocíssimo, senão o vêem em todos os lugares.

Depois me pareceu ouvir esse Filippo em um olho d'água quando já estava distante das casas. Fui olhar, mas havia lá rãs tranqüilas em meio a uma touceira de caniços. Ria comigo mesmo, porque Filippo podia também não ser nada. Alguém vê a relva mexer-se e pensa: "deve ser Filippo." Alguém vê alguma coisa à distância, ou mesmo sente um sopro de vento, junto com um sussurro, e pensa que é ele, Filippo. Assim fiquei imóvel por uns momentos escutando, e não se ouvia nada em lugar nenhum, talvez só alguns frangos.

Bem, não sei como dizer, parecia-me que quem estava calado era Filippo, e era bem estranho.

Depois vi uma oscilação atrás das canas, mas sabe-se lá o que era, e as rãs saltaram. Mais adiante, os frangos se agitaram e, já no fundo, bem distante, vi uns melros levantarem vôo. Quem entende essa campina? esse Taddei Filippo?

Depois, parei um pouco aqui, um pouco lá; não sei mais dizer ao certo. Essa campina é lisa como o óleo e, no máximo, possui árvores, relva, valas, canais. Depois, há as estradas: existem as asfaltadas e as não asfaltadas, e das estradas vê-se o campo ao redor. A perder de vista, geralmente. Isso eu lembro de ter sempre notado.

E, ainda nessa época em que seguia estas minhas idéias e estas vozes, fui bem acolhido, eu me lembro, por um arcipreste.

Entramos em acordo, justamente, para investigar o poço.

Ele diz que o poço o mantém acordado de noite. Uma vez ouviu rezar a novena mas, em geral, ouvem-se muitas vozes e, principalmente, me dizia, falatórios e bobagens. Geralmente ouve também coisas dirigidas a ele, com expressões horríveis e ofensivas. O poço lhe diz: você é isso e aquilo; você fez isso e aquilo. Um poço deveria ser mantido fechado e vigiado, segundo ele, para que os rapazes e as moças pudessem se aproximar dele. E seria melhor, dizia, ter algumas fontes ao invés dos poços.

Eu fiquei nessa casa paroquial por dois dias e meio. É uma pessoa estranha esse Dom Solimano. Parece sempre distraído por algum outro pensamento. Por exemplo, reza a missa como um irado. Aqui talvez acreditem que se reze missa assim. Mas dá um pouco de medo a missa dele, porque é toda confusa, e ele fica nervoso. Vi que abria o sacrário e tentava colocar lá dentro a estante, que não cabia. Depois me olhava atravessado, e creio que me interrogasse com os olhos. Os sacristãos ficavam assustados, e ele fazia sinal para que mudassem alguma coisa de lugar. Não sei de onde veio essa idéia, de colocar a estante junto com as hóstias, que não existe em ritual nenhum.

Eu via que, na sua missa, não havia calma. Às vezes, cantava o *confiteor* levantando muito a voz e os sacristãos corriam para pegar o missal porque se via que o tom de voz queria dizer isso. Depois rodava com os braços abertos, para dizer o *oremus*, e fazia, porém, pequenos acenos para mim ou para alguém que estava atrás. Eu me virava para olhar, mas não dava para ver quem era. Também tive a impressão de que não fosse nem mesmo um culto cristão, porque mantinha as mãos todas contorcidas, e nunca tinha visto coisa igual.

De qualquer forma, nunca o perdi de vista durante essa missa a que fui assistir por cortesia. Acho que os sacristãos não estavam muito treinados ou não se entendiam muito bem. Num certo momento, quiseram tocar uma sineta, enquanto ele transitava ainda no altar. E criou-se, então, uma grande incerteza em todos. Alguns olhavam para o chão. Eu, porém, seguia a cena. Dom Solimano desceu os degraus e tinha gestos de raiva. Um sacristão olhava as pessoas, para entender, eu acho, em que ponto estava a missa. Eu diria que houve, então, uma espécie de elevação, mas era como se dom Solimano quisesse alçar vôo, com grande espanto dos clérigos, que eu poderia jurar que estavam rindo, e das mulheres.

Depois, as pessoas cantaram e eu tinha medo que acabassem brigando ali no altar. Mas a missa, aos poucos, foi acabando e saímos todos como se nada tivesse acontecido.

Não sei porque, mas aqui me chamavam de Roteglia; que não quer dizer nada. E dom Solimano pensava que eu fosse uma espécie de cobrador de impostos. Eu queria falar do poço, mas ele não, ficava me pedindo conselhos e dizendo: "Roteglia, avalie o senhor mesmo como estão as coisas". Eu dizia: "Do que se trata?" Mas ele não queria falar nada a respeito. E passamos duas noites em silêncio.

Quando fui embora, entendi que esse dom Solimano possuía algum segredo que o perturbava continuamente. Principalmente por eu não ser cobrador e não me chamar Roteglia.

A partir desse momento, porém, eu não era mais um desconhecido. Tinha uma pequena fama que me precedia.

Eu entrava em um quintal já quase em meio ao júbilo; e diziam que tinham passado os poços por uma peneira. Mostraram-me um sapato que pescaram e uma enguia, em Pratofontana. E faziam brincadeira com isso, porque aquilo que sai dos poços faz rir também, freqüentemente.

Mostraram-me as hortas. Irrigavam-nas com o poço, diziam. E isso era importante, segundo eles.

Não sei quantos dias passei nessa espécie de exploração. Lembro-me que, de manhã, ainda se podia ver a lua; depois, pouco a pouco, ela foi diminuindo e não foi mais vista.

E fazia calor mesmo de noite, de não se conseguir dormir.

Eu não sei como dizer: sempre meio sonolenta, a minha cabeça tinha uma idéia fixa, naquela época. Dentro dela ficavam girando umas cantilenas e eu ficava repetindo tudo aquilo que as pessoas me contavam até que tudo se confundia.

De modo que era uma época feita assim; e a seqüência mais aventurosa ainda estava por vir.

Aconteceu, também, a partir de um certo momento, de me tornar na prática, sem querer, inspetor. Isto é, eu tinha conseguido uma colocação. Não sei bem dizer onde estava e, quando perguntei se havia poços, diziam: "Ah! finalmente! Estávamos esperando pelo senhor".

Diziam que eu era o inspetor de saneamento, o inspetor Savini.

De minha parte, não disse que não, para não complicar.

Andamos então pelos terrenos saneados, que pareciam ser de minha responsabilidade; e aprovei a irrigação dos campos e o dique que represa a água. Depois chegamos ao canal. Eu o examinei; examinei o açude e as plantações que havia ali. Indicaram-me uns álamos e uma casa além do açude.

Bem, dizia. Era o inspetor Savini para eles, e ficavam todos contentes.

Depois, me informei sobre os poços, se ouviam alguma coisa vinda de lá; se por acaso havia garrafas neles. No início, ninguém sabia de nada, lá naquele lugar. Eles se olhavam interrogativos e diziam que não com a cabeça.

Depois, porém, alguém se lembrou de que, sobre a cisterna, encontraram, uma manhã, um conterrâneo de joelhos; e, desde então, ficou melancólico e mudo. Diziam que a cisterna havia mudado o seu caráter.

"Ah! O Santino..." disseram em coro, lembrando do nome, e rindo também um pouco.

"Estes poços são traidores – disse alguém. – Não é verdade, inspetor?"

E, então, também os outros lembraram-se de alguma coisa. Que um primo de um deles tinha ido se deitar depois do almoço porque estava muito cansado. Dizia que era por culpa do poço, só dizia isso. Então, levantou-se um ano depois.

"Entendeu, inspetor? – me faziam notar – Um ano depois."

Ele, porém, dizia que tinha ficado na cama só aquela tarde, mas que tinha tido um sonho muito longo.

E, em vez disso, um outro colega, que chamavam pelo nome e sobrenome, tinha tanto medo dos poços que repetia continuamente a mesma coisa: que ele, por livre e espontânea vontade, queria ir para a prisão, para ficar trancado à chave num quarto, com os guardas na frente vigiando. E, então, dizia que esconderia a cabeça sob os lençóis e riria muito, mas muito mesmo.

"É a umidade – comentavam – Quando sobe pelos ossos."

E ouvi, então, eles falarem de um fulano que tinha até fugido, por causa da umidade que tinha em casa.

"É, o professor", diziam.

Achava, esse tal professor, que a casa estivesse com as fundações na água e que, então, de tanto ficar nessa situação, tivesse criado raízes que se tornaram muito profundas. E a água entrava no porão, subia pelas paredes, subia pelas escadas, subia pelas pernas das mesas e das cadeiras. E tudo, então, estragava e criava mofo.

"Fugiu, depois, para arranjar uma esposa – ouvi comentarem – para limpar um pouco a casa por dentro, porque ele dizia que sozinho já não podia se defender daquele poço que o vigiava."

Essa é boa, eu pensava, uma boa complicação.

E, talvez por eu estar muito atento escutando, perguntaram se eu entendia do assunto. Eu disse que era um caso do qual nunca se tinha ouvido falar, de arranjar esposa para impedir a influência do poço.

Porém, um deles disse que tinha, de fato, acontecido àquele professor um fenômeno meio fora do normal, ou pelo menos, raríssimo. Ele mesmo, pessoalmente, lhe havia confidenciado com todos os particulares antes de fugir.

Ou seja, que com o calor do ar e com toda a umidade que vem do subsolo, tinha já a impressão de estar dentro de um experimento; de estar dentro de uma redoma de celofane que retinha todas as evaporações. Tanto que começou a ver que do chão, das frestas, crescia uma densa relva.

E isso, ainda, não era nada.

Mas viu que os móveis haviam criado ramos e folhas, como se sempre tivessem estado ali esperando chegar o momento. Tinham sido acordados do sono, e germinavam.

Dizia que as cadeiras eram já mato e as cômodas, troncos com raízes. As poltronas de vime tinham se transformado em um bosque de salgueiros e, sobre todo o resto, sobre os armários, sobre as mesas, sobre os baús, havia crescido uma copa cerrada e verdejante. E sobre as portas uma cortiça rugosa; e, pelas gavetas, saía uma barba de pequenas raízes.

Andava em meio às folhagens e dizia que sentia um círculo na cabeça que ia se apertando; e ficava todo suado por causa da umidade irrespirável e tropical.

Depois, dos sapatos vinham filetes de mofo azulado e musgo, e via o mofo crescer como um veludo através da umidade do lençol. E uma relva longa e fina ondulava sobre o chão como a relva palustre.

Por isso, tinha de fugir dali. E dizia que sentia as folhas agitarem-se pela casa toda; porque também vinha do porão um vento molhado; e, se fechava a porta, ele o ouvia soprando pelas frestas.

Os outros ali presentes, por causa dessas coisas, riam com vontade. Diziam:

"Eu me lembro do professor. Depois, o seu irmão veio buscá-lo e o levou aqui perto, na cidade, para ver se conseguia fazê-lo casar. E abandonaram a casa. Mas dentro estava a maior bagunça! Havia mofo até na pia e debaixo da cama."

Eu ficava maravilhado: "Mas veja só!"

E eles todos contentes: "A casa porém era úmida, lá isso era." E se divertiam contando.

Isso, segundo eles, era como uma malária. E há quem acuse o poço de tê-la feito surgir. Mas é a água e a umidade que fazem pensar assim, e também a influência da lua minguante.

Porém, eu gostaria de saber a continuação da história, porque me apaixonava esse pobre homem em meio às desgraças.

Assim, contando, diziam que havia um café com um mouro desenhado na frente, na praça daquela cidade. E ali sempre sabiam dessas coisas.

Eis, então, os fatos como aconteceram, mais ou menos.

Depois tomei de novo o caminho dos campos, indo em direção a esse vilarejo ou cidade. E ficava pensando naquele professor invadido pelas raízes e pelas folhas na sua casa, e queria vê-lo. Depois sentei-me para respirar e era tarde avançada.

Oraentão, enquanto estava cogitabundo e fantasioso, debaixo desse céu que ia escurecendo, com um certo calor opressor e com os mosquitos que tentavam me picar, eis que, enquanto estava ali, pensando que os poços na verdade, quem sabe: talvez estivesse indo atrás de uma conversa tão improvável que até agora, com certeza, não se podia dizer nada. Então, vejo subirem, na linha do horizonte, grandes nuvens ainda mais escuras, com descargas elétricas e relâmpagos que as iluminavam de fosforescência.

E começou a se ouvir um trovejar distante, um resmungo do céu se aproximando; tanto que disse a mim mesmo: 'Droga, pelo jeito não vou dormir no seco'. Porque ali em volta era só mato, e uma figueira, que era quase nada.

Permaneci ainda um pouco absorto, pensando no que fazer. E talvez fosse conveniente ir em direção ao vilarejo ou cidade de que me falaram, onde eu pensava que ia descobrir o paradeiro, se fosse verdade, do professor que queria se casar. E sabia mais ou menos que era por ali, não muito longe, o caminho a tomar. Então me decidi, peguei a bolsa de tecido azul a tiracolo, e também, infelizmente, um caniço comprido e fino pelo qual me tinha afeiçoado. Infelizmente, porque me daria desgostos. E fui embora.

Mas, enquanto isso, o temporal estava vindo velozmente, e sentia que se aproximava às minhas costas. Assim também andei mais rápido para chegar primeiro, se fosse possível.

E eu só pensava então: 'droga!'

Porque começaram a cair uns pingões, depois uma grande rajada de vento e, daí para a frente, desabou o dilúvio universal.

Raios tremendos que sibilavam como lâminas; e, no meio de tudo isso, água e mais água, que parecia se enfurecer toda sobre mim; e parecia que os trovões tinham a potência de me entontecer. Explodiam em volta da minha cabeça, de modo que eu não era mais muito dono de mim mesmo. E nem digo o quanto já estava molhado depois de meio minuto.

Acho que depois comecei a correr a não poder mais, mas era como se estivesse sendo sacudido, por vagas que me levavam aonde queriam. E, em volta, havia a silhueta negra de plantas gotejantes, e sebes. Mas, para os pés, o desastre era maior, porque nem eu mesmo sabia onde pisava, onde entrava e onde me encharcava.

Parecia que via um declive, de vez em quando, que se delineava na luz falsa dos relâmpagos, e entrementes dizia: 'pobre de mim'. E me sentia empurrado pelos ventos como um destroço de navio que faz água por todos os lados, e está sempre ali dizendo amém e deixando-se ir ao fundo, em um barranco, e submergir.

E assim continuava esse enfurecimento do tempo com raios, faíscas e trovões contínuos, e crepitações que cresciam, atrás de mim e atrás do osso do pescoço, que me faziam correr para cima e para baixo, sem entender mais nada, como se tivesse sido desarvorado, um veleiro desarvorado que geme: 'minha nossa, o mundo vai acabar!'

Logo depois me vejo em frente a uma subida. E talvez porque me sentisse em meio ao oceano enfurecido ou não soubesse mais para onde fugir, começo a subir por ali e atravesso uma cerca, com toda a dificuldade que se possa imaginar. Porque os sapatos escorregavam para fora dos pés e eu andava tateando. A bolsa também se enroscou. Eu me apoiava um pouco com o caniço.

Depois, subi mais um pouco, escorregando na relva completamente molhada, e segurando-me também com as mãos.

E quando me debrucei, era uma rodovia.

Passavam caminhões e carros levantando uma onda de respingos e, nesse meio tempo, a tempestade tinha aumentado, com pancadas de vento e saraivadas que eu, pobrezinho, já estava completamente afogado.

E não sei porque razão, mas talvez empurrado pelo próprio vento ou pelo fato de estar andando um pouco como um bêbado, empreendi essa façanha de atravessar a rodovia. E se ainda estou vivo, devo isso a uma sorte predestinada. De modo que essa travessia foi uma aventura tão confusa, que não sei dizer, com certeza, como foi efetuada.

Via chegar o brilho dos faróis e toda a vaga d'água pelo ar. Depois corri por instinto e tropecei, caindo na ilha que divide em duas a rodovia, como se tivesse encalhado em um banco de areia. E, enquanto isso, de um lado e de outro continuavam a passar esses mastodontes estrondosos, junto com as rajadas do temporal. E de cima caia sobre mim todo a monção enfurecida.

Depois devo ter dito a mim mesmo: 'vamos embora!'

E a esteira de um reboque deve ter como me sugado; de modo que é um milagre eu não ter sido engolido. A um centímetro de mim passou um automóvel buzinando, e um outro, voando, me ultrapassou depois de me ofuscar. E não sei como, salvei-me ao aportar num certo momento do outro lado.

Desci pela rampa, passei por uma outra cerca e estava como sem orientação.

Depois, entreviam-se à distância umas luzes. Encontrei também uma estrada. Mas, nesse meio tempo, acalmava-se um pouquinho, porém, aquele fim-de-mundo. Ia para longe, depois de ter passado às minhas costas.

Ainda não imaginava, então, como tinha sido bom pegar toda aquela água e aqueles relâmpagos na cabeça. Bom no sentido de ter me acordado daquela coisa de ficar investigando os poços; e também por ter sacudido um pouco a minha mente. Como vai dar para ver depois, eu acho.

Então, como veio, a tempestade num instante foi embora. E eu, molhado até os ossos, chego às esparsas primeiras casas e depois, ainda caminhando, chego a uma espécie, pode-se dizer, de cidade, também ela sobrevivente da tempestade e, por isso, ainda um pouco alagada pela correnteza das águas que escorriam. E, pelo que se pode ver, semidesabitada.

Então vou para lá, destroçado como estava. E fico vagando pelas vielas desconhecidas, contente por não ser visto, mas com o cérebro vagante.

Eu acho que o ar dos poços ou a água ou as noites de lua e maré, somadas ao dilúvio recente, perturbaram-me um pouco os sentidos. Porque, de saúde, eu estava bem. Porém, estava ali todo formigante na vista e nas idéias. De modo que seguia, então, o destino.

E, por isso, ponho-me a pensar que seria conveniente encontrar um pequeno hotel ou algo da mesma categoria, visto que dinheiro eu tinha, ainda que todo molhado.

E, então, ao virar, vejo uma certa pensão Leone. Paro na frente indeciso, porque assim mal vestido estou pouco recomendável a hotéis e, certamente, seria barrado. Porque eu acho que os hoteleiros não gostam de gente molhada e enlameada. Pelo bom nome deles.

Em conclusão, porém, atravesso a porta dessa pensão Leone e, só para dar um bom efeito, digo ao hoteleiro que está lá:

"Eu sou o inspetor Savini."

Mas ele não fica muito impressionado e, com o rabo dos olhos, olha os meus sapatos que quase não se vêem, de tão enlameados que estão. E olha também como estou desarrumado e a bagagem que tenho comigo, incluindo o caniço.

Depois senti o dever de lhe dizer:

"Savini é como sou chamado."

E ele queria saber se estava escrito na carteira de motorista ou no passaporte; que nesse caso, eu passaria a ser para ele só Savini e pronto.

Eu disse que não tinha carteira de motorista: "Não tenho, e nem tenho o passaporte aqui comigo, senhor Leone."

Mas fez uma cara pouco simpática, e até gritou: "Mas que Leone o quê! O senhor tome cuidado com o que diz!"

E eu acho que o que ele estava era só procurando um pretexto, e não tanto pelo fato de eu ter errado o seu nome. E depois, era um erro perfeitamente desculpável, porque eu tinha lido aquele nome e ele podia muito bem se chamar assim.

De qualquer modo, ele disse: "Não admito bastões ou varas ou coisas do gênero dentro do hotel."

Eu digo que sinto muito; é uma ferramenta que uso e pela qual estou até quase um pouco afeiçoado.

Mas ele: "Deixe lá fora essa perna de pau", disse.

Depois não sei como, a maçaneta da porta de entrada enfiou-se no meu bolso, e enquanto eu olhava como aquilo tinha acontecido, o caniço enroscou-se, provavelmente por uma lasca que tinha, numa cortina.

E era evidente que aquele senhor Leone, ou o nome que tivesse, queria se manter calmo, como fazem os hoteleiros que são treinados para serem assim. Mantêm-se calmos porque eu acho que aprendem isso na escola, mesmo quando as pessoas chegam perto, mesmo quando ficam dizendo: "nojentos, vocês são todos uns nojentos, vocês e a raça toda de hotéis". E dizem: "não, senhor, o senhor está enganado, sentimos muito, e a direção também lhe pede desculpas, senhor".

Mas esse Leone possuia, como hoteleiro, uma calma aparente, e ficava me dizendo para eu fazer o favor de sair, mas de um modo que feria o meu orgulho de certa maneira quase de inspetor.

Dizia: "Quer fazer o favor!", com a voz que queria significar que não podia nem mesmo ver os caniços e as bengalas, ou que chega mesmo a quebrá-los quando os vê no hotel.

Eu não servia para aquele lugar, já sabia desde o começo. Por causa da aparelhagem.

"Desculpe – disse –, senhor Leone, desfiei a cortina."

E ele estava muito aborrecido, acho que também por esse segundo erro de chamá-lo de Leone. E me empurrou com as mãos porta afora, dizendo-me também sua besta desgraçada, para ferir a minha dignidade.

Disse a ele que não tinha razão, como hoteleiro, de me empurrar porta afora por eu ter causado estrago na sua cortina que eu tinha enganchado. Eu pensava, porém, que talvez tivesse aprendido esse método lá, não por culpa sua, na escola de hoteleiro. Quem sabe lhe tenham ensinado a empurrar alguém que tenha um caniço; e faça parte da vida do hotel.

Mas depois ficou irritado comigo, porque viu que a cortina tinha rasgado, e me dizia frases curtas que exprimiam, pela sua boca, toda a raiva da direção, como covarde, moleirão! E acrescentava, de sua parte, nomes de animais pouco apreciados e vis, dirigindo-os precisamente à mim; e também nomeava respeitados personagens da igreja que naquele momento, porém, vinham à sua mente como inimigos do hotel e dele mesmo.

A coisa terminou assim: infelizmente o caniço quebrou, porque era frágil; e então eu o perdi. E com aquele sistema de me expulsar e de me empurrar, acabei saindo de novo.

Nesse momento, era já noite alta e fresca, então voltei a vagabundear, ainda todo molhado. E quando cheguei a uma muralha que parecia não ser de ninguém, mas ser uma ruína antiga, vendo uma espécie de pequeno arco baixo, bem resguardado e, a sentir pelo nariz, também limpo, então decidi que poderia passar a noite ali. E que, no dia seguinte, pensaria em coisa melhor.

E foi assim. Não que tenha dormido muito, porque não me acomodei muito bem.

Mas via um pedaço de céu negro, sem qualquer sombra de lua; umas estrelas e umas constelações; e pensava muito e confusamente.

2

SIM, PENSAVA MUITO E CONFUSAMENTE

Uma noite de insônia não é uma tragédia. Mas, neste caso, eu estava também molhado, ou seja, tinha os resíduos de umidade da tempestade noturna e um pouco de enrijecimento dentro das articulações. Mas não gravemente.

De qualquer modo, saí numa certa hora daquela espécie de buraco, e já que amanhecia me dei conta de que era um grande bastião murado, de uma época do tempo passado não identificável, mas aproximadamente feudal ou, no máximo, de quando comandava a nobreza.

Esse bastião era tão grande que sobre ele, no alto, havia nascido um jardim ou um pequeno bosque, pelo menos ao se olhar daqui do chão.

E, querendo avaliar a minha situação, visto que não sabia bem onde estava, procurei uma maneira de ir lá em cima. Encontrando por fim uma escadaria, daquelas com pouca inclinação, que são quase caminhos ascendentes. E assim, passo a passo, encontrei-me em cima, enquanto o dia começava a chegar.

Havia aquela bela vegetação, surgida acho por um acaso espontâneo. A julgar pelo olhar: ciprestes e moitas de buxo, com espinheiros-alvares e, na borda do muro, hera e trepadeiras.

Havia uma torre bem baixa e larga, um pouco decaída.

Ah! aquilo era um belo ressurgimento para mim! E não obstante os membros estalantes e lívidos, uma bela acolhida por parte da cidade.

E via a cidade dali do alto, feita de telhados, ainda um pouco escura; e do outro lado casas mais espalhadas, e depois o campo. Alguma coisa assim, uma visão assim. De grande prazer.

As nuvens tinham passado, com alguns resíduos de nada, que se encaminhavam também eles ao desaparecimento; e se estendia uma bela serenidade promissora no céu. Tanto que em poucos minutos já a alvorada despontava, com os seus efeitos de rosa e de safira, como dizem na escola.

Mas tinha mais isso: que era também uma outra estação, e o temporal foi daqueles que fecham o verão, e percebe-se que é setembro, com as conseqüências, para a meteorologia, que possam advir daí.

Depois vagabundeio um pouco e encontro a praça e um belo café com as cadeiras na calçada e o emblema de um mouro sentado sobre um saco.

Eu entrei pensando: 'Aqui vou poder avançar nas minhas pesquisas'. Então pedi um café com leite e, enquanto isso, fiz ao garçom a seguinte pergunta:

"Você conhece um professor que veio para a cidade para encontrar uma esposa?"

Ele não tinha sido informado sobre isso e, já que havia ali uns fregueses que não tinham nada para fazer e deviam ser uns três ou quatro, ele fez a eles a minha mesma pergunta, se eles sabiam de um tal professor casado.

E acrescentei, dirigindo-me a eles, que o mesmo vinha do campo e era professor ou de qualquer modo era alguém que tinha cansado de viver no campo, e depois do que, talvez resolvesse se casar.

E eles então falaram entre si e criaram comigo algumas hipóteses que, porém, eram muito duvidosas. E que precisavam, diziam, saber mais coisas, por exemplo, como era o nome dele.

Mas esse, respondia eu, era o ponto que também eu queria saber; e para dar maiores esclarecimentos, conto o seguinte: "...que quando ele estava no campo, havia tanta umidade em volta, que dizia que os móveis começaram a criar mofo, e não só eles".

Isso esclareceu um pouco, porque disseram que sim, que pode acontecer, e acontece também a eles que moram na cidade, se chover por dias seguidos, ou coisa que o valha.

Disse então, para aproveitar da atenção: "No campo, porém, há uma tal umidade que o mofo é o mínimo que pode acontecer. Há uma umidade que ninguém pode imaginar; que sobe pelos ossos e o mofo sobe pelas paredes e por toda parte".

Também isso teve aprovação, então acrescentei:

"Crescem plantas no piso."

E um deles, para me dar razão, começou a contar:

"Lembro-me, no campo, com a inundação, que a água entrava nas casas, e depois, quando ia embora, crescia o mato. E se houvesse milho no chão, daqueles para as galinhas, cresciam espigas do chão como se fosse uma plantação."

E um outro: "Eh...! no campo nunca tem seca, pode estar certo disso."

E todos começaram a falar:

"Ali, se você plantar um bastão na terra, nasce uma cerca."

"Cresce mato até nas árvores."

"Nos telhados e nas calhas também."

"E as pedras às vezes ficam verdes."

Eu disse: "Sim, é porque há uma umidade que não se pode nem imaginar."

E eles: "E depois, se cavar na terra, só um pouco, você encontra sempre água."

Eu: "Se plantar um bastão e nem muito fundo, você já criou uma fonte."

Os outros riem e dizem que sim, que essa é boa, essa maneira de criar uma fonte esburacando a terra.

E, nesse momento, há novos fregueses que se aproximam para ouvir do que se trata e, eventualmente, participar e ficar rindo.

Assim aquela história do bastão que fura a terra faz com que um outro diga que depois precisa tapar os buracos: "Do contrário não param de jorrar, como torneiras, e alagam tudo, até que tudo vira pântano, como era no início."

"Mas então – dizem – já que estamos sobre uma esponja, é preciso torcer para que não afunde, por exemplo, com o peso de uma cidade."

E enquanto isso iam empurrando, todos esses fregueses, um colega deles, dizendo:

"Este aqui entende de terra, nós lhe apresentamos o senhor Pigafetta."

E aquele era um homem de altura modesta, com os cabelos arrumados como uma panela, isto é como se tivesse uma panela de cor de alumínio metida na cabeça; e as orelhas funcionam como alças. Tinha óculos de grau elevado, tanto que os seus olhos davam o efeito de estar no fundo da lente de uma luneta.

E já que diziam que entendia do assunto, nós nos cumprimentamos, e descobriu-se que ele de profissão era papa-defunto, isto é organiza tudo no cemitério para que os mortos sejam tratados como se deve e, no final, enterrados com os seus caixões sem erros.

E os outros divertiam-se com isso, empurrando-o para frente.

"Vamos, Pigafetta, diga, o que há debaixo da terra?"

Ele, no começo, não queria falar, e eles diziam:

"Você é um conhecedor."

"Há água ou não?"

E ele fazia uma careta eloqüente, que significava que tudo aquilo era bobagem.

"Debaixo da terra então o que se encontra?"

Então, disse que era uma questão fechada. E todos ali insistindo e fazendo algazarra.

Depois acrescentou que, segundo a sua experiência em poucas palavras, não havia nada de bom, mas o dizia mal, porque estava um pouco balbuciante.

Como se pode imaginar, essa idéia refreou as suposições e, como a discussão sobre o que havia debaixo da terra arrefeceu, recoloquei, aos poucos, o discurso de volta ao seu caminho e disse:

"De qualquer modo, mesmo sem ir para baixo da terra, esse professor teve uma umidade tamanha dentro de casa, uma vez, que era como se a tivesse regado."

E todos olharam o papa-defunto para ver o que ele dizia; e ele disse que era assim mesmo, às vezes, que a umidade entra dentro da casa e não se salva ninguém.

"Mas esse professor – contei então em voz mais alta – tinha uma umidade tão penetrante que os móveis começaram a crescer, por serem de madeira, de modo que criaram folhas e surgiu uma espécie de bosque dentro da casa."

Isso foi ouvido com grande atenção. Depois alguém disse que poderia acontecer, mesmo em certos lugares, mas que seria necessária uma umidade enorme que ali, entre eles, talvez nunca houve.

E eu: "Não, não. Eu juro. Um bosque. Surgiu das cadeiras, dos criados-mudos e também das portas; que tiveram até de cortar e podar. Fizeram molhos de lenha com os móveis. E, então, ficou tamanha sujeira que ele queria se casar, porque estava cansado de viver assim."

Nesse momento, vi que havia interesse, mas junto a um pouco de pasmo, porque não davam mais a sua opinião, porém queriam entender. Assim, alguém disse:

"Como seria esse negócio?"

E o papa-defunto estava ali todo ouvidos.

Eu confesso que não estava muito bem, por culpa daquela noite passada, que agora voltava a se fazer sentir.

"Quem é que se casa?" perguntam.

E eu: "Não sei se depois se casou; dizia só que queria. Mas gostaria de saber. Por aqui vocês não ouviram nada? se alguém veio a se casar, porque não agüentava mais a umidade e todo o resto?"

Agora via que essa pergunta agradava, ainda que talvez não a entendessem bem.

De fato, começaram a dar sorrisos de cumplicidade entre si e a trocar uns tapinhas, para dizer: "Ouviu essa?" Isto é, também eles concordavam que era um caso estranho e não se podia deixar isso de lado. E acrescentei:

"Pois bem, aquela umidade dava-lhe dor de cabeça, como se houvesse uma tenaz lhe apertando. Era isso o que causava a umidade, a esse professor. E, aos móveis, ao contrário, fazia com que revivessem. Mas era pela mesma razão."

Aqui todos começaram aprovar, e a ficar rindo contentes, e a perguntar: "E depois?"

E um deles disse aos outros: "Silêncio! vamos escutar". E para mim: "Esse seu amigo, então, tinha um bosque que cresceu dentro da casa. É isso?"

Eu disse: "Sim, um pequeno bosque, com algumas moitas aqui e ali; com salgueiros e árvores frutíferas. De modo que a casa estava invadida até o teto. E talvez houvesse um gramado no chão e uma plantação de cogumelos, porque crescem sempre no meio do molhado".

Essa minha explicação teve sucesso, porque comentaram-na por algum tempo, e riram também pela estranheza. E chegavam cada vez mais pessoas para ouvir, e perguntavam: "Como você disse?", referindo-se a mim.

E o papa-defunto repetia, então, que eu estava procurando um professor, mas não se sabia quem era, que ficava, em meio às folhas, como alguém fica na própria casa. E diziam: "E daí?" E o papa-defunto: "E daí, nada, queria se casar".

Assim, eu tinha de esclarecer:

"As cômodas e os armários dele germinavam, e as pernas das mesas; e não havia nada a fazer. Até que se viu no meio de um bosque; e quanto mais cerrado ficava, mais lhe dava a melancolia de arranjar esposa. Então, disseram-me que foi para a cidade. Alguém sabe para onde?"

Depois disso explodiu quase um alarde, de gritos e de cumprimentos, que queriam me encorajar, e diziam: "Vamos encontrar o professor para você", ou mesmo: "Talvez esteja podando os móveis".

E, enquanto eu estava no balcão, apoiado, tinha se formado, em volta, uma multidão de fregueses e de gente que chegava, e todos queriam me fazer perguntas, até não se entender mais nada. Por exemplo, como era o professor, se era calvo ou se usava chapéu, ou qual a idade aproximada, *et cetera et cetera*. E eu dizia:

"Não sei, não sei mesmo. Mas gostaria de encontrá-lo."

E havia tamanha balbúrdia que o dono do bar teve que acalmá-los pedindo para que saíssem para a rua. E foi o que fiz, seguido por todo o cortejo, do qual fazia parte o papa-defunto que, porém, era o mais reflexivo e não ria e não fazia perguntas, mas demonstrava uma atenção enorme.

E lá fora recomeçou a balbúrdia e o interrogatório; e um deles, que era aquele primeiro e que mais ou menos comandava, por causa do seu vozeirão, disse:

"Mas, então, o senhor não conhece, esse tal professor."

Eu respondo: "Não, mas sua vida estava dentro de um poço, e eu a conheci assim".

Provoquei, novamente, um alarde com aquelas palavras, mas também percebi que elas podiam ser mal entendidas, e acrescentei que, isto é, a sua vida tinha na verdade sido sepultada em um poço.

Mas isso também suscitou uma grande confusão; e batiam nas costas do papa-defunto dizendo:

"Você ouviu? esse é um trabalho para você."

Ele estava sério e, com a cabeça, dava a entender que sim. Mas, muitos achavam que isso era motivo de riso e riam, e eram esses que faziam mais confusão.

Continuou-se assim por mais um tempo, até que o chefe dos fregueses resolveu dizer que, se não havia ali o professor, havia porém alguém que tinha se casado e tido uma vida atribulada. Então, talvez, ele soubesse alguma coisa sobre a história do bosque.

Depois ao grupo dos seus colegas explicou:

"Vamos mandá-lo ao Nestore, quem sabe eles acabam se entendendo."

E todos disseram que sim, com grande entusiasmo e felicidade, por aquela resolução. E me davam sugestões:

"Pergunte a Nestore o que é a vida."

"Se gosta de mulher ou de ficar sobre os telhados."

E, por causa dessa conversa, eles riam, mas de um jeito que eu ainda não podia entender.

"Escute, amigo – disse o chefe –, esse Nestore é um tipo em quem confiamos, porque já passou por muitas coisas", e olha se os colegas estão de acordo, e todos fazem um coro para dizer que sim, que ele passou por coisas até demais.

"Passou por tantas coisas que agora está em casa, para gozar da tranqüilidade."

"Ah – digo eu –, está bem. Não é professor, porém."

"Não, mas pode confiar, é da mesma categoria, e verá que depois vai nos agradecer, porque ele é justamente quem você procurava."

Devo dizer que a novidade me atraía, porque sou assim. E todos depois me aconselhavam:

"Vá até a casa de Nestore, que é melhor ainda do que o professor que você diz."

"Ele teve de jogar pela janela um sofá por causa desse negócio, sempre, de casamento."

"Mas agora ele gosta de eletricidade, pergunte a ele por quê."

E depois o chefe de todos me diz:

"Entendeu, amigo? O senhor deve pedir para que Nestore explique esse negócio de casamento, assim o senhor conta depois para o professor, para ele aprender."

Então, um freguês que saía disse que ia passar em frente à casa de Nestore. E que eu podia ir com ele.

Saímos então do bar.

E o papa-defunto veio atrás, no sentido que ele veio também, sem ser chamado e em silêncio. Assim, nos encaminhamos com o papa-defunto atrás.

E digo a esse senhor gentil:

"Mas onde mora esse Nestore?"

E ele: "Já estamos chegando, é logo ali, no fim da rua. A casa dele fica ali atrás. Eu lhe mostro".

E entramos depois do café por uma ruazinha e depois entramos em uma outra, e enquanto isso ele diz:

"É perto, mas é complicado. Uma confusão. De modo que eu vou para casa por aqui."

Depois passamos por umas barracas de frutas, todas cheias de gente e de vendedores; e é difícil quase de passar. E, de repente, eu digo a mim mesmo que deveria saber alguma coisa a respeito de Nestore para não fazer feio e pergunto:

"Mas aparecendo assim, eu provavelmente vou atrapalhar o seu amigo."

"Não, ele vai ficar contente, eu lhe garanto. Fique tranqüilo que já estamos chegando."

"Mas, na verdade, eu não sei muito bem o que falar com ele."

"Ué! – disse – não é sobre o problema de querer se casar?"

"É, mas não sei."

"O senhor pergunta como é a coisa, e vai ver como ele vai ficar contente em contar."

Nesse meio tempo, tínhamos atravessado o mercado; eu, com esse senhor e o papa-defunto atrás.

E ainda que estivesse muito propenso a defender a continuação da aventura, chegava às minhas pernas e aos meus olhos uma sensação de sono, à qual estaria pronto a obedecer. Era como se esse sono viesse atrás de mim, junto com o papa-defunto e eu lhe dissesse: 'está bem, eu me rendo', para satisfazê-lo rapidamente ali mesmo; mas queria ver como era aquela aventura que me faziam viver.

E assim, sob a influência do sono, talvez tivesse momentos em que começasse a dormir, de pé mesmo e andando; porque pode acontecer: que alguém sem perceber já esteja no meio de um sonho, ou que vá e venha como numa gangorra.

Por isso, enquanto ia com aquele senhor ao compromisso e cortávamos a multidão, havia o papa-defunto atrás que era como se saísse do sono. Isto é, eu sabia que estava ali e vinha conosco em carne e osso, mas o entrevendo ali atrás, com o rabo do olho, ele tão baixo com aquela cabeleira brilhante e os óculos, como fundos de garrafas de tão grossos, vendo-o ali, naquele vai-e-vem de sono que me pesava sobre as pálpebras, podia ser também um pedaço de sonho que saía, por assim dizer, do meu cérebro.

Mas, de qualquer modo, não era assim. Mas era quase.

O mercado estava em plena agitação e fazia um barulho todo retumbante e contínuo, que lá dentro, quando se acostumava com ele, não se ouvia; mas era como se estivéssemos mais surdos. Assim, era preciso quase gritar, para dizer alguma coisa e, de fato, digo em voz alta:

"Esse Nestore, também tem um bosque dentro de casa?"

E aquele que me guiava diz: "Como?"

Eu de novo bem alto:

"Tem um bosque, o Nestore? um bosque, em casa?"

Ele, em resposta, dava um sorriso de dúvida e falava mais ou menos isso, em meio à confusão:

"Não sei. Não sei, não. Isso quem vai ver é o senhor."

E atrás, o papa-defunto esticava-se todo para não perder as nossas conversas, fazendo esforços também contra o obstáculo das pessoas.

Depois, para que eu não me iludisse, acho, o meu guia começou a dizer com ar de benevolência:

"O Nestore, sabe como é, pobrezinho, agora está acabado." E repete, porque eu não tinha escutado: "Está acabado. Antes era uma boa pessoa. Eu via."

E, por sorte, estávamos já no fim daquela barulheira.

"Eu o via vagando pela cidade como alguém que se interessa muito por aquilo que acontece. Sem falar, mas bem interessado. Agora mais ainda."

Eu digo: "Mas o que ele fazia?"

"Não sei. Eu acho que era construtor, porque olhava as casas e tocava nos tijolos e no reboco para ver como era. Olhava a arquitetura, acho; se não era um construtor, era um apaixonado."

Passamos por um pórtico e ele continuou explicando tranqüilamente:

"Ele ficava olhando as casas e andava em volta delas, olhava os detalhes, como um construtor. Fixava-se por exemplo em uma casa e acho que a estudava, que fazia umas medições. Deve ter sido um bom construtor, também. Depois, sabe? arruinou-se pela locomotiva."

E, como eu não tinha entendido, acrescentou:

"É uma mulher que chamavam assim, a locomotiva." E virando para trás: "Não é verdade?"

E o papa-defunto aproximou-se para intervir:

"Não! construtor não. Eu sei o que ele fazia, ele me disse."

Mas o outro colega fazia não com a cabeça, que não era para acreditar nisso. E o outro insistia:

"Ele me disse o que pensava: que as pessoas estão mais mortas do que vivas. Vinha dizer isso justamente para mim. E depois ainda me dizia assim: que tudo é diferente daquilo que se vê. As casas, por exemplo. Mas não era construtor, não."

O primeiro, porém, não dava atenção. Se fosse por mim, teria escutado bem o papa-defunto.

Andando, o primeiro continua a falar:

"De modo algum ele conseguia ficar com a locomotiva, e se arruinou. Todos viram. Porque não conseguiu ficar com ela. Ele não sabia como se faz. É um homem bom, bom até demais. Ficava vagando, e o que poderia acontecer? A história é sempre a mesma."

Parou, na esquina de uma rua, para terminar a conversa:

"Logo depois, quando ficou sozinho, ficou completamente acabado. Pergunte aos vizinhos. Está sempre na cozinha, de avental, lavando, passando roupa, e fica cantando. Ouvem sempre ele cantar. Pobrezinho. Terminou assim."

Mostra-me uma porta, ali do lado, em uma praçinha, e o papa-defunto parou também. Eu lhe agradeço, e ele continuou o seu caminho.

Então estou ali, nesse momento, quase pronto a me enfiar escada acima. Enfim, é esse o caminho que escolhi. E vamos ver qual é.

Esse Nestore, de qualquer modo, transformou-se em um mistério; um mistério maior do que o professor e o bosque, e quem sabe se poderia desvendá-lo ou se estaria entrando em novos mistérios. Mas, naquela época, eu seguia os fios da inspiração, que me diziam para fazer assim.

E, enquanto subia as escadas, lembro-me da voz do papa-defunto dizer perto da porta:

"Todos pensam no subterrâneo, mas lá não existe nada."

E eu dizia: "Mas onde existe algo, então?"

"Ao redor, olhando ao redor, vêem-se coisas das mais bonitas."

E pensava se, por acaso, não havia sonhado essa conversa vinda do nada, que ficava como uma voz dentro da minha mente.

Mas é certo que aquele dia tinha o cérebro distraído, e surgiam por causa do sono umas imaginações que me deixavam pasmo.

Assim então, toquei a campainha de Nestore.

3

TOQUEI ENTÃO A CAMPAINHA DE NESTORE

Nestore, eu esperava, sabe-se lá que estranho sujeito. Ao invés disso, era alguém assim como um contador, tendo isso escrito na porta, junto ao seu nome.

E logo se via que possuía a modéstia e as boas maneiras da sua classe. Não muito cabelo e de chinelos.

Eu não sabia como dizer-lhe o que procurava, e comecei assim: "Eu sou o inspetor das águas."

Ele estava de avental, com um ar que não mostrava desconfiança. Ao contrário, um ar de quem sentia prazer em receber visita. O que me encorajava.

"Ah, precisa ler o medidor?"

"Não, não é isso. Veja, eu me interesso pela distribuição da água, mas por motivos mais genéricos."

"Ah, sim, sim, por motivos mais genéricos. Entendi."

E ficava na porta gentilíssimo, mas também hesitante sobre aquilo que deveria ser feito.

"Isto é, veja – digo. – Não sou encanador. Disseram-me que, no passado, o senhor teria tido um poço."

"Um poço?"

"Sim, se o senhor tiver um poço seu debaixo da casa, sim, pois é, eu gostaria de vê-lo, para os estudos que faremos depois."

"Ah, sim, um poço. Sei, entendi."

Mas não era fácil manter essa conversa, ainda que não houvesse obstáculos por parte dele.

"Se pudesse visitá-lo, mas assim, sem compromisso."

"Não, poço não! Talvez antigamente. Agora é difícil. Tenho água potável na torneira. Não sei se serve."

"Ah, bem! eu procuro os poços para saber se alguém encontrou algo dentro deles, se existem garrafas, às vezes."

E olhava a cara dele para saber se sabia do negócio. Mas ele pegou o avental e enxugava as mãos nele, porque, provavelmente, estava lavando, antes que eu tocasse, ou fazendo algo do gênero. E dizia que sim com a cabeça, que tinha entendido.

"Não é exatamente o poço, mas eu procuro se há alguma coisa dentro dele. Faço inspeções. Se há alguma coisa na água."

"Ah, na água. Tem razão. Sim, aparecem algumas coisas de vez em quando. Mas para mim não fazem diferença."

"Coisas em que sentido?"

"Coisas que vão para baixo, mas que não fazem diferença."

"O que quer dizer?"

"Mas são as coisas da água. Nada." Depois disse: "Se não se importa, entre e veja".

E entrei.

Depois disso ainda algumas palavrinhas, enquanto fazia escorrer a água da cozinha. Mas me desagradava aquela farsa, não queria enganá-lo.

Então disse: "Não, na verdade, estou interessado em saber se há umidade em casa, vinda dos canos, que crie mofo ou mosquitos".

E ele: "Não".

"Porque veja, no campo, é assim."

Mas ele estava tranqüilo. Então, que maus conselhos me haviam dado? Esse aí não tinha nada a ver com o outro professor.

Depois quis que eu sentasse, ali na cozinha, e ele à minha frente. E falamos de como se vive naquela casa, segundo ele, agora bem *et cetera et cetera.*

E diz: "Se eu não tivesse esta turma aqui!" tocando uma lava-louças e sobre a mesa um liquidificador. "São ótimos. Umas jóias, sabe?"

E depois assim outras conversas, e me perguntou se eu não estava servido, porque ele estava comendo. Uma fritada. E como era hora do almoço, não disse que não.

A situação era essa; que estávamos sentados como senhores respeitáveis e cordiais, e entabulando algumas conversas, e assim, pouco a pouco chegamos ao ponto. Isto é, surgiu o assunto da locomotiva, que foi sua esposa; e ele dizia: "infelizmente", e tentava me explicar.

Depois me perguntava: "Mas o senhor quer mesmo saber?"

Eu dizia: "Sim."

E começou essa estranhíssima história, com entremeios ainda mais estranhos.

"É uma história muito antiga – começou a me dizer Nestore –, quando estava aqui aquela minha esposa que depois tivemos de chamar de locomotiva. Ela era por si só bastante grande para uma mulher. Era uma mulher grande no conjunto, fisicamente.

Ela chamava a mim de seu belo Nestorino, antes que tivesse o penteado em volta da cabeça; ela me dizia: "meu belo Nestorino, hoje vamos fazer amor", entendeu? Assim; e eu lhe dizia: "estou pronto, Irene", porque na época eu a chamava de Irene, que era o seu nome, e ainda não era, para mim nem para ninguém, a locomotiva.

Eu dizia: "estou pronto, Irene", e ela: "venha, Nestorino, que vamos fazer amor", era isso que dizíamos um ao outro. E escute mais esta: havia ali em volta um cheiro que eu acreditava fosse o cheiro que têm as mulheres. Eu me lembro.

Eu não sei o que me agradava naquela locomotiva, na época. Talvez fosse porque eu não entendia de mulheres e dessas coisas de fazer amor. Quando éramos simples noivos, ela não tinha uma força tão excepcional, ou talvez não a mostrasse para mim, eu acho.

Eu lembro que ela dizia: "meu belo Nestorino", e emitia um hálito próprio desses momentos e uma transpiração toda especial, que era como o vapor de uma locomotiva.

Eu não sabia muito bem quem era ela nesses momentos. Era uma espécie de caldeira a vapor e tinha uma força inumana. Eu creio que o princípio fosse mesmo aquele da caldeira a vapor, porque entrava em pressão e aumentava a temperatura, e então eu era um pobre pistom nas suas mãos. Eu acho que, por dentro, ela fervia por uns instantes, e precisava disso como de um descompressor.

Eu não sei se lhe pareço um exagerado, senhor inspetor.

A locomotiva até que me agradava no período da minha juventude, porque era uma mulher meio grande que se fazia admirar.

E dava para vê-la bem na rua. Ela me parecia uma boa dona de casa, paciente. Chamava-me Nestorino, então, mas sem pretensões; eu lhe dizia: "Irene, Irene", com um significado que vinha do coração. Depois começou com aquelas suas frases, como: "vamos, Nestorino, deslize como o vento!", e eu me virava em quatro ou cinco para ela, sobre o sofá-cama.

Depois a chamei de locomotiva porque isso foi natural, de um certo momento em diante. Na verdade, porém, foi por causa dos cabelos que todos começaram a chamá-la assim, mas para mim ela era uma locomotiva e o sofá então eram os trilhos para mim.

Digo que eu estava exausto na época, estava com esgotamento nervoso e ficava quase com vontade de chorar, quando se punha sobre os trilhos e aumentava a pressão interna; eu conhecia aquilo muito bem, e começava com aquele bafejo que dizia: 'vamos, Nestorino', e eu me sentia logo exausto e fraco até de constituição e de família e não servia, eu não servia para ela.

Ela tinha esses trilhos que terminavam sobre o sofá e eu pensava mesmo que subia num trem e que, por dentro, ela queimava o carvão numa espécie de forno que devia ter em alguma lugar, para fazer o vapor. Depois, eu não via mais nada, enquanto ela assobiava com a sua sirene a vapor. Era como se tivesse mesmo uma sirene a vapor ou uma válvula, eu não sei, para a segurança da pressão.

Eu ficava como que exausto sempre, mas estava em suas mãos e não via mais nada bem por efeito da exaustão, e ouvia só o barulho dos trilhos e todo o vapor que produzia e soprava, e eu era um pobre homem exausto que se portava como um marido do jeito que dava. E de vez em quando eu gostaria de lhe dizer: "Irene", mas era já uma locomotiva, que andava sem nos sentir, com as válvulas e o seu vapor e os vagões atrás.

Eu imaginava esse locomotor, mas era também um pouco verdade. Achava então que funcionassem pelos mesmos princípios, e que os pulmões fossem como um fornilho. Podia até ser. Isso, que fosse uma miniatura de locomotor, por dentro.

Uma vez eu a senti até descarrilhar para fora do sofá, mas não estou bem certo. Pareceu-me um ranger de freios nos ouvidos e um baque que não era humano mas de vagões de trens e de desvios. E poderia até dizer que ouvi o apito dos chefes de estação, mas não deve ter sido exatamente verdade. Estava muito deprimido e muito anêmico de sangue naqueles tempos, e cheio de feias ilusões; à noite eu ficava sempre em meio a materiais de rodagem que descarrilhavam, e sentia os freios dos trens sobre os meus pobres ossos, enquanto a locomotiva dormia na cama como em uma garagem.

Então, eu sonhava com barulho, sonhava a noite toda com o barulho sobre mim; e a locomotiva permanecia plácida, e na penumbra era enorme, e respirava porque não desligava nunca, eu acho.

Eu digo que sou um desafortunado ou que não servia para as mulheres, por minha constituição.

Não sei porque, depois, ela teve essa idéia, de fazer uma estrutura na cabeça com os seus cabelos, e mantê-los cheios como um grande comboio amarelo que andava com ela. Seus cabelos eram como que de algodão hidrófilo, e é por isso que os outros depois começaram a chamá-la de locomotiva, ou senhora locomotiva em sinal de respeito.

De qualquer modo, nunca deixei de estar exausto, em tantos anos.

Ela subia pelas escadas e eu logo passava mal ao escutá-la, com a sua voz que vinha me procurar e dizia só: "Nestorino, onde você está, Nestorino?"; e eu tinha que cumprir minha obrigação de marido, mesmo à tarde. E ela já era mesmo para mim um trem a vapor e eu uma roldana, que devia andar porque o mundo é assim mesmo. Mas era um trem de verdade, não era brincadeira. Eu a via mesmo como um locomotor ou algo semelhante em todos os particulares que até ficava alguns dias maravilhado, porque além do vapor que ela exalava por todas as saídas, tinha as pernas que se mexiam como rodas em um êmbolo. Não sei dizer exatamente como tinha esse vagonete como pernas, mas eu a olhava quando marchava e dizia: 'mas é um trem a vapor', comigo mesmo.

E talvez ainda lhe quisesse um pouco bem, visto que era o seu marido, mas eu tinha vontade também de dizer: 'olhe como as pessoas mudam!'

Ela era uma locomotiva, com a sua nuvem de fumaça de carvão e o vapor como de algodão, e depois aquela força que têm geralmente os trens, com os amortecedores.

Eu ia olhar a ferrovia para fazer a comparação, e ver se não havia mesmo nada a fazer contra o vapor, ou como fazer para se tornar maquinista, que pára e parte quando quer, ou coloca, se quiser, a locomotiva sobre um desvio e a deixa ali, por todo o tempo que lhe apraza.

Eu ainda procurei indagar, se ela era humana. Então, uma vez, digo a ela: "mas você solta um monte de vapor", e ela: "vamos, Nestorino, venha cá", e eu via a nuvem dos seus cabelos de algodão que a seguia e se enchia um pouco por causa da sua avidez. E eu: "mas de onde vem esse seu vapor?" E ela só me dizia: "ah, Nestorino, entre aqui gostoso, bem gostosinho", mas era, ao se ouvir, um apito de locomotiva na estação, que se prepara e entra em pressão, e apita ainda moderadamente como se mantivesse a sua força por dentro para depois.

Eu então uma outra vez lhe disse: “Você sempre teve esse vapor?”. Mas ela começava já a encarrilhar sobre o sofá e os meus olhos se enevoavam como se eu estivesse no mar, e começava aquele barulho das suas sirenes, e das rodas e pistons, e mesmo um pesadíssimo trem já não podia mais pará-la.

E o pobre sofá era o campo que passava sob os meus olhos velados, e me sentia irmão dos cordões de veludo e dos braços estofados, com flores de bonito adamascado. Depois, fogo, eu pobre roldana desse potente locomotor que ia em frente pela estrada de ferro, em meio à fumaça, em meio à fumaça! E também disse a ela uma vez, para que me dissesse alguma coisa: “mas você é um trem, Irene?”; mas não acho que se pudesse ouvir a minha voz fina, ou para ela era um pequeno chiado dos seus maquinismos a vapor ou da sua chaminé, ou eu era uma fagulha da fornalha, que se apagava.

E com as mãos sentia o balaústre que os trens têm dos lados, e o degrau para entrar na cabine. Mas eu sentia isso de verdade, com muita precisão, e imaginava essa locomotiva sem controle que não se podia parar.”

Como posso dizer? Eu escutava com grande paixão a vida desse pobre Nestore, e a repito aqui com a maior exatidão possível.

Mas sentia também ondas de sonolência entre o olho e a pálpebra, que me puxavam com elas. E talvez tenha perdido algum particular dessas aventuras, e isso me aborrece.

Também fazia calor, porque já era de tarde, aumentado eu acho pelos copos de vinho.

E assim, às vezes, ficava hipnotizado pela força do sono, que queria que eu deixasse falar aquele pobre Nestore, mas que, também, quase não ouvisse aquilo, como se não estivesse ali.

Levantou-se em certo momento, abriu a porta e uma janela, para fazer corrente, mas inutilmente. Depois voltou a sentar.

E, quando eu tinha esses momentos, a coisa estranha era que olhava o rosto de Nestore e a sua boca continuava a falar, mas via também ao lado a gota da torneira que fazia um barulho, caindo na pia, tão regularmente que dava vontade de esticar a orelha, e ficar encantado. Não sei por quê.

Devia ser a força do sono e da tarde.

Especialmente quando Nestore parava para pensar nas recordações, a gota chegava ao meu ouvido e eu a via cair. Eu a via alongar-se, depois se desprendia, com um certo esforço como se fosse oleosa, e ouvia o barulho.

Depois Nestore voltava a contar, e eu virava então a mente para a sua voz.

"Nessa época – contou – vinha à minha mente uma recordação de infância, enquanto tinha a cabeleira dela nos olhos. Havia o azul do sofá-cama e uma lua bordada e, então, eu me lembrava que, quando criança, ficava sempre que podia em cima dos telhados e via o dia passar e a noite, e aquilo que fazia nos telhados era o contrário dessas desgraças com a locomotiva.

Era assim, e não sei qual a razão. Eu andava sobre os telhados de meia cidade, e era assim dono de mim! Assim, dono de não ser nada. Eu ficava, na cidade, num nível que era intermediário com o céu, e que não era considerado. E não se pode dizer que estivesse escondido, ou que fosse uma toca. Mas era um lugar que eu havia descoberto sozinho, e andava por ali porque estava na terra e no ar, e olhava para baixo se quisesse e para cima, e via as coisas belíssimas, porque eram um pouco todas distantes e inexplicáveis.

Eu via as pessoas e os carros, e ficava contente que cada um fosse para onde quisesse. Depois, via todos os pássaros pelo ar e as torres e antenas, e via chegar a noite independente de mim, mas com todo aquele espetáculo que sempre me agradou. Depois, eu gostava de ver as nuvens ao vento, que duravam pouco. E a lua e as estrelas e as estrelas cadentes, e a nossa galáxia fosforescente.

Pensava nessas coisas que são distantes, e que se vêem bem dos telhados. Uma pessoa pode sentar no telhado que escolheu e ficar bem feliz de não ser nada. Sem se importar com o trânsito que há na rua e com tudo o que vaga pelo céu. Quando se vive nos telhados, não é necessário falar, a pessoa é só contente, e procura ficar o mais alto possível e desaparecer.

Pensava, quando criança, que se fica bem longe das coisas que se movimentam, mas que é preciso olhar em volta e ficar olhando, sem se deixar notar.

Eu pensava que os telhados tivessem essa vantagem, e passava ali muito tempo, até que me chamavam para jantar. Diziam-me: "Nestore, o que você está fazendo no sótão?", e eu dizia: "nada", e eles pensavam que eu estivesse fazendo algo proibido.

A minha educação veio dos telhados, e o meu pai era, na verdade, o ar do céu e a minha mãe o cheiro que sai da terra no verão. E eu ficava entre meu pai e minha mãe nos telhados da cidade, e me eduquei assim.

Na época da locomotiva, eu pensava freqüentemente nessa minha infância perdida. Eu agora conto ao senhor que está aqui a me escutar, mas não sei como consegui, por tantos anos, ser o marido de um trem, porque sempre fui eu mesmo, naquele período, só sempre um pouco exausto.

E me lembro que ela tinha adquirido aquela língua particular que têm os locomotores nas manobras com os vagões de trem ou com os desvios, e é uma barulheira que me confunde os ouvidos e a cabeça.

E eu, às vezes, não queria acreditar que fosse assim, e dizia para ela: "mas porque você fala assim, Irene?", mas ela não me entendia bem, e ficava nos trilhos me sentindo. E falei a ela uma vez sobre os trilhos, mas ela começou a ferver e era enorme, e tinha aquele apito que me assustava. E ali mesmo eu vi nela a forma completa da locomotiva, e me impressionou, porque enquanto soprava o vapor que tinha demais e que ficava como uma nuvem no ar, eu olhava as suas partes, os pistons, a balaustrada para o foguista, as manivelas, e me maravilhava que fosse uma locomotiva perfeita, daquelas das oficinas.

E me dava vontade de chorar pela minha vida, pois não queria que ela fosse assim, e sim ter vivido sobre os telhados o que teria me feito feliz."

E Nestore, logo depois dessas palavras, parou um pouco para me deixar entender. Mas, às vezes, nessas paradas, por uma força atrativa eu ficava absorvido pela gota da torneira, que me encantava. Era brilhante e lenta. Parecia que se alongava muito, como se resistisse a se despregar. E sem querer eu ficava distraído.

Nestore disse: "Estou cansando o senhor?"

E eu, voltando a mim: "Não, não, imagine. É uma história instrutiva mesmo."

"Ah, sim – diz –, para mim também, por um lado, me fez aprender."

"E depois?"

"E depois – continuou – houve a segunda época da locomotiva."

E Nestore diz que foi terrível e não condizente com sua natureza tranqüila.

Diz Nestore mostrando a cabeça: "Eu estou quase careca por tudo aquilo que ela me fez". E me diz a sua teoria sobre os cabelos, que vem e vão segundo a alegria da vida, mas que ele já sofreu completamente a exaustão perpétua. Depois fala da locomotiva e que nela, ao contrário, cresceram os cabelos naquele modo vistoso, como uma nuvem que se rege sozinha. E diz assim:

"Eu acho que se multiplicaram e adensaram todos sobre a cabeça dela para dar o efeito de um grande algodão com muitos fios, mas tão pequenos que quase não dariam para se ver. E têm uma natureza que fica sempre no ar, e é a natureza própria dos hidrófilos que não pode ser combatida com nada".

Eu lhe disse: "Entendi, agora entendi".

E ele continuou.

"Nessa época, a locomotiva sentia necessidade de sair e queria impressionar a todos com os cabelos. Passava muito tempo na cabeleireira, eu me lembro. E ela lhe fazia, a cabeleireira, essa tal de permanente muito especial, que todos diriam ter dentro uma sustentação ou fios de ferro. Mas a arte da cabeleireira era de fazer parecer isso mesmo, para que depois a locomotiva pudesse passear e se fazer admirar, e que a chamassem assim: locomotiva.

Houve um admirador, o açougueiro de carne de cavalo que se chamava Zardetto.

Ela dizia que para a carne de cavalo é necessário vocação, e eu não sei. O próprio Zardetto me dizia: "eu tive vocação para a carne de cavalo, num certo momento, e não deu para fazer nada a respeito". E a locomotiva, por sua vez, admirava, acho, quem tinha a vocação e não podia fazer nada. E para esse açougueiro Zardetto, ela fazia esses grandes penteados que exibia pela cidade.

Esse Zardetto, que encarado isoladamente me fez depois estimá-lo, dava conselhos para que eu ficasse tranqüilo no mundo. Dizia: "cada um tem um destino, que é a sua vocação". Eu dizia que tenho a vocação dos telhados, e ele dizia que isso não é admissível e que não quer dizer nada, e que isso se faz nos intervalos do próprio destino. Ele, por exemplo, andava de bicicleta, mas nos intervalos do destino que tinha.

Eu queria entender essa tal vocação, e lhe perguntava como era que alguém podia senti-la. Mas ele mesmo dizia que não ficava claro para ninguém.

"A vocação – dizia também – vem procurar você."

"Mas a minha é pelos telhados, de ficar sobre os telhados", eu sempre lhe declarava.

"Não – dizia –, ninguém tem o destino de ficar sobre os telhados. A menos que você tenha o destino de pedreiro, de fazedor de calhas ou instalador de antenas." E dizia: "Você deve compreender melhor qual é o seu destino".

Mas, para dizer a verdade, nessa época eu me perguntava se

existem homens no mundo, e falei disso com o açougueiro, que dizia que para ele os homens existem, e que não há problema algum nisso.

Eu ia até ele e lhe dizia: "hoje eu vi as pessoas e me pareciam normais por fora, mas também bem malignas, como se não fossem quem eram". E perguntava: "mas elas fazem de tudo, não é verdade?"

E para explicar melhor, dizia que cada uma delas me parece um ator, e vejo que aquela roupa não é a dele, mas que talvez a tenham passado a ferro ou, ao contrário, tenham-na envelhecido um pouco e amarrotado, para que ficassem parecendo aquilo que deveriam. E no rosto eu via as marcas, as pequenas rugas, ou furúnculos, ou olheiras mais escuras, que tinham sido arranjadas para que tudo parecesse verdadeiro.

Podia olhar alguém e dizer que talvez tivesse uma superfície de goma laca ou de cera, e se percebia a imitação perfeita e também indubitavelmente admirável.

E essas pessoas iam aos seus cafés, ou faziam coisas afobadamente sem ter tempo de se deleitarem.

E ele dizia que é exatamente assim, que as pessoas fazem aquilo que devem fazer e que estar no mundo é mais ou menos isso.

Então, disse a ele mais de uma vez, que era verdade e que não podia dizer nada. Que as pessoas pareciam mesmo ser aquilo que eram, com as suas profissões e as caras que tinham. Mas não estava certo, e lhe dizia assim: "não estou certo, não estou certo de nada".

Eu não sei bem como vivi na época em que tinha a influência da locomotiva sobre o meu sistema nervoso.

Eu dizia também, a esse Zardetto, que para mim as casas

pareciam serem feitas de papelão ou de madeira compensada. E ele duvidava. Eu dizia que, na prática, não existiam nem as casas, e que andando pelas ruas eu via que as tinham substituído como que por fachadas falsas.

E esse Zardetto dizia: "mas quem?"

Eu não sabia, porque mesmo para mim era um mistério, e olhando parecia tudo igual. Mas eu prestava atenção, e era tão claro para mim, então, que atrás das ruas não havia quase nada além daquilo que podia ser visto, ou que talvez houvessem escoras de madeira para manter de pé essas paredes finas. E de frente não dava para perceber nada, porque tudo era feito com uma exatidão tão perfeita que eu me perguntava: "como é que fizeram isso?"

De vez em quando, eu observava as janelas das senhoras que olhavam para fora ou que batiam tapete de modo bem natural. E os senhores, eu os via abrirem as portas com as chaves, ou tocar a campainha, sem prestar atenção em mim, e depois entrarem. E eu pensava que todos esses que desapareciam lá dentro riam e riam continuamente. E, pelas frestas, eles viam que eu passava e levantava a cabeça, e que tinha suspeitas, e todos queriam, então, me ver pelas frestas, para rir. E acho que se apertavam uns contras os outros, para se acomodar melhor e rir.

Depois, atrás dessas fachadas, não devia haver nada: terras desabitadas e pouco cobertas de verde. Pelo menos eu imaginava. Porque não encontrava essas frestas para olhar do meu lado. Mas devia ser terra seca, com barrancos e margens desmoronadas, e, principalmente, dizia a mim mesmo, que aquela era uma terra árida, com um sol imenso e era inútil andar por ali.

Aquelas pessoas, ao contrário, ficavam atrás do palco, e moravam ali para não se deixarem ver, nem deixar ver que estavam rindo. De vez em quando deixavam alguém sair, vestido como se fosse um qualquer. Ou saíam em três, como se fossem uma família indo passear, e eu as via se comportarem como se fossem verdadeiras, e pensava: 'que beleza! como fazem para não cair na risada?' E havia alguns especializados em se fazerem de criança, que tinham tamanhos menores e eram vestidos com calças mais curtas para se tornarem perfeitos meninos.

Vi alguns deles até sobre um triciclo, ou com bicicletas de rodinhas, não era possível distinguir. E eram colocados também dentro de carrinhos de bebê, mas aqueles menorzinhos de todos, que podiam ser enfaixados.

Olhei-os mesmo de muito perto e eram espantosos.

Depois, entendi que, quando não podiam mais segurar a risada, entravam atrás desses painéis falsos, mas como se fosse a hora de voltar para casa. E tudo era tão bem feito que o menino às vezes choramingava, e vi que aquela que devia fazer a mãe dando uns tapas, até fortes, ou ameaçando dá-los, tudo de acordo com o que acontece na pedagogia, com o menino choramingando e essa sua mãe aparente que dizia: "cala a boca, não vou trazer você para sair nunca mais", ou ainda: "quer apanhar mais?", e o puxava até a porta que era como uma verdadeira porta de casa, e entrava com toda a confusão das famílias, e as compras em uma mão, e a bolsa, o menino, e desapareciam assim das minhas vistas para descansar da cena toda, e rir com todos os outros.

Depois, eu acho que se apertavam próximo a alguma fresta e me viam permanecer ali um momento, examinando a falsa porta fechada, olhando lá para cima, as janelas e as cornijas, como um pobre bobo envergonhado."

E enquanto me revelava essas coisa estranhíssimas, sentado à mesa da sua cozinha, eu vi uma coisa mais estranha ainda: vindo da torneira que continuava pingando, vi e muito bem, como se fosse verdadeiro, vi aparecer um tipo meio calvo, ou mesmo careca, com uma cara de malandro que se confundia com a água.

Eu tinha quase a faculdade de ver de lado, e de ver melhor de lado que de frente. Mesmo aquilo que eu olhava eu não via bem, mas de lado intuía todos os movimentos escondidos.

Eu olhava a cara desse meu amigo, enquanto me contava seus amores de juventude e de homem maduro e, enquanto isso, espiava disfarçadamente aquele velhaco do cano.

Esse contador Nestore ia em frente, falando de seus terríveis amores, sentado timidamente à mesa da cozinha, e eu, sem deixar, porém, de ouvi-lo gentilmente, mantinha o olhar lateral voltado para a pia.

Via-se a calvície vir para fora brilhando, depois as sobrancelhas penteadas pela água e me pareciam fluidas como córregos. A sua pobre astúcia era a de aproveitar as gotas para espiar o lugar. Deixava-se escorregar um pouco com o pescoço comprido e fino. Depois, a gota caía e ele se retirava de volta para dentro do cano. Depois, devagar, esticava ainda a cabeça para fora com aquele jeito de hipócrita e espiava a mim ou ao Nestore que contava a história.

E enquanto estava fora, até a altura dos ombros, eu fiz de repente cara de encanador, com toda a força dos maxilares e com as orelhas quase retas e meio semoventes.

O tipo deu uma espremida e borbulhou, perdendo a liga e afrouxando para baixo, e Nestore ficou me olhando na cara parando a conversa e teve ele também medo, acho, porém mais das orelhas que movo com muita velocidade, quando faço o encanador ou o encanador mau.

Mas, talvez tenha pensado que a história tenha me causado esse efeito, e assim pulei sobre a pia para colocar a tampa, mas aquele tipo já tinha desaparecido pelo ralo. Tinha se eclipsado como um relâmpago, o astuto, e vi um pouco da espuma que tinha feito pelo medo repentino.

Mas era espuma de um instante, espuma de água, nada mais.

E disse todo encantado: "O senhor viu lá na pia?"

"Ah, não é nada, há sempre a gota."

"Mas viu que coisa?"

E ele: "Eu nem ligo, já estou acostumado com isso."

Mas não dava para saber o que ele queria dizer com isso, e depois, explicar, nem eu mesmo sabia o quê. Assim, aquela apresentação tão inesperada e estranha tinha me acordado do cansaço. E lhe pedi para que continuasse os seus casos de amor.

4

CONTINUAM OS SEUS CASOS DE AMOR

"Eu me lembro – recomeça a dizer Nestore – que ia olhando todos os pontos menos importantes dessas fachadas, porque queria desvendar o mistério, e desvendá-lo também para aquele Zardetto que tinha vocação.

Eu olhava da melhor maneira possível um muro, por exemplo o reboco, que era sempre perfeito, com esse papelão que parecia areia e cal, e havia até mesmo as marcas do tempo ou umas rachaduras finíssimas que ninguém mais notaria, e estando também descascado de um modo assustador. Havia sujeira nos pontos onde se toca mais, e eu ia olhá-la de perto e juraria que era verdadeira, com as cores esfumaçadas e típicas, e também com cheiro, por exemplo de urina, que eu sentia ao chegar perto.

Eu, algumas vezes, também tirei o reboco, com uma pazinha, e atrás haviam os tijolos, iguaizinhos, mas daquele papelão especial. Depois não podia procurar mais profundamente, mas estava muito seguro de que tudo era idêntico ao verdadeiro. E haviam as portas que pareciam madeira e eu ficava muito admirado, e eu tentava raspá-las com uma faquinha.

Esse papelão era endurecido, não sei como, que até parecia ferro ou mármore ou as maçanetas de latão.

Agora não ligo mais para essas coisas, se existem homens ou não, e se as casas são finas ou se tudo tem o seu verdadeiro volume.

Uma vez, porém, enquanto ia por uma viela e procurava desvendar o mistério, encontrei um buraco em uma janela do andar térreo. E, se eu ficasse na ponta dos pés, podia ver um canal dentro da casa. Eu dizia a mim mesmo que talvez aquela fosse uma imperfeição, e que aquela era uma falsa janela desvendada. Algumas vezes, saía de casa para ver o canal pelo buraco, porque fazia muito bem para o meu esgotamento nervoso.

Eu não sei como era essa coisa estranha, e esse influxo que me fazia bem.

Vagava pelas ruas, então, e me dizia: 'pobre Nestore, você é uma roldana paciente e desolada', ou então: 'pobre Nestore, definhando por causa do vapor'. E assim, pouco a pouco terminava na janela do buraco, e olhava com o olho. Ficava, então, ofuscado e beneficiado, e havia a água embaixo que corria tranqüilamente e devagar por conta própria.

E eu dizia: "que doce", e voltava a olhar. Eu diria que olhava com uma comoção de coração, enquanto mantinha o olhar no buraco.

Aquele canal era todo desabitado. Ficava no meio das casas e parecia uma rua da cidade, mas havia essa água que me acalmava. E eu pensava que defluía, e ficava contente em dizê-lo.

Assim, eu olhava novamente, e a água espelhava um céu com um brilho todo encantado, e dentro de mim sentia que se acalmava o esgotamento.

Quis mostrá-lo a Zardetto, e ele dizia que era o esgoto, e que era raro, mas que era assim. Eu, ao invés disso, sempre pensei que fosse uma imperfeição, e que desvendava um pouquinho os segredos da cidade.

Não sei explicar isso e nem mesmo para Zardetto sabia explicar.

Eu dizia: "se caem todos esses papelões e as escoras por causa de um vento furioso, essas pessoas terão que recuar e, certamente, será possível ver que as crianças são anões e que estão cobertas pela cera das máscaras. Então se abriria o panorama radioso".

Zardetto dizia: "mas que panorama?"

E eu queria tanto explicar, e o levava à janela do buraco. Ele dizia que era um esgoto a céu aberto, que eu não aceitava ter o destino, que não havia papelão, que não havia vapor, ou que não precisava me preocupar com isso.

Pois bem, eu estava enevoado sobre esse sofá de veludo, pobrezinho dele também, e pensava nos meus dias de sofrimento sem esperança. E eu, da minha parte, não era nada além de um trilho quebrado, que ficou ali, pobrezinho, e o trem passou como uma sucata impiedosa.

E, no silêncio de desolação que havia, ouve-se um pequeno, pequeno e sutil zumbido que vem da cozinha. E eu com o ouvido renasço e o escuto, esse zumbido que reconheço ser da geladeira, que é tão sutil que paro de respirar para escutá-lo.

E senti mesmo uma emoção por essa bela existência, e pelo seu modo gentil, e pelo modo tão contido de se fazer ouvir. Tão imperceptível, como alguém que não quer perturbar e eu me pus a pensar: 'que delicada essa sua alma.'

Eu pensava mais ou menos assim. E ficava ouvindo esse zumbido sem pretensões, e modesto. E mantinha o ouvido aguçado porque do contrário se perdia, de tão delicado.

Ficava ali, no sofá, pobre de mim, sem força nenhuma nos nervos. E através da névoa da minha cabeça entrava essa voz secreta. Mas tinha que esticar a orelha e ficar todo atento procurando-a, em meio ao silêncio da casa.

Depois parava, e eu me dedicava somente a esperar o seu zumbido, com a orelha em pé. E era tão dedicado a isso que não pensava em nada da minha vida de desgraçado, mas ficava ali abandonado com a mente toda voltada ao ouvido. E depois ouvia: tique, e eis que voltava a me procurar esse barulho existente há tão pouco tempo, e íntimo, que estava distante e cheio de respeito por mim.

E eu dizia comigo mesmo que ela de lá mantinha fresca a minha comida, e era uma geladeira dessas comuns, que ficava na cozinha modestamente. Só esse seu delicado zumbido a indicar que estava lá, mas imperceptível. E parecia que fosse para mim, mesmo se quase não se ouvisse, e que era tão bonita e afetuosa essa sua timidez.

Como se dissesse devagar da cozinha: 'pobre pequena rodinha sem paz e sem descanso... pobre pequena rodinha que quer dormir'.

E eu pensava em mim, pobrezinho, sem eira nem beira. E então chorava pela minha vida de tantas desventuras. Eu queria viver no ar, quando jovem, e estava ali, uma rodinha fuliginosa e comprimida. Depois ela ligava e zumbia dirigindo-se a mim, e eu me enchia de consolo. E tinha também uns pensamentos que sei não serem possíveis. Eu pensava que me levava embora, essa minha geladeira, com o seu zumbido. E eu a mantinha como que seguro e abraçado com uma mão, e a outra sobre o fecho, e ela zumbia e ficava leve e eu também. E mais do que voar ficávamos no ar, porque o zumbido tinha a força de interromper o peso.

Assim eu pensava, e era um pensamento que me fazia bem. Mesmo agora tenho um fraco todo especial pela geladeira *frigidaire*, e é como um entendimento secreto entre nós.

Foi assim que comecei a ficar na cozinha, porque tinha grandes consolos de todos os meus eletrodomésticos, que me queriam bem. E ficava ali como um bom noivo feliz, que é respeitado, e as suas noivas são cheias de mil atenções para com ele, mas sabem, porém, ficar recolhidas e compostas, e fazer direito, por exemplo, todo o ciclo de lavagem, com os enxágües e os reenxágües, e a água que esquenta. E depois a centrífuga, que é como uma bela sereia que canta para mim, com aquela sua abençoada alegria. E eu corro para a cozinha quando a ouço, e fico eu também contentíssimo e alegre, e a aprovo e me deleito com ela. E ao final me dá tudo limpo. Eu abro a porta e a louvo, a minha bela lavadora, e vou todo contente estender a roupa no quintal, e cantarolo um pouco às vezes, e eles me ouvem e acho que riem, assim como podem, que riem de coração, de felicidade.

Depois eu gosto de fazer compras no mercado, e quando comecei a sair para eles, não ligava mais se existiam os homens e se existiam as casas. De qualquer maneira, mesmo agora digo a mim mesmo que todas essas brincadeiras não me importam mais, ou, eventualmente, sou eu que os olho com ar de compadecimento.

Dá para ver que, para eles lá, não há outra vida que aquela atrás dos papelões, mas me acostumei.

A locomotiva jamais suportou os meus sentimentos. Dizia: "você está distraído", e exalava um sopro de vapor pelo pistão.

E eu lhe dizia, por exemplo: "não, Irene, estava escutando para ver se a lavadora terminou o molho". Mas para ela isso não importava, e me acusava de ter sempre a cabeça na cozinha.

Eu dizia: “não, mas precisa prestar atenção para ver se sai o alvejante”. Então ela se irritava comigo e com o pensamento do alvejante, e não me chamava mais Nestorino ou o seu Nestore, mas moleirão e sarnento. A frase dela era assim: “não deixe que o vejam, sarnento, pois você se transformou numa sarna”. E eu tomava a saída de casa e vagava por esta cidade toda artefata e traidora, e ia ao final olhar o meu rio do buraco para me confortar. E isso tudo eu contava a Zardetto, que dizia: “sarna são as mulheres”.

A locomotiva tinha propositadamente um modo de tratar a lava-louças que me desagradava, um modo sem respeito. A lava-louças não podia fazer nada, pobrezinha. Podia só obedecer e se esforçar.

E naquela época, enquanto ficava furiosa comigo por causa do esgotamento e porque ficava distraído, tratava tudo com aquela ira funesta, e enchia por exemplo a lava-louças de um modo muito furibundo e muito displicente com as prescrições que nos havia dado a loja.

E eu olhava sem falar, mas com o coração apertado. Toda aquela louça mal colocada!

É preciso saber como funciona uma lava-louças. Isso vem escrito até nas instruções. Para que possa trabalhar bem é preciso saber como funciona. Não é uma pia.

Mas se alguém coloca mal as coisas, ela não pode mais lavar, e se cansa à toa e se aborrece com isso. E a gordura fica grudada nos pratos ou nas facas, e no final fica tudo embaçado. Assim, a lava-louças se aborrece com isso: faz todo o trabalho do mesmo jeito, mas se aborrece com isso.

Eu gostaria de lhe dizer, às vezes, que a culpa não era dela, e sim que somos eu e ela, pobres vítimas que devem padecer. E ficávamos tristes e ela me entendia, e acho que já gostava um pouco de mim nessa época, porque quando era eu que a fazia trabalhar, sentia que ficava mais satisfeita e se empenhava mais, fazendo tudo melhor ainda, para mim.

E depois, no final, eu a abria e lhe fazia elogios, em voz baixa. Dizia, por exemplo, mas como se estivesse falando comigo mesmo: "oh, mas que brilho", ou mesmo fingia estar surpreso e me punha a dizer: "mas ficaram como novas essas panelas aqui", e fazia um ar de grande satisfação, e dizia que o aparelho de jantar agora parecia de porcelana, e dizia: "mas olhe! mas como está brilhante!" E dos copos não dizia nada, brilhavam como um espelho. Ela sorria consigo mesma, eu acho, quando levantava um deles no ar e fazia ar de alguém que está admirado e sem palavras.

Assim ela aos poucos foi gostando de mim, e sonhava em ficar sozinha comigo. E eu lhe prometia isso como minha grande esperança. Eu lhe dizia: "eu tenho esperança disso, você sabe". E eu tinha essa esperança, por mim e pelo bem da cozinha. E depois também a locomotiva se punha a passar a enceradeira no chão. Eu dizia algumas vezes: "Irene, você tem que mudar as escovas", ou ainda: "Irene, você tem que esvaziar o saco que está entupido", mas eu só a aconselhava, porque ouvia a enceradeira que se cansava. E ela, não sei, tomava cuidado para não desinchar os cabelos, e a tratava com um descuido! Como uma vassoura, um escovão de madeira. Depois eu, bem de mansinho, ia tocar a enceradeira que era jogada no quarto de despejo toda aborrecida e tão maltratada. E eu a polia um pouco, porque digo que não merecia esses maus-tratos. Mas não podia ser visto, porque a locomotiva estava no auge de sua fúria e começava com aquelas palavras insultuosas, que eu era sarnento e que era uma sarna.

Depois, olhava para mim e para a enceradeira para nos desprezar, e eu me sentia sarnento, sobretudo na cabeça, onde era calvo ou em vias de ficar calvo, e a pobre enceradeira ficava indefesa, ficava perto de mim para que eu a protegesse. Mas eu não podia fazer nada naquele momento, em que ela estava ali. Eu era só uma roldana desgastada.

Depois, quando ela saía para os seus passeios para exibir o algodão, eu passava a enceradeira pela casa do modo que a agradava, e ela fazia o seu belo som uniforme, e deixava tudo brilhando quando passava. E eu a chamava minha bela delícia, mas assim, para brincar com ela. Mas depois, quando fiquei sozinho, pensei que ela devia se chamar Zefirina. Tem uma constituição toda delicada, e às vezes quase que escapa da mão. Assim eu pensei que Zefirina era o nome mais adequado e agradável."

'Mas que história!' pensava ao escutar a vida de Nestore. Ele porém tem razão, se gostava assim, era melhor do que o esgotamento.

E disse isso a ele. Mas antes que ele abrisse a boca, escancara-se a porta às minhas costas, de repente. Era um golpe de vento, porque é típico da estação. Mas eu senti quase que alguém se aproveitava para entrar junto com o ar, e passou por debaixo das minhas pernas e depois por debaixo da mesa, e esvoaçou sem se deixar notar bem. E eu pensei em Taddei Filippo, não sei por quê, chegando do campo. E me senti desperto e alegre, apesar das tristes histórias da locomotiva na casa do pobre Nestore.

Uma cortina da janela balançou, mas não tive tempo de ver o Filippo. Senti como que um sopro passar pelo meu pescoço, e

tive vontade de dizer: 'Filippo, Filippo', para que parasse. Depois deve ter passado pela cara do Nestore e lhe levantou os cabelos, aqueles poucos cabelos que lhe deixaram as mulheres, e ficaram levantados, como em um campo eletromagnético.

E eu ri da cara do Nestore, e ele também se divertiu um pouco, mas sem muita convicção.

E Filippo passava pelos pés e depois pela mesa, fazendo voar pedaços de papel, e Nestore dizia: "É o vento, é o vento", e no final tudo se mexia naquela cozinha, e estava tudo pelo ar, e queria ter podido olhar Filippo por um segundo, mas já havia passado por toda parte a toda velocidade, e acho que saiu pela janela, deixando-me emocionado e contente.

Assim Nestore disse que estávamos em meio a uma corrente, e procurava assentar os cabelos que tinham formado uma auréola em cima das orelhas.

Depois, tudo abaixou de novo e a cozinha voltou a ficar tranqüila. E Nestore me olhou, sem saber, eu acho, que Filippo tinha passado. Eu mesmo não estava muito certo disso. Eu tinha só pensado nele.

E, então, estando tudo tranqüilo, para ouvir a continuação da sua vida, disse uma frase de incentivo:

"Bem! então não é muito bom estar com as mulheres."

E ele: "Depende. É preciso ter vocação para isso".

Mas enquanto isso também entrevia de novo aquele do cano, que colocava devagar a cabeça para fora, pelo jeito com grande cautela, porque devia ter se assustado um bocado.

Mas já deixava que fizesse como queria, procurando manter os olhos abertos e vencer o sono. E digo a Nestore, só por dizer: "São melhores os eletrodomésticos".

"Bem! – ele responde. – Pois é, eu sempre soube que os eletrodomésticos não sabem falar, e que não são mulheres. Eu nunca confundi as coisas. E digo explicitamente que é pela eletricidade e por um seu automatismo que isso é verdade.

Mas sempre me dei bem com eles, que são normais e que têm lá também os seus defeitos. Por exemplo, nunca me pus a falar com eles, porque eles não têm essa capacidade. São eletrodomésticos, com suas limitações.

Porém, acho que algumas frases pequenas, assim, para fazer uma aproximação, agradam a eles, frases como: "isso, vamos, aspire tudo", ou mesmo para a torradeira: "isso, vamos, fique atenta", assim, só para fazer com que se sinta contente e estimada, porque uma torradeira não teria mesmo necessidade de nada. Ela sabe contar os minutos e disparar, porque é daquela raça que dispara. Mas não quero deixá-la ali sozinha contando os minutos.

E eu digo também, quando vou à cozinha: "meninas, cheguei. Acordem, meninas", e todas elas ficam paradas, porque não têm pernas, mas é como se viessem à minha volta a me fazer festa. E se eu faço massa folhada, por exemplo, elas me acompanham do jeito delas, e com o temperamento delas. Não sei, são coisas que é preciso experimentar, do contrário não parecem verdadeiras."

E eu aprovei. Mas não havia muito a dizer.

Para limpar a voz, bebeu um gole de vinho, e começou a dizer o que aconteceu depois.

"Depois, naquele tempo, aconteceu – disse – de a locomotiva fugir com o vivisseccionista Scansani, e para mim isso foi a maior sorte, e não para esse Scansani, que se vangloriava disso, mas depois, pensava eu, ele se arrependeria.

Dizem que era vivisseccionista e é provável que essa fosse a sua vocação, ainda que eu não entenda o que isso quer dizer. Mas eu tenho a vocação dos telhados que não se entende e um outro de ser um vivisseccionista. E não há o que discutir, dizia Zardetto, porque vocação não se discute. Mas entre eles, entre os vivisseccionistas, eles se entendem bem. E acho que é assim, como eu me entenderia com alguém que anda pelos telhados, mesmo sem falar.

Pois bem, então vinham à porta de casa, a locomotiva com aquele seu vivisseccionista, e ficavam um bom tempo ameaçando me tomar todos os móveis da cozinha.

E eu joguei uma vez o sofá-cama em cima deles, porque pensava que assim arruinaria também o vivisseccionista, se era isso o que ele queria.

Quando o sofá-cama que joguei pela janela chegou lá embaixo, fez um estrondo que assustou a rua toda. Um estrondo horrível que me deixou, porém, elétrico, e nós todos ríamos a valer lá da cozinha, e não parávamos mais de rir. Eu ria atrás das persianas, e atrás de mim as minhas máquinas elétricas faziam o maior carnaval e eu sentia uma grande pressão em todas as veias, no pescoço e no rosto, e os meus olhos ficaram como duas bombas, acho, de tanto rir.

E vi através das persianas que toda aquela gentalha de araque tinha parado e se perguntava o que devia fazer, em meio à poeira do sofá-cama. E eu dizia: "eu os fiz recuar", e entre nós era uma exultação, porque também as minhas orelhas soltavam uma espécie de assobio que não dava para ouvir mais nada.

Depois chegou um guarda, que devia ser um chefe para eles e que se vestia perfeitamente como um guarda; e veio para colocar ordem naquela bagunça, caso contrário, eu venceria todos seguramente, com aquele sofá-cama que pesava cem quilos.

Eu os tinha como que interditado, e mesmo das janelas falsas da frente, eles se debruçavam, por exemplo, sem peruca e carecas, porque o barulho tinha sido tremendo e todos acho tinham tido medo pela cidade de papelão, medo de ficar amassados debaixo das estacas ou debaixo das muralhas pintadas. E dava para ver que tinham confundido os seus turnos, porque saíram naquele em que deviam estar escondidos. Um saiu de uma porta de pijama, e dava para ver que não era sua vez de aparecer, e aqueles que já estavam fora estavam inseguros e não diziam bem a sua fala típica.

E os anões que estavam em volta estavam estarrecidos, e os vi descendo dos carrinhos para ver, com ar de quem não entende nada do que está acontecendo, e eu acho que eles se traíam um pouco, porque normalmente esses homenzinhos menores ficam deitados ou presos nas cadeiras, sem uma expressão verdadeira, ainda que se saiba sempre que são maus e os mais canastrões.

Depois, o tal guarda procurou recolocá-los todos dentro das suas posições e devia ser uma espécie de diretor ou segurança regional que não se assusta por pouco, e olhava o sofá como coisa à toa, e dizia às pessoas da sua laia para que fossem embora, e que era só um sofá caído e ponto final.

Mas alguns olhavam para cima porque não estavam convencidos, e eu, através da persiana, sem deixar que me vissem, estava cheio de uma euforia semi-elétrica, e as minhas máquinas atrás me diziam: ‘o que está acontecendo? o que está acontecendo?' Sem usar palavras, naturalmente, mas eu entendia, e contava, e parecia que íamos estourar de rir como uns loucos.

E contava às minhas máquinas que lá embaixo a locomotiva tinha cercado aquele espécie de segurança, e circundava-o com o influxo das suas evaporações para que expedisse contra mim algo de grave. Mas esse segurança tinha na cabeça o controle das ocorrências de toda a cidade, para que não fosse traído o mistério deles por causa de um sofá-cama. E não queria dar atenção à locomotiva, e ouvia que dizia a ela: "senhora, nós vamos pensar no assunto", e queria organizar o tráfego, e nós rindo a não poder mais.

E contava às minhas máquinas aquilo que eu via, e esse segurança ou chefe regional parecia impressionado com a cabeleira e com o vagão móvel que a locomotiva puxa atrás quando anda.

E todo mundo gozando, e eu não agüentava mais de tanto rir, e com os braços acabei fazendo uma banana para eles através das persianas. E lá embaixo a locomotiva enfureceu-se e ia em direção ao guarda que tinha como que escapado, isto é, tinha se retirado ele também. E o vivisseccionista permanecia ali embaixo como um pobre coitado.

Em seguida, vi que esse vivisseccionista não era de todo mau ou já estava um pouquinho domado.

Veio sozinho, uns dias atrás, para tratar comigo dos interesses da locomotiva. E me trouxe uma carta dizendo: "olhe que é injunção totalmente legal". Para me causar uma certa impressão. E nela estava escrito mais ou menos isso: "venho pegar a geladeira na terça-feira, a enceradeira e o ferro elétrico". E depois dizia: "é tudo meu e não seu". E, para concluir: "você é uma sarna", assinado Irene Mastelli, que é ela.

Assim, eu fiquei comovido e magoado, e dizia ao vivisseccionista: "Scansani, a locomotiva para mim só fez mal, e foi uma época horrível da minha vida, e até as recordações me fazem sempre sofrer". Depois dizia a ele que gostava também do ferro elétrico, que era um pequeno ferro todo contente de passar roupa.

"É tão simples de gosto – lhe dizia. – É um pequeno ferro com a sua tomada, e nós nos estimamos." E ele talvez me entendesse um pouco, e me olhava com um olho. "Eu o pego quando tenho de passar roupa, e ele me parece muito contente, contente por minha causa. E se dedica bem sobre toda a roupa íntima, sobre as camisas. E, às vezes, ele gosta de brincar sobre as toalhinhas de centro, ou sobre as toalhas, e faz como se fosse queimá-las, para me assustar. Mas é uma brincadeira entre nós, assim, só para dar um pouco de risada." Eu queria fazer a descrição dele para o Scansani, para que entendesse o meu lado. E dizia a ele que era um ótimo ferro, que dá para regular. E por isso não podia deixá-lo ir, porque nós nos estimamos, reciprocamente.

Esse Scansani tinha sensibilidade, e quando ouviu a minha triste história nós dois nos perdoamos.

Depois as conversas com o vivisseccionista eram deste tipo: ele se dizia desempregado e andava pelas ruas procurando emprego, e assim eu o encontrava enquanto fazia as compras.

Eu experimentava lhe dizer: "Os trilhos da estrada de ferro chegaram na sua casa?"

E ele, que tinha um olho albuminoso, apertava-o e abria-o, para me fazer entender que sim.

E eu lhe dizia: "Toda aquela fumaça!", e ele dizia sempre que sim, com o olho obstruído.

E depois eu lhe perguntava: "Todo aquele barulho!", mas ele dizia que não tinha importância, que o barulho não era assim tão grande, e confirmava para mim com o olho, que ao seu modo particular dizia sempre: 'estamos entendidos'.

Mas, afinal de contas, era um homem que não gostava de falar, e preferia falar com o olho, que não era exato nas palavras, mas era fácil adivinhá-las.

De qualquer modo, depois não falamos mais da locomotiva, e mesmo agora, quando o encontro, eu quero apenas entendê-lo. Ele é vivisseccionista especialista em frangos e diz: 'sou vivisseccionista de frangos, quando posso', e ao dizer isso seu olho albino brilha, por isso acho que é uma vocação sua, mas é muito estranha, porque os telhados eu entendo, mas um vivisseccionista de frangos não entendo por quê.

Ele, com o olho, explica isso assim: 'os frangos são os animais mais infiéis e burros'.

E eu penso em casa sobre essas idéias dele, e todos nós pensamos sobre isso na cozinha. Mas depois me veio à cabeça uma vez a história verdadeira desse Scansani, que eu tinha escutado. Eu acho que eles tinham um frango andando sobre a mesa da cozinha. Era um frango de raça pouco comum, acho que era um frango francês ou que vinha de qualquer modo do exterior. E esse Scansani, que era menino, gostava de olhá-lo de perto. De qualquer modo, enquanto eles estavam se olhando, o frango, por causa de uma fantasia sua que não se pode nem imaginar, bicou-lhe aquele olho nublando-o completamente.

Assim explica-se o segredo de todas as vocações.

E eu contei a Scansani a sua verdadeira história, e lhe disse que a havia escutado. Assim ele me deu um clarão de aprovação.

E aqui em casa todos ficaram contentes pelo esclarecimento, até a escova elétrica."

E naquele momento a cabeça de Nestore começou a não ficar reta. E repetiu as frases que dizia à sua máquina de lavar, frases muito doces, pelo que dava para entender, e de terno amor. Mas com a voz flutuante e o olhar como que um pouco relaxado. E eu também tinha um sono que me rondava os olhos.

Depois ele movia a boca por força da inércia, e devia ter se perdido em uma soneca serena e repentina, uma soneca à tarde.

5

UMA PROFUNDA SONECA À TARDE

Estávamos, então, na metade da tarde daquela longa jornada e me vejo novamente vagando por essa cidade, com o pensamento todo voltado ao pobre Nestore, que eu havia deixado sem querer perturbar.

E tive curiosidade de olhar essas casas que ele dizia serem feitas de nada.

E penso que de fato, quem sabe, pudesse ser assim. Isto é, não está excluído. Que essa cidade dure pouco e seja, em essência, um palco apoiado sobre um deserto. E que não seja uma coisa verdadeira, mas uma brincadeira, uma espécie de brincadeira para os estrangeiros.

E só para matar a minha curiosidade, tento raspar um canto. Ah! penso, se por acaso é papelão, fizeram um trabalho perfeito, sobretudo nos retoques finais. Há um efeito de velho e de cores descoloridas pelo tempo, com marcas de umidade e chuva, tijolos desconexos. O verniz que faz bolhas e descasca, ferrugem. Grades desgastadas e também as ruas, pelos passos, pelas rodas dos troleibus.

'Incrível – cheguei a pensar –, se tudo aqui é falso, é uma obra de arte.' E continuo a vagar por essa cidade admirando as igrejas, os monumentos, as estátuas, que com um trabalho de verdadeiro cinzel, estão todas trincadas e destruídas, com a pátina da sujeira e dos córregos d'água. Uma coisa assombrosa. Existem até mesmo palácios em ruínas, muito autênticos e bem desconjuntados, que dá vontade de dizer: 'não, é impossível'.

E depois, particularidades estranhíssimas, que imitam o acaso e o descaso, mas que, se é verdadeira a suspeita de Nestore, são produto de uma fantasia maravilhosa. Janelas fechadas por um muro, ruas tortas, casas construídas umas sobre as outras, sem critério e sem lógica, com terraços cobertos por vidros que saem dos telhados, águas-furtadas em forma de escotilhas, e uma mistura de todos os estilos imagináveis do mundo.

Depois, fios que passam no alto, acima da cabeça, ao longo dos muros, em excesso. Bastaria, digo a mim mesmo, mencioná-los. Assim, não se entende o que possam significar, todos aqueles fios e todos aqueles tubos. Talvez uma superpopulação.

E enquanto caminho me detenho a examinar coisas ainda mais assombrosas: por exemplo, uma fachada de casa tão descascada que deixa ver por trás uma outra fachada diferente. E chego a pensar que ali, com um truque duplo, se quer caçoar do visitante, fazendo com que acredite que, por trás do reboco falso, há algo de verdadeiro.

São golpes de astúcia, porém, e de grandíssima arte.

Assim também uma estátua de um capitão a cavalo: está coberta por aquela coisa que fazem os pombos, como se estivesse colada abaixo do chapéu, das rédeas, da crina, fazendo listras brancas e acinzentadas, mas de uma maneira que é magistral.

E me detenho a admirá-la. E é tão bem feita que não se distingue quem está em baixo. Melhor do que se fosse verdadeira.

E continuo a vagar, parece que há, na arquitetura, uma grande confusão, incompreensível. Tanto que digo que, se isso é tudo papelão, ou se enganaram ou é uma obra-prima.

E as pessoas dão a mesma impressão. Se eles são atores, digo que são muito bons. Uma escola excepcional, que quase dá vontade de se sentar num bar e ficar ali como se estivesse em uma platéia. Ou melhor, acontece aquilo mesmo que Nestore havia me explicado na cozinha: vejo a três passos de mim uma mãe que puxa um menino, ou talvez alguém camuflado de menino, perfeitamente. E o menino é como se não quisesse ir para a frente e ficasse resistindo o quanto podia.

Depois a mãe lhe diz: "Seja bonzinho, vamos, senão o cachorro vai latir para você. Olhe que cachorro bonitinho... vamos, seja bonzinho..." E por aí afora, frases assim.

Mas aquela espécie de infante continua a puxar e a fazer sons nasais.

E a mãe: "Eu disse que não".

E depois, com a voz sibilante, de grande atriz: "Olhe que eu lhe dou uns tapas".

E o menino obstinado, com uma arte refinadíssima. Até que aquela mãe diz outra vez: "Olhe que, se não parar...!", e depois, rápido, com um realismo perfeito, dá-lhe um tapa e outros dois ou três golpes rápidos, com o barulho correspondente no mesmo preciso momento. Uma ilusão de deixar qualquer um petrificado.

E ali não pude deixar de rir, e também de aplaudir um pouco, porque estava encantado. Como cena de amor materno eu imaginaria uma apresentação mais padronizada, com beijos, com ela o pegando no colo, apertando-o nos braços.

'Mas esta provavelmente é uma apresentação vanguardista – pensava – e além do mais com grande maestria, que faz operar milagres.'

Depois, aqueles dois não deram nem uma pausa, ao contrário, olharam, sem se inclinar, sem agradecer. Ela, até mesmo de má vontade, de tanto que estava imersa no seu papel, ele com aquele ranho que lhe escorria do nariz, talvez goma arábica. E por aí afora. Uma apresentação, em suma, de ficar ali de boca aberta.

E ainda vi outras, bem ridículas, com diálogos de morrer de rir. Tanto que me perguntava: 'como será que se chama o autor. Deve ser alguém famoso. E o figurinista, ele também, um verdadeiro mestre'.

Fiquei pensando que estava muito agradecido a Nestore, por aquelas revelações: que talvez ele, pobrezinho, tivesse sofrido muito com isso por causa da surpresa. Mas que para mim, se as coisas estavam assim, era um grande divertimento e um aprendizado contínuo. E, depois, o que eu vi? Bem, havia esposas com os seus maridos, passando à minha frente. Por exemplo, andavam lado a lado, compostos, dando os seus passos direitinho, um pé após o outro, um pé após o outro, ela com a bolsa e salto alto; eventualmente, broche e colar ou bracelete. E olham para a direita e para a esquerda, param diante de uma vitrina. Esses aí são só figurantes, dão a idéia de que é hora do passeio, mas se empenham como profissionais, com pequenas cenas, às quais geralmente não se presta muita atenção, mas agem como especialistas.

Prestei atenção em dois que desfilavam sem abrir a boca, e faziam aqueles que não podem se suportar reciprocamente. Mas os gestos todos bem coordenados, em um entendimento perfeito. 'Nossa, quanto ensaio. Mas o resultado, perfeito!'

E estava ali admirando-os, absolutamente satisfeito.

Depois veio à minha mente, por analogia, aquele dom Solimano, aquele que não sabia rezar a missa. E ali, de repente, disse: 'dá para ver que não tinha ensaiado'. Depois: 'não, sabe o que era? Era um distraído'. Não lhe importava mais nada, representar ou rezar a missa, e o fazia então daquele jeito, em um modo sintético. Devia ter alguma mania secreta, que ficava martelando em sua cabeça. Uma idéia fixa, e ficava pensando nela. E o seu papel consistia em abençoar. Resultado: um desastre.

Mas, eu acho que também queria me fazer entender aquilo que aprendi depois com Nestore: que estamos como em um teatro, sem os limites do palco.

Porém, devo dizer: se houvesse ao menos uma orquestra que tocasse de vez em quando, nos intervalos, ou refletores, ou ao menos uma cortina que marcasse o início e depois se fechasse no fim; então seria mais claro ver quem representa e quem assiste. E, talvez, fosse possível rir mais. Mas assim, como devemos fazer? Não temos um minuto para respirar. Ainda que, enquanto espetáculo, não se pode negar, é majestoso, e sem economia de meios.

E enquanto passeio, não posso deixar de rir, por essa exibição contínua de tanto arrojo, e por esses cenários complicadíssimos.

Mas também, penso eu, seria necessário ver isso mais claramente, porque é possível que não seja tudo exatamente assim, como imagina Nestore. Ele sofria a influência daquela sua locomotiva, que podia confundi-lo e mesmo cegá-lo, tanto que se contentava somente com a suspeita, sem ir além.

E, exatamente ali, naquele momento, enquanto aprecio o espetáculo da cidade, volta ao meu pensamento, como se estivesse vendo, a gota da torneira, com aquele homenzinho brilhante que se esticava para olhar. Uma coisa, esta sim, estranhíssima; talvez fosse pelo sono atrasado. Isto é, quando o olho está entontecido, vêem-se as coisas lateralmente, e depois, quando se olha direito, não se vê mais. Um poder do canto do olho. Ou sei lá.

Então, isso tinha relação com o sono, porque mesmo agora, se fechasse os olhos, voltava a visão da gota e da água dos tubos, com as pessoas que moram lá dentro e correm por ali. Que coisa estranha!

Assim, nesse vai e vem, encontro-me novamente no café com o mouro pintado.

E estavam ali ainda alguns daqueles que tinha encontrado antes e que tinham me dado os seus conselhos.

Então, eu lhes digo que Nestore tinha me sido de grande utilidade. Mas, depois digo também que, na sua casa, havia de estranho a gota da torneira.

Esses três ou quatro interessaram-se imediatamente, e eu disse que não precisava talvez, dar grande importância àquilo, mas que, junto da gota, havia alguém, um fulano, que saía da torneira.

Eles não se surpreenderam e disseram: "Sim, sim, acontece também com a gente", e chamaram uns aos outros para que viessem escutar.

Então, eu dizia que aquele fulano ficava na gota só com a cabeça, sem cair, e dava uma olhadela, esticando-se para fora e depois voltando para trás, ou assim tinha me parecido.

Eles, sim, confirmavam que era freqüente, e chamavam outros: "venham ouvir! ele viu aqueles que ficam nos canos!" E riam, para me fazer entender que a coisa é estranha, mas que é coisa sem importância.

Um deles disse que fazia assim: faz de conta que acende o gás e em vez disso abre a torneira subitamente, de modo que a água saia bem forte pelo cano. E então aquele cara que espia se lamenta, fazendo os mesmos barulhos que os canos fazem geralmente, com uma voz enjoada de sirene, que é o seu modo de ferir nossos ouvidos.

"Eu vi alguns deles caírem na pia – disse aquele com o gorro – porque foram pegos de surpresa, ou porque eram jovens e ingênuos, e pouco experientes em segurar-se com as unhas nas curvas do cano."

"Sim, é verdade, quando estão metade fora fazem uma cara quase de histéricos."

E todos riem com a observação. "Olham com desaprovação o dono da casa, se estiver ali."

Ao invés disso, para a dona de casa, parece que fazem toda uma encenação de dor. Mas é muito difícil que alguém os veja, porque não querem ser vistos.

São vistos por algumas empregadas, quando lavam os pratos, caindo meio mortos por causa da água quente, e depois nadando em meio a espuma do detergente.

"Eu os vejo – disse alguém – algumas manhãs bem cedo, quando me levanto para tomar o trem e ainda está escuro. Vejo-os ali, balançando como restos vindos de uma torneira que está sempre pingando."

Mas depois, dizem que não dá tempo de ficar ali olhando-os, ainda que seja esse o momento e a hora, porque ficam longos e estreitos. Estão presos só pelos pés, e entre os dedos têm uma espécie de visgo incolor, e gostam de sentir sobre eles a corrente fraca da água. Se pudessem, passariam assim toda a sua existência. Entre eles mesmos chamam a esse bem-estar de o paraíso do fio. E acontece que, ficando assim suspensos por muito tempo, por exemplo, um verão, esquecem tudo. E, de fato, sujam a pia ou a banheira com ferrugem.

Depois, escorrem pelo ralo, quando perdem o equilíbrio, e começam uma vida nova, talvez mais aventurosa e mais sociável. E mais livre, mas também menos segura.

Isso era aquilo que me contavam.

Que um ralo parece ser para eles o que para nós da terra seria um reino de lagoas e mata. Formam-se bandos de maus sujeitos que ficam na água de uma pia ou atrás da válvula da descarga, e há brigas e depredações no fundo dos canos.

Parecem pessoas meio fracas, quando moram na água potável, mas, no ralo, ficam ferozes, sem exceções.

Formou-se uma competição para saber quem sabia mais sobre eles, em meio às risadas, porque essas populações menores, no fundo, fazem rir.

E eu me encantava, e estava muito atento e todo contente por ter o que aprender.

"Alguns desses caras – diz um deles franzindo a testa – são terríveis e intratáveis, não querem saber de bom senso, e resistem até ao ácido muriático, e às bombas e aos desentupidores."

E todos diziam: "impossível!"

E ele: "Por mais força que se faça com a válvula para sugá-los, agarram-se nos cotovelos da pia e xingam até não poder mais, ou se agitam, dão arrotos, que são a defesa deles, mas são também a sua filosofia de vida".

E todos: "É verdade", rindo. "Dão arrotos, para dizer que estão pouco se importando."

"Sim, e depois, quando saem, não dá nem para reconhecê-los, de tão feios e sujos que ficam."

"E sabem o que eles fazem? Fazem uma espécie de ninho com os cabelos e se enfiam lá dentro."

"Ah! – eu dizia. – Impressionante!"

E um outro: "Mas a vida no ralo é um triste capítulo". E todos aprovam e aplaudem.

Mas ainda tem coisa pior: quando, por exemplo, andam em bandos e galopam como loucos nas privadas, e fazem então bolhas ou lançam o seu cheiro particular de acetileno.

Falavam um por vez, sem parar, ensinando-me a vida dessas populações, com uma grande alegria.

E se um cano fura, acontece de algum desses indivíduos parasitários sair com o jato d'água, ser arremessado longe e ficar sentado no chão, meio incerto.

"Eu vi um deles uma vez na calçada, ainda molhado, resmungando com aqueles seus gemidos característicos."

"Depois, porém – respondem-lhe –, se passa um ônibus, geralmente, é esmagado pelas rodas ou se solta delas só depois de dez minutos ou meia hora."

"Sim, é uma pena – ouvia comentarem –, mas não há nada a fazer."

E por passarem a palavra um ao outro com tanta rapidez, e por manterem sempre o fio da conversa ainda que fossem tantos a falar, demonstravam uma tal habilidade e até uma tal facilidade, que eu comecei a me encantar mais ainda. E depois, riam juntos continuamente, com risos de todas as espécies: aos soluços, dando cotoveladas no vizinho, *et cetera et cetera*, com sons de barítono ou de ronco; tanto que me parecia uma relação de todas as possibilidades.

Mas, assim que um deles começava a falar para dar suas impressões sobre os canos, fazia-se um silêncio geral, quase como se tivessem entrado num acordo, e depois, mais risadas e confusão nos intervalos, até que de novo alguém falava, dizendo aquelas coisas nada comuns a que me referi, e que, além do mais, é raro ouvir-se nos bares.

E eu estava cada vez mais encantado, porque parecia que havia a mão de um profissional que tinha dirigido bem a cena, e depois me perguntava: 'Mas como eles sabem todas essas extraordinárias novidades? onde foi que leram isso?'

E a cena era também armada de maneira excelente: alguns sentados, alguns em pé, uns fumando cigarro e, às vezes, bebendo. Havia pessoas também que não participavam ou que, de qualquer modo, ficavam de lado e liam o jornal. E, no fundo da sala, alguém assistia uma televisão que estava virada na nossa direção.

E, então, comecei a observar com mais atenção e dizia a mim mesmo: 'Quer ver que esses também estão representando o seu papel?'

E prestava atenção, para ver se dava para descobrir isso, por algum detalhe. E comecei então a vigiar o dono do bar, pois era ele quem encabeçava a fila, ou talvez fosse só o chefe de toda a companhia.

E gostaria de ter continuado a ouvir a história dos canos que era muito bonita e que eu não conhecia: mas, era uma pena, dizia a mim mesmo, que tivessem de armar toda aquela comédia.

'Que necessidade havia – eu pensava – de encenar tudo continuamente? de fazer aquela cena de bar tão complicada, e fazê-la bem, para dizer a verdade, mas tão cansativa, eu acho.

Não seria mais simples e cômodo me contar a história dos canos tal como ela é, sem tanta complicação? E sem tanta exibição artística?'

Enquanto isso olhava o dono do bar que tinha uma jaqueta bordô e com a qual se destacava atrás do balcão. Parecia um diretor de orquestra, mesmo representando perfeitamente o papel de *barman*. E era, eu percebia, um grande comediante, penteado com uma risca perfeita. Pegava um licor conforme o pedido, e o servia, muito habilidoso, no cálice sobre o balcão, e depois gelo, quando pediam, ou limão, e assim por diante, com movimentos de verdadeiro mestre, e respondia: sim, não, ou sim senhor, e outras palavras que significam que tudo vai às mil maravilhas.

Havia espelhos ao redor, com as garrafas enfileiradas e as etiquetas todas organizadas. Eu poderia procurar as imperfeições, mas tinha aprendido que são refinamentos ainda mais astutos.

Assim, dizia a mim mesmo que eu tinha sido envolvido completamente no enredo deles. Eu não teria me importado com isso se estivéssemos ao ar livre e se tivessem feito o seu espetáculo independente da minha pessoa.

Mas aquela insistência em dizer: "ouça, ouça, escute", aquela insistência em fazer a encenação só para mim, só para os meus olhos, começava a me irritar, ainda que a história que interpretavam tivesse um enorme interesse.

E devo ter mudado de expressão, devo tê-los olhado com ar de comiseração, tanto que um deles me disse: "Então, não acredita?"

Mas procura de novo me encantar com a história dos canos.

"Na minha pia – diz – vinha dormir uma família inteira, com os pequenininhos, que são um pouco gordos e mais vermelhos e boquejam como peixes."

"Você sabe – disse um outro – que alguns os fritam na panela, mas só quando são jovens, porque depois ficam parecendo couro."

E riem em coro, como se fosse um concerto, e ri também o dono do bar, sem, porém deixar de fazer o seu trabalho.

Foi aqui que eu pensei: 'já chega! que lengalenga!'

Eu já não podia agir de outra forma, e digo à toda companhia:

"Vocês são aqueles que caçoam das pessoas! das pessoas que vêem da rua."

A frase causou o seu efeito, mais do que eu pensava.

Alguém riu ainda por força da inércia, e alguém disse: "Não, imagine", "o que está passando pela sua cabeça", "somos todos amigos".

E queriam me dar de beber, ofereceriam bebida para mim, porque se vê que a trama previa isso.

Mas, com aquela minha conversa, eu vi que eles mudaram. Ficaram, como dizer, mais moderados, e recuaram um pouco. Diminuíram, por exemplo, o modo de rir e de ser brilhante.

E, então, eu acrescentei: "Eu sei que nada disso é verdade e que é só para rir".

Com essas palavras, eu os coloquei em apuros, e ficaram, então, embaraçados, e perderam a alegria. Não que os tivesse derrotado completamente, mas não sabiam mais o que fazer, e eu lia em seus olhos que se perguntavam: 'mas o que sabe verdadeiramente esse aí?'

Vi que alguns se retiravam, fazendo de conta que estava ficando tarde para eles, ou que já estavam cansados de ficar ali no bar fazendo papel de freguês. Olhavam o relógio e diziam: "nos vemos amanhã", ou "ponha na conta", ao barman. Mas tendo no fundo a esperança de que eu não tivesse percebido nada ou que me esquecesse ao voltar amanhã. Assim preferiam sair apressadamente.

Então, lembrando-me ainda de Nestore, disse que eles faziam mal às pessoas, fazendo isso:

"Não a mim, mas a Nestore sim, por exemplo. Ele me disse que todos riam dele pelas costas, escondido."

E pensando no pobre Nestore, falei ainda mais alto, quase fazendo uma ameaça:

"Se vier um vendaval, vai arrastar vocês todos, com os seus papelões."

E gritei, talvez muito alto, e talvez para causar impacto, mas era para vingar a vida de Nestore, que eles não deixaram que fosse feliz. E se não eles, ao menos a locomotiva.

E disse ainda que, se fosse por mim, podiam tirar as vestes e acabar com isso, todos eles.

"Mas o que vocês queriam, com essas roupas de araque!" gritei alto e claro na cara deles. Fez-se o maior silêncio!

E deve ter me escapado um movimento brusco que queria dizer: 'saiam daqui', tanto que a mesinha balançou e um copo se quebrou. Sem querer, porém, pois logo depois, ao pensar nisso, fiquei chateado.

Mas, de qualquer modo, eu, aos poucos, tinha-os quase derrotado, e já havia em volta um corre-corre sem dar na vista, um corre-corre mantido totalmente camuflado. Isto é, terminavam com o jogo, porque eu revelava o segredo deles. Mas faziam isso no sistema deles, como se não estivesse acontecendo quase nada.

E assim, por ter gritado e feito gestos que falavam claro, o dono do bar interveio:

"Desculpe, senhor, mas não estamos habituados aqui a esses escândalos. Acalme-se, porque ninguém fez mal ao senhor."

E eu: "Escândalos? Que coragem, mas que coragem vocês têm! Tire essa jaqueta o senhor, que não é carnaval!"

E ele, eu vi de relance, por um instante ficou com a mente confusa, mas não quis admitir, e continuou a sua fala, de um modo, porém, mais conciliador.

"Acalme-se – dizia –, não está acontecendo nada. Aqui a gente brinca muito, não é verdade?"

Mas todos estavam agora inseguros e olhavam para ver como a coisa ia terminar, para não se expor. Já ninguém mais falava. Apenas um deles disse:

"Chega, rapazes, deixem-no em paz", que era certamente um conselho para que fossem prudentes.

Mas, de qualquer modo, ficou em mim uma raiva que eu não criei, e que surgiu do pensamento de Nestore e da sua vida cheia de desolação. Uma raiva que, na verdade, era inútil, e que para mim, o que importava isso?

Então eu disse para concluir:

"Está bem", e bati com o nó dos dedos na mesa. "Mas isso é tudo de papelão."

E, olhando em volta, vi que os havia impressionado e detido. Sou eu agora que fico rindo e dizendo que não é nada, que podem continuar, que no final também eu me divirto. Porém, a companhia já estava dissolvida.

Só dois ou três permaneceram, que não riam muito, e me diziam que não se deve dar muita atenção a isso, e eu lhes dava razão:

"Sim, é verdade, não leva a nada dar atenção a isso."

E eles: "Fazemos isso por farra, para ficarmos alegres".

Eu dizia: "Sim, sim".

"O senhor não deve se irritar. O que o senhor queria? Essa história de torneira, de água. Aqui no bar a gente faz assim, estamos sempre brincando, com tudo. Senão, pode até fechar o bar, se não houver um pouco de espetáculo. Não é verdade?"

E esse talvez raciocinasse direito, talvez tivesse voltado sem as roupas de cena, e digo a ele com mais confiança:

"Sim, se os senhores me contam dos canos e daquelas coisas que moram lá dentro, tudo bem, eu quero saber. Mas sem fazer de conta de estar no bar bebendo e fumando, e rindo todos ao mesmo tempo porque aquele lá mandou", e apontava ao dono do bar.

"Não, claro que não", diziam todos os três ao mesmo tempo.

E eu: "E depois quero saber só quem está dentro dos canos, sem rodeios."

Eles agora permaneciam mudos, e lançavam alguns olhares de mudo comentário, como dizendo: 'esse aí é um osso duro'.

"Mas por quê – eu lhes dizia –, mas por que logo eu os senhores resolveram escolher para caçoar? Porque sou de fora?"

"Vamos, não pense nisso, amigo."

E eu: "Mas como os senhores fazem?"

Eles riam agora de novo.

Mas, nesse momento, tive de me levantar, e sair, porque me chamaram.

Em toda essa discussão no bar, não disse que estava também o papa-defunto, aquele que tinha me seguido até a casa do Nestore.

Ele não havia participado diretamente, mas tinha estado muito atento a todas as conversas e, principalmente, jamais tinha rido.

Parecia que tinha grande consideração pelas revelações, e que tinha ficado, como eu, não pouco surpreso com toda a história dos canos. Tinha os olhos arregalados atrás dos óculos, para não perder uma sílaba daquilo que cada um dizia. Seríssimo e meditabundo. Tanto que pensei: 'ou é o seu trabalho de papa-defunto ou ele não faz parte do bando'.

Então foi ele quem me chamou, estando já na porta, já quase fora. E eu, então, para saber, saio com ele.

Tremia um pouco e estava agitado, e repetia para mim com uma voz sufocada:

"Uma palavrinha, meu senhor, uma palavrinha."

E me puxava para os lados daquela praça, onde havia uma fonte, árvores, um banquinho.

'Uma jornada que parece não ter fim – pensava –; vamos ver que outras descobertas me traz.'

E o papa-defunto continuava querendo me dizer algo com ar de conspiração.

Quando tínhamos nos afastado para fora da movimentação e eu lhe disse: "eles estavam fingindo, não?, esses aí também", ele, com toda a sua força de convicção, me corrigia:

"Não, não, não é fingimento, não."

Era homem de poucas palavras, ou por natureza ou pela situação.

"Não é fingimento – dizia –, eles riem porque são assim. Mas é tudo verdade, eu sei."

E eu: "É verdade o café?"

"Não, não o café. Eles dizem a verdade, mas fazem como se fosse uma brincadeira."

Era difícil entender. Mas ele queria chegar na história dos canos, das gotas e de quem mora lá dentro.

"É verdade, dizia – eu sei. Mas eles a contam mal."

E, aos poucos, começava a falar com mais exatidão, como se tivesse encontrado de novo o seu fio.

"Eu lhe digo o que há nos esgotos. Sabe o que há lá?"

Eu voltava a escutar com interesse.

"Sabe o que há lá?" continuava a me fazer insinuações.

E eu que queria que ele falasse: "O quê?"

Então, em tom confidencial, puxando para baixo a minha manga:

"Nos esgotos, se quer saber, há o inferno. E sabe como é feito o inferno, sabe?"

O caso não parecia simples, pelo contrário. E tinha talvez arregalado os olhos e os ouvidos.

"O inferno é um grande cano, muito grande, talvez dois metros, de concreto ou de alvenaria, que passa debaixo da cidade. E tem muitas ramificações estreitas, de ferro, de chumbo e de toda espécie, que vão a toda parte. Existem quilômetros e quilômetros delas, e saem todas das pias do banheiro e da cozinha. E, portanto, é por ali que se entra no inferno.

Eu estava encantado e dizia: "Mas como?"

Mas já não prestava atenção em mim, e falava gesticulando, cheio de ardor secreto.

"Deve-se tomar cuidado para não furar os canos quando se cava, porque o inferno sai para fora, e dá nojo, muito nojo. Meu senhor, se ainda não sabe, o inferno é uma nojeira."

E dizia depois que o cemitério não faz parte disso, ao contrário, não tem relação nenhuma com ele, e que essas coisas ele sabe não pelo seu trabalho como coveiro, mas porque ele esteve no inferno.

Parecia incrível, tanto que eu comentava: "Não!"

Depois, porém, lembrava de tantos detalhes e tão bem, que fui obrigado a pensar que talvez fosse verdade. E que, se não ele, outra pessoa devia ter estado lá.

Disse que, há muitos anos atrás, desceu por sua vontade nos esgotos e alojou-se lá por um bom tempo, como autêntico viajante.

Diz isso: que uma noite foi atraído pelo ralo da pia do banheiro e se deixou ir ralo abaixo, para arruinar-se. Esses são os fatos. Mas tinha ficado muito tempo pensando nisso. Diziam: 'vamos, salte'. E ouvia chegar, pelos canos, barulho de ondas e de gaitas de fole. Depois arrancou a boca do ralo sem pensar, e foi para baixo como água.

Todas as água sujas da cidade, diz ele, estão divididas em águas brancas e águas pretas, todas muito populosas. E é inútil dizer que há uma guerra cruel entre esses partidos. Há como que uma incompatibilidade de caráteres e um rancor perpétuo que move todo o inferno.

Esse coveiro, esse senhor Pigafetta, viajou pelos canos dos brancos e aprendeu o dialeto deles, que são uns sons de peito com um barulho que parece um redemoinho, uma tromba, ou, se estão agitados, um mugido aspirado.

Aprendeu um monte de coisas: os sinais, para dizer que o caminho está livre, são feitos com bolhas de boca a curtos intervalos.

E me faz ouvi-lo em uma orelha.

Aprendeu a recolher cabelos e grampos, ou tampas de pasta de dentes, de sabonete e todas as maiores nojentas porcarias para fazer um tampão que corta a água aos inimigos ou inunda uma pia.

Depois, há épocas de grandes comícios nos canos e nas fossas de drenagem, que são mais largas e se enchem desses politiqueiros e de seus correligionários. Junto fazem um barulho contínuo de espuma, e o orador, em certos momentos, tem como que um regurgitamento rouco que estimula a todos.

Mas, essa língua do inferno é, sobretudo, feita de enxágües vocais, com pausas e retomadas, que parecem saliva que gruda ou borbulha. Como uma assoada de nariz, com algumas notas de clarinete freqüentes.

E há outros detalhes de que não lembro. Mas dava-me exemplos, com a pronúncia exata.

Uma língua bárbara, eu dizia, desconhecida. Mas, segundo ele, podem-se ouvir os seus ecos, às vezes, vindos do ralo da pia, se nos pusermos a escutar. E pode-se, assim, aprender.

Quando depois as águas pretas e brancas se encontram, e acontece nas grandes cloacas, há as grandes batalhas ditas campais, onde não se vê mais nada, mas há a água turva e turbilhonante que faz uma hecatombe de todos esses vagabundos preguiçosos, e os joga para a direita e para a esquerda, para cima e para baixo pelos escoadouros. E é uma ruína indistinta que lava o esgoto.

Pigafetta viu-se em meio a tudo isso, e se salvou porque era muito transparente de aspecto, diz ele. E não parecia nem branco nem preto, mas apenas um pouco azul, com ar indeciso, como são os estrangeiros e os navegantes. E é provável que o seu peso específico fosse pouco, como aquele de uma bexiga ou de uma rolha, e boiou naturalmente.

Depois, sempre, o rio subterrâneo leva tudo embora. Acabam ali os brancos e acabam os pretos, e acabam também pessoas de passagem, ou aventureiros, ou pessoas pacíficas e contemplativas, que escorregam, aos poucos, cada vez mais para baixo. Porque essa raça de homenzinhos, vivendo nos canos, quando velhos perdem a cola dos dentes, e alguns fecham a boca em vão para assobiar, enquanto escorregam sem remissão. Sai, de suas bocas, um som de enguia, que nem dá para ouvir, ou o barulho de cola aguada, que é mais lenta do que a água, mas que tem o mesmo destino.

Eu dizia: "Mas olhe só! incrível! É um formigueiro, o inferno."

E o coveiro: "Não! pior!" E continuou com sua voz baixa.

Dizia que os pretos são seres de pensamentos baixos, que falam mal e que dão canseira. Ele, Pigafetta, os conheceu no cano de saída de uma privada. Aproximou-se dele um vesgo que disse que se chamava Abele. Mas era mau e perverso como uma serpente. Por sorte Pigafetta não tem uma aparência de grande senhor, e o outro farejou que não havia muito proveito numa briga.

Os pretos são na maioria mutilados, porque todos disputam rixas e têm sempre na mão a faca ou a sua foice que corta como navalha, e corta os ossos.

Mas é preciso dizer que os ossos dessa gentalha são uma espécie de cartilagem ou espinha de peixe, que oferece pouquíssima resistência à faca. Assim, cortam-se todos, uns aos outros, e perdem braços, orelhas e dedos, e também as barbatanas.

Dessa forma, o inferno é feito assim, dizia. E muitos preferem estar ali, habituam-se ao lugar, em vez de ficar na água potável.

Estava extasiado com essas revelações, e podia imaginar muito bem e distintamente a vida frenética dentro dos canos.

Falou, ainda muito tempo, comigo: de como se passa os dias lá embaixo, de como não se fica mal, quando se ama a guerra, de como, infelizmente, não dá para se acostumar com o mau cheiro: por isso é um inferno.

Mas ali, naquela esquina daquela praça, naquela nossa confabulação, vinha-me também a dúvida, isto é, insinuava-se em mim, em certos momentos, a dúvida de quem seria na verdade o coveiro. E talvez fosse do bando do bar, um deles, um falso coveiro, que depois riria.

E, então, quando a história do inferno e dos canos se esgotou um pouco, perguntei a ele:

"Mas o senhor é coveiro de verdade?"

Ao que ele se espantou, e já que ao falar ele tinha se inflamado, disse com decisão:

"Sim, o que o senhor quer? pagam-me para fazer isso e eu faço."

"Mas, de verdade?"

"Bem, eu cumpro o horário. Mas faço assim, pelo dinheiro. Não coloco paixão nisso."

Eu estava fazendo uma prova de desvendamento, mesmo que isso nunca seja simples. E Pigafetta continuou a dizer:

"Eu, quando termino, não sou mais ninguém. Sem a roupa de trabalho vou fazer as minhas coisas, olhar as fontes, o paraíso e o inferno. Queria que eu me importasse com os mortos?"

"Mas, então, o senhor finge."

"Não, fingir, não. É um trabalho que precisa ser aprendido, para que seja feito direito. É preciso aprender a ficar sério, por exemplo."

E eu: "Ah, aí está, então fazem uma encenação! Eis como são as coisas."

"Um pouco, talvez, mas depois a gente se acostuma. Ao final, mortos ou vivos, para nós é igual. A gente se acostuma. Até com os mortos. É preciso vesti-los, e penteá-los, e colocá-los todos arrumados."

Eu estava um pouco impressionado, e a conversa tomou um rumo que prometia. Tinha esperança de descobrir como eram as coisas definitivamente, e perguntei:

"Mas os mortos são mortos?"

E ele: "Os mortos não são nada, são como pedaços de madeira."

Eu: "Como? De madeira?" E eu estava confuso.

"Sim, estão secos, sem água, mas devem ser vestidos, senão o funeral não fica bom, e a família depois se lamenta, e reclama conosco." Aqui as coisas se complicavam: os mortos de madeira? é preciso vesti-los? E digo: "Mas vesti-los como?"

"É preciso vesti-los elegantemente, mas do jeito que quiser. Porém, de escuro e elegantes, de gravata, de abotoaduras, para não fazer feio."

Eu escutava.

"É preciso vesti-los de mortos, em suma", dizia.

"Mas, explique-me direito. Então, nos funerais, todos fingem ou fazem de verdade?"

"Mas, olhe – e tinha ficado muito impaciente –, a família e os parentes não sei, mas é claro que entre o pessoal de serviço, entre nós, não há ninguém que o faça a sério. Mesmo aquele que dirige o carro funerário, por exemplo, acha que se importa? Ele vai devagar porque lhe ensinaram assim, porque entraram num acordo sobre a velocidade. Se há um morto, lhe disseram, ande devagar, para que se possa ver que é um funeral. E ele sabe fazer isso, isto é, faz dois quilômetros por hora no máximo, que dá mais a idéia de que estão todos tristes por causa da dor. Mas entraram num acordo sobre a velocidade."

Essa já era quase uma prova, e então pergunto:

"Mas o motorista, porém, depois ele ri escondido?"

"Não sei, mas acho que não, que não ri, porque mais do que tudo se chateia em andar devagar. Dois por hora, nos dias de hoje, o que é? Qualquer um ficaria chateado, e então não há muito do que rir."

"Mas quando termina, eu quero dizer, quando termina o seu turno, ri por trás das pessoas?"

"Não sei, eu conheço mais o inferno, mas sobre motoristas não sei nada. Eu acho que quando termina dirige rapidamente, se tiver pressa. Vão rapidamente se precisam de um carro funerário, talvez se soltem. Um motorista disse-me uma vez que o motor desses carros é potente, e que na estrada andam bem rápido. Mas para o funeral o motor é adulterado assim."

"É adulterado, hein? Então é adulterado!"

"É necessário, senão todos acabam correndo."

O coveiro estava muito decepcionado. Achava que eu não tinha apreciado o inferno. Talvez não devesse duvidar dele, talvez devesse deixá-lo falar segundo a sua inspiração. Desse modo, ficamos empacados e não sabíamos mais o que dizer. Por minha culpa, que fui pego de novo pelo sono, o meu tormento daquele dia.

Quando uma sombra se moveu e começou a aparição do prefeito que, porém, é um novo capítulo.

6

A APARIÇÃO DO PREFEITO, QUE É UM NOVO CAPÍTULO

Então, aproximava-se já o anoitecer e o papa-defunto ainda me explicava os seus segredos. Que eu não menosprezo, pelo contrário. Mas sentia a longuidão do dia pesar-me toda sobre as pálpebras e os cílios, como um travesseiro.

E, não obstante o desejo de me jogar em um lugar qualquer para dormir, não obstante essa necessidade que aumentava com a chegada da noite, ainda não havia parado de ter surpresas, ao contrário, devia ainda ter o encontro mais revelador. E antes de conseguir pregar os olhos, devia ainda tornar-me intendente, que se verá não ter sido uma nomeação de pura formalidade, mas uma missão com frutos não insignificantes, que qualquer um poderá julgar daqui a pouco.

Mas era destino que, mesmo em meio a esse retorno do sono e ao término do dia, eu iniciasse o novo capítulo, em um modo, porém, que na hora quase não me dei conta.Em poucas palavras: quando o prefeito apareceu, eu, que nem o conhecia, deparei-me com ele já me dirigindo a palavra. Ou melhor, quando apareceu, estava já no meio de um discurso, e a sua voz tomou corpo em um ponto suspenso, uma frase que dizia, pelo que me lembro:

"... e devassá-los também à noite, meu jovem. Desse modo vai-se para frente." Assim, uma conclusão assim.

O caso é que não me espantei com o aparecimento, assim como se tivesse aparecido já momentos antes, e tivesse tido o tempo de me habituar e de aprender quem era.

Porque eu sabia muito bem que ele era o prefeito, e que era um prefeito aposentado, mas ainda com alguns encargos, que o faziam andar por aí para se inteirar das coisas. E mesmo o discurso de devassá-los à noite, que era a continuação de nada, fazia-me dizer que sim, com grande convicção, com pleno consenso. Mas do quê?

Talvez, pensando bem, pode ter acontecido uma combinação assim. Que enquanto o papa-defunto continuava a falar comigo, escureciam-se todas as sombras e não se via quase mais nada, só contornos escuros pouco identificáveis. E mesmo o papa-defunto tinha já sido absorvido pela escuridão.

Depois vi, de repente, entre o banco e a fonte, que uma sombra era um senhor em pé a dois passos de nós, falando comigo. E, então, não me espantei, porque, sem me dar conta disso, talvez o estivesse escutando já há algum tempo.

Era um senhor vestido com aquele cinza azulado da meia idade, que facilmente se confunde com a cor da sombra. E podia ter ficado ali, despercebido por um tempo antes de sair do desconhecido. Por todo o tempo, por exemplo, que a noite emprega para chegar.

E mesmo a voz não era forte e toante. De modo que talvez a tivesse tomado, no início, pela água da fonte. E mesmo se estivesse entendendo o que dizia, todavia não lhe prestava atenção, porque não se presta atenção às ilusões que saem de uma fonte. E assim devo até ter respondido. Porque com o sono que tinha, alguém imagina, às vezes, estar dialogando e, ao invés disso, está é falando consigo mesmo. Assim, quando o prefeito tomou corpo de forma evidente, foi sim de repente, na metade de uma frase. Mas também pode-se dizer que já estava ali e que estávamos falando.

E isso aconteceu no momento preciso em que o papa-defunto tinha virado as costas para voltar ao seu cemitério, estando na hora dele. Essa, parece-me, é a razão pela qual não se encontraram. E eu me vi ali com o prefeito no meio da conversa.

Eu acho que desse modo se explica a falta de qualquer preâmbulo, e a confiança que tive logo, sem hesitar.

Mas pode ser, simplesmente, que eu não me lembre do início, e tenha guardado na minha memória de um certo momento em diante, desde quando concluí que era preciso devassá-los. E talvez tenha esperado escondido pela escuridão que eu ficasse sozinho para se apresentar, para se qualificar como prefeito e me interrogar. Não falamos em seguida nunca mais, eu e ele, sobre aquela noite, e pode ser que ele discordasse completamente de mim.Pode ser, porque pensava só em me deitar sobre o banco e dormir.

Já lhe havia contado, eu acho, ou ele já tinha ouvido, que há pessoas morando nos encanamentos, e ele havia dito exatamente que é preciso devassá-los. E eu lhe expliquei, depois, que por trás das casas há pessoas que se disfarçam, e saem e fingem. E ele, então, se interessou muito e dizia:

"Ah! é assim! continue, entendi, sim, sim!"

E estou certo que tinha me estudado à distância enquanto eu vagava à tarde admirando o papelão daquela cidade. E tinha também ouvido provavelmente as conversas no bar, porque quando depois lhe expliquei as suspeitas que tinha, emocionou-se e seus olhos brilharam e dizia: "Ah! bom, muito bom!"

Já pelo papa-defunto não tinha grande consideração. Confidenciou que ele lhe dava medo.

"Não vê? – dizia. – Não vê que tem olhos que dizem vem? que olham para você do fundo de seus óculos como do fundo de um caixão?"

Mas, ainda assim, quis saber do inferno e do paraíso dos canos.

"Conte a mim essas coisas, meu jovem. Não ao papa-defunto que lhe traz desgraça."

E assim comecei a contar aquilo que sabia e que imaginava, e que, isto é, são pessoas, aquelas, que saem das torneiras para olhar, ou das fontes públicas. E aproveitam, assim, a vida, por não sei quantos anos.

O prefeito não se espantava, e dizia: "Eu já imaginava, sabia? E depois?"

E depois, eu lhe dizia, ficam ali balançando dentro do jato d'água com displicência, porque as acabei vendo, e ficam penduradas só a uma unha ou a um fio de visco que se forma entre os dedos dos pés. E se alongam para tocar a descarga, com um grande perigo para as suas plácidas vidas. E, nesse momento, sentem-se percorridas pela água, eu acho, e gozam, gozam de um modo louco, com o pescoço e mantendo aberta a boca e as axilas. Sentem-se praticamente no paraíso, dizia, fazendo o resumo.

Enquanto isso espiava a cara do prefeito para ver o que pensava disso, e ele brilhava e me perguntava:

"Mas como são feitos?"

Eu devia dizer que não se sabe bem. Mas que, se penso nisso, as vejo assim: aquelas das fontes têm as pálpebras de sibaritas, isto é, mais grossas do que o normal e elásticas, e só um pouco rosadas. E, depois, têm uma particular aversão pelos pombos. Voltam para trás quando eles chegam perto. Não totalmente, por indolência. Deixam fora a cabeça e o pomo de Adão, com os olhos velados pela metade, mas um mais do que o outro, que é um gesto de sumo desprezo.

Mas os pombos não se interessam por elas, ou não as vêem. Para eles, é água fresca que cai.

"Está ouvindo?" eu lhe disse. E pôs-se na escuta, porque a fonte no escuro fazia gorgolejos e barulhos de bolha.

"Sim, sim – dizia devagar com um sorriso maligno de cumplicidade –; passam bem esses belos vadios. Mas daremos uma lição neles também."

Depois, falando-me com um dedo apontado: "Vê? – dizia. – O senhor tocou a ferida. Eu imaginava que houvesse negócios escusos por aí. Mas é melhor não mencioná-los ainda." E olhava em volta para ver se alguém podia escutá-lo.

"Bem! – me dizia. – O senhor trabalha bem! Gosto de como o senhor trabalha. Não se deixa enganar e vê aquilo que há para ver. Eu imaginava que havia alguém nos canos, abusivo. E pessoas disfarçadas nos bares e nos esconderijos. E o senhor me diz que há um monte de gente. Ah! ótimo, ótimo trabalho – e esfregava as mãos –; o senhor é o tipo que eu queria encontrar. Meu jovem! se o senhor de agora em diante se comprometer, e deve jurar isso para mim, eu lhe prometo aqui, agora, que a autoridade não será mais vilipendiada."

"E eu – sussurra ainda – vou lhe contar o segredo; eu sou um prefeito em exercício mesmo estando aposentado."

E depois, com um tom de autoridade: "Jure!"

Eu estava propenso a jurar, depois dessas palavras de grande consideração, que estimulavam meu amor próprio. E já estava para jurar que me comprometia, mesmo tendo no fundo uma sobrevivência de perplexidade. Mas o prefeito não se interrompeu para me deixar fazer o juramento, tinha, em vez disso, passado da voz imperiosa a um tom especial, de confidência muito sutil:

"Entendeu? Eu sou o prefeito em exercício, mas ninguém deve saber." E aqui retorce o rosto. "Por causa do fator surpresa. Dá para entender, não?" E continua: "Estou aposentado, hein? O que o senhor acha, que estou aposentado?" Dá uma risadinha. "O senhor que entende as coisas, e as entende exatamente a partir do ponto nodal, não é verdade? O senhor, o que me diz, é isso mesmo?" Pausa. A escuridão já é total. "Olhe para mim: estou aposentado, ou sou prefeito em exercício? o que o senhor acha? Diga-me, vamos! o que o senhor acha?" Eu estava indeciso, mesmo porque não via mais nada. "Não se preocupe, eu não mordo, nunca mordi ninguém." Continua rindo. "Vejamos o que me diz, vejamos."

E acontece que, naquele momento difícil da escuridão do céu, desponta a lua, um belo pedaço de lua sutil e luminosa. De modo que eu e o prefeito levantamos os olhos ao mesmo tempo para vê-la.

Estava baixa sobre as casas e as tocava, quase como se estivesse apoiada, como um abajur, como uma letra ao néon que tivessem acendido. Enviava uma luz da cor da pérola ou do níquel, e, próximo à nuvem que a havia encoberto, estava circundada de prata e movia-se como se fosse uma cortina se abrindo, ou um telão que baixava.

Voltei os olhos para o prefeito que recebia em cheio a lua, e assim, finalmente, apareceu à minha frente o seu rosto não como uma sombra, mas clara. É inútil dizer como era. Mas, por alguma propriedade sua ou por efeito dessa luz lunar, eu o senti como a coisa mais verdadeira, mais verdadeira e recôndita, entre todas aquelas que passaram à minha frente. Verdadeira e recôndita. É o modo justo de dizer como sentia.

E tive, então, uma grande convicção.

Comecei a entender e a rir por dentro, a rir de compartilhamento. Um homenzinho a quem ninguém presta atenção, mas que não se resume só ali, na aparência. E assim coloquei-me em suas mãos. E para responder, disse então timidamente:

"Pois bem, eu acho que o senhor é o prefeito que talvez valha mais, me parece. Mas, pois bem, eu acho porém que ninguém deve ficar sabendo: de propósito."

E, enquanto isso, eu via que ele ficava tocado com aquilo que eu dizia, e fazia um sim imperceptível com a cabeça e com as pupilas. E então acrescentei mais decidido:

"Ninguém deve saber, eu acho, para criar um ardil através do qual todos se arrependerão."

E me calei.

Ele logo fez uma expressão de admirada estima, e também uma expressão de satisfação interior, e foi para trás para pronunciar palavras adequadas e oportunas.

"Bem, muito bem!" disse. E depois: "Não pense, meu bom jovem, que estamos aqui conversando. Eu lhe digo o que é: esta foi a prova. Parabéns. E comunico que estou lhe dando a nota mais alta. E acrescento ainda meu elogio pessoal."

Apertava minhas mãos e me deu um tapa afetuoso, como se faz durante a crisma. Depois, fazia uns sinais no meu rosto e em cima dos meus cabelos. Os sinais de rito, eu supus. E disse, com ar de benevolência: "Sim, o conceito está exato. Mas diz-se prefeito em exercício, que quer dizer que conta mais, mas não aparece. Entendeu?"

Eu tinha entendido, e assim ele continuou a me explicar:

"Eu sou o mais importante no meu nível, porque não me exponho."

Depois, devagar, com voz de dizer segredos:

"Eu não me exponho mais, entendeu? Seria o fim. Viriam me contar novamente todas as suas lorotas. E sabe o que acontece aos prefeitos normais? Sabe?"

Eu disse, porque não entendia: "O quê? Em que sentido?"

"Eu lhe digo o que acontece. Eles o menosprezam, ou ainda coisa pior, entendeu? Eles lhe dão uma banana. Porque para todos, para todas as pessoas, os prefeitos são uns simplórios, uns zeros à esquerda. Entendeu? Uns simplórios. O senhor, o que me diz, hein?"

E eu disse: "Ah, eu não sabia."

E ele: "Bem, agora o senhor já sabe. E essa é a chave de tudo. Os prefeitos são zeros à esquerda. E o senhor, meu jovem, pode seguir carreira. O senhor já fez algo de egrégio. E lhe digo isso porque é verdade. Agora venha comigo e vai ver o que vamos fazer."

Fomos passear e eu o escutava, devo dizer com grande interesse, porque talvez viesse dali algo de aventuroso, que é a minha tendência natural.

E andamos por ruas que ele conhecia, enquanto falava e falava, dizendo:

"Ah, sim! Eu sabia que havia pessoas nos canos que não se revelam, e que há pessoas escondidas e disfarçadas. Do jeito que me falou. Exatamente. Parabéns! E sabe que são bandos numerosíssimos? O senhor percebeu, não é verdade? que fogem todos à autoridade, para depois se meterem no meio dela e interferir, arruinando as providências, atraindo as pessoas para os seus tráficos nojentos. Bandos sem paradeiro. Como faz um prefeito para ter respeito? Diga-me o senhor. Se há tanta gente que não está registrada, ou vive com nomes falsos ou emprestados? Diga-me como se faz, se não se sabe como pescá-los."

Não soube o que responder, mas ele continuava o discurso:

"Nem eu sabia. E, aos poucos, arruinaram-me, enquanto prefeito. O senhor sabe o que significa entender que tudo não é assim como parece, e depois não saber como é? Eles me enganavam, com lorotas, todos eles, os meus subordinados, e se acostumaram. E justamente no momento em que, em volta, desenvolvia-se a delinqüência, ou seja, tudo me escapava das mãos. E, em vez de me informarem de tudo, grandes lorotas! contavam-me grandes lorotas. Mas agora, entende? não dá para governar. É só fingimento. Mas até quando?"

E nesse meio tempo vielas, escadarias, passagens subterrâneas escuras e tenebrosas, pórticos. Nós andamos por esse dédalo que não reconheço mais.

De vez em quando uns poços de luz que caem da lua e atravessam a sombra densa desses casarões amontoados, estreitos e fechados como as catacumbas.

"Vê, meu caro? – dizia. – Um prefeito declarado, isto é, um prefeito comum, não é dono de nada. Carregam-no no carro, no banco de trás, e o levam para cá e para lá, para presenciar. Ilustram tudo a ele, os lugares, as ruas, os usos, os costumes. E lhe dão tabelas, se quiser, estatísticas, ou tabulações, prospectos, e assim por diante.

Isto é, vê? definitivamente um prefeito deve confiar, porque ele não pode ir pessoalmente nas investigações ou pedir documentos. O que o senhor acha? Um prefeito precisa confiar, e no final depende de seus funcionários. E sabe como é o negócio? que eles lhe contam só grandes lorotas, para trabalhar o menos possível. Em vez de ir indagar realmente, enfiam-se ali nos escritórios para escrever os relatórios ou seus orçamentos. Mas eu pensava: 'a quem eles pensam que estão enganando?', e parei, num certo momento, de assinar, entendeu? E depois rasgava na frente deles aquelas lorotas, as suas anotações. O que o senhor acha? que eu podia assinar aquelas lorotas, todos os dias? para aqueles vadios?

E então é lógico que veio a guerra entre mim e aquela mesnada. Um braço de ferro.

Depois, sabe como é, pedi uma licença. Não, antes me pus à disposição para uma transferência, porque estava tudo paralisado com esse sistema, de recusar a assinatura. Depois, aconselharam-me a pedir uma licença, por algum tempo. E fiz isso."

Caminhávamos no escuro, com o prefeito guiando-me nesses cunículos sepultos da cidade, continuando a falar e a me explicar.

E depois ainda de alguns degraus invisíveis, que surgem debaixo dos pés, e depois de uma passagem estreita e coberta por um arco, eis que se sai, sem se esperar, em uma grande praça aberta, imersa dentro da lua.

Eu então teria ficado parado ali na entrada, encantado, mas o prefeito, em vez disso, me puxa com ele em plena lua, sempre confabulando, como se entrasse em um lago de água benéfica.

E olho de esguelha, para ver se algo de falso se trai, um tablado ou alguns comediantes. Mas há só silêncio e deserto, e as fachadas são da cor das cinzas, fosforescentes. E, dando uma volta com os olhos sobre esse espetáculo, tenho a impressão, mas digo que é só uma impressão que tive, de ver o perfil de minaretes e cúpulas de mesquitas brilharem, e arabescos de ouro e de prata espelharem a lua. Como para alguém que chegue às portas do oriente e lhe apareçam os telhados daquelas cidades. Tanto que pensei ser um encantamento da luz que se estendia naquela hora como um véu, e criava outras aparências.

Mas o prefeito não prestava atenção nisso, eu acho.

Ainda me mantinha sob o seu braço, falando bem devagar, porque talvez estivesse no momento mais confidencial.

"Olhe em volta", disse.

Eu olhava.

"O que o senhor acha?"

Eu dizia: "Não sei. Essa cidade ficou turca."

E ele: "Não, não. Esquece! Não é isso. Olhe com bastante atenção. Acha que está tudo tranqüilo?"

Do meu ponto de vista, dizia que sim, bastante tranqüilo, mas não parecia uma das nossas cidades.

De vez em quando um monte de lixo, uns gatos escondidos. Depois se ouve um galo cantar, e quer dizer que estamos já avançados na madrugada.

Eu disse: "Os camelos. Faltariam os camelos adormecidos."

Mas ele não admitia essas conversas, e dizia:

"Não, não, não é isso."

Deu para ver alguém atravessar a rua, bem mais à frente de nós e pegar uma travessa. Depois um ciclista veio por trás, nós nos afastamos para deixá-lo passar. Uma olhada; vi o prefeito tocar no pescoço como por causa de um prurido. Mas não sabia ainda o que queria dizer. O outro sumiu por trás de alguma rua. Por trás de uma janela, eu acho, um televisor. Depois me lembro que se ouvia longe, de vez em quando, tráfego de mobiletes e motores, que me tirou da impressão de oriente.

"Está ouvindo? – me disse. – "Está ouvindo a população? Sabe qual é o trabalho dela? Fingir que não está acontecendo nada. E, enquanto isso, o que o senhor acha? Vivem, pouco a pouco, a própria vida, privadamente, e a mantêm escondida. E sabe como se chama fazer isso? Eu lhe digo: é a anarquia."

Depois dizia: "E a primeira coisa a reformar é a geografia. Todo o engano vem daí. E depois vamos refazer o registro civil, todo, do a ao zê. E que ninguém escape. Está conseguindo me acompanhar? O registro civil do a ao zê. Nós vamos desencavar todos e registrá-los, depois veremos quem é que vai rir. Mas a geografia é importante, saber onde estão instalados todos aqueles agitadores e aqueles traficantes, que possam interferir com a vida civil."

Pára e diz: "Se há, por exemplo, vales nunca explorados, e talvez ali tenham a sua base. Quem sabe. O senhor verá, com o método apropriado. Ou se há línguas de terra que se formaram com as enchentes. O senhor me entendeu. Há um bom trabalho a ser feito. E também revelar quem são as pessoas de verdade e quem são aquelas escondidas porque, neste momento, não dá para dizer nada. Ou quase nada."

Retomamos o caminho. Viramos numa ruazinha onde gatos nos olham de cima de uma mureta. E ri baixinho consigo mesmo, por aquilo que está arquitetando na mente, apertando o meu braço.

"Enquanto isso sabemos que há habitantes nos canos, e eu me congratulo por esse seu trabalho decisivo. Verdadeiramente, acredite em mim, é decisivo. Depois pensaremos neles também, como destruí-los. Agora, porém, vamos deixar tudo como está, e esperar o momento. Vamos fazer os registros, entendeu? Vamos registrar, e deixar que eles se denunciem.

E depois toda a história da cidade de papelão, isso eu já imaginava, sabe? que, por atrás dela, há indivíduos escondidos sem morada fixa, e sem identidade jurídica. E ficam ali para delinqüir, para o que mais?"

"Escute o que estou lhe dizendo – retomava. – O senhor, de agora em diante, é meu subordinado. Eu dirijo o senhor, porque eu sei comandar: quer as coisas andem bem ou não. E depois, no momento certo, eu desfecho o ataque, quando tivermos conhecido toda a situação. E, então, se o senhor se lembra, será uma verdadeira carnificina."

Pois é, havia dito carnificina com uma firmeza de voz que eu cheguei a tremer. E disse para mim mesmo que, enfim, isso caberia a mim. E talvez eu tenha feito ar de covardia, porque ele continuou dizendo:

"Não se preocupe, é prematuro. Por enquanto, trabalharemos para saber quem são e onde estão escondidos. Mas com muita circunspecção. Nós detonamos uma bomba, meu caro. Mas nos movimentamos com pés de chumbo. Pois bem: isso é o que conta, nos movimentamos com pés de chumbo. Cautelosos, entendeu? Mas sei que o senhor entendeu, meu jovem."

"Venha, venha", e me puxava para certas ruelas intrincadas sem uma viva alma. E íamos ao longo dos muros, com árvores grandes que cresciam para fora e fechavam o céu. Como uma galeria, que dava uma certa impressão de despovoamento.

Digo isso porque entendia que o prefeito não passava ali por acaso, mas tinha dado toda uma volta, falando, pelas ruas laterais, com o intuito de terminar ali, num lugar que fosse condizente.

E ali, de fato, olha em volta, expressando estima no olhar e, sem mais nem menos, diz que eu sou intendente, que sou intendente da sua prefeitura.

"Intendente?" digo incrédulo.

"Sim, a partir deste momento. O intendente deve fazer as coisas com o máximo escrúpulo!"

"Fazer as coisas?"

"O senhor – disse-me – vai procurar saber como se mantém essa gentalha, como vive, onde."

Eu pergunto: "Mas como faço isso?"

E ele: "Ande por aí! e fique com as orelhas bem abertas, e atento à movimentação incomum. E depois interrogue, com circunspecção, eu lhe rogo. Interrogue aqueles que sabem, como aquele seu contador, Nestore, o senhor disse, não é verdade? O senhor é intendente a partir de agora, lembre-se disso!"

A idéia me agradava, de vaguear, de seguir pistas que ninguém conhecia, isto é de me aventurar. E já havia feito isso, com os poços, sem ser ninguém, só com uma vaga esperança de entender o que era aquela lenda.

Mas me perguntava se de fato aquele prefeito aposentado ou em exercício tinha o poder de me tornar intendente.

"Mas intendente do quê?" perguntei.

"Intendente de prefeitura", e explicou que a sua prefeitura ainda não se via, ou antes, não devia ser vista, para não acabar em mãos dos mentirosos e trapaceiros que enchem o mundo.

"Nós precisamos descobrir por onde ela se estende."

Eu disse: "Hum!" para dizer um sim incerto.

A uma hora daquelas e tão ofuscado pelo sono, deixava-me levar pelas palavras, eu percebia. Mas, se não achava ainda que fossem claras e distintas, porém parecia que poderia esclarecê-las, amanhã ou nos dias futuros, se conseguisse dormir nesse meio tempo.

'Muito em breve', eu pensava. E, nesse ínterim, acho que ele dizia, na meia penumbra: "Não é só uma questão de terra. É questão de que nós estaremos explorando em meio às pessoas, para ver quem são".

E depois: "Viu aquele seu Nestore, o que foi que ele aos poucos encontrou? Pois é, assim. Pode ser que existam milhões deles. E bem em cima deles, dessa população, implanto a prefeitura. Para endireitar as coisas, pelo menos."

Os seus discursos eram assim, volto a dizer, não claros. Mas pode ser por causa do cansaço do sono de minha parte, e pelos resíduos da tempestade que tinham voltado a me fazer flutuar.

Talvez tenha me encostado em um poste para apoiar a cabeça e para fechar os olhos, e talvez tenha dormido também, ali em pé, enquanto conversávamos. De forma que, de vez em quando, era como se eu acordasse e voltasse a ouvir, com a perda de algumas ligações. E era uma pena, porque a prefeitura que devíamos desvendar já havia tomado conta de mim.

Disse-me que nos veríamos novamente e que eu teria combinado isso. Eu teria adiado para o dia seguinte, mas digo: "Sim, de acordo."

Aperta a minha mão, com grande força, que é como um ato oficial de juramento.

"Talvez o senhor não saiba como me chamo. Sou o prefeito Gonnella."

Eu, já que o destino queria assim, digo: "Savini, me chamo assim, por estes lados daqui".

E ele: "Bem, intendente Savini – e aperta. – Muito prazer."

E eu assim, dessa maneira, entrei nos confins da sua prefeitura.

7

NOS CONFINS DA PREFEITURA

Naquela noite eu dormi, então, no banco, pode-se imaginar o quanto. Podia ir a um hotel, se tivesse mesmo querido, mas me sentia com as roupas meio sujas e também com a aparência um pouco desleixada. E me lembrava bem o que pensam os gerentes de hotel.

Outras roupas estavam na mochila de brim, que, porém, durante o cataclismo, tinham ficado tingidas de azul e amarrotadas, de forma que estavam estragadas.

E, na realidade, dali do banco acompanhei a lua fazer a sua volta. Cobri-me com jornais para não sofrer com o ar que sopra à noite e, de vez em quando, abria os olhos para ver a lua, que tinha mudado de lugar, e fazia os cálculos para medir quanto tempo tinha passado. Era ainda uma lua sutil e crescente, mas luminosíssima.

Depois, pensei muito em Nestore e nas suas revelações. E à noite parecia que havia uma pausa em todo o trabalho teatral, mas sem que se desmontassem os bastidores e o pano de fundo. Ficam ali esperando a reanimação do dia seguinte.

E durante a insônia tive a suspeita de que aquela lua fosse movida por algum mecanismo e mantida suspensa por uma grou, por exemplo, de braço móvel. Ou que houvesse um cabo de aço esticado no ar entre dois postes escondidos, e a lua tivesse um gancho e uma roldana, que fosse, isto é, uma espécie de teleférica.

Eu me debruçava do banco para observar se por acaso dava para ver a engrenagem, ou se a lua ao andar apresentava algum solavanco, ou se balançava ao vento ou, quem sabe, se os morcegos voavam em volta e por trás dela para pegar os mosquitos, como em volta de uma lâmpada.

E essa suspeita me fez perder um tempão, e por isso não dormir.

Depois disse a mim mesmo que não podia continuar assim, montando guarda à lua dali daquele banco, embrulhado dentro dos jornais como um pacote. Era ridículo.

Eu me levantei, então, porque disse chega, e disse também: 'Agora vejamos.'

Dei a volta pela praça toda, e a lua vinha comigo, isto é, dava essa ilusão. E as sombras estavam todas voltadas para uma direção, o que, dizia comigo mesmo, não seria possível com um refletor suspenso a uma dezena de metros. Assim conclui que a lua provavelmente era verdadeira, ou pelo menos estava a uma distância não mensurável. E que se movia por conta própria, sem se preocupar com nada, nem mesmo com o que parecia.

Depois disso dormi, porque a lua, fazendo parte da astronomia, àquele momento não queria dizer nada. E, além disso, por sorte, tinha se escondido.

Mas acrescento que se ouvia o barulho de uma fonte, o que não me perturbava em nada. Mas, de vez em quando, tinha que esticar as orelhas, porque parecia que a água parava de sair e que depois saia novamente com uma jorrada, como se algo a tampasse por um momento e depois, dando um impulso, conseguisse jogá-lo fora e caísse pelo ralo.

"Ah, ah – eu ria sem abrir os olhos –, todos acabam no inferno."

E sonhava o pandemônio e a movimentação nos canos do esgoto, como dizia o papa-defunto. E em cima, ao contrário, a água clara e límpida das torneiras, como o vale do éden, onde eu nadava.

E sonhava também que estava em meio a um mundo de insetos que formigavam à minha volta. Era quase um presságio. E cada tribo seguia as suas inclinações, sem nenhuma razão. Mas os sonhos são assim.

Na prática, foi a partir da manhã seguinte que comecei a procurar.

E talvez pelo fato de a noite ter sido minha conselheira, parti cheio de zelo para essa missão. A qual, depois, seria esclarecida, mas naquele momento, no início, era tão indefinida e vaga que saí da cidade não sabendo nem mesmo se ia para a direita ou para a esquerda.

Vaguei pelos casebres, perguntei. Mas, para dizer a verdade, não sabia nem o quê.

E, então, eu era bem genérico: "De quem é esta terra?"

"É do engenheiro Sormani – diziam, por exemplo. – Mas ele está na cidade."

E eles pensavam que eu fosse do imposto de renda, e por isso diziam: não, que não tinham nada, nem mesmo a casa onde moravam, nem mesmo a cama.

Então perguntava: "Mas vocês vêem estrangeiros por aqui? usando máscaras?"

E eles diziam que por ali nunca se viam estrangeiros, porque ali não tinha nada de bonito.

"E pessoas escondidas?"

Mas faziam de conta que não entendiam e confabulavam entre si.

"Mas o que esse sujeito está procurando? É um investigador da polícia?"

Assim, eu empacava. E não encontrava, como se pode ver, um ponto de partida.

Voltava a me reportar ao prefeito, desmoralizado. Dizia a ele: "Há só as terras normais já conhecidas, e eu não sou capacitado a encontrar outra coisa, não estou à altura."

E ele me confortava: "Coragem. Estamos só no início. Insista!"

Depois, de repente, progredi. Após dois dias de inútil vagamundear pelos campos, corri para ele e disse-lhe que talvez tivesse encontrado o caminho.

Fui correndo procurá-lo e disse-lhe: "Alguma coisa começa a aparecer."

Estávamos no meio da feira. Porque ali no meio, ele tinha me explicado, é que fazia o seu trabalho secreto. E, para encontrá-lo, bastava olhar entre os vendedores ambulantes, no meio do vai e vem das pessoas, ou sentar-se em um café ao ar livre.

Quando lhe disse assim, que sabia alguma coisa, fez-me um sinal para que falasse baixo: "Espere, espere", sussurrava-me, e saímos dali.

E, então, eu lhe expus tintim por tintim as minhas conclusões. E que havia sim um método.

E ele dizia: "Certo, não se pode andar ao acaso."

Eu lhe expliquei que havia um método e que talvez eu o tivesse encontrado.

Havia, então, uma espécie de indivíduos que, com essas outras regiões misteriosas e com esses povos desconhecidos e estrangeiros, mantêm freqüente comércio. E que podem, então, dizer alguma coisa sobre eles e, eventualmente, indicar o caminho para se chegar até eles.

Estávamos, eu e o prefeito, sentados em um degrau de pedra.

Porém, eu lhe disse, não são indivíduos muito recomendáveis: "não sei se podemos confiar neles".

E ele dizia, todo convicto, que não é preciso preocupar-se com o decoro quando se encontra o caminho certo.

"O senhor vê? – continuei – Esses sujeitos não possuem uma boa fama. São considerados sem respeito, uns semicretinos. Uns pobres coitados, isto é, uns desastrados de cabeça e cheios de síndromes."

"Não importa – repetia o prefeito –, o senhor prossiga. E depois me conte tudo."

"Aí é que está, eu acho que as coisas não estão bem assim."

"E por quê?"

Então eu lhe disse o meu ponto de vista, que eu acho que essa espécie de indivíduos, na realidade, tem seu domicílio próximo às terras que estamos procurando, ou seja, que moram na fronteira, mesmo que não a vejamos.

Eu acho que, na verdade, são como os nômades: que ninguém os quer e continuamente se transferem de uma região para outra, porque em nenhuma têm casa. E, mesmo se param em algum lugar, permanecem nômades, porque é como se a fronteira andasse com eles, como se a levassem dentro. E, então, não têm pátria, com todas as conseqüências que isso traz.

Por exemplo, perdem a língua, ou misturam dentro dela várias outras, numa grande salada.

O prefeito escutava com muita atenção.

E, então, expliquei melhor a minha teoria a ele. Isto é, que a fala confusa pela qual esses imbecis mentais são escarnecidos vem da mesma razão, da mistura de tantos dialetos que são obrigados a ouvir por estarem em cima da fronteira. E isso confunde as idéias, e faz adquirir hábitos um pouco exóticos e estranhos.

O prefeito, então, levantou-se todo agitado: "Sabe o que eu penso?"

Eu disse: "Sobre o quê?"

"Isso foi o que aconteceu a Alexandre Magno da Macedônia, sabia?"

"Verdade?", digo.

E ele:

"É o que dizem os livros de história. Que, por segui-lo ao oriente e chegar aonde termina a terra, os macedônios marcharam por tantos anos que não se pode saber quantos. E atravessaram todos os povos imagináveis, as montanhas e os desertos. Às vezes fazendo guerra e às vezes parando para descansar em meio ao gentio desconhecido de hábitos inverossímeis. E iam cada vez mais na direção do oriente.

Eu acho que também se casavam, às vezes, com as mulheres que encontravam ao longo da estrada. E, sem querer, aprendiam o linguajar do lugar, para poder conversar à noite e entender as falas de amor.

Até que tinham que partir novamente.

E Alexandre, ele também, tomava as filhas dos reis e, para não ser descortês, fazia com que lhe ensinassem as boas maneiras e procurava se vestir segundo a elegância local.

Assim, por imitação, assumiam as maneiras e os costumes de cada povo que atravessavam.

Por exemplo, ao ver os Armênios, uns já se desfaziam do elmo, que naquele clima fazia ferver a cabeça, e colocavam um turbante. Outros preferiam uma rede de vime ao escudo de bronze. Outros ainda, em vez do dardo, tinham um falcão ou um abutre sobre um ombro, e outros, como couraça, usavam espinhas de peixe, outros cortiça ou folhas de tâmara. Outros se cobriam de lama seca.

Comiam salamandras como os Cimérios, as formigas, os macacos. E um queijo do leite extraído de uma espécie de pinho. Assim se usava entre os Saurômatos. Nem se fala das roupas: uns se vestiam de couro, outros de tecido, outros de pele de javali ou leopardo. E usavam faixas de seda, cachos, caracóis ou a cabeça raspada. Pantufas, sári, lanças, penas de íbis e flamingos de cores berrantes. E alguns se pintavam com a raiz de bétele, outros traziam a pele toda arabescada.

Quando o *ghibli*, esse vento quente que vem do deserto, lhes varria a cabeça, alguns se fechavam em um palanquim armado sobre um boi.

Já eram poucos os que cavalgavam cavalos, e, em vez disso, como haviam visto, montavam avestruzes, elefantes, antílopes, zebras, bodes, camelos. E alguns, que haviam capturado, felizes, um escravo da Arábia ou um etíope, que são famosos por correrem muito rápido, colocavam nele uma espécie de sela e o forçavam ao galope com todo ímpeto, ao som de chicotadas.

Assim, toda batalha era um pandemônio incrível. E continuavam a vencer porque os inimigos não entendiam a estratégia militar deles: se encontrassem pela frente a famosa falange, talvez a enfrentassem também, mas assim, diziam, não era mais uma batalha leal, era uma palhaçada. E abandonavam o campo depois de tê-los enchido de insultos. Dessa maneira, os macedônios não encontraram mais obstáculos, e avançavam.

Mas era cada vez pior, e Alexandre não queria voltar.

Assim, pouco a pouco, pararam de se entender entre si, porque não conseguiam mais construir um discurso ordenado e colocavam dentro dele de tudo: as sílabas truncadas dos Massagetas, as cantilenas dos Alazãos, as palavras de cada cidade em que tinham parado, misturadas.

Quando chegaram a Lahore pareciam gagos, e para falar pensavam tanto que no final ficavam mudos. Haviam visto os países todos, mas já não lhes servia mais para nada, porque não sabiam mais como contar o que viram.

As pessoas corriam para vê-los passar, e as crianças ficavam impressionadas.

Quando partiram para a expedição, a sua força era a disciplina, e entendiam-se perfeitamente. No final, eram uma caravana de desmiolados sem pátria nem lei."

O prefeito aqui se interrompeu, então lhe digo:

"Pois é, é isso, é a mesma coisa. É a questão de serem apólidas o que faz parecerem dementes."

"Sim – diz ele –, os macedônios podiam ter construído um império, mas ninguém os levava a sério."

"Como os bilíngües de que falei."

E o prefeito:

"Ninguém jamais pensou em desafiá-los para uma batalha, ao contrário, todas as cidades os convidavam para entrar, para que dessem um pouco de espetáculo. E depois que Alexandre morreu em uma daquelas regiões distantes, percorreram de cabo a cabo a Índia e o Assam, fazendo saltos mortais na garupa das avestruzes e exercícios perigosíssimos sobre as presas dos elefantes. Mas eram considerados inconscientes."

"E como acabou?"

"Bem, com o passar do tempo foram morrendo um a um. Porém, pegavam sempre outros animais. Já cavalgavam ursos, hipopótamos, ovelhas, e dizem que tinham tentado até mesmo colocar rédeas em uma grande serpente para que os transportasse. Com os crocodilos haviam conseguido, e galopavam sobre eles em três. De resto, para ficarem confortáveis, haviam arrumado sofás com pés de prata em cima dos camelos; e, em cima dos elefantes, torres de dois andares e folhas de palmas para ficarem à sombra.

Depois, ao final, se extinguiram, deixando descendentes que formaram uma casta de domadores."

Depois disso, ficamos em silêncio repensando Alexandre.

E, passado alguns minutos, disse que aquela história explicava muito bem, até os casos dos meus informantes, tão desprezados e considerados pobres semidementes.

Estávamos novamente sentados, e o prefeito me pediu para continuar.

Então disse que, para saber alguma coisa, o meu método é, de qualquer modo, o de falar com eles, com esses indigentes dos confins. Que, por serem bilíngües, são sempre bem informados sobre os movimentos de além-muros e sobre as paisagens que há por lá. Como, por exemplo, Pigafetta, o coveiro, que provavelmente ia sempre àquela sua região dos canos, e tinha, mesmo de dia, um pé aqui e outro lá.

Mas toda essa gente é também vítima de questões de fronteira, ou de emboscadas e perseguições malignas e enervantes por parte de bandos estrangeiros, especializados em pequena sabotagem e em tortura, que se obstinam especialmente sobre eles, porque estão ao seu alcance e indefesos. Ao passo que eles prefeririam ficar em paz e não ter aborrecimentos. Sobretudo não ficar naquele estado de alerta contínuo que lhes estraga a vida. Às vezes mudam de cor, eu dizia, quando ultrapassam o confim. Por exemplo, embranquecem o rosto, ou ficam amarelos, como alguém que tem icterícia, e depois também vermelhos e sangüíneos. E pode-se seguir o itinerário que fazem com a sua fisionomia, como se fosse um espelho. Ali se vê, às vezes, de terem que batalhar, provavelmente com extremistas que vêm provocá-los, ou com outros enviados que se metem com eles, por razões de alfândega ou quem sabe.

Em conclusão, disse ao prefeito, esses bilíngües são as minhas fontes mais preciosas. Pessoas que viajam para lá, que vêm e conhecem. E que eu posso interrogar para saber alguma coisa, ainda que sejam herméticas, às vezes, ou se calem, ou possuam um italiano horroroso, cheio de erros de gramática e difícil, infelizmente. Pelas razões que já contei.

O prefeito, então, aprovou meu método e me disse:

"Muito bem, eu também acho que esse é o caminho. Mas o senhor deve ser conciso, não me faça um romance."

Assim, a partir dai, procurei sempre contar a ele as coisas como eram de verdade, e contá-las corretamente.

Melhor do que isso, eu as contava como alguém que as estivesse escrevendo, isto é, cheias de exatidão nas palavras e sem me interromper. Recolhia as minhas informações e depois pensava sobre elas a noite toda, e pela manhã ainda continuava pensando nelas. Assim é que, à tarde, eu tinha uma visão de conjunto, e estava pronto para fazer meu relato ao prefeito.

Eu o procurava na feira e nas vielas vizinhas, onde ele terminava o serviço. E depois, quando ficávamos a sós, de preferência sobre os muros arborizados da cidade, eu lhe fazia o resumo. Que, então, foi feito em capítulos.

E com esse sistema, enquanto falava, eu acabava entendendo aquilo que havia encontrado, e via, pouco a pouco, delinear-se a prefeitura.

Eu diria que, além de interrogar as pessoas e de adivinhar aquilo que não queriam dizer, vinham também à minha mente coisas que tinha ouvido no passado, e as repensava, ou sonhava com elas à noite.

Depois, eu as contava direitinho, isto é, bem ordenadas e entendíveis. Como se fossem um discurso de geografia, que eu escutava dentro de mim.

Os meus primeiros discursos foram para entender bem os bilíngües.

Ele estava sentado e eu em pé à sua frente. Dizia a ele que nesses bilíngües de confim pode-se encontrar uma característica: que é a propensão ao vôo e a ficarem suspensos.

É um vôo que não se consegue ver, porque não desfruta de asas, hélices ou de uma posição aerodinâmica, ou seja, não desfruta do apoio do ar. Mas tem-se como que um vazio por baixo, ou como se fosse uma bolha de detergente que se separa do peso do corpo. Tal jeito de voar ou de ficar suspenso vem, provavelmente, da situação de serem nômades e limítrofes, ou de serem por isso contidos e sempre alertas.

Eu diria que desenvolveram uma possibilidade de estarem no ar sem que ninguém perceba.

De fato, é um modo particular de se levantarem, um modo não evidente. Tanto que, com certeza, parece que o fulano em questão, ou a fulana, se é uma mulher, permanece sentada se estava sentada, ou deitada ou em pé, se estava deitada ou em pé. É um vôo totalmente secreto e particular, e isso por motivos estratégicos mesmo, de astúcia longevidente. O vôo percebe-se pela expressão facial que fazem, ou gestos, que de outro modo não seriam explicáveis.

"Ah, Savini – interrompeu-me uma vez, uma só, o prefeito –, o senhor é científico, o senhor é mesmo científico na maneira de falar. Mas, por favor, continue."

Um desses bilíngües, eu dizia a ele, que estudei bem de perto, parece, à primeira vista, que corria escada abaixo e depois pelos campos gritando como um endemoninhado sem ligar para ninguém, nem mesmo para as fossas. E, em vez disso, voava, ou melhor, sobrevoava o confim e passava para o outro lado. Eu ficava assombrado com essa capacidade, indo atrás dele para entender algo do vôo. E eu também tinha que correr como um louco para não perder a observação, ficando grudado nele.

Corria, então, de repente escada abaixo, depois fazia uma descida terrível por um gramado, e eu tinha de alcançá-lo para não perdê-lo de vista, mas com grande esforço e com o máximo da minha velocidade. E depois se jogava nos barrancos, em meio a uma grande nuvem de poeira, e com perigo enorme para a sobrevivência. E continuava aquele grito furioso que talvez lhe desse o impulso para o vôo, eu não sei. Devia já estar no ar bem lá no fundo, a julgar pelo grito. E depois, quando eu estava correndo atrás do seu vôo, ele sumia, quem sabe por onde. Dava para ouvir que ia em frente gritando, mas eu já não o via mais. Depois, nada, não dava para ouvir mais nada.

No início, para mim, era meio impressionante, quando partia. Porque lhe vinha uma espécie de inspiração que, porém, era como uma fúria e gritava de quase dar medo, voando escada abaixo. Depois comecei a imaginá-lo como um planador veloz, quando desaparecia por detrás dos morros. E também sua mulher devia ter essa idéia, e dizia que ele era assim, um homem desse jeito.

Dá para dizer o seu nome, se chama Mattia, e o seu sobrenome é Rosselli.

Fica em uma casa numa ladeira, e ali, em algum lugar, fica, provavelmente, o confim, mas não é possível dizer onde.

De qualquer modo, ele o ultrapassava, e ia muito além, eu acho, favorecido pelo seu bilingüismo. Eu o esperei todas as vezes, que foram três. Porque a mulher dizia que não havia dúvida de que ele voltaria, sendo ali, definitivamente, a sua casa. E voltou sempre com a aparência suja, de um pobre coitado que caiu num pântano. Dizia palavras que, provavelmente, eram aquelas que ele dizia lá.

Dizia, por exemplo: "a concha da polenta", mas não dava para entender o que queria dizer, e mesmo a mulher dizia que era inútil tentar entender, porque quando voltava, por um tempo, não era normal e falava com expressões estrangeiras.

Depois, quando voltava ao normal, dizia que tinha voado. E eu queria me informar, e perguntava a que altura. E ele dizia: "altura dos álamos", que calculei serem vinte metros, um vôo, então, bastante rasante. E, em seguida, pode-se dizer que tenha dito isso: que era elevado por uma voz, dizia uma voz mesmo, que o mantinha no ar, um pouco acima da terra. Segundo ele, era uma voz que o levava. Isto é, ele dizia que essa voz que o levava ficava estendida como uma camada de ar e era lisa, e ele escorregava pelas ondulações como numa carruagem.

Pois bem, eu relato as suas explicações, que são o único modo de entender o vôo desses bilíngües e meio estrangeiros.

Mas, para começar, ou seja, para se encaminhar a esse seu vôo, ele diz que pega a direção da estufa, enquanto eu pensava que ele descesse as escadas, porque do meu ponto de vista parecia isso, que descia pelas escadas muito depressa.

Ele diz que pode ser que se veja assim, mas a verdade é que surge uma voz que lhe chega nos ouvidos como uma fumaça, e o empurra estufa acima, pela tubulação, e depois ele salta fora pela chaminé. E aquele é o nível, ou um pouco acima, o nível do vôo, e diz que não dá nenhum trabalho, ao contrário.

Depois, o estranho da coisa é isto que vem a seguir, que infelizmente não se pode explicar muito, mas que se vê serem os usos e os costumes desse tipo de gente.

Ele diz que ali, naquela camada ondulatória, fica o sol fresco e radiante, e dá para ver embaixo passar a terra com toda a sua variedade. E eis o estranho: ele diz que tem embaixo uma sombra, que é a sua sombra no chão, e que a vê ali embaixo ir para cima e para baixo pelas sebes e pelas montanhas. E ele e a sombra não são diferentes, mas ele não tem nenhum trabalho e a sombra, ao contrário, parece-lhe que corra como uma desembestada, para estar sempre ali embaixo correspondente a ele.

Assim se explica um pouco a minha impressão à distância, de vê-lo ir como um desesperado pelos despenhadeiros, e de ver o vôo invisível que acontece na verdade em uma outra região.

Isso significa também que essas outras regiões podem se estender paralelamente a alturas diferentes. Há aquelas acima e abaixo, e mesmo aquelas a alturas incríveis, acima da estratosfera. E ali, no nível delas, têm a fauna e a flora, e a população adequada. Quando têm. Isso eu acho que pude deduzir dos casos que indaguei.

De modo que o tal Rosselli de quem falei voava assim.

E, no final, diz que caía sobre as pedras ou nas moitas de espinhos, ou caía sobre um monte porque a voz diminuía e precipitava.

E se encontrava todo sujo e cheio de cinzas em meio aos maiores sofrimentos, em algum lugar perdido ou de dificílimo acesso. E caía sobre ele todo o peso da sombra, e voltava a se cansar, ofegando e rogando a deus, e dizendo a si mesmo: 'onde será que eu vim parar, pobre de mim'.

Assim, pouco a pouco, arrastava-se pelos declives dos montes como um condenado. Pois bem, essa era a volta desse Rosselli.

Eu lhe perguntei a velocidade do seu vôo, e ele dizia que era um bom vôo, feliz, e assim, sem pressa.

Perguntei a ele: "quinze por hora?", e ele disse que sim.

Mas, de qualquer forma, aonde quer que vá, esse Rosselli não tem nada de especial, e é um caso de simples vôo, sem grandes descobertas ou encontros. Mas que demonstra a capacidade ou propensão de levantar-se no ar e seguir caminho. Não o comum.

Outros, eu ouvi que ficam numa espécie de suspensão. Isto é, quando se deitam na cama, depois de um tempo, sofrem uma elevação. Um me disse que de alguns centímetros. E permanecem ali, como num colchão de ar, em meio a uma grande ciranda de sonhos que os envolve.

Mas, depois, essa é uma gente que nunca partiu, nunca expatriou. Está sempre ali fazendo isso. Mas, na verdade, não se afastam da cama. Não são viajantes. São, noventa por cento, sonhadores. E não era o caso de mencioná-los ao prefeito.

Um dia, durante essa época das minhas perlustrações, perguntei ao prefeito como é que se chega a fazer carreira.

Nós não falávamos só das minhas descobertas geográficas, que às vezes eram grandes, mas às vezes, ou melhor, freqüentemente, eram tão pequenas e fragmentadas que me exigiam noites e dias para ordená-las e reuní-las, e entender ao que tinha chegado.

Dessa forma, certos dias passeávamos em silêncio ao longo das avenidas arborizadas, pelos jardins, e ele me dizia que ainda não havia pressa, e que usasse todo o tempo que fosse preciso.

Um dia desses, depois de termos discutido sobre questões abstratas de geografia e de mapas geográficos e nos cansamos disso, pergunto a ele como foi que tinha chegado a ser o que era.

E ele disse: "É difícil de explicar, porque o meu foi um caso especial, e acontece pouquíssimos dele por ano".

"Mas como especial?" eu insisto em perguntar.

"Digamos que o meu nome não está em nenhum dos quadros do ministério. Porque nesse caso específico seria um suicídio. Eu fui nomeado diretamente pelo primeiro ministro. Entendeu? Mas, imagine se soubessem. Haveria uma corrida até nossas descobertas geográficas. E todos iam querer espremê-las para delas tirar dinheiro. Como fizeram aos Astecas. E, então, o ministro decidiu não correr riscos."

"Mas o que disse o ministro?"

"É realmente um segredo, e muito difícil de contar. São questões muito delicadas, onde eles fazem com que você entenda as coisas, mas sem mencioná-las."

"Não as mencionam? Mas como?"

"O senhor não imagina os sistemas especiais desse setor – começa a me dizer o prefeito. – Quando achava que eu estava acabado, eles, em vez disso, vieram me procurar. E não era uma época feliz para mim. Imagine, eu podia esperar por represálias, diziam. Foi quando, então, me chamaram ao ministério."

E, nesse momento, ele me abraçou para me falar mais de perto.

"E sabe o que fez o ministro?"

Fiz que não com a cabeça.

"Então, escute. Eu esperava ali em uma sala de espera, toda pomposa. E espera e espera e não vinha ninguém. E, então, passou até a hora do almoço, e eu pensava: 'eles se esqueceram.' Entendeu? Eu dizia: 'eles se esqueceram!'

Depois passou alguém, um ajudante, acho, ou algo assim. E quando passou na minha frente virou os olhos e me olhou de um jeito que me fez tremer. Entendeu? me fez tremer.

E ele, ao contrário, tinha um aspecto enérgico e composto, como um relógio, mas tinha dois olhos que me diziam: 'até que enfim'.

E ainda fiquei ali sozinho, mas com um pensamento que estava para chegar. Entendeu?"

Eu disse: "Sim, sim. E depois?"

"E depois comecei a entender como é que agiam por ali, e dizia para mim mesmo: 'quer ver que aqui tem alguma coisa escondida?' E me deixaram ali ainda pensando, porque é o sistema. Você tem que chegar a isso sozinho. Eles lhe dão todo o tempo de que precisa, e não dizem nada ou dizem coisas só por dizer. Mas fazem com que você entenda. Ajudam você, isso sim, ajudam você a descobrir sozinho. Entendeu? Entendeu quais são os sistemas?

Eu tinha ido ali, na verdade, por causa da minha licença. Porque diziam que um prefeito deve assinar, e eu, em vez disso, tinha travado aquele braço de ferro contra a prefeitura, em virtude das lorotas que todos contavam. Pois bem, eu não assinava, e cheguei mesmo a rasgar, não digo que não, papel timbrado. Mas era para retificar a administração. De qualquer modo, não se pode fazer isso, segundo o ministro. Assim estava ali por causa da licença. O senhor imagine se eu podia estar contente!

Ao contrário, eu lhe digo, naqueles dias queria que o mundo acabasse, e havia algo no ar que me prometia desgraças, e barulho de portas metálicas que não me deixavam em paz. Mas isso não tem nada a ver com o assunto, é outra história.

Depois passou o ajudante de novo e me olhou pela segunda vez com aqueles olhos que eles têm, e são brilhantes e de vidro. Entendeu? Se o senhor nunca viu, não pode imaginar.

Esse ajudante, quando passava, isto é, nas duas vezes em que passou, ia adiante sem me ver. Saía de uma porta rígido e ereto, e caminhava com seu passo preciso.

E só havia eu ali. Assim, eu era levado a pensar: 'vai ver que vem me dizer alguma coisa'.

E, em vez disso, de repente, enquanto passava à minha frente, virava os olhos e me dava um olhar tão direto e significativo que meu coração vinha parar na garganta e eu ouvia o som de um motim. Na verdade, não literalmente, mas dava quase para ouvir pelo ar as trombetas da anunciação. Isto é, entendeu o que eu disse? eu não ouvia mesmo acusticamente, mas quando se abria a porta e ele vinha, com aqueles seus passos que eu não sei o que é que tinham, pois bem, todo o ar da sala ressoava por um efeito de solenidade assombrosa.

E eu ficava ali, de boca aberta.

Depois, na metade da sala virava o seu olhar de vidro brilhante e me fixava como para dizer: 'Você!' E o mantinha em mim por um tempo que queria significar: 'estamos entendidos'.

Entendeu quais sistemas existem ali?

E isso aconteceu duas vezes. Depois da primeira, pus-me a pensar e pensar, e me dizia que era estranho que o ministério me dedicasse aquela grande pompa magna, e naquele modo que não era o usual. E fiquei ali muito tempo antes da segunda aparição.

Já era de tarde. Depois, sabe como aconteceu? A idéia veio-me de repente, que me colocavam em uma função secreta que se chama licença. Mas entenda-me, é uma licença só no modo de dizer. O senhor também sabe: é uma prefeitura *sui generis*, que não se parece com nada. Eu digo que é por certos meios experimental, isto é, serve para alargar, digamos, a influência da administração, porque ainda corresponde a menos de vinte ou dez por cento das atividades dos seres humanos. E mesmo aquele pouco a que corresponde, é todo desviado para o mau uso dos dependentes. Como eu também descontava, quando estava em serviço

Bem, passa-me pela cabeça que estou em observação. E, de fato, havia já pequenos sinais disso enquanto eu aguardava a licença. Por exemplo, os velhos, que ficavam perto do portão da minha casa, ou que esperavam o ônibus elétrico, mas que davam olhadas inconfundíveis. Eram uns velhos, eu acho, aposentados que se prestam, por pouco ou quase nada, a seguir alguém. Mesmo porque não têm muito a fazer, e aumentam a pensão indo espiar por aí, que é o que fariam de qualquer jeito.

E trocavam sinais. Chegava o ônibus e o primeiro ia embora, para mostrar que era tudo real. Mas, nem um minuto depois, já havia um outro ali espiando, e chegava às vezes um terceiro, e trocavam algumas palavras. Depois aconteceu de ver de novo. De novo o mesmo velho num outro lugar totalmente diferente. Imagine! Eu não sou bobo. Esbarrava em mim e não levantava nem os olhos na minha direção. Vinha todo enrolado no seu paletó. Mas eu o reconhecia direitinho.

E viram que eu era incorruptível, mesmo enquanto esperava a licença. E, de fato, é assim mesmo. Provavelmente me indicaram. E no ministério prepararam-me o último obstáculo, com algumas facilitações, para ver se eu sabia intuir, se eu tinha o poder da imaginação.

Entendeu os procedimentos? Como é que escolhem os homens? para os cargos não regulares e de risco?

Eu comecei a elaborar essas ligações na sala de espera, depois da primeira passada do ajudante de quem lhe falei, e tudo se encaixava. Eles poderiam me destituir do cargo em um único dia, com um telegrama. E, em vez disso, esperaram por meses, mandando-me, às vezes, algumas comunicações estudadas e sibilinas. Das leis sobre os serviços que executei, junto da possibilidade de aposentadoria. Um contra-senso, não acha? Mas na hora eu não conseguia decifrar.

Entendi, depois, na sala de espera. Aí eu liguei tudo. E entendi o que é a aposentadoria: é uma função especial, que não tem nome, enquanto não se puder explicar suas atribuições, *et cetera et cetera*. O senhor se deu conta disso. São campos de exploração onde não se pode prever o que contêm.

Dessa forma, são sim prefeituras, porém mais avançadas, e ainda sem uma superfície geográfica ou um recenseamento ou, não sei, sem um plano diretor, por exemplo. São prefeituras ainda a se inventar, o senhor sabe. Mas é como no império persa, e ninguém sabia os seus confins, e se mandava emissários para governar certas populações que não se podia dizer se existiam mesmo. E, depois, ao contrário, alguém descobria haver ali uma florescente cidade e grandes mercados, e usos e costumes nunca antes vistos. Mas o império persa era feito assim, era feito, pode-se dizer, de uma surpresa atrás da outra.

Então, já estava no fim da tarde e tinha tido tempo de repensar, dali da poltrona, em todas aquelas cartas e sinais e suspeitas, e também naquela convocação do ministério, exagerada. E, aos poucos, acendia-se em mim uma luz cada vez mais clara, e sentia um calor na testa e atrás das orelhas que até tirei o casaco.

Depois me vem este pensamento: que se poderia ser prefeito mas em um outro nível. O senhor sabe o que penso. Existem outras regiões largadas a si mesmas, sem uma prefeitura. E dentro da cabeça pronuncio: 'você Gonnella será o prefeito em exercício'.

A porta se escancara, naquele mesmo momento, e com toda a sua fanfarra aparece o ajudante. Avança como uma estátua, depois gira a cabeça e me traspassa com os olhos. Que quer dizer: 'Sim!'

O que acha disso? São bem equipados, hein? É de se admirar.

Sem gastar uma palavra, vi-me de novo prefeito, ainda que em um modo especial. Depois, tudo se desenvolveu rapidamente; por necessidade.

O ministro estava sentado atrás de uma mesa com a lâmpada acesa; e quando ergueu os olhos eu vi que tinha o mesmo olhar de vidro e não piscava nunca, e me mantinha, se é possível dizer, sob o efeito dos olhos, de maneira que não pude mais falar com a minha voz.

Pronunciou o meu nome e fez um gesto com a mão para que me sentasse. Disse: "Gonnella!", numa voz tão alta e precisa que fiquei tocado. E obedeci. Isto é me sentei; mas no íntimo, mantendo levantadas as sobrancelhas e a boca esticada de um lado, no íntimo fazia com que visse que estava ali em pé e de prontidão; e que tinha me colocado à disposição do comando dos olhos.

'É preciso perceber uma coisa – dizia, entre outras coisas, a mim mesmo –, que eles têm as mãos presas pelo cerimonial.'

E então ouvi que disse, mais ou menos: "nós podemos, dependendo do que resolvermos aqui, reintegrá-lo no serviço já ocupado". Assim. E dizia que se pode adiar a decisão, devido a certas irregularidades do serviço.

Aquele, entendeu? era o jargão; mas com os seus olhos de vidro me nomeava exatamente prefeito em exercício. Não dizia isso com uma frase, mas estava muito claro.

Eu mantinha um ligeiro sorriso de entendimento, muito tênue; e de resto, imperturbável, sem dizer uma palavra. Entende como se faz?

Depois disse que podiam conceder uma transferência para longe, como recurso de apelação. E eu sempre calado. "Ou então a aposentadoria!"

E eu pensava: 'que sistemas geniais e inacreditáveis, essas diretivas cruzadas'. E mantinha o meu sorriso cortante, de secreta ironia, para que parecesse que tinha até entendido demais.

E ele, com os seus olhos falantes fixava-me e eu, com o sorriso bem dosado, dizia que sim.

Depois repetiu a frase de antes, dando olhares faiscantes, belíssimos, como para dizer que o que está feito está feito.

Eu imóvel.

Então ele disse: "Aposentadoria!", e assinou um papel, sem levantar mais os olhos. Isto é tinha arranjado tudo, e delegava que eu ficasse em exercício.

Entende? como vão as coisas?"

Eu sabia bem.

"É um cargo não definitivo; na verdade, depende de mim", acabou de me explicar o prefeito. "Mas dava para ser de outro jeito? E assim essa cerimônia de nomeação foi rápida. Entendeu?"

Essas eram as explicações que me fazia o prefeito sobre a carreira, e eu as aprendi: que é necessário saber escolher o momento oportuno.

O prefeito me dizia: "Vê? A arte está toda ali: em entender os homens; psicologicamente. O que querem de você".

E não podia nada além do que lhe dar razão: "Sim, é a psicologia que conta".

"E sabe como é feita a psicologia?"

Eu queria entendê-lo e dizia: "Como?"

E ele: "É como lhe demonstrei. Que não conta aquilo que dizem, não conta nada; mas se deve estar muito atento aos subentendidos".

Eu dizia: "Ah, sim, sim".

"E para fazer carreira é preciso se acostumar a entender a psicologia."

E então tirava a prova; isto é, me olhava nos olhos por meio minuto, e me perguntava: "O que foi que eu disse?"

Mas eu lhe respondia que era inexperiente, porque via só as pupilas, a íris, os cílios, para mim incompreensíveis.

Então, fixava-me de novo e dizia: "Tente de novo. Fique muito atento que vou escandir as palavras uma a uma". E parecia que fazia força, porque o sangue lhe subia ao rosto; e pelos olhos eu via que passava alguma coisa, mas não decifrava o quê. Porém, para não ficar com cara de idiota eu chegava a dizer: "Hum, talvez tenha entendido alguma coisa."

E ele sorria: "Viu? Não é difícil a psicologia".

Mas não foi este o modo que me fez aprender; foi um outro.

Às vezes, ficávamos em silêncio em um banco por meia hora, uma hora. E, no final, ele dizia: "Com o senhor a gente fica bem, sabe? Nós nos entendemos, não é verdade?" E de fato comecei a me habituar com a psicologia. O prefeito tirava um cachimbo e fumava; sem porém acendê-lo. Mantinha-o na boca, depois nas mãos; olhava dentro do fornilho, depois batia-o em alguma coisa de madeira e soprava.

Eu enquanto isso olhava os passarinhos, perguntava-me de que tipo eram as árvores, se eram sicômoros, por exemplo, ou tílias, e procurava recordar os meus conhecimentos. Assim estudava com o olhar os ramos e as folhas; e o prefeito, com o cachimbo na boca, também ele eu via que se punha a voltar os olhos para o alto, em meio às folhagens, nos troncos, nos melros, nos pássaros.

E acho que, de fato, esse era o modo de discorrer psicologicamente. Eu cruzava as pernas, ele olhava para as mãos; eu balançava um pé, ele colocava um cotovelo no encosto do banco; eu suspirava, ele suspirava; depois eu me virava, *et cetera*; mas tranqüilamente, como quando se conversa sobre coisas sem importância.

Com o passar do tempo, nós ficamos mesmo cada vez mais habituados a falar assim, e nos entendíamos cada vez melhor; de modo que entendi muito bem a sua carreira, e sempre a admirei, enquanto descobríamos as populações escondidas.

8

POPULAÇÕES ESCONDIDAS

As minhas pesquisas de terras e de populações, enquanto isso, continuavam; e queríamos entender as questões de geografia, para nos orientarmos.

Eu lhe falava delas, mas os confins dessas regiões são tão desiguais e sinuosos, e também tão incertos, que não se sabe exatamente por onde passam. Não existem cartas ou mapas confiáveis e eu não conheço nem mesmo tratados ou atos oficiais.

Esse confim, eu dizia, é tão em ziguezague, que os territórios são como que entrecruzados, e alguém quando está andando passa continuamente a fronteira sem querer; mas se é um homem que incute respeito, não se dá conta disso, ou se dá muito pouco, e aqueles que estão de atalaia do outro lado deixam-no em paz, ou lhe causam aborrecimentos que parecem casos comuns: uma dor de cabeça ou de dente, mas em um dente que já está cariado; ou um sono tremendo, ou balbucios, algumas vezes, de modo que ele diga uma coisa em vez de outra e faça talvez um papelão.

Mas os senhores seguros, não dão atenção a essas brincadeiras, e continuam a expatriar e a voltar, sem qualquer preocupação, de modo que até aqueles lá desistem de causar aborrecimentos. Ou preparam talvez com o passar do tempo alguma vingança sangrenta e definitiva, de modo que aqueles senhores, que eram arrogantes e seguros, ao final não tenham mais nem mesmo a coragem de sair de casa; e dizem que não conseguem e têm fobia, ou os assim chamados mau-humores do sistema nervoso.

Segundo o prefeito, uma carta geográfica requisitada pelo governo ou pela aeronáutica, seria uma grande resolução.

Mas os problemas de representação são dificílimos, e não pela passagem da esfera ao plano, dizia-lhe, que já teria algumas soluções, mas porque parece que esses confins cada pessoa acaba deslocando para a frente e para trás, ou para cima e para baixo. E que esse ziguezague seja efeito do vai-e-vem das pessoas, que, enquanto caminham ou param para pensar, puxam atrás a linha da fronteira, que provavelmente é como um elástico ao longo de muitos quilômetros que se enrosca nas pernas, e fazem uma incursão no plano imprevisível. Um instituto de cartografia militar não tem capacidade nem instrumentos, para uma geografia assim indefinida, e geralmente manda regimentos especiais de engenheiros militares para colocar arame farpado e estacas, para que não se desloque o confim que desenharam, e as cartas permaneçam boas por um certo tempo pelo menos.

Falávamos assim, muito precisamente.

Mas os nossos problemas, eu dizia, não se conseguiria resolvê-los com esses meios, e seria sempre uma bagunça e tempo perdido.

Então, contava sobre as minhas revelações.

Por exemplo, na região de Corvara, vê-se que o confim passa por uma janela da avenida Cairoli, em certas horas do dia e por toda a noite. De fato, uma senhora que mora ali ouve, atrás do peitoril e grudada na veneziana uma gente estrangeira que ri e a insulta; e à noite vê uma árvore, fora, com três pássaros brancos e embalsamados em cima que a olham fixamente. E ela não se sente tranqüila, porque percebe que fica vizinha do confim, e que aquilo que vê é um canto do panorama de lá. E diz: "Uma noite ou outra, acabo dando adeus a todo mundo".

Para dizer que poderia, de repente, passar o confim mesmo sem se levantar da cama; porque o confim pode entrar no quarto e prendê-la dentro, e ela se tornaria invisível, ou partiria com a gente da janela e iria aborrecer alguém.

"Eu – me dizia aquela senhora – ficarei atrás de uma veneziana sem que me vejam, junto dos outros colegas que já estão acostumados. Depois talvez todos pensem que eu esteja ainda na cama porque me vêem lá; e em vez disso eu me transformei em um pica-pau só que transparente, e vou fazer os buracos nas janelas dos outros e depois me escondo para olhá-los; e assim, mesmo se estou na cama, me divirto e passeio com os outros. Se eu fosse com eles em vez de ficar aqui, mais do que qualquer outra coisa não teria medo de nada."

Essas eram mais ou menos as palavras da senhora.

Sobre o fato de que não se deixam ver de jeito nenhum aqueles tipos de além dos confins, há aquilo que diz sempre essa senhora Cavizzi em Corvara.

Ela corre até a janela e olha nos cantos exteriores, mas nunca conseguiu apanhar nenhum; mais do que isso, já enquanto corre, e se trata de poucos segundos, ela os ouve se afastarem com gozações inequívocas e indignas, e quando se debruça na janela fazem uma algazarra ensurdecedora, de modo que ela, para não se deixar derrotar, grita para eles alguma coisa o mais alto que pode. E, no começo, diz que é uma confusão louca de assobios e meias palavras, que buscam sujeitá-la. Então, provavelmente, há sempre outros que ficam calados e escondidos, em número considerável, sem que ela se dê conta lá da cama.

Mas, ao vê-la debruçada na janela, provavelmente põem-se a gritar todos juntos como endemoninhados para forçá-la a entrar. Mas ela diz que consegue gritar mais alto, até que eles se calam e voltam para a região deles; ou põem-se novamente a murmurar mas com um fio de voz que não incomoda muito. Ou põem-se novamente a arranhar a janela até fazê-la balançar, por gozação. E ela da cama poderia nem ligar, porque em comparação aos outros momentos é uma coisa de nada; mas lhe aborrece, diz, aborrece que não a deixem nunca em paz, e que riam continuamente.

E, para contar a história toda, uns funcionários vieram colocar para essa senhora Cavizzi uma grade na janela, para que não possa sair voando e para que também ninguém entre e a leve não se sabe aonde nem para quê.

E a intenção foi também de delimitar o confim. Mas a fazê-lo não são nunca os órgãos de topografia.

Eu me informei, contava ao prefeito, que quem levanta essas barreiras não é o ministro da defesa ou algum órgão alfandegário por razões de protecionismo ou coisas do gênero. Para essas fronteiras há um serviço sanitário local que bloqueia as imigrações e os perigos de contágio e infecções; com pouco sucesso, para dizer a verdade; sempre pelo motivo da elasticidade do confim, tanto que freqüentemente não se consegue nem mesmo saber onde fica. Ou pisam nele os próprios funcionários, sem ver, e ele vai por água abaixo.

E soube um pouco dos hábitos dessa gente escondida e propensa à obsessão.

Não é gente no verdadeiro sentido da palavra, isto é, não é gente completa como estamos habituados a ver. Não tem, por exemplo, os órgãos mais comuns e normais.

"Ah, muito interessante – comentava o prefeito –, esses indivíduos formam certamente uma verdadeira nação que confina conosco. Mas qual a aparência deles?"

Eu acho, disse a ele, que são feitos como sanguessugas, isto é, anelídeos dotados de locomoção, como as larvas que ficam penduradas nas janelas por fora, ou por trás das portas; mas podem rir continuamente e se fazer ouvir através de frases confusas ou claras, depende.

Às vezes parecem muito distantes, e fazem isso de propósito para impedir o sono, porque dizem coisas meio truncadas e depressa, que não dá tempo de ouvir; e então se fica preparado e atento por causa da curiosidade sob os lençóis, e mesmo assim não se consegue entender, sem porém se dar por vencido a noite toda.

E essa espécie de sanguessuga prende-se exatamente onde se consegue chegar com o pensamento estimulando-o ao máximo. Assim, geralmente ficam quase fora do controle dos sentidos, mas não muito além. E se alguém se esforça para ir mais adiante e estimula a mente, eles voltam um pouco para trás, de modo a ficar sempre acima do confim e gozando, e assim impedir o sono.

Aqui depende da mente de cada um e de aonde cada um consegue fazê-la chegar: por exemplo alguém chega à janela ou no corredor debaixo da casa, e aqueles tipos se instalam ali e começam a vociferar e a dizer bobagens, que mais do que outra coisa são obrigados a adivinhar de tão bobos e velozes que são.

Dizer que são sanguessugas de qualquer modo não é muito exato, mesmo porque têm essa natureza ou essa particularidade de não se deixarem ver. Mas porém todos dizem, quando os ouvem, que se grudam com uma ventosa ou com uma trombeta ao seu pensamento e é impossível movê-los. E por ficarem acordados à noite a fim de identificá-los, vão ficando cada vez mais anêmicos e mais doentes e cansados, como depois de uma sangria.

Provavelmente são de uma raça próxima da humana, pela voz que têm; mas talvez podem também ser uma forma evoluída de anelídeos que vivem em simbiose com as dúvidas mentais.

Soube-se também, mas sem muita certeza, que esses indivíduos ou vermes enfadonhos vêm das bolhas de metano de certos pântanos da outra região. E, num certo sentido, são elas a sua cidade. Dali se lançam em enxames debaixo das janelas das pessoas que dormem e que têm pensamentos. E começam as suas ladainhas e as risadinhas.

Quando estava fazendo esses meus relatórios, o prefeito se inflamava e dizia:

"Eu os imagino, sabe? esses indígenas. São uns primitivos, como grau de civilização. Mas eu acho que a região deles é povoadíssima."

"Sim, é provável que seja assim mesmo. É o que dizia também a senhora Cavizzi, que são terras, as deles, superlotadas."

E o prefeito:

"São como o Delta do Ganges, como Calcutá. Porque ali os aleijados e os desgraçados são a maior parte, e ficam todos apinhados; e se lhes der algum trocado, se se prestar atenção neles por um segundo, não largam mais você. E continuam a molestar você e chamam todos os colegas, até que se forma um bando de paralíticos e desvalidos vestidos de trapos, que repetem infinitamente as súplicas e as ladainhas, e geralmente não se sabe o que fazer. Geralmente é preciso sair correndo em um jinriquixá, afastando-os com o chicote."

"Sim, deve ser assim, como em Calcutá", eu dizia.

Mas a recomendação que o prefeito sempre fazia era a de não revelar a ninguém as nossas descobertas.

"Boca fechada, eu lhe peço – dizia –, ninguém deve saber."

"Por quê?" perguntei-lhe uma tarde em que estávamos à sombra de uma pérgola.

"Porque seria o fim. Sabe quanta gente veríamos especulando sobre isso? quantos aventureiros sem escrúpulos viriam passar a mão?"

"Mas de que modo?", eu dizia.

"São povos que sofrem por causa da publicidade; e por defesa, ao final, desaparecem ou se escondem pelo resto dos dias; como fizeram os Astecas, por exemplo."

"Os Astecas?"

"Sim, você quer conhecer a história?"

E já que estávamos sentados comodamente e na sombra, contou-me o que aconteceu aos Astecas.

"Os Astecas – dizia o prefeito – permaneceram na floresta centenas de anos, e ninguém sabia que estavam ali. Assim, tornaram-se florescentes, tanto que onde antes só havia pântano e mata, fizeram crescer a sua cidade.

Pegavam uma montanha e faziam tijolos dela, cal, pedras de construção, metais; e levantaram pirâmides imensas, templos, muralhas, casas que resistissem ao tempo, palácios suntuosos. E usavam o ouro e as gemas como entre nós se usa a lata e cacos de vidro. A prata, depois, a empregavam nas bicas, nas grades, nos cadeados; faziam os pregos de platina, e os botões das suas roupas de ágata e de ametista; e se sobravam, colocavam-nos novamente em meio aos cascalhos.

Quando os espanhóis os descobriram, houve tanta publicidade, que os navios faziam fila para ir depredá-los. Assim, eles perderam tudo aquilo que tinham; e aqueles que ficaram retiraram-se para dentro do bosque cerrado. Continuaram a ter cidade, mas tiveram que mudar o estilo da arquitetura, para não dar na vista e atiçar novamente a cobiça dos espanhóis.

Antes de mais nada, não cortam as árvores, como faziam para dar lugar às praças e às ruas. Mas dizem: aqui deveria haver uma praça enorme, mas está coberta de bosque para que não seja vista; aqui há a via sacra, mas está camuflada pelas plantas selvagens senão vêm de novo saqueá-la.

E não fazem mais as pirâmides lisas e esquadrinhadas, com os degraus em ângulo reto; mas estão cobertas por musgo, por trepadeiras, e a pedra não é trabalhada em cubos regulares de construção, mas a deixaram como se encontra na natureza, toda áspera e acidentada, de outro modo qualquer um pode identificá-las, mesmo de muito distante.

Na verdade, nem mesmo arrancaram as pedras, e dizem: "esta é a rocha para fazer as pirâmides, a melhor rocha, mas é melhor deixá-la assim, onde ela está, sem polir, senão chegam os predadores". E então, para eles, as montanhas de mármore são cidades não construídas. Dão voltas ao redor dela e dizem:

"belíssima, aqui está uma arquitrave ainda não esculpida, mas seria soberba; aqui está um gigantesco obelisco de tufo, mas ainda não foi tirado e erguido; e é melhor assim".

"Aqui fica o palácio imperial"; e admiram os picos de rocha e as paredes intactas de uma montanha. "Eis o granito da fortaleza – dizem –, o pórfiro da colunata; os basaltos, os arenitos, as turmalinas para as cores da fachada; eis os magníficos arcos das salas e as cornijas brancas de selenito".

Depois, caminham por exemplo no leito seixoso de um rio e dizem que aquele é substancialmente um chão pavimentado; seria necessário só aplainá-lo e cimentar. Mas é melhor não o fazer, porque acorreriam os curiosos e os espanhóis em tropas.

Assim, os Astecas não desapareceram, mas se esconderam.

Têm sempre muito medo de que os espanhóis possam voltar. E então para se mimetizarem não habitam mais o velho reino que foi deixado ir à ruína; mas, agora, é no reino mineral que estão, onde as cidades ficam debaixo da terra, na forma mais oculta possível, ou seja em estado de rocha.

E o sistema edilício deles é o de deixar tudo como está, adotado depois da chegada dos espanhóis.

Eles tateiam os mármores, reconhecem-lhes as qualidades, a resistência, a luz que dão, e vêem a cidade já terminada. Dando voltas em meio aos despenhadeiros, eles os discutem, dizem uns aos outros os projetos mais fantasiosos, e os variam continuamente, dependendo do humor, da umidade ou do calor do dia. E mesmo que não cheguem a fazê-lo, pela prudência que já lhes é instintiva, edificam torres, quarteirões, grandes aquedutos, baluartes, pontes, banheiros públicos, observatórios celestes, e depois conforme a inspiração de cada um, estátuas, baixos-relevos, fontes.

Em um certo sentido, a civilização deles está mais florescente do que nunca, porque a matéria, dizem, não pode mais resistir a eles. Pegam uma pedra e olhando-a por horas a fio em todos os seus veios burilam-na como uma renda, fazem dela uma jóia finíssima, uma cabeleira esvoaçante de ninfa, na qual se distingue cada fita, cada fio de cabelo. Depois, jogam fora essa pedra, e procuram uma outra, para ver as belezas que poderiam estar dentro dela.

E não só: dos mananciais de rocha vêem jorrar o estanho e o alumínio, e aflorar os veios vermelhos de cobre. Possuem imensos tesouros sepultos nas minas: ouro escondido nas piritas; esmeraldas e águas-marinhas incrustadas dentro do berilo; e jazidas de quartzo, rubi, turquesas.

Mas não as usam; eles se vestem como pobres indianos, de algodão leve, e ficam entre os montes e as serras. Assim, essas suas novas cidades, ninguém pode visitar, ainda que estejam debaixo dos olhos de todos; ao passo que as velhas, que dá para ver bem, ficaram desertas.

E não abandonaram as suas escrituras. Dizem até que há escritos em toda parte; que eles lêem as folhas de rocha quando se descama, como um livro impresso: está escrita ali a história do passar do tempo, e as letras são como que depositadas no curso dos rios, nas inundações, nas lavas dos grandes vulcões, nos milênios de vida das florestas, nos desertos, nos mares. Eles dizem que é a crônica de tudo aquilo que acontece, e que tudo está escrito ali, ainda que, para quem não entende disso, não pareça escritura. Mas para eles está bem assim.

Dizem: "aqui viveu um molusco e morreu; está escrito com um desenho em espiral. Aqui havia um campo de fetos; está dito em uma pedra com uma figura". "

"Ah, são os fósseis, não é verdade?", ocorreu-me dizer.

"Sim, mas os Astecas dizem que é a terra que escreve assim, e que agora é também o alfabeto deles."

E o resultado da avidez dos espanhóis, queria dizer em conclusão o prefeito, e da sua invasão, foi aquele de torná-los imperceptíveis; de modo que agora é como se não existissem mais, é como tê-los perdido.

Certos dias o prefeito ficava inquieto e desconfiado que qualquer um podia perceber. Mas depois quando tínhamos encontrado um lugar bem protegido onde confabular, ou um lugar aberto sem ninguém à vista, tranqüilizava-se e se dispunha todo a escutar, fazendo-me grandes promessas e grandes cumprimentos; dizendo-me que eu era o seu executor material, o seu Américo Vespúcio.

"Mas, devemos nos proteger dos velhos – dizia – que são espiões." E era a sua preocupação.

De qualquer modo, eu tinha aprendido a procurar e a reconhecer pela cara, através das feições ou da expressão, os informantes que ficam em cima do confim. Mas, sempre em meio a muitas dificuldades, porque eu, pessoalmente, não tinha acesso àquelas charnecas ou planícies; e não podia falar como alguém que tivesse visto

Mas, tinha que confiar em mim mesmo, e usar o discernimento. Tinha aprendido sobretudo a reconstruir uma terra e os seus habitantes com poucos elementos, como de um osso pode-se desenhar, por dedução, um brontossauro ou um dinossauro inteiro. Mas era uma obra que me tomava o pensamento todo, e à qual chegava refletindo muito sobre ela; em um prado, debaixo da sombra de uma árvore, caminhando entre ruínas antigas, ou de noite.

E assim, desse modo, descobri que havia uma raça aparentada com as pessoas das portas e das janelas; e contei tudo ao prefeito sinteticamente: são os repetidores; indivíduos temíveis, incansáveis, de uma grande tagarelice, que não se deixam ver quase tanto quanto os seus primos, mas se fazem ouvir, e repetem tudo aquilo que se passa na cabeça de uma pessoa, ficando escondidos ali nas proximidades.

De modo que quem é perseguido por essa espécie de insetos, está quase sempre estupefato, porque com um sistema qualquer deles de escuta sabem no momento exato os pensamentos que surgem na mente; e também a uma certa distância os redizem exatamente com incrível rapidez. Mais do que isso, são tão rápidos em escutar, que já disseram o pensamento quando o fulano ainda nem o entendeu completamente.

E assim fica-se assustado, porque não é fácil entender o sistema deles, sobretudo considerando-se a distância. Parece que não deixam escapar nada, e isso também é assustador.

Fazem-se ouvir em coro, às vezes. E um daqueles que são perseguidos, habitante de San Biagio, sobre uma colina, diz que segundo ele são como uma classe de garotinhos e ele o professor, mas com o agravante de não conseguir nunca ficar livre deles, nem um minuto sequer. E é como se levasse a classe toda para passear, garotos tão diligentes que ficam pendurados em seus lábios e repetem tudo, sem distinguir as conversas do recreio daquelas da aula. Assim, ele nunca está de folga do trabalho, e é como se estivesse em aula vinte e quatro horas por dia.

E já que ficam escondidos, não pode sequer usar a palmatória para fazê-los calar, porque esse seria o único modo, baterlhes com uma palmatória, diz, bater neles devidamente. E diz que vêm atrás dele sem ter direito, são aproveitadores, que causam dano à sua liberdade de pensamento. Que deveriam ser denunciados à procuradoria, eles e os seus pais, que provavelmente os incitam a isso. Ou deveria ser feito um relatório à secretaria de educação, para que suspendam a todos, e acabar com isso.

Mas não há certeza de que as coisas sejam assim; essa é provavelmente só uma suposição de uma mentalidade magistral.

Esses senhores repetidores são também ouvidos como solistas. Pode haver somente um deles, com uma voz baritonal por exemplo, que não perde uma sílaba, e rediz de um outro cômodo ou, até mesmo, de uma outra casa adjacente, todas as frases até as mais idiotas que a um fulano ocorre pensar.

E há pouco a fazer. A não ser pelo fato de que têm medo, quando se faz no momento oportuno certos sinais ou certas ameaças com as mãos ou com os movimentos secretos do corpo. É assim, e não se sabe bem por quê.

Por exemplo, apertando-se bem as pálpebras ou fingindose estar morto em todas as células, e rígido como algo seco, aos poucos acabam não dizendo mais nada; e o fulano ouve um grande silêncio e pode voltar a pensar em segredo consigo mesmo, satisfeito sem aquelas cigarras.

Depois, se o fulano mexe um dedo ou alguma coisa, como acontece aos vivos, reatacam a escandir o pensamento; e o fulano ouve repetir de novo aquilo que pensa, até as coisas que não têm significado, um ditongo por exemplo, ou umas musiquinhas; e fazem competição entre si para ver quem é mais veloz, então com um sem número de vozes e uma confusão tremenda.

Um fulano não tem tempo de pensar por exemplo: 'diacho', que eles já o disseram em todos os modos e em todos os tons possíveis, com gozações no meio, e um gritando mais do que o outro, para se sobressair.

E já que parece que o último a fechar o bico tenha alguma glória particular, ouve-se, depois do alvoroço do coro, um deles sozinho que no silêncio acrescenta um outro "diacho" rapidamente, e depois "... iacho" e "... acho", com o eco de "...cho", "...o" de pontos isolados, mas com a intenção mais gozadora que nunca. Após o que tudo se apaga, mas se percebe que esses repetidores estão em alerta, cada um de seu observatório, para desembestar logo que surja ao fulano um nome qualquer na cabeça.

Esses repetidores moram também em grupos nas frestas, ou em colônias debaixo dos azulejos soltos, porém mais freqüentemente dentro dos buracos dos carunchos nos móveis ou nas janelas de madeira. Assim parece. E fazem ali uma espécie de ninho para ficarem agachados e prontos para gritar.

Um pobre perseguido que conheci, que morava perto de um canal de saneamento, dizia que ali seria possível extirpá-los, borrifando enxofre ou azinhavre por toda a casa; mas a mulher, ele dizia, não deixava. Assim, esses seres vociferantes criam as larvas e se multiplicam desbragadamente.

Esse senhor desgraçado dizia que ali no seu apartamento havia milhões deles, tanto que mesmo em estado de repouso ouvia-se continuamente um cochicho, e depois, assim que pensava um nome ou um pronome ou até menos, estourava um estrondo assim que ele vacilava e era obrigado a se sentar.

E também quando falava, como naquele preciso momento comigo, tinha dificuldade em entender alguma coisa daquilo que ele próprio dizia; porque a balbúrdia em volta da sua cabeça e as repetições e, como ele se exprimia, os gracejos e as piadas mais insistentes e diabólicas o assediavam, a ponto de confundi-lo e deixá-lo ali como surdo.

Assim por essa infecção da sua casa e por não poder usar enxofre, estava quase arruinado nas relações públicas, onde deveria falar com os outros e consigo mesmo e ter tempo de refletir em paz. Mas se dependesse dele, teria andado com uma bomba de irroração e um galão nas costas para exterminar esses miseráveis e mantê-los depois, sempre, sob a ameaça do seu borrifador de enxofre.

"Mas como se faz – dizia – para andar por aí todo aparelhado daquele jeito, como um viticultor? Não vou poder tratar de negócios, e as pessoas se ofenderiam se borrifasse a sua casa ou se borrifasse os seus escritórios. Assim, estou arruinado, infelizmente."

E me dizia isso sentado; com uma batida ininterrupta das pálpebras, por causa eu acho de estar em meio a um eco ensurdecedor. E me fez ver as frestas e umas rachaduras sutis na parede, e me indicou os buracos dos carunchos, que de fato são muitos, dizendo que qualquer um vê quantos são.

Disse que, diante de estranhos, voltam para dentro; e assim esperei que despontasse ao menos um deles de um buraquinho de uma porta. Mas não deu para fazer nada. Não pude capturar nenhum deles, nem mesmo enfiando um palito.

Talvez tenham uma religião muito severa, que os obriga a não se deixar ver, com pena de perder a voz que para eles quer dizer muito, talvez toda a sua existência.

De qualquer modo dimana, também de outros testemunhos, que os repetidores não têm um cérebro próprio, no verdadeiro sentido da palavra. Porém, têm um completo aparelho vocal, e pode-se dizer que consistem somente de uma laringe sobre uma traquéia curta feita de rabo de girino, e de duas orelhas com bons pavilhões de membrana tegumentosa, que servem também para pequenos vôos, para esvoaçar, digamos.

Com essa traquéia, feita de anéis que funciona como cauda, podem praticamente entrar em toda parte, nos lugares mais estreitos, e ali ficarem escondidos.

Não se sabe nada da sua alimentação, ou se possuem uma literatura própria; mas é improvável, porque são em tudo e para tudo uns parasitas, que só sabem repetir e vivem disso.

O reino deles, se é possível dizer assim, é um labirinto de rocha, todo feito de meandros e voltas viciosas, onde qualquer um se perderia. E têm essa particularidade, que se uma voz ou um som ou um rumor que seja entra ali, o efeito de eco na prática não pára mais, e continua a ricochetear nas paredes e a girar infinitamente nas sinuosidades, nos precipícios, dentro dos cunículos, por quilômetros e quilômetros, e depois retorna ao começo e volta a girar novamente e repassa por corredores e estreitamentos de rocha.

E, então, deduz-se que todos os sons e as palavras, uma vez lá dentro, continuam a girar e a existir nesse sistema infernal, até o final dos dias.

E já que não se sabe quando nasceu essa região de *canyon*, mas certamente há muito tempo, o barulho acumulado é enorme. E há quem diga que essa é a terra da memória, onde nada se perde, mas fica lá, dito e redito permanentemente.

Os repetidores de cartilagem, que nasceram e cresceram lá dentro, não têm então culpa se são feitos assim, porque para eles repetir é como respirar, um fato de sobrevivência. E desenvolveram-se no corpo e no instinto em função do ambiente geológico, por mimetismo com o eco.

Dizem que se você entrar na região do fundo do vale deles, onde sempre há alguns de atalaia, deixam-se ouvir e respondem quando chamados. Mas esses são ecos locais, fixos em uma trincheira.

Como povo, são eles que vêm prender você, e circundam sua mente, mesmo se a pessoa não sair de casa.

O prefeito, sobre toda essa minha descrição, que fiz com todo o cuidado possível, ficou muito tempo pensando; depois disse, dando sinais de satisfação:

"Ah, é assim mesmo! *Canyon* e labirintos. Uma região seca e árida, imagino. Substancialmente quase desértica."

"Sim – digo –, são rochas de vidro, e nada mais que isso."

"Ah! – ria o prefeito – traças com asas. De cérebro escasso; que querem só viver às custas dos outros. O senhor disse que são muitíssimos?"

"Sim, quando vão assediar alguém e o prendem dentro de seu retículo de ecos, formam bandos densíssimos, uma verdadeira invasão, uma peste, como uma horda de mongóis. Mas o caso é que não têm uma vontade ou uma opinião, mesmo sobre as coisas mais míseras. Eles aceitam tudo. E é, por isso, que exasperam, pela subordinação total."

O prefeito então levanta um dedo, para dar a entender que tinha uma intuição, e diz:

"Disse uma horda de mongóis? Sabe que disse um fato da história certíssimo? Porque a história dos mongóis não é como se acredita.

Os mongóis chegaram até nós e não pararam no mar Negro. Mas chegaram em um modo muito particular, que não é ensinado na escola.

Para atravessar o mar e serem mais numerosos, mandaram os menores, que se espalharam pela Europa em ondas. E a cada onda ficavam cada vez menores, mas eram milhões.

E diziam que a eles não importava o comando, porque é muito trabalhoso; eles queriam só se manter ali e não interfeririam na política. Mais do que isso, contentar-se-iam em morar no porão. E dado que lá era úmido e frio, tinham por hábito vestir uma peliça de pêlo de rato, com capuz, de modo a ficar completamente cobertos. E ficam irreconhecíveis, mesmo se os bigodes característicos fiquem para fora. Ao vê-los dava até para pensar que fossem ratos daqueles maiores; mas os olhando no rosto dava para reconhecê-los, pelos olhos amendoados e pela expressão maligna; e pelo fato de não terem medo, e ficarem parados em pé, farejando o ar, para ver se há salame por perto, ou queijo. Que são as suas aspirações.

E quando têm mais fome vêm pegá-los da lixeira na cozinha; assim pode acontecer, se houver escassez, que infestem o palácio todo; são vistos então assomando de todos os buracos e passando em bandos.

Mas, todo o resto não lhes importa nada, não lhes importa o governo que há, se é república ou monarquia, ou se há constituição. E não se importam com as discussões dos partidos: ficam ouvindo, às vezes, para ver se, no final, vai terminar tudo em *pizza*.

Assim, também eles, propriamente, não têm nenhuma opinião, e sobrevivem de todas as sobras. Mas são extremamente rápidos em pegá-las. Assim que cai alguma coisa, eles já estão lá para comê-la, imediatamente."

E essa explicação esclarecedora chegou como que caída do céu.

9

COMO UMA COISA CAÍDA DO CÉU

E, assim, progredimos dia a dia, ele com as suas lições de história, eu com as minhas descobertas e as minhas sistematizações. De modo que ia se delineando, pouco a pouco, aquela que chamava a sua prefeitura celeste.

E era um entusiasta dela, não menos do que eu.

Mas, não obstante os progressos inegáveis, o prefeito estava nervoso, ou seja, ficava nervoso em certos momentos; e, quanto mais as minhas descobertas eram ousadas e promissoras, mais ele, ainda que no máximo da atenção, começava, de repente, a escutar sabe-se lá o quê, ou observava uma esquina, uma janela, um passante.

Acontecia por exemplo assim: eu contava, e ele se deixava transportar pela minha fala, desfrutando-a como alguém que viaja realmente e se entretém explorando os lugares para conhecê-los. E escancarava os olhos se havia algo para se assombrar, coçava a cabeça quando estava perplexo, ficava carrancudo se as coisas eram graves, ou ficava sem respirar se o momento pedisse isso.

Mais freqüentemente porém ria das coisas, e comentava quem sabe dizendo:

"Às vezes, Savini, não dá nem para acreditar."

Eu lhe jurava mil vezes: que não eram lorotas, que talvez não estivesse sabendo conduzir as investigações direito, mas que em algum lugar aquelas regiões e aqueles habitantes existiam de verdade.

"Não, não – me assegurava –, não estou colocando nem nunca coloquei isso em dúvida. E não é preciso que eu mesmo veja. Por acaso um rei, um imperador, ou só um prefeito, por assim dizer, viram cada centímetro da sua província? Não é preciso."

E lhe dava razão, porque na minha opinião, e eu já tinha explicado, há uma lógica em cada assunto, e basta saber um pedaço dele e todo o resto conseqüentemente surge. Então, se vê aquilo que é verdadeiro e aquilo que o será um dia.

Assim, eu contava e ele se deleitava.

Mas, no melhor da história, erguia a cabeça e ficava nervoso. E eu no início não entendia isso.

Um dia disse-lhe que estava pronto para lhe falar da madona.

E ele ficou logo muito interessado:

"Mas como – dizia –, ela também tem um domínio?"

"Sim – disse –, sem dúvida. É, pelo menos, a conclusão a que eu chegaria."

E estava aflito para que eu lhe contasse, e acrescentava até meio divertido:

"Mas veja só! Quem diria! E é possível descrever?"

Aquela, eu me lembro, era uma bela tarde de outono, e assim comecei a dizer-lhe que, aquela assim chamada madona, vive em um reino particular; e é encontrada com certa facilidade; geralmente, deixa uma impressão benéfica.

Mas é necessário saber que a madona provavelmente não é uma. Que exista só uma, dotada de ubiqüidade, como dizem, ou de acrobacias semelhantes, e que seja sempre a mesma a ser avistada, é uma ilusão.

E a ilusão deriva de um equívoco da gramática, porque o seu nome é entendido como nome próprio de pessoa que, em vez disso, é um substantivo comum normal.

"Assunto curioso esse – diz o prefeito –, como é possível?"

Acontece o mesmo, explico a ele, ao se falar por exemplo dos negros ou dos japoneses, ou de qualquer população. Nós dizemos "madona", como diríamos "o asiático" ou "o esquimó", para falar de um tipo e dos seus traços que mais se sobressaem. Dizemos: o japonês não tem barba nem bigode; ou ainda: o negro tem os olhos amarelos. Do mesmo modo se diz por exemplo: a madona tem a pele clara, a madona nunca se zanga; ou ainda: a madona pesa tanto, é de meia estatura, superior que eu saiba ao pigmeu.

Tudo isso então, significa que a madona é uma raça, muito caracterizada somaticamente, tanto que confundimos a variedade dos tipos e os perfis individuais.

O prefeito estava estarrecido, e mais que incrédulo, parecia que eu lhe tivesse revelado algo de inesperado.

Dizia: "Mas essa é uma revolução!", e me olhava para que eu confirmasse isso. Dava para ver que devia sentir algo como um alívio benéfico:

"Daria até para rir – diz – se pensarmos em tudo aquilo que disseram na doutrina. Mas tem certeza?"

"Existem os testemunhos; e não fiz nada além de juntá-los todos. E lhe relato tudo agora, também de maneira científica."

Depois, ilustrei o resto da questão a ele do modo como eu a via.

Parece que essa população não é muito numerosa; talvez alguns milhares de exemplares que vivem espalhados e isolados uns dos outros. E não se conhece formas de agregação, porque sempre segundo os testemunhos, encontram-se só madonas sozinhas, jamais congregações ou pequenas comunidades, e nem mesmo duas ou três madonas reunidas.

Provavelmente, têm sensores acústicos e olfativos que advertem sobre a aproximação de uma semelhante delas, dentro do raio de vários quilômetros, de modo a ficarem espalhadas e distantes, e de se apresentarem sempre sozinhas para quem passa pela sua região; que é subdividida então em reinos monárquicos, segundo o direito romano.

As coisas geralmente se passam assim: um fulano está andando e se sente mais estranho do que o normal, sente-se próximo a uma revelação. Isso quer dizer que entrou na zona, isto é que entrou no território de uma madona, que tem os confins bem demarcados.

E quando volta ao lugar, tem sempre a mesma impressão todas as vezes, até que a vê à sua frente e fica estarrecido olhando-a. Depois cai na rotina, sendo uma raça estável; e torna-se mesmo quase familiar.

No campo acontece por exemplo, que um fulano saiba que, em determinado lugar, uma madona criou como que raízes, porque enquanto estava lá lavrando viu-a despontar à sua frente e ficar imóvel olhando-o.

E então, se esse aí tiver que passar lá novamente com o trator, de início talvez tenha um pouco de receio de fazer muito barulho e mantenha o motor no mínimo quando passa à sua frente.

E se um seu colega agricultor lhe pergunta: "Mas o que você está fazendo?", ele tem vergonha de dizer a verdade, porque no campo os homens tendem a ser desrespeitosos e a ter modos despachados, para manter uma boa reputação.

E, então, aquele que viu que a madona está sobre o galho por exemplo de uma árvore, diz como justificativa, que o motor está fervendo e não quer forçá-lo.

Para não ficar em generalizações, digo que esse foi um episódio acontecido em Vignale, e que o protagonista me contou tudo em segredo.

Então àquelas palavras o colega rebateu: "Mas um diesel não ferve. E como você me diz isso? se o painel está apagado."

E o outro, que, enquanto isso, via a madona sorrir-lhe em reconhecimento: "Para mim o motor está quase fundido, é preciso deixá-lo descansar um pouco", e guiava a passo de homem, puxando atrás a carroça, porque estava recolhendo o sorgo. E o motor dava pouquíssimas voltas, e já que não se esforçava, fazia um som baixo e contido.

A madona ficava assim muito contente.

E já que aconteceu outras duas vezes de passar por ali com a ceifeira e o motor do trator diminuía muito porque, segundo ele, os arranques fortes e a fumaça oleosa do escapamento a danificavam muito e que de tanto andar extinguiam a raça toda, então ele explicava aos colegas que o acompanhavam, que não queria perturbar ninguém e que de qualquer jeito o deixassem em paz, senão ele largava tudo e ia viver em uma montanha sozinho.

Então começaram a dizer na cidade que esse Buffani era maluco, e não confiavam mais em deixá-lo guiar as máquinas, porque talvez acabasse esmagando uma criança ou se esquecesse de onde ficava o volante.

Seu irmão que tinha estado mais atento, perguntou-lhe o que havia naquela curva do caminho que o fazia ir com prudência.

E ele dizia somente: "Se eu contar, depois me arrependo."

E também o irmão, depois de um tempo, começou a pensar que o outro havia perdido a cabeça ou que tinha tido congestão cerebral por ficar ao sol. Ou, ainda, que havia algo por trás disso.

E de tanto pensar e repensar, já que eram dois irmãos afeiçoados, não conseguia dormir. E o que mais lhe desagradava era a idéia que as pessoas tinham.

Assim vez por outra, sem que o vissem, ia até a curva e examinava as pedras do caminho, se por exemplo eram tão pontiagudas a ponto de estourar os pneus ou de ter de preocupar-se com isso. Depois olhava um canal de irrigação que passava debaixo da estrada: talvez fosse periclitante. E enfiava-se dentro do canal com uma lanterna. Mas, naturalmente, não havia nada. E se perguntava se havia uma razão para o procedimento do irmão, e a procurava.

Muitos, porém, o viram, porque são campinas onduladas; e dos cumes das colinas vê-se tudo aquilo que acontece nos campos dos outros. E de noite, na cidade, um contava ao outro: que, na curva do caminho, também o outro Buffani fazia sabe-se lá o quê; escavava, sondava a estrada e levantava a poeira; desaparecia na irrigação e depois se escondia, olhando quem sabe o quê, a relva crescer ou talvez as toupeiras, atrás de um olmo.

Era, sem dúvida, o olmo da madona, porque só havia ele na curva. E ele nem imaginava, dá para ver, que a madona estava exatamente ali, sobre sua cabeça; pensava provavelmente que devia haver alguma coisa ali, se houvesse mesmo, na terra ou embaixo, mas de qualquer modo era um tipo que, por hábito, mantinha os olhos baixos. Mas, não se pode dizer, porém, se ele também viu a madona e fingiu não vê-la; e se, para que o irmão sarasse, ele a tenha desalojado.

Isso não é improvável, porque notaram que acendia uma grande fogueira exatamente naquele lugar. Ele dizia que estava queimando todos os galhos e as folhas da poda como sempre fizeram no campo, mas fazia tamanha fumaça que não podia ser involuntário.

E eu lhe perguntava: "Mas o que você está queimando?"

E ele: "Folhagens"; dizia isso em dialeto.

E as pessoas balançavam a cabeça, porque se percebia muito bem que estava queimando madeira verde para fazer a maior fumaça possível.

E esse era o modo que ele imaginou para fazer a madona ir embora. E é natural que as pessoas nesse ponto dissessem que ele também tinha enlouquecido e que era uma tara da família. Mais do que isso, diziam que todo o resto não tinha problema, mas que ficavam mais malucos em uma certa curva do caminho, cada qual a seu modo.

O médico chamado dizia que taras existem de todos os tipos, e que ele como diagnóstico pensa ter ocorrido naquele lugar algum fato específico, por exemplo, que tenham enterrado ali alguma coisa, um animal morto ou o pé-de-meia deles.

Não dá nem para contar o vai-e-vem de gente de noite indo roubar o dinheiro dos irmãos Buffani; procuravam no cano de irrigação, no buraco das árvores, e quebraram a estrada a marretadas.

Alguém pensou que o pai deles, que era uma figura bem original, ao invés de abrir uma conta corrente ou uma caderneta de poupança, tivesse enterrado o dinheiro e plantado em cima o olmo, onde depois sabemos que tinha se colocado a madona. E o arrancaram uma noite; e por causa da desilusão, assim se diz, houve brigas, e ficaram trocando pancadas até o amanhecer.

Mas dizem outros que foi uma brincadeira de um bando de bêbados saídos de uma taberna.

Em conclusão então, depois de todos esses acontecimentos que tiveram conseqüências de todos os tipos, os Buffani voltaram a parecer normais; e ninguém teve mais nada a dizer sobre eles. São só introvertidos, dizem, mas isso deve vir do caráter.

No que diz respeito à madona no campo deles, o irmão que a viu primeiro, diz que ela ainda está lá, sobre uma outra árvore um pouco mais distante; mas agora ele faz de conta que não é nada, nem se preocupa mais, porque se acostumou.

E passa com o trator, dá uma olhada e a vê sempre sorridente e com uma expressão que não muda nunca.

Uma vez, por pura curiosidade, tentou balançar o galho; mas ela nada, continuava a sorrir, e ficava grudada como se fosse uma ponteira de madeira. Provavelmente tem umas garras fortíssimas debaixo da roupa.

Isso só para dizer como é possível se acostumar com a madona, ao ponto de nem percebê-la mais ou de tratá-la como uma maçã, uma pera que pende de um galho, visto que fica muito tranqüila quando teima em ficar em um lugar.

Eu me interrompi por um instante. O prefeito que estava extasiado diz quase para si mesmo:

"Sim, é verdade, a gente acaba se acostumando com tudo."
E eu: "Exatamente."
E o prefeito: "E então, as madonas?"

Eu recomecei a ilustrar: que, de qualquer modo, não se instalam só no campo, mas podem estar sobre os campanários, em meio às rochas, no buraco de uma árvore, e também nos lugares mais estranhos, como irei expor.

Entre elas mesmas, as madonas são muito agressivas e defendem o território, atirando-se contra as intrusas de repente pelas costas. E apresentam um bico inesperado, que nem se imaginaria que possuíssem. E depois, se a outra não foge depois de dois ou três gestos de desafio, chegam a fazer a maior balbúrdia e a depenarem-se umas às outras, em meio a uma espetacular nuvem de poeira.

Com outras raças ao contrário, por exemplo com os homens, são extremamente doces, quase contentes por virem encontrá-las; e mantêm, de fato, aquela compostura beatífica que todos lembram depois com grande prazer.

Via que o prefeito já estava completamente convencido, e com a cabeça, fazia como aquele que diz: 'Agora entendi.'

Quanto ao comportamento, de qualquer modo, dizia ao prefeito, a madona não deixa claro os hábitos que tem, antes de mais nada no campo alimentar. Por exemplo, é difícil que jante ou que seja vista comendo alguma coisa, mesmo alguma coisa muito leve. Então, sua alimentação é um verdadeiro mistério ainda não desvendado.

Em Spilamberto, um mecânico viu-a diversas vezes, e sentia um cheiro particular de assado ou de queimado. Mas isso pode não significar nada e, talvez, não seja uma indicação suficiente. Além do mais é possível que a própria madona tenha cheiro de queimado, na roupa ou nos capelos.

Aquele mecânico diz, para ser mais exato, que o cheiro era de pêlos queimados, e também um pouquinho, mas pouco, de assado. As suas palavras foram essas, quando pedi para que fosse mais preciso.

"Sinto um odor de frango tostado no fogão, como quando o passam sobre a chama no domingo de manhã, depois de tê-lo depenado, para tirar a penugem menor. Sinto esse cheiro subitamente, no nariz; e quer dizer que a madona já está lá. Eu percebo quando aparece a madona por causa desse cheiro; e só quando está indo embora, o cheiro fica de galeto assado ou galeto na chapa, e é um cheiro bom, para mim, que me agrada. A madona é muito esfumaçada, e é de certo modo feita desse cheiro. Eu a vejo assim, é um cheiro de queimado. E de assado no final. Só o rastro cheira a assado, daquele com alho e alecrim."

E eu perguntava ao mecânico o que isso quer dizer. E ele dizia:

"Eu ficaria contente de fazê-lo entender como é, porque de certo modo a madona se vê com o nariz ou com o faro, mas não é que ela tenha esse cheiro, ela me aparece com esse cheiro mesmo, como um outro é feito de pele, de pêlos e assim por diante.

Mas, já estou bastante acostumado com isso agora. No começo, parecia que a madona como que me saísse do nariz, parecia que num certo sentido fosse no começo pequena e um pouco brusca, como um espirro antes de sair. Depois então, eu entendia que era a madona, porque crescia fora e assumia esse aspecto de frango queimado, ou seja, de cheiro de frango queimado. Mas imagino eu que o cheiro fosse de frango, para que eu pudesse entender. Para mim é a madona que tem esse modo especial de aparecer saindo do nariz, mas de um jeito que fica num certo sentido debaixo dos olhos. É uma coisa complicada, mas num certo sentido é assim."

Essa história porém não ajuda muito a entender se a madona come e o quê; ou se tem outras formas de subsistência.

Não deve ter de qualquer modo órgãos internos e vísceras, mas é provável que seja um todo homogêneo, de material leve. E, no caso de ser cortada, se alguém por exemplo quisesse, se descobriria sempre a mesma substância eu acho, esponjosa como um pulmão, mas por toda a parte, nos braços, nas pernas, no tronco, dentro da cabeça. E é sem ossos, então como um corpo de borracha, dura como uma borracha de apagar.

Depois, ninguém a viu de trás ou de perfil. Chega geralmente de frente e permanece de frente, porque essa deve ser a sua prerrogativa e não só um hábito seu. Pode-se dizer que a madona seja absolutamente intransigente sobre o lado que deve mostrar. E não sabemos com segurança o que tenha por trás. Aqui é possível criar hipóteses, tanto quanto possível verossímeis.

Provavelmente a madona, de trás, tenha o mesmo tecido do traje que se pode ver de frente.

Talvez com uma prega ampla dos ombros para baixo e um certa amplidão na cintura. Porque, na frente, parece que o manto é geralmente feito em pelúcia sem ombros, sem acolchoamento, e depois reto, liso até os tornozelos.

Ninguém jamais viu botões ou alamares, e o tecido da roupa é quase um paninho leve ou uma gabardina de algodão meio mole. Trata-se, então sem dúvida, de uma farda, que varia o corte e os modelos de verão e de inverno, ou talvez admita alguns enfeites suplementares ou algumas versões para ocasiões de gala ou de representação.

Por exemplo, véus em crepe bordados com ouro e prata; ou xales debruados com uma rendinha.

Em Borgoforte eu quis investigar mais, para ficar seguro; e ali uma mulher bastante velha de idade diz que para ela a madona está sempre engomada e rígida, e não mexe a boca mesmo quando fala. Nesses casos, acho que se pode dizer que a madona é ventríloqua quando quer, e fica imóvel e se ouve a voz, porque faz como se fosse, por natureza, uma estátua de igreja.

Pode ser que recorra à goma, e não é possível dar uma explicação para isso porque, às vezes, tem goma e, às vezes, não. Excluo que esteja ligado ao horário ou à estação do ano.

Uma outra característica das madonas é essa. Quando aparecem, e por todo o tempo em que permanecem, fazem um barulho de néon, mas é difícil que tenham um potencial elétrico ou uma voltagem, ou que estejam ligadas à rede de alta tensão.

Essa porém é a opinião que difundiu um sacristão, afastado depois da paróquia e, para dizer a verdade, considerado um herege.

A sua idéia é que a madona, e de modo diferente também o espírito santo, seja elétrica; e de fato ele diz que a madona se acende em certos momentos, mas na realidade está sempre no ar, porém apagada. De modo que nem ele mesmo consegue vê-la sempre.

Diz que é uma forma de eletricidade milagrosa que nós ainda não descobrimos. E não se dispersa na atmosfera. Diz que a madona não é como um raio ou exatamente como o espírito santo, o qual dura pouquíssimo e faz uma explosão ou o barulho de uma carroça de ferro.

Porque, de fato, o espírito santo chega, na velocidade máxima, todo desconjuntado, e não se poupa; de modo que é visto por meio segundo, assim que parte, numa luz que ofusca e que substancialmente não deixa ver nada. E assim chega em baixo descarregado e meio apagado, que talvez seja até melhor porque não faz mal a ninguém, como uma pilha de doze volts. Mas no final, não se vê nada de como é feito.

E, talvez, fosse necessário procurar os seus resíduos na terra, lá onde caiu, que seriam os resíduos queimados. Mas pelo menos, se poderia saber se o espírito santo é de magnésio, como o seu comportamento levaria a supor, ou de fósforo puro, ou de outra coisa qualquer.

E o que faz antes de se lançar, se espera ficar com o máximo de eletricidade ou se cai sem querer, por descuido.

Eu acho, mas sobretudo eu imagino isso por aquilo que alguns disseram dele, eu acho que os espíritos santos são meio nervosos e instáveis, e que habitam as camadas mais altas, as camadas de ozônio. Por isso, não cuidam muito da própria aparência, e são visões fugazes, diria visões retumbantes; mas depois ficam míseras e feitas de nada. Tudo isso por causa da duração brevíssima que é o modo de ser deles.

Lembro que, enquanto lhe contava sobre o espírito santo, o prefeito de repente se enrijeceu todo e quase me tampou a boca. E de sentados que estávamos, levantou-se e me puxou com ele, tanto que eu achava que não tivesse gostado da inconsistência do espírito santo.

"Eu não inventei essas coisas – eu disse –, elas são assim mesmo."

Mas ele continuou me fazendo sinal para que ficasse calado, e me calei.

Depois, no momento seguinte, estávamos andando apressados na rua, e em cada esquina ele se virava para olhar. No final da rua, paramos e ele me disse:

"O senhor viu?"

Eu disse: "Vi o quê?"

Mas ele não responde, somente diz: "Agora passou, foi embora". Depois, em seguida: "Ah, me desculpe".

Eu estava escutando.

E nos encaminhamos então mais devagar a uma outra rua, porque parecia que tinha recobrado a calma.

"O senhor me desculpe – dizia –, eu o interrompi. No melhor da história, não é verdade?"

"Não – digo –, eu já tinha terminado."

E ele: "Mas as madonas então se descarregam como o espírito santo? De que jeito?"

"Não, elas não"; e retomei o discurso.

Aquele sacristão diz que, de fato, as madonas ficam acesas porque têm uma eletricidade estabilizada e constante, que vibra quase como um neon, mas que não se descarrega nunca. Por isso, ficam desligadas da terra, das antenas de televisão, das calhas, *et cetera*, para não serem absorvidas ou enfraquecerem.

Diz o sacristão que às vezes ainda assim, porque nos dias de hoje são tantas as coisas suspensas pelo ar, às vezes sentiu uma ou outra diminuir, e as madonas sofrem pela civilização do progresso. Para demonstrar isso, faz um som de néon mais alto e zumbidor, como uma abelha dentro de um tubo de lata, e desse momento em diante não tem mais autonomia e perde a luz e toda a sua beleza celeste.

O prefeito me escutava, mas estava novamente atento a algo que não se via.

Todos, acrescentei, estão de acordo em dizer que é acompanhada, quando quer se deixar ver, de uma música aérea muito doce, de vibrafones e acordeom; mas alguns sustentam também que certa madonas emitem pessoalmente um silvo, um chiado, que faz pensar nas dobradiças enferrujadas de um portão; ou então, um sopro lamentoso, que seria o modo de chorar pelos males do mundo.

"Olhe lá, fique parado, o senhor viu?", de repente me sussurra novamente o prefeito.

"O quê?"

"Veja – diz –, olhe quem está lá."

Eu olho para onde ele me indica com uma olhada de través e com um movimento das sobrancelhas, no final da rua.

"Mas onde?"

"Lá, lá. Mas não se vire. Fale como antes. Então estava me dizendo?"

"Mas quem está lá? quem é?"

"Espere um instante, eu já digo. Aquele que vem chegando, olhe! Mas não o encare assim, cuidado."

E havia um senhor, parecia de idade, que fazia o seu passeio, e vinha em nossa direção lentamente; vestido distintamente, com uma roupa de meia estação. Chegou perto, nos deu uma olhada, mas distraidamente.

O prefeito pôs-se a dizer umas bobagens que deviam ser conversa de dois conhecidos que se encontram de repente: que precisava de menos horas de sono em setembro, que a manhã tinha refrescado, e outras frases desses setores de conversação.

Enquanto isso aquele senhor tinha passado. O prefeito interrompe suas divagações e me faz entender com uma voz intencional do que se tratava.

"Viu? Colocaram-nos em meu encalço."

"Mas quem são?"

"Os velhos. Sei que parece invenção minha. Mas eu tenho um olho para essas coisas: um olho treinado, muito bem treinado."

Depois vimos o velho parar e limpar o nariz com um lenço. Não é cambaleante, mas é daqueles velhos que vão em média devagar, e acabam percorrendo quilômetros. Vira a cabeça para os lados, depois para trás. Dobra o lenço. E mais uma olhada para trás, depois retoma o caminho.

"Ah, olhe, olhe – diz o prefeito –, que raposa! Viu? E então?"

Eu dei de ombros.

"O lenço, a sua paradinha, e enquanto isso, observa-nos. Conheço bem, eu, esses truques. Talvez seja porque o ministério não reconhece a minha prefeitura. Deve ser isso, certamente. Aqui, nós fazemos um trabalho egrégio; egrégio demais, dá para ver. Quem sabe se não querem nos delimitar. Os ministros, às vezes, fazem uma coisa, e depois voltam atrás. Dizem primeiro: está bem, *okay*; e depois se alguém faz demais, mudam até as diretrizes.

Olhe lá, ele virou; ali, veja, o velho.

Há poucos deles, dá para se ver. Talvez os tenham posto em circulação para nos refrear. O senhor os encontrou enquanto andava fazendo as suas inspeções? Porque isso é importante."

Eu digo não sei. Como se deixam reconhecer?

"Ah, bem, bem – diz o prefeito –; sim, não é fácil; porque eles os pegam, inclusive esses, todos da multidão. Sim, tem razão, no rosto e nas roupas são velhos comuns, velhos aposentados. Mas fique atento! Esses aqui rodeiam; rodeiam você, e quanto mais normais, mais estão ali de olhos abertos."

"Hum, é difícil para mim – tive que responder. – Eu não sou capaz de vê-los. Eu não entendo de velhos."

"Sim, sim. O senhor tem que fazer o seu trabalho; o senhor é o intendente. É encargo meu o negócio dos velhos. Não se preocupe."

O velho tinha desaparecido, provavelmente tinha mudado de direção. E o prefeito dizia que precisava ver como eram espertos; fingem estar dando um passeio solitário e tornam a passar como por acaso; ou ficam na porta de um café à espreita, com aquele seu ar dissimulado.

"Então eu lhe mostro – diz. – Porém é preciso conhecer a psicologia: eles não sabem inventar, têm a mentalidade padronizada."

E seguimos pela rua em que o ancião provavelmente entrou.

"Venha por aqui", diz o prefeito, pegando uma transversal; onde há muito mais gente no vai-e-vem das compras com cestas e sacolas, e gritaria.

"Venha – diz –, eu lhe mostro."

E passamos no meio dessa multidão, enquanto o prefeito, eu acho, tenta adivinhar a estratégia do velho.

De fato, nós o vemos num determinado momento, parado diante de uma barraca, falando com o vendedor.

"Viu? – acena-me o prefeito. – E agora fique atento."

O velho olha alguma coisa pendurada, talvez os preços. Anda um pouco em direção ao tabuleiro de um quitandeiro. Examina a fruta ou a verdura. Está fingindo, segundo o prefeito. Dá uma olhada em volta, como um desocupado. Depois volta para trás.

O prefeito dá uma risadinha e faz um meio sinal, que quer dizer que está tudo muito evidente, e que basta ficar olhando.

Depois, puxa-me para trás de uma banca de jornal, onde assume o comportamento de alguém que está lendo os jornais.

"Que nojento – diz –, está me seguindo. Colocaram em circulação só um deles, e é ele quem faz a patrulha."

De uma certa distância nós o seguimos.

"É isso, segue-me com os olhos, seguramente. De trás, não dá para ver bem."

Depois, quando está na esquina da rua, pára, observa ao redor como alguém que tem tempo a perder.

"Nojento – diz o prefeito –, viu? como me procura. Mas, eles os pegam já assim fracos da cabeça, que na minha opinião não servem para nada. Eu dou uma canseira neles. Faço com que fiquem dando voltas o dia todo, quando quero. Eles me procuram e, ao contrário, eu estou bem atrás deles. Entendeu? Por horas. Tiro-os do sério, quando quero. Depois me mostro; saio de uma esquina e fico bem abaixo do nariz deles. Depois vou embora. Desapareço. E fico no calcanhar deles. Eles andam, olham dentro das lojas, dentro dos portões, ou sentam em um banco e se escondem atrás do jornal, ou em um bar. Coisa ridícula! De retardado. Não é necessário muito para cansá-los. Eu aprendi a conhecê-los ficando atrás deles, quando deveria ser o contrário. Ficam dando voltas sempre no mesmo lugar, ou vão para cima e para baixo numa rua, no mercado; e acabam chegando até a periferia, sem fazer nada, só olhando, só procurando por mim."

O velho, enquanto isso, tinha atravessado o cruzamento, e sem demonstrar que tinha pressa, ia indo por uma avenida arborizada, olhando para a direita e para a esquerda.

"Aqui nesta cidade – continua o prefeito – já identifiquei todos eles. Dividiram as zonas e fazem a ronda, quase sempre pelos mesmos percursos. O senhor não sabe quanto tempo fiquei estudando-os, seguindo-os. Esse aí leva também um cão, na maioria das vezes. Faz com que ele siga as pegadas. Mas, com quem ele pensa que está lidando? São métodos que me fazem rir."

O velho entra em uma padaria-doceria e sai com um pacote; depois retoma o caminho.

"Pois bem, pare aqui. Por hoje, estou satisfeito. Ele, agora, volta ao comando desiludido. Mas eu, sabe? rio de todos eles. A minha prefeitura, eles não sabem nem onde fica. Têm os mapas normais, o que o senhor acha? do Instituto de Geografia, no máximo; e lá não há nada das nossas operações.

Mas eu me expando: eu e o senhor. Depois dou ao senhor certas zonas, o senhor vai ver. O senhor será sempre o meu braço direito; dou-lhe as zonas mais populosas, onde o senhor empunhará o cetro e fará o que quiser.

Vai colocá-los na linha ou acabar com eles, ao seu bel-prazer, os indígenas.

O senhor diz: em nome do prefeito Gonnella, e todos voam ao seu redor, nas árvores, nas janelas. E depois declara a lei: em nome do prefeito Gonnella, de agora em diante, há esta lei, sem discutir, que é a lei do cetro.

E, então, verá: todos aos seus pés, a agradecê-lo. A madona em primeiro lugar. E não quero entrar no mérito; o senhor sabe se desembaraçar mesmo sozinho, parece-me.

Mas pode me pedir o que quiser, que comigo o senhor tem carta branca."

E estávamos voltando pelo mesmo caminho, em direção ao mercado, que já estava um verdadeiro deserto.

10

UM VERDADEIRO DESERTO

No dia seguinte, fui passear de novo com o prefeito, e contei-lhe de certas zonas desabitadas e extensas: uma pessoa anda por ali sem encontrar ninguém e sem ver nada.

Por exemplo, lhe dizia, uma pessoa está em sua casa, com a esposa, com os filhos, ou com os parentes que vieram visitá-lo, e leva a vida de sempre; mas tem a cabeça no mundo dos cadeados.

E lá é inútil fazer recenseamentos, porque a população é zero, ou de qualquer maneira ninguém jamais conseguiu vê-la, próxima ou distante, ou ouví-la, por exemplo, mesmo que só pelas costas.

Única hipótese é que seja gente transparente e muda, ou gente que, por autodefesa, não deixa traços na memória.

Esse mundo dos cadeados não é alegre, e uma pessoa fica lá geralmente só com a cabeça, enquanto que com o resto está aqui, e continua com os seus hábitos de todo dia.

Quando uma pessoa está no mundo dos cadeados, dá-lhe vontade de chorar, sem que ninguém veja, porém. E não existem razões, é um fato da atmosfera. Parece mais do que tudo que lá existam umas nuvens baixas, ou que a pessoa se sinta como se tivesse uma nuvem dentro da cabeça e em volta das orelhas, que funciona como cadeado.

Então, pode-se dizer que há pouco vento e poucas perturbações, e que as nuvens seguem simplesmente a cabeça de qualquer um que chegue, como se ficasse imantada.

Na verdade, dizem que uma pessoa chega lá aos poucos; isto é avança para lá aos poucos, e uma nuvem se condensa em volta da sua fronte, do rosto e depois atrás, em volta da nuca, oprimindo-a; e se enfia com a umidade dentro das orelhas, tanto que a pessoa não sabe mais nem onde está, e supõe ter passado para lá. Mas, pode dizer só que não vê e não ouve e, também, que não entende mais nada. Se volta, de tempos em tempos, não tem nada mesmo a dizer, a não ser que há uma umidade e uma desolação que não dá para imaginar.

Sobre o mundo dos cadeados fica estendido de qualquer modo um véu de silêncio que é difícil de dissipar.

Uma pessoa por exemplo ficou lá continuamente por doze anos, mas não tem nada para contar.

Perguntei a ele onde tinha estado e como era o lugar, e ele dizia: "Ah, sei lá".

E depois lhe perguntei o que via, e também sobre esse ponto dizia não saber nada. Então, não é um mundo em que se encontre muita coisa, de todos os pontos de vista.

Uma espécie de deserto, mas cheio de nuvens; como o deserto de Gobi, onde dizem que quando alguém entrou, pode mesmo sentar ali quase de imediato, porque não se sabe aonde ir. Mais do que isso, ao ficar ali sentado pode acontecer, às vezes, que o deserto naquele ponto vá se retirando aos poucos e, assim, a pessoa sai fora sem dar um passo. A menos que se tenha um dromedário, que é a única maneira de visitar o deserto de Gobi; assim me disseram.

No mundo dos cadeados, porém, nem isso poderia servir; porque ali, para avançar, a pessoa não deve nem mesmo partir. É, de certo modo, o deserto que avança e prende as pessoas dentro, sem que seja preciso levantar de onde se está.

Aquele fulano que passou lá doze anos, os vizinhos dizem que não tinha jeito de fazê-lo voltar. Ele não respondia nem quando era chamado, porque estava com a cabeça muito distante, dá para ver; quem sabe onde.

Dizem os vizinhos e os familiares que, segundo eles, havia perdido a bússola, a um certo ponto, mas no sentido de estar completamente perdido, ainda que propriamente não tivesse se mexido da cadeira que preferia, uma cadeira com os braços embutidos.

Mas, evidentemente, estava vagando com a nuvem, e de fato rodava a cabeça de vez em quando para a direita e para a esquerda, como alguém que procura ver alguma coisa, mas em vão. Se o chamavam, levantava a orelha como alguém que ouve uma voz distante, mas não a distingue. E provavelmente a cadeira o transportava pelos dorsos e pelas dunas que são as ondas desses desertos.

Um inverno, o último inverno, de tempos em tempos se emocionava e se estendia um pouco fora da cadeira com um ar de contentamento. Eu acho que a nuvem tinha diminuído por um instante; isto é se abria o cadeado da sua mente; e assim via onde estava.

Via as ondulações, o panorama distante, e o horizonte; e tinha a esperança de encontrar o caminho, ajudando-se com as constelações.

Depois voltou em abril, e quando lhe perguntaram o que tinha acontecido com ele em todo aquele tempo, disse: "... estava no deserto de Gobi". E só; mas com a mão fazia sinal de uma planície sem confins.

Mas, os vizinhos da casa e os parentes diziam entre eles e dizem ainda: "que deserto de Gobi, que nada, ele ainda está dois terços no mundo dos cadeados". Para dizer que tinha voltado, mas que ainda estava dentro de uma sua nuvem particular que lhe selava a cabeça ou, ao menos, enevoava-a muito.

E isso é tudo sobre a região dos cadeados; que se pode também nem considerar, porque não existem usos e costumes, nem coisas do gênero, nem estradas ou plantações.

Suponho só, porque tirei essas palavras infelizmente confusas e pronunciadas a conta-gotas por um sobrevivente, suponho só que ali exista um grande lago tranqüilo no meio, chamado por ele de lago Trapezunte, da cor do ferro, que não provoca muita alegria, mas faz chorar e desencorajar. E diria que as nuvens nascem do lago, com grande probabilidade; por um efeito de evaporação. E assim levam consigo o humor do lago, que é uma grande melancolia e um perguntar-se em vão por quê.

O prefeito tinha estado muito atento, e dizia:

"E entendo essa região; fica muito ao norte, mas não para menosprezar. Talvez exista gente a vagar; mas deve ser tão ampla e esfumaçada que não se encontra ninguém; e é uma pena."

"Sim, é provável – eu disse –, é uma região muito distante, uma das últimas."

E quando voltei a falar, depois de pensar sobre o assunto, o prefeito disse: muito bom! que já estávamos em um ponto muito bom.

"Já – ele disse – temos o atlas para visitar a minha prefeitura. É um trabalho magnífico, Savini, um trabalho glorioso. Mas quando é que estará pronto? O que o senhor diz?"

"Ah, antes eu pensava que fosse uma coisa não longa; em vez disso é como se estivéssemos sempre no início, sempre no começo."

Aqui o prefeito olha-me preocupado: "E o senhor quer dizer o quê?"

"Essas regiões – explico-lhe – não estão fixas ali e bem plantadas no chão. Parece-me que se formam quase do nada, muitas delas. E depois, talvez nem sejam mais encontradas. Isto é, alguém as viu, passa através delas e depois, de repente, não se consegue saber mais nada delas. E então não se pode dizer com segurança se ainda existem em alguma parte, ou se desvaneceram."

"O que vamos fazer?", diz o prefeito, e está um pouco consternado. "Então nós as estamos perdendo pouco a pouco?"

"Não é perder; é só as informações que são interrompidas. É questão de informantes, de bilíngües que fiquem nas fronteiras ou que vão e voltem, e nos digam algo sobre elas."

"Se desvanecem, eu digo que estão perdidas, não acha?"

"Não se sabe. Talvez fiquem ali esperando que alguém entre. Mas veja, definitivamente se encontram sempre novas; porque essas regiões são como os fungos: que surgem em um noite. Isto é são prefeituras que não se podem definir de uma vez por todas."

Parecia reconfortado, mas ainda pergunta: "Então que atlas faremos?"

"Eu acho que deveríamos fazer um atlas em papel de seda, para que a transparência deixe ver as folhas de baixo. O que quer dizer que, em um lugar, podem crescer todas essas regiões umas sobre as outras, infinitamente."

Ele fazia sinal de sim, bastante convencido. "Nós mandaremos imprimi-lo", dizia.

Eu disse que era possível, mas que têm isso de estranho, as suas prefeituras: que talvez dependam dos olhos de quem vai visitá-las. E ainda que alguém volte a ver uma terra ou uma população daquelas, não se pode dizer que seja sempre a mesma, ou que seja a mesma que um outro tenha visto. Porque a ele talvez pareça completamente diferente, segundo o modo que tenha de observá-la ou do humor no momento de entrar lá. Então, pode-se pensar também que seja uma outra terra, recém-descoberta.

"Dessa forma – lhe dizia –, é muito difícil de estabelecer isso: se é possível voltar a um lugar. O papel de seda, para mim, tem a vantagem de deixar a questão em aberto; porque deixa entrever todas as figurações em transparência, e não diz que são a mesma, e nem mesmo que são diferentes."

O prefeito estava contentíssimo, e disse:

"O senhor é um verdadeiro geógrafo. Vê como sei escolher os meus emissários? Vamos fazer tudo em papel de seda. Um grande atlas que seja transparente, e que não seja preciso nem mesmo abrir ou virar as páginas."

Depois pensando no assunto e franzindo a testa, me pergunta:

"O que é mais transparente do que o papel de seda?"

Eu digo: "Talvez o papel-manteiga".

E ele: "Não, existe um material plástico, a transparência. Ela pode ser melhor. É preciso ver através dele, até a última página".

Eu disse: "Está bem".

E ele então se entusiasmou: "Perfeito, Savini! Será um atlas que parece de vidro, de folhas de vidro. Nunca foram feitos, não é verdade?"

"Acho que não", respondi.

"Assim, nós leremos através dele; não, melhor, leremos dentro dele, a profundidades diversas, todas as nossas regiões; como se estivessem imersas na água e flutuassem em vários níveis, segundo o peso específico. Não é verdade?"

Confirmei com a cabeça; e o prefeito continuou a imaginar:

"Sabe como é a água, quando está transparente? Pois bem, o atlas nós o faremos assim, que seja lido penetrando com os olhos cada vez mais profundamente, uma região debaixo da outra, conforme o que lhe contaram. E é possível mesmo acreditar que seja sempre a mesma região, mas que cada um a descreve diferente."

Uma bela idéia, me parecia; assim, eu disse:

"É uma belíssima idéia; seria preciso fazê-lo de água, o atlas."

O prefeito ficou impressionado e maravilhado.

"Mas como é possível? – disse. – Não podemos imprimir na água."

"Eu sei, não podemos. Mas se fosse possível, seria um atlas perfeito, no sentido em que estávamos dizendo."

Ficou um instante calado, depois acrescentou:

"A água também não é feita de folhas, e se mistura tudo no final."

"Sim, mas seria bonito um atlas de água, assim os confins das nossas regiões ondulariam, como acontece de verdade; e se deslocariam à deriva. E depois, se dentro do atlas se formam correntes, a tinta da tipografia se expande e se desfia, como as nuvens quando há vento. E se nós imprimirmos na água palavras ou cores, para indicar as montanhas e os prados onde pastoram as tribos dos habitantes, se nós imprimirmos um tracejado ou um pontilhado para indicar os vales nebulosos, ou pequenos círculos para os ninhos das madonas, aos poucos, pela natureza da água, toda a rigidez desses sinais dilui-se e forma sombras ou estrias; ou um arco-íris que brilha e que se olha com grande deleite."

Eu tinha falado com tanta inspiração que o prefeito estava me escutando e vendo com os olhos da imaginação, as linhas da impressão e as letras nadarem nesse atlas líquido, e decomporem-se e depois se recomporem, de modo a sugerir uma geografia que transcorre diante do olhar, e se colore como um tecido cambiante ou como o céu de primavera.

E ficava lá, remexendo na memória, numa viagem mental que se via muito bem.

Depois quis me levar a um jardim não muito distante, caminhando pensativo.

Havia lá uma fonte sem repuxo, que tinha a água parada em um tanque oval muito grande. Não era água limpa: mas havia nódoas de óleo ou de nafta iridescente; e havia o reflexo da luz do céu, das árvores, de uma estátua de pedra; e também se entrevia a relva esverdeada do fundo e as rochas falsas; tudo meio tremulante e indistinto.

"Poderia quase ser um atlas, isto aqui", me disse.

Eu duvidei; e disse que só a nafta da superfície, quando reflete a luz nas sete cores e forma arquipélagos e cristas de espuma; pois bem, então pode dar a idéia aproximada de um mapa geográfico ou de um planisfério.

"Mas só a idéia", eu disse de novo. E ficamos ali olhando.

Então, essa discussão acabou; com um fundo de desgosto: que não se poderia fazer o atlas como gostaríamos.

Uma tarde em que estava mais quente do que o habitual e o prefeito havia tirado o casaco, perguntamos-nos se essas populações fazem guerra entre elas, ou se comerciam, ou se trocam visitas.

O prefeito havia apoiado o casaco sobre o espaldar do banco, e o tinha dobrado com perfeição e cuidado. Devo dizer a esse respeito que nunca vi o prefeito descuidado na aparência. Tinha sempre a roupa passada e limpa, de uma maneira irrepreensível, e nos nossos longos passeios de discussão, ficava atento para não amarrotar o tecido ou sujá-lo; e sentava-se sempre com a máxima atenção, examinando antes o assento e tirando o pó ou eventualmente colocando um papel ou um lenço sobre ele.

E para evitar que se formassem marcas de joelho nas calças, ele as puxava até a metade da barriga da perna, dizendo que assim ficava também mais fresco. E, por baixo, via-se as meias que eram escuras e de certo modo translúcidas.

De modo que uma tarde em que fazia muito calor e estávamos com camisas leves, eu lhe disse:

"Quem sabe que relações existem entre esses povos."

E me perguntava se eles se vêem e se consideram, ou se têm aquela distância que há entre as espécies animais; por exemplo, entre os moluscos invertebrados e os roedores, ou entre as formigas e as toupeiras, que praticamente não mantêm relações e não têm modo de se entenderem, mesmo quando se encontram.

Cada uma dessas nações, eu refletia, está fechada em si mesma e não concebe outras existências fora delas. É como dizer que todas as raças de que havia falado nunca se entrosam reciprocamente; mas cada uma habita a própria região e persegue os próprios desígnios como se não houvesse mais nada para fazer. Aliás, mesmo se fossem colocados frente a frente, por exemplo um repetidor e uma madona, se desprezariam mutuamente. A madona acharia que aqueles lá são uns belos de uns chatos, e que são infantis.

Os repetidores, se por acaso tivessem um pensamento qualquer que fossem deles mesmos, diriam que a madona não sabe se divertir e que tem uma postura meio teatral, mas daquelas do século passado, porque eles, ao contrário, sentem-se modernos e cheios de vivacidade.

Mas essa é uma hipótese que, na prática, não se verifica, ia argumentando com o prefeito. Cada povo está fechado nos próprios confins, e de lá persegue a sua meta, que não se pode julgar, porque é como o destino ou como o instinto vital deles, sem o que não estariam no mundo.

"Como se pode – eu disse – formular a hipótese de uma expedição de repetidores no reino das madonas?"

O prefeito ficou pensando e disse:

"Porém talvez aconteça. Sabe? Talvez até seja normal."

"Por quê? – eu digo. – O senhor os viu discutindo?"

"Não, ao contrário. Eu acho que eles podem se entender bem, e podem dar muita satisfação uns aos outros. Eu digo que os repetidores cantam para as madonas o *kyrie eleison* e o *ora pro nobis*, à sua maneira, que o senhor sabe como é."

"Ah, é isso! É verdade. O *kyrie eleison*."

"Vê-se que as madonas – continua o prefeito –, vê-se que as madonas se deliciam ao escutar sempre as mesmas palavras, mesmo se forem confusas; e os repetidores, esses se soltam. Eles gostam de fazer o coro com todos os fiéis, que parece um disco que se encantou e foi em frente tocando. O senhor me contou isso, não?"

Era verdade, o prefeito tinha razão, essa era uma colaboração, um caso de colaboração.

"Para chamar os repetidores – dizia –, vê-se que é necessário o incenso; eles gostam de cheirá-lo. E, então, faz-se muito vapor de incenso que sobe alto até as cúpulas, e eles chegam em enxames como anjinhos e querubins; e as pessoas que assistem, quando os ouvem chegar, ficam com vontade de fazer como eles, e repetem tudo, em grego, em latim; repetem qualquer coisa, e o bonito é que todos ficam contentes e felizes, e não querem parar mais. Pelo menos até que permaneçam sob a influência dos repetidores que esvoaçam em volta das testas, e fazem de um jeito que eles se rendem a todo o tipo de ladainha.

De qualquer modo, se não estivesse no reino das madonas que é bem extensivo, a pessoa poderia pensar que está com o cérebro encantado, e deveria ficar preocupada. Mas, desde que fume o incenso e o ar fique cheio dessa espécie de mosquitinhos, ficam todos contentes."

"Minha nossa – disse –, está muito claro; quando há colaboração ficam todos bem."

E o prefeito tinha uma expressão que significava: 'É natural!'

Quem pensa só em combater essas populações, refletia comigo mesmo, vi sempre que não consegue nada de bom, mas só dissabores. Eles são especializados, e não se rendem nem mortos; pior, se combatidos se enraivecem ainda mais.

Assim, veio-me à mente um senhor de Pieve di Pino: "Por exemplo – eu contei – um senhor de Pieve di Pino vivia em meio às brocas. Que são feitas em espiral e extraem continuamente o pensamento dele, além de picá-lo, arrancar seus pêlos e molestar qualquer parte de seu corpo.

Ele ficava sempre debaixo dos lençóis; e dali debaixo respondia com palavras de fogo a quem quer que se aproximasse. Além disso, falava continuamente com termos obscuros e com frases que, na realidade, ele não pensava: para enganar as brocas e não se deixar roubar.

Ele estava em guerra, uma guerra de nervos sem limites que, para os inimigos, dava enorme satisfação; mas a sua vida, como se vê, era uma vida sacrificada.

Por isso, é melhor deixá-las viver e habituar-se, mesmo porque se está na casa delas, porque onde ficam, ali é o reino delas."

E sobre essas minhas opiniões o prefeito estava de acordo. Dizia:

"Sim, é preciso deixá-las viver"; e refletia, e eu também refletia.

E depois lhe contava, durante aquelas tardes, que existem outros povos, ainda mais misteriosos, dos quais não se sabe quase nada, porque talvez ninguém os tenha jamais visto; mas se sente o seu trabalho.

Por exemplo, atacam os dentes e os machucam, ou os removem das raízes; e se enfiam nas gengivas, fazendo sentir uma dor dos diabos. Ou puxam os nervos, e movem uma perna da pessoa e ela tem que andar para trás porque a perna anda, às cegas, e não se consegue mais comandá-la. Trata-se, em síntese, do fato de que instiguem à insubordinação.

E o prefeito ria da perna que parece que anda por conta própria.

"E pense – lhe dizia – que isso ainda não é nada."

E lhe contei de um fulano que diziam que era escritor, que sofria de brincadeiras da seguinte espécie: enquanto escrevia, iam se formando, nas margens da folha de papel, uns vermes brancos e pequeninos que não se distinguiam quase da cor da folha. E, enquanto o tal pensava olhando o teto, eles bem devagar iam na direção das palavras de tinta, de modo que quando estava para escrever a idéia que tinha lhe ocorrido, eles acabavam debaixo da caneta e lhe faziam fazer rabiscos e borrar.

E, enquanto limpava ou soprava sobre o papel, a idéia lhe escapava.

Assim recomeçava a pensar; mas formavam-se novamente os vermes, quase invisíveis, e ao final só estragava papel.

Ele deveria ser rápido, mas não era o seu estilo.

Depois passou para a esferográfica, porque queria escrever um romance; mas aconteceu que aqueles vermes a secavam ou a esfera não girava mais, ou em certos pontos tornavam o papel quase gorduroso, de modo que a escritura não pegava. E, então, perdia um tempo enorme e as idéias esvaíam-se todas, e não conseguia tornar-se escritor.

Aquelas, dizia, eram as suas atribulações; e não conseguia explicar totalmente os vermes. Dizia que talvez fosse o papel que se rebelava, e não queria ser escrito por ele, porque tinha vergonha.

Mas, efetivamente, ele é que fica sugestionado pelo papel, e queria mostrar-lhe do que era capaz.

Se, por exemplo, copiava alguma coisa ou traduzia, os vermes não tinham tempo de nascer.

Mas ele não se contentava.

Se a folha já estivesse escrita, ele teria podido comentar e corrigir, linha por linha, e teria feito uma obra prima. Estava certo disso. Porque os vermes se formam se há muito espaço que espera, e não entre as linhas.

“De onde ele era?”, perguntou a um certo momento o prefeito.

“Era de Rocca Fedena; mas de qualquer maneira – eu disse – esses vermes são um mistério.”

E os casos são dois: ou vêem da fermentação da folha de papel por uma espécie de geração espontânea; ou deve-se mesmo supor que, quando alguém pensa por muito tempo mas com indeterminação, sem querer cria também os ovos e os choca, ovos grandes como aqueles de mosca ou pequenos, que fogem à vista do homem. E dali depois saem os vermes ou, em todo caso, dali vêem as complicações.

Quem bons tempos com o prefeito! Mesmo agora ainda ouço a sua voz inflamada pela imaginação voando através dos impérios descobertos.

Não sei mais nada hoje do prefeito Gonnella; e não acho que alguém saiba. Queria voltar nas suas ruas, nas suas praças, para encontrá-lo como se fosse por acaso. Poderia também estar disfarçado de quem sabe o quê: dizia, às vezes, que já estava muito reconhecível. Mas, talvez não o saiba nunca mais. Aquela era uma época feita assim, nós nos entendíamos. E tenho recordações muito plácidas, também.

Passeávamos pelos baluartes da cidade, em meio às copas verdejantes, e ao longo das velhas veredas das vigias, de onde se vê muito longe. Nos sentávamos sob os espaldões que se projetavam para fora e ali falávamos ou ficávamos em silêncio tranqüilamente.

Como se fôssemos pássaros, víamos os campos estenderem-se abaixo de nós, desbotando em direção ao contorno do horizonte. E, além desse campo, em certos dias de particular limpidez, via-se algo parecido a montes, mas talvez a cem quilômetros ou duzentos, na direção do céu; e ficávamos olhando para ver se eram nuvens ou não.

Depois, havia uma espécie de torre em ruínas, larga e não muito alta, que devia ter sido muito resistente. E acabávamos sempre ali depois dos passeios. Conseguíamos subir no terraço com um pouco de esforço. Mas de lá de cima, havia um espetáculo em toda a volta, que o prefeito gostava de saborear, e eu também. E me dizia que dali não há nada que lhe dê medo; dali tudo é claro, o céu, a terra, porque não há mais nada. E preferia que soprasse um pouco de vento, porque assim, dizia, se pode gozar a altura.

Depois, passavam os pássaros em bandos, e vinha a noite: subia de uma zona mais escura do horizonte, e se levantava e se difundia.

Depois, o prefeito me dizia para aguçar a vista, pois era a hora dos pássaros noturnos. E, de fato, passavam umas sombras que faziam o barulho do ar; mas ele dizia que são os milhafres que vinham dormir na torre, porque restaram eles como habitantes dali.

E ficávamos vendo a evolução do céu; sem precisar comentar essas coisas, porque o prefeito dizia que elas falavam por si.

E ali, nessa serenidade, me contava a história dos tempos passados.

"Vê? – dizia. – Aqui os Visigodos chegaram das estepes do Curdistão, há tantos séculos atrás. E pararam dentro do castelo.

Mas as pessoas não se preocupavam. Nem as pessoas do campo nem aquelas da cidade.

Os Visigodos queriam comandar tudo: de noite, dormiam dentro do castelo e, aqui no terraço, mantinham uma guarnição que ficava sempre de vigia.

Quando chegaram, sentiam-se terríveis e diziam que aqui, deste castelo, teriam sujeitado toda a terra. Assim, de dia partiam com os seus cavalos e iam aterrorizar as pessoas; e ninguém podia resistir a eles, porque estavam habituados a fazer esse trabalho, desde que eram pequenos. E faziam isso na Ásia, e depois fizeram na Pomerânia e ao longo do Danúbio, e passaram os Alpes, espalhando o terror a torto e a direito.

Não tinham meias medidas, e também por causa da língua que era muito diferente e gutural, não sabiam dizer aquilo que queriam, ou fazer acordos. Tinham substancialmente estes sistemas: pegavam aquilo que havia, e se não havia nada, quebravam tudo ou queimavam, assim as pessoas entendiam quem é que comandava.

Mas aconteceu assim, por essas bandas daqui: as pessoas decidiram não se preocupar, e quando queimava um feneiro diziam: "ah! que desgraça, deve ter sido uma fagulha". Quando uma casa queimava diziam: "mas que estúpido! deixei brasas dentro da lareira".

E, no início, os Visigodos pensavam estar causando medo; mas depois se espantavam pelas pessoas só se preocuparem com elas mesmas ou com a estação.

Por exemplo chegavam e faziam um dique desabar; e então todos se lamentavam que havia chegado a cheia, mas muito antecipada.

Ou galopavam através das plantações, e cortavam todas as videiras com golpes de espada. Os camponeses, pobrezinhos, colocavam as mãos na cabeça; mas diziam: nunca haviam visto tamanho furacão, destroçou as videiras como fios de palha.

E assim colocavam fogo no trigo, envenenavam a água, ou degolavam ovelhas e frangos. As pessoas diziam: há muitas raposas este ano, e o rio está com uma cor feia de lodo que não dá para confiar.

Os Visigodos então começaram a parar depois de cada desastre para estudar a situação; mas não entendiam bem, e quando entendiam diziam entre eles: "mas eles são uns cretinos desmiolados".

E assim faziam coisas cada vez piores.

Entravam também nas cidades como bandos de endemoninhados, e pisoteavam tudo com os cavalos, derrubavam as barracas do mercado, mijavam dentro de cada poço; um castigo de deus, uma carnificina. Depois voltavam aqui, para esta torre, deixando porém algum espião que depois os fizesse gozar, quando contasse os prantos e os temores que haviam semeado.

Mas os espiões voltavam pela manhã, batiam à porta; eles os faziam entrar. E contavam que aqueles da cidade acharam que tinham passado por um grande terremoto, e que por causa do medo não percebiam ali mais nada: tinham visto cavalos enlouquecidos saltarem pelas janelas e pessoas fugindo das casas com todos os objetos preciosos na tentativa de salvá-los; e as águas, diziam, quando estão turvas e amareladas anunciam sempre um terremoto.

Depois, a verdade é que cada um contava diferente aquela confusão; cada um contava um pedaço dela e no conjunto não havia nada que combinasse.

Assim, os espiões diziam que havia sido um sucesso, mas que também ninguém tinha se dado conta de nada. E os Visigodos se espantavam e diziam: "mas como é possível?"

E essa história durou anos, sem mudar.

Também pegavam as mulheres, porque eles foram acostumados assim; passavam e levavam quem estivesse no caminho, jovens, velhas, mas mais facilmente as jovens. Encontravam-nas nos campos, enquanto colhiam folhagens para os coelhos, e as deixavam lá depois do fato.

Mas elas diziam que tinha sido uma ventania que tinha levantado as saias, e as pessoas riam: "a gente imagina, quem sabe que vento é esse, quem sabe como se chama, deve ser um vento bem safado".

E quando as levavam embora, as mais apetitosas, as pessoas diziam que tinha de terminar assim, porque desde menina ela era fadada a andar por aí e a fazer certas coisas.

De maneira que com o passar dos anos a população que, no início, fingia não lhes dar satisfação, com o passar dos anos se habituou. De tanto não considerar os Visigodos, quase não os viam; tanto que cada um pensava que fosse só um provérbio; e quando apareciam pela frente, que fosse só um efeito de sugestão, que era melhor não dizer a ninguém, para não fazer papel de bobo.

Os Visigodos, de seu ponto de vista, diziam que as pessoas eram de uma ignorância espantosa e que eles quase renunciavam.

Mas, a verdade é que se sentiam desaparecer, mais do que isso, sentiam-se como se nunca tivessem estado ali. Assim, envelheceram dentro deste castelo, e só conseguiam fazer muito poucos danos. Roubavam umas galinhas, bebiam o leite como se tivessem emborcado o balde, e se não houvesse um marido, metiam-se sob os lençóis para se aproveitarem, mas ninguém se dava conta.

Eles, na verdade, não estavam ali, e de fato desapareceram da história assim como tinham entrado, sem deixar vestígio.

E parecem uns milhafres, dizem, de tão velhos, quando aparecem à noite."

11

OS VELHOS QUANDO APARECEM DE NOITE

Depois, aconteceu também de irmos àquele bar com o mouro pintado, que eu já tinha conhecido por minha conta. E, dali a pouco, tudo deveria mudar.

Empurramos a porta de vidro, onde em cima está escrito café, e se entra.

E alguém diz logo, ali do balcão, onde estava apoiado:

"Ei! O Gonnella chegou. Bom-dia, quer dizer, boa-noite."

E ele: "Boa-noite", com uma expressão que não concedia muita confiança.

E o dono do bar: "Boa-noite", e depois cumprimenta a mim também que estou atrás do prefeito.

E havia muita gente ali e muita fumaça; e todos ali põem-se a se interessar por nós e comentam os movimentos que o prefeito faz enquanto anda; e fazem comentários sobre as roupas e os sapatos, com voz que dava para todo mundo ouvir. Mas o prefeito não dá muita importância a isso e se acomoda perto do balcão do bar, comigo que lhe estou em pé à sua volta, mas mais titubeante.

Todos ali estão acostumados, eu acho, a rir e a brincar. E dá para ouvir um deles dizer:

"O que há hoje, prefeito, não temos nada a dizer?"

E um outro: "Não servimos mais ao senhor, hein?"

E depois se referindo a mim: "E esse seu amigo? ele também é prefeito?"

E já que ele não respondia, tive de dizer: "Não, não, eu não sou prefeito".

Já então todos olhavam com interesse, interrompendo até as suas partidas.

Um fulano até me reconheceu: "Mas esse é aquele do bosque que cresce dentro da casa".

"É aquele dos canos que são habitados."

"Hei, se quiser nós o tornamos prefeito", diz alguém.

"De um regimento", diz um outro.

"Não, nós o tornamos um grande vereador/camarista", e riem com alegria.

"Ou senador."

E o dono do bar ria, e eu via que essas coisas faziam todos rirem.

Assim, eu já estava para dizer que era superintendente; mas o prefeito fez que não com a cabeça, para que eu ficasse calado.

Eu dizia a mim mesmo: "Mas, como é que aqui o prefeito não é levado a sério?"

E enquanto isso disputavam a vez de interrogá-lo.

"Prefeito, então, vai tudo mal para o seu lado?"

"Prefeito, viu muita delinqüência hoje?"

E a maior parte deles se matava de rir, inclusive o dono do bar; e queriam que o prefeito se sentasse com eles, dizendo:

"Venha se sentar, o seu amigo também", que era eu.

Depois, eu acho que também estavam a fim de brincar comigo, fazendo-me perguntas capciosas, tipo:

"Está tudo sob controle, chefe?"

"Como vamos com os canos?"

" Falou com Pigafetta, ou ele estava dormindo dentro da tumba?"

Dois deles disseram ao dono do bar:

"Dê de beber aqui aos senhores."

E os outros aprovaram que se fizesse um brinde, e havia um riso geral por causa disso. Principalmente porque aquilo de me oferecerem bebida parecia uma piada, e cada um queria dizer a sua piadinha para superar as outras em risadas.

Assim mesmo do fundo da sala vinham vozes que diziam: "dê de beber a eles", "saúde", *et cetera.* E todos queriam se fazer ouvir porque assim se ria mais.

Porém, o prefeito não quis tomar nada, e ficava em meio aos gracejos deles com a compostura de alguém que é mais esperto, e os deixa brincar o quanto quiserem.

Eu pedi um vinho marsala com ovo, e mesmo isso suscitou um carnaval, que parecia não fosse terminar nunca mais; e ficavam repetindo entre eles as palavras do meu pedido, batendo as mãos nas minhas costas, e dizendo sempre: "saúde!", para se fazerem de espirituosos.

O prefeito me disse baixinho que estava tudo bem, que eu também podia rir, se achasse graça; porque de vez em quando, disse, de vez em quando faz bem extravasar um pouco.

E então eu também fiquei rindo com os outros; e por efeito do vinho ria ainda mais.

E o prefeito aprovava que eu me divertisse.

Porém, depois nasceu uma questão, não sei como, porque estava distraído.

Mas ouço que a um certo momento dizem ao prefeito algo como: "ah, 'tá bom, prefeito de araque!"

E ele por isso e pelas outras palavras de dúvida sobre a sua profissão, se irrita um pouquinho; e diz, magoado, se querem mesmo saber, ele é prefeito ainda, mas não pode dizer em qual função; e que todos, porém, deveriam tomar mais cuidado com ele, porque daqui a pouco iriam se arrepender. E faz ainda algumas ameaças veladas. Nisso ouço que ali no bar, com algumas gozações e insinuações ridículas, colocam em dúvida a sua potência e o desafiam.

Vê-se que tinham ordem de falar essas coisas de propósito, e de exasperá-lo

E de fato perde um pouco a calma quando lhe dizem, sem nenhuma prova, que a prefeitura dele está é dentro do hospício, que o colocaram como prefeito lá dentro, que pode se contentar com ela. E devia ser essa conversa a tática deles.

"Se querem mesmo saber – ele diz –, olhem aqui: eu tenho salário oficial do ministério", e sacode uma espécie de cédula toda carimbada que tirou do bolso interno.

Mas alguém lhe responde: "Claro, a gente imagina". E olham o papel, e entre eles se põem a rir e a trocar meias palavras para se entenderem sobre a resposta a dar. E até o dono do bar o olha e faz que sim com a cabeça aos outros.

Depois alguém diz que aquilo não quer dizer nada, não dá para ver o que é; mas talvez seja a aposentadoria ou a pensão que o ministério dá aos velhos e aos aposentados.

"Aos velhos?", diz o prefeito em tom de desafio.

E eles: "Sim, aos velhos; por quê? o senhor por acaso não é um velho?"

E também eu entendia que lhe tinham feito uma afronta sem tamanho, e tentavam inverter os papéis, dizendo-lhe que o pagavam enquanto velho, como se ele fosse daqueles assalariados que faziam o papel de espião, logo ele, que era a vítima principal e preferida, ainda que não submissa.

E era, certamente, uma tentativa calculada de exasperação, quem sabe para quê. De maneira que ele se levantou, segurando, eu acho, o impulso que lhe vinha. E estava tão indignado que saia fumaça dos seus olhos e estava vermelho como um pimentão.

Ele me fez um sinal e falou:

"Vamos, Savini, senão eu vou desmascarar todo mundo aqui."

E ganhamos a saída. E, lá fora, ele os maldizia, tão cheio de raiva que dava medo até em mim.

"Esses aborígines – destilava com os dentes cerrados –, ouviu o que eles disseram? Essas pobres mentes. Quando fazem algazarra, não ouve as suas cabeças ocas e borbulhantes? Mas fazem só barulho, não se pode dizer nem que é fala. Estes palhaços covardes!" *Et cetera*, continuou por mais um pouco, insultando-os e desabafando, gesticulando como se os tivesse nas mãos.

Depois, separamos-nos e ele continuou ali ruminando e resmungando por sua conta palavras de desdém e de vingança.

Mas essa foi a última noite na cidade, por causa dos inesperados fatos novos que deviam acontecer.

Na manhã seguinte, muito cedo, chega com ar assustado e o rosto abatido, e também, vejo logo, com alguns cabelos espetados e rebeldes à brilhantina.

Logo que me vê, diz apressado como se não houvesse mais tempo:

"Mudou tudo, Savini, mudou tudo. Esta noite foi um deus-nos-acuda."

E eu: "Mas onde?"

"O senhor não pode nem imaginar. Eu estava acostumado às perturbações em volta da minha cama, e não me causavam nenhum efeito, porque tenho, há muito tempo, um sistema de proteção, imbatível. Mas esta noite, quase tive medo de esticar as canelas. Devem ter sido duas mil pessoas, duas mil ou três mil, subindo pelas escadas, no criado-mudo, em cima da cômoda."

"Duas mil ou três mil?", pergunto eu assombrado.

"Centenas, centenas – continua o prefeito –, não via cada uma delas na escuridão, mas provocavam um calor bem úmido com a sua transpiração, estando todas apinhadas à minha volta."

Eu não sabia mais, se ele tinha ficado louco ou o quê.

"Mas centenas?", digo.

"Sim, talvez até mais. E enquanto procurava acender a luz, fizeram com que o interruptor caísse, depois foi o abajur que caiu e eu tive que andar em cima dos vidros, imagine. E depois os móveis estavam virados ao contrário, e também as portas estavam trocadas; e em vez de a janela estar do lado esquerdo, estava no direito. Acho que tinham virado a cama colocando a cabeça no lugar dos pés. E então, foi uma confusão, e teria reagido porque não sou um covarde, mas perdi a direção. Só para ter uma idéia, quando abri as janelas para tomar ar, estavam penduradas lá as camisas e os casacos, porque era o guarda-roupa.

Entende que perder a direção é o pior que pode acontecer?

Tentei virar uma cadeira, mas eram tantos que eu sufocava, como se estivesse em meio à lã; e então eu batia no vazio.

Pode imaginar a barafunda?

E poderia jurar que era o ministro em cima da penteadeira quem dirigia, com cada um de seus capangas concentrados ali, todos suados. Eu nunca teria imaginado que fossem tantos, nem tão grudentos; porque tantos assim, só em sonho.

Foi uma verdadeira guerra a noite toda, entende? Às cegas; e em número eram preponderantes demais. Porque aqueles que não entravam no quarto se empurravam escada acima, e até lá embaixo no quintal, provocando calor. E não se pode fazer nada no meio da multidão; eu estava com a garganta seca, e o copo com água, imagine, estava em pedaços.

Na verdade foi como se, nesta manhã, tivesse havido o ataque dos sarracenos, e tivessem passado seus espadões por toda parte: entendeu o que eu quero dizer!"

Eu pensava no que poderia ter acontecido, e lhe dizia:

"Mas assim mesmo?"

E ele confirmava que os móveis estavam em pedaços, os vidros, e a lã do colchão tinha saído e as plumas do travesseiro voavam pelo ar. Então era um desastre total, mas ele não tinha culpa de nada; e então quem poderia ser incriminado?

De minha parte, eu não sabia o que dizer.

"Os móveis não valem nada – continuava –, mas na pensão, depois, vão dizer que sou eu quem faz os estragos como sempre. Porque é fácil dizer isso. É a coisa mais fácil. Mas o senhor acha que eu poderia me divertir passado uma noite assim?"

E dizia que enfim havia uma guerra desleal de todos os pontos de vista, por motivo de ciúme; se o ministro agora queria pará-lo ou causar-lhe medo, por causa das nossas descobertas sobre os usos e costumes e sobre todo o resto; se enfim, dizia, começa a guerra, então da nossa parte não haverá piedade, e partimos em primeiro lugar para ela. Para não ficar ali, à mercê.

Eu relato mais ou menos o seu raciocínio como se concatenava.

Mas de qualquer modo foi fácil, e eu não quis ficar ali perguntando: partimos. E como eu não tinha verdadeiramente uma bagagem, e como o prefeito também não, enquanto me contava o que tinha acontecido à noite, praticamente já iniciávamos o caminho.

Foi então que começou a terceira parte da aventura. E a partir desse momento, segundo o prefeito, estávamos em uma missão especial, que comportava: primeiro, distanciar-se sem demora. Segundo: manter os olhos abertos. Terceiro: jogarmos com astúcia.

"E como fazemos isso?", pergunto.

"Fazemos assim: descobrimos o caminho pelos obstáculos que colocarem no meio."

E pôs-se a falar com voz baixa sobre aquele modo especial, que dizia que é infalível e é psicológico, isto é, é um jogo de astúcia em que ele é mestre. Dizia: "O senhor vai ver!", e esfregava as mãos.

É fácil dizer que me metia em uma expedição bem estranha; e é verdade. Mas o que mais eu poderia fazer? E do meu ponto de vista eu sempre tive a impressão de que andávamos a esmo. Mas o prefeito dizia que não, que tudo estava bem calculado. E agora que estou contando digo: pode ser. Pode ser que o ministério soubesse da trama e que o prefeito a tenha descoberto; e eu no final a estou contando. Pode ser. Mas ao menos aconteceram algumas aventuras.

Eu não sabia, exatamente, onde devíamos ir; o prefeito dizia que se descobria passo a passo, porque dependia dos desdobramentos. Dizia que, por ora, os meus relatórios estavam terminados, que tinham ido muito além do esperado, e que isso era muito bom, tinha apreciado isso mais do que qualquer outra coisa na vida; mas agora, de boa ou má vontade, era necessário agir.

Eu acho que durante os passeios que tínhamos feito, que para mim eram tranqüilos e serenos e tão cheios de bom transporte mental, ele, ao contrário, tivesse se inflamado, chegando à impaciência; e tivesse pensado em um plano seu que não sei dizer ao certo, que era um plano de defesa e de ataque, isto é, primeiro ficar escondidos e depois, partir para o ataque, para proteger a mim também de não sei o quê, para proteger a mim e minhas revelações de geografia, pois senão, dizia, submergem no mar de lorotas que estão à nossa volta.

De qualquer modo, não falava claro desse propósito. Então segui-o, em confiança. Mas não fomos muito longe. Dizia que, por ora, não devíamos deixar que nos vissem, porque no momento éramos fugitivos.

"Infelizmente – dizia – retomaram o quarto, retomaram os móveis e a cama. Se o senhor tivesse visto que destruição. Então, por ora, estamos longe."

E nos embrenhamos pelo primeiro campo. Pegamos uma estrada mais que secundária, e em frente!, aos poucos exploramos os arredores, olhando tudo e falando um pouco menos.

Por alguns dias, não aconteceu nada que eu me lembre. Só aquilo que acontecia à noite, no começo, não conseguia entender. Dormíamos sem lugar certo, porque era melhor, dizia; e de minha parte estava contente porque era como retomar o caminho dos poços.

Mas, por exemplo, já na primeira noite, em que nos acomodamos em dois cômodos que pareciam vazios, como de resto a casa toda, uma casa abandonada e vazia, como às vezes há por aí; essa primeira noite comecei a ouvir, lá de onde estava o prefeito, umas pancadas e uns ruídos secos, como se houvesse uma luta. Depois silêncio; e eu voltava a dormir.

E, inesperadamente, de novo eu pulava sentado, por causa de um grande baque ou por causa do estrondo de alguma coisa quebrada.

Ficava então atento ouvindo, e o silêncio voltava.

Ou tinha ainda a impressão de que fossem movimentos cautelosos e sussurros, depois então, alguma coisa, como um grande golpe que me fazia saltar, ou um estampido; em seguida silêncio de tumba.

E eu, um pouco titubeante, voltava a me deitar e não sabia o que pensar.

Em plena noite, depois de uma dessas confusões, levantei-me e fui dar uma olhada, mas no escuro, dava para ouvir o prefeito dormir, só com algum rosnar, provavelmente automático, e alguns leves movimentos de sacudidelas derivados dos sonhos.

Fiquei ali espiando um pouco, depois saí, e não dei nem três passos quando ouvi um golpe tremendo, como um soco contra as tábuas do chão, e depois outros dois golpes que pensei ser um maço de lenha caindo no chão.

Eu dei um verdadeiro pulo por causa do susto, e corri logo para ver o que era, isto é para procurar no escuro. E me pareceu que o prefeito se revirava na cama e se lamentava, mas sempre dormindo. Parecia que dizia algumas palavras e balançava os braços; mas não dava para entender e não se via muita coisa.

Assim, desisti de procurar explicar o acontecimento, e me deitei decidido a dormir.

E com efeito: ou eu dormi como chumbo, ou pelo resto da noite não houve mais nada.

No dia seguinte, olhava o prefeito para ver algum sinal, ou para ver se traía alguma coisa desagradável pela qual tivesse passado, quem sabe só uma insônia ou um pesadelo. Mas ele tinha um ar tranqüilo e bem descansado, e não parecia que aqueles golpes o tivessem perturbado. Assim, disse a mim mesmo: 'vai entender!', e não pensei mais nisso.

Na noite seguinte, mas também nas noites subseqüentes, volto a ouvir os mesmos barulhos inexplicáveis; mas talvez, por já estar meio acostumado, eu os ouço enquanto cochilo, sem acordar totalmente. E, na verdade, parece mesmo que saem de um sonho, porque sonho com um fogaréu que está queimando uma espécie de casa. E quando olho para ele, como se me obedecesse, o fogo explode. Se desvio o olhar sinto o calor e o crepitar da chama; depois logo que volto a fixar meu olhar nele, do seu interior uma outra explosão. E isso acontece em todas as vezes que olho, acho que por sete ou oito vezes. E não sabia mais se era o barulho do sonho ou se eram os golpes que vinham do outro cômodo transformados pelo sonho.

Na noite em que dormimos dentro de um jardim, o prefeito tinha feito uma espécie de ninho em um monte de folhas.

Depois, enfiou-se lá dentro cobrindo até a cabeça, de modo a ficar todo sepultado e invisível.

E dizia: "As folhas são limpas e mantêm o calor."

E assim, eu também fiz um para mim, em um monte não muito distante; e devo dizer que a idéia era muito boa. Assim, cada um dentro do seu monte, preparamo-nos para passar a noite. E teria corrido tudo bem, quase como se estivéssemos numa cama; só que, como sempre, depois de um tempo, de lá do monte onde estava o prefeito, veio um roçar como de alguém que se vira a todo momento, e depois uns golpes repentinos, bem no meio das folhas; e me parecia vê-las voando, como levantadas por um vento repentino ou jogadas pelo ar por um golpe de forquilha.

E eu, colocando a cabeça para fora do buraco onde estava, olhava meio curioso e meio preocupado essas revoltas de folhas.

De fato, na manhã seguinte em volta do prefeito, o monte estava todo desfeito, mas o prefeito se aproximou de mim alegre, como alguém que nunca dormiu melhor em toda sua vida.

E então eu digo: "Mas o que aconteceu de noite? Houve a maior revolução aqui!"

E o prefeito: "Ah! não consegue dormir?"

Eu: "Não, eu durmo. Mas é o senhor quem está sempre em meio a uma confusão que não sei como consegue."

"Ah, dá para ouvir, é?", e dava um sorriso meio de escárnio. "Bem! Pense que estou mais seguro quando durmo do que quando estou acordado."

"Seguro do quê?" pergunto.

"Seguro. No sentido de que não devo ter medo de nada. Mesmo se alguém vaguear à minha volta. Sabe como é de noite: que quando alguém dorme, se tiver inimigos, eles cercam você e quem sabe o que podem fazer. Por exemplo os velhos, mas também pessoas de todas as cores."

"Ah! – digo – são eles que fazem aquele barulho?"

"Não, eles são extremamente silenciosos, senão acabaria a surpresa deles. É impossível que se deixem ouvir."

"Mas quem são?" pergunto ainda.

"Quem dera eu mesmo soubesse. Mas em tantos anos só pude aprender a me defender. À noite já não há ninguém que possa comigo."

"Mas todo aquele barulho, então?"

"Se há algum barulho – diz – certamente sou eu."

Neste momento eu estava confuso e não sabia mais nem mesmo o que perguntar, porque o prefeito não parecia dar peso à coisa. Tinha vestido o casaco, olhando para que não se formassem vincos, e com as mãos o escovava e o alisava. Depois, foi até uma fonte para se refrescar, e voltou todo bem penteado, só com a barba por fazer. E tocando nela, perguntou-me:

"Ainda dá para ficar assim?"

Eu acenei que sim, e ele acrescentou:

"Amanhã faremos a barba, não é?"

Mas eu queria voltar àqueles movimentos e golpes noturnos, que não conseguia explicar, e digo:

"Mas então o que acontece à noite?"

E ele, parando de pé em frente a mim, que ainda estava sob o monte de folhas, começa a me explicar:

"Vê? A história é assim. Eu devo ter um desligamento dentro do cérebro que se formou para a minha sorte, porque mesmo enquanto estou dormindo, pelo menos um braço ou uma perna permanecem despertos. Nas outras pessoas, isso não acontece; todos dormem geralmente de maneira total.

Eu, ao contrário, exercitei-me por muitos anos: era quando não confiava na prefeitura toda; e cheguei a não confiar nem mesmo à noite, nem mesmo dentro da minha cama. Quem sabe do que são capazes, eu dizia.

E então você se acostuma a viver em alerta. Eu dormia, mas aprendi a ficar desperto em um braço, fazendo uma operação de desarticulação. Basta pensar, quando se vai para a cama e começa a cair no sono, que o braço é o rabo de uma lagartixa que, mesmo quando se separa do resto e cai no chão, continua a se mexer sozinha como uma cobrinha e a lutar por sua conta, por exemplo, contra um felino de caça.

Pois bem, o braço pode fazer o mesmo, mas tem muito mais possibilidades, e tem também um fundo de inteligência dez mil vezes maior. Então, quando eu fecho os olhos e durmo, o próprio braço se encarrega de ficar de olho, e se ele perceber sombras que passam nas proximidades da cama, põe-se a dar golpes para a direita e para a esquerda, até que bem fortes. E se ele julgar que a situação é arriscada demais, então depois de um tempo em que tentou de tudo, me acorda.

Mas, antes de chegar a isso, que é o remédio extremo, chama em ajuda o outro braço e as pernas, que com a mesma prontidão desferram chutes para todos os lados, repetidas vezes, de forma que se alguém chegar perto, sai dali bem mal.

Já viu os cavalos e os burros, quando ficam irascíveis e dão pulos como molas e coices perigosíssimos em alguém que queira chegar perto? Pois bem, há noites em que em alguns momentos de sonolência dou-me conta dos chutes, pancadas, socos e cutiladas pelo ar, isto é, dou-me conta das lutas furiosas e das grandes batalhas que travam as pernas junto dos braços. Eu então agora durmo tranqüilo em qualquer lugar. E ainda que um inimigo se aproxime com passos silenciosos e me ataque pelas costas, o braço se levanta automaticamente e defende o primeiro golpe, ainda se for mortal; depois duela um pouco para rebater outros assaltos e, eventualmente, dispara com o pé um golpe final.

Quando não tinha ainda aprendido a fazer isso, acordava de manhã todo moído e cheio de dores porque, à noite, no escuro, eles se divertiam me batendo. Eu via a sombra mas infelizmente me doíam as costas. Mas se acendia a luz não havia nada.

Mas, mesmo de luz acesa, se eu fechava os olhos e, por um instante, ficava inconsciente, taque! um golpe terrível ou nas costelas ou no nervo da coxa ou na coluna me fazia saltar da cama.

E no final, além de não dormir um segundo sequer, eu levantava que era uma dor só. E imagine com que grande prazer.

Agora, em vez disso, durmo muito bem."

Então, pensava eu, toda aquela balbúrdia eram os seus golpes de pé e de mão.

"Mas como se faz – eu lhe pergunto – para aprender esse sistema?"

"Para aprender, é preciso tempo e treinamento – me explica. – Mas a idéia, na verdade, a idéia de treinar, eu tive de um samurai japonês, que era famoso. Ele tinha uma regra fundamental, e era esta: nunca se deixar surpreender, senão não se é samurai.

E dormia estendido sobre duas cadeiras: uma debaixo da cabeça e uma debaixo dos calcanhares, rígido como um bastão. E queria que os seus alunos, todas as noites, o golpeassem de improviso para matá-lo, com espadas, punhais, navalhas, eles vinham até em dez. E dizia: "Não se preocupem, vocês devem me matar; somente assim vejo quem aprendeu todos os segredos para lutar na guerra." Naturalmente, não conseguiam. Eles o atacavam nas maneiras mais vis e traiçoeiras, deixando cordas desde muito longe, armadilhas, flechas, lâminas giratórias; e ele, sem se mexer das suas cadeiras, rebatia cada um dos golpes, e pela manhã dizia que tinha dormido muito bem, mas que alguma coisa como um mosquito ou uma pulga tinha ficado zunindo perto dele, e que a tinha esmagado.

Também dormia sentado sobre um banquinho, com os braços cruzados dentro das mangas do seu quimono. Olhando, parecia estar cataléptico.

Os seus seguidores combinavam para lhe fincar um arpão, disparado por uma janela, no meio da espinha. E era gente mais silenciosa do que um gato.

Mas não tinham nem mesmo puxado o gatilho que ele, percebendo já o movimento do dedo, levantava e lançava o sabre afiadíssimo. E quem lançava de volta era o menos veloz dos seus seguidores. Lançava de volta um dedo ou uma mão.

Depois, no dia seguinte, durante a aula dizia: "Vamos! Não desistam, não percam a coragem. Ontem vocês quase conseguiram." E se retirava à prece e meditação.

Os seus alunos, sobretudo os mais competentes, estavam sempre à espera do momento oportuno para lhe dar o bote em uma manobra muito hábil, para lhe arremessar um compasso em um olho, ou com uma disfarçada linha de aço cortante serrar-lhe a veia do pescoço.

Porque as escolas no Japão são assim, por haver no mundo tanta maldade e traição; na escola, tudo é lícito para que o mestre demonstre como se defender e vencer.

Ele ficava sentado atrás da mesa, ou até sobre um tapete que fazia as vezes de mesa, e ali era o alvo de quem quisesse, mas à sua própria conta e risco.

De fato, não há notas ou cadernetas ou históricos escolares no Japão; não servem para nada, porque os pais vêem muito bem só ao olhá-los quando voltam da escola, se o filho deles foi um burro lento ao aprender, ou não. Percebem pelos sinais de chicote, pelos cortes, pelas mutilações.

Sendo assim, vão a essa escola com pregos, trinchetes, pequenas bombas, armadilhas.

Uma vez serraram as pernas do banquinho do samurai; mas ele, quando se sentou e o acento se quebrou em mil lascas pontiagudas, permaneceu impassível, como se tivesse mesmo sentado. E continuou a aula assim, nessa posição, defendendo uma facada com o antebraço, e um golpe de machado verdadeiramente de surpresa que o bedel, ou alguém com a mesma função, disparou contra ele, com a desculpa de lhe pedir a assinatura numa circular.

De dia era, então, imbatível, e era assim sem ao menos perturbar-se muito.

Depois, à noite, mantinha os melhores com ele, que eram uma espécie de internos, de discípulos eleitos, como se diz no Japão; e o seu era um sistema permanente de educação.

Esses alunos chegaram mesmo a furar o chão para acertá-lo por baixo, botaram fogo na escola enquanto ele dormia jogando-lhe gasolina em cima; cavaram buracos debaixo de seus passos, só para contar algumas, e fizeram cair a viga do teto exatamente onde costumava sentar. E também todo o repertório de armadilhas e armas tradicionais, que para ele, porém, eram brincadeiras e rotina normal.

Quem conseguisse chegar pelo menos a tocar de leve nele, formava-se.

Os tímidos e respeitosos, ao contrário, eram expulsos por baixo aproveitamento, ou aconselhados a se retirarem para um convento.

O seu aluno predileto Tanaki conseguiu esfolá-lo no rosto e tirar-lhe fora meia orelha com um indefensável golpe de funda, que lhe foi desferido no momento em que fingia estar lhe dando um caderno que, ao ser aberto, lançava uma ponta uncinada e venenosa. O samurai distraiu-se ao evitar o caderno que lhe esfolou a garganta, e nessa fração de segundo não deslocou suficientemente a cabeça recebendo de raspão a flecha mortal lançada pela funda.

De qualquer maneira, se tivesse sido acertado em cheio, teria tido a parede do crânio arrebentada.

Depois Tanaki diplomou-se solenemente, foi premiado e mostrado como exemplo, ainda que, por causa da reação automática do seu professor, tenha perdido o uso de três falanges e a pupila do olho com o qual havia mirado.

Depois acontecia que, no final do ano, os alunos faziam um exame, para ver o que tinham aprendido. E era sempre uma carnificina, porque vinha uma comissão de fora, que se fechava em uma sala e fazia entrarem um a um os candidatos, procurando acertá-los de surpresa, desde a soleira da porta. Um dos comissários chegava a se pendurar na viga do teto e batia nas costas deles com um bastão de ferro; ou ainda enquanto um o mantinha ocupado no esgrima, um outro lhe enfiava um espeto nas costelas.

E era competente quem conseguisse se defender e contra-atacar. Mas é evidente que só poucos conseguiam. E a escola, por isso, era considerada séria e de alto nível.

De qualquer modo, os alunos do samurai se distinguiam; e Tanaki, por aquilo que disseram, foi o melhor deles.

Quando os três comissários o prenderam juntos pelas costas, colocando um manequim atrás da mesa para confundi-lo, ele, com dois punhais que tinha nos cotovelos, atacou os dois laterais; depois esquivou-se da cutilada do terceiro, que só lhe tirou fora um pouco da pele da cabeça, e voltando-se para trás de repente, disparou com um trabuco de ataque, que é muito potente, prendendo aquele comissário na lousa.

Quando se restabeleceram, esses três comissários vieram de propósito, para se parabenizarem com ele e com o seu mestre samurai, e dar-lhes o voto de louvor.

Pois bem, eu aprendi disso tudo, do velho mestre, que permaneceu sempre imbatível; e sabia dormir e ao mesmo tempo estar sempre atento."

Parecia que agora eu entendia o que acontecia à noite, e então também me tranqüilizei.

O prefeito me contava todas aquelas coisas sem dar a elas muito peso, quase que com um certo sorriso, porque eram coisas que não o preocupavam mais, tecnicamente.

"Eu também sou um mestre, agora", me dizia.

E a idéia, de qualquer modo, eu a achava muito astuta. Eu lhe dizia isso e ele respondia:

"Sim, é uma das minhas espertezas, de outro modo não se consegue viver em paz."

E então eu também saltei para fora do monte de folhas, arrumei bem minhas roupas, pus-me em ordem, e livrei-me dos ramos e dos gravetos que ainda estavam em mim. E já que ali havia uvas, nós as comemos alegremente. Tanto que depois, caminhando lado a lado e conversando, eu me sentia reanimado e contente.

Perguntei a ele se eu também poderia aprender aquele sistema de luta automático. Ele me disse que quem quiser aprender, aprende; cedo ou tarde se consegue. Mas não é coisa de um dia, e depois, em um certo sentido, é preciso quase ser obrigado a isso.

Passávamos entre um prado e um vinhedo. Depois vinha um campo de melancias, e paramos para olhá-las.

"Obrigado?", eu disse.

E ele me explicou que já há algum tempo, à noite, tem o distúrbio dos velhos, só para chamá-lo de alguma modo.

"Os velhos – pôs-se a me dizer – sobem até pela janela e arrastam-se para baixo da cama, e vêem para me atiçar.

Tocavam-me com penas, só roçando de leve. Mas quando alguém está dormindo, o senhor sabe como fica sensível. Ficavam apinhados, eu acho, em volta da minha cama, sentados até na cabeceira e no criado-mudo, bebiam a minha água e deixavam cair o interruptor do abajur continuamente no chão. Depois colocavam os meus chinelos e olhavam na minha carteira; ficavam ali a noite toda fuçando nas minhas coisas, e eu ouvia continuamente remexerem na gaveta, sempre com grande cautela, o que me irritava ainda mais.

Cochichavam entre si, e chegava ao meu rosto até o hálito deles, porque acho que ficavam muito perto de mim, a dois ou três centímetros, para olhar, para ver se as minhas pálpebras estavam fechadas; respiravam todo o meu oxigênio, deixando no seu lugar uma pestilência em volta que na minha opinião era também infecta.

E, enquanto isso, continuavam a me fazer cócegas com fios de palha e a me picar. E conseguiam fazer isso mesmo, através do colchão e das cobertas, e através também do travesseiro. Colocavam alguma coisa dentro das orelhas ou do nariz, de modo que eu tinha de saltar da cama para me coçar e examinar o lençol.

E me dei conta de que, quando fazia movimentos inesperados e meio barulhentos, pronto!, eles iam embora, sumiam como nuvens; eu acendia a luz e não havia ninguém.

Depois, porém, começava tudo de novo e se apertavam à minha volta, no escuro, e eu com os olhos semicerrados, via as suas sombras e, principalmente, sentia o hálito cheirando a mofo e exalação.

Foi um período tremendo, quando eu era ainda um prefeito normal.

E provavelmente conseguiam também me dar socos, porque eu levantava de manhã com os ossos quebrados e todo duro. Ficava todo roxo.

Então uma noite, eu me lembro, eu disse basta.

Era já há uma hora que eu ouvia os meus sapatos chiando e raspando; e ampliavam não sei como o tique-taque do relógio: talvez com um tubo que me colocassem quase dentro da orelha. Depois começaram a puxar o lençol e as cobertas para um lado, para fazê-las cair; eu as recolocava no lugar, e eles de novo, bem devagar, faziam com que escorregasse estrado abaixo. E puxavam daquele jeito deles, imperceptível e contínuo, e eu tentava me enrolar dentro delas, mas nada, depois de um tempo estava de novo descoberto.

Então, depois de duas horas de puxa daqui e puxa de lá, eu disse basta, e sentindo-os todos ali inclinados com aquele bafo em cima de mim, dei um soco no ar e chutei como um cavalo. Bem! depois de quatro segundos tinham se volatizado, e se podia finalmente respirar.

E assim, eu aprendi como se faz.

Quando ouço a cômoda ranger, ou é a cama que sacoleja, ou escuto vasculhares dentro dos bolsos do meu casaco, eu me antecipo a eles e dou uns golpes que zunem no ar como chibatadas. E esse é o único modo.

Depois, aprendi a fazer isso sem nem acordar, estando em qualquer posição. O braço parte sozinho; ou então a perna, com um chute. E isso basta para coibi-los.

Uma vez tentaram prender meu pé, quando ao menos vinte ou trinta deles montaram sobre ele. Mas eu os fiz voar como palha, como um monte de folhas; e quando caíam de novo, lhes dava o golpe final, uma especialidade minha, que é uma rápida dobrada de pernas.

Mas o senhor entende que são mais de duzentos ou trezentos, ou talvez milhares, como na última noite na cidade, e que não bastam só os braços e as pernas, nem todo o meu ardil.

E nem o samurai do Japão conseguiria escapar porque, como são muitos, se transformam em geléia, ficam grudados em você, e é inútil qualquer manobra.

Assim, eu os venço sem acordar quando são até quarenta; e até cem quando estou sentado na cama. Se são mais, monto em cima da porta e os enfrento à medida que entram, com uma pá de ferro que mantenho ali para esse fim, ou com os suspensórios, que, o senhor não vai acreditar, são mais tremendos do que um chicote, e eles o temem só de vê-los.

De qualquer modo, são raríssimas essas invasões; porque o senhor deve entender que até eles têm problemas difíceis, de reunião, de estratégia, de subvenção, e depois de se coordenarem no escuro."

"Mas não entendo – eu lhe disse. – Mas esses ataques servem para quê?"

"Ah, bem! para tentar me derrotar. São ataques campais. Mas, normalmente, há um ou dois desses velhos, três no máximo, que fazem isso só para irritar. Agora, vê? eles o fazem para investigar: vêem perto de mim e esperam que eu fale dormindo. Mas nem eu sei o que eles querem saber. São os velhos do lugar, aqueles que moram aqui, e saem à noite para xeretar.

Colocam a orelha sobre a minha boca, bem devagar, para espionar a respiração, ou se faço barulhos, ou se sonho. Percebe que estupidez?

Mas basta pouco para que eu me dê conta, ou me dou conta automaticamente; e então, dois golpes, como lhe disse, e acaba tudo."

Essa foi a elucidação completa, feita enquanto nos embrenhávamos no meio das plantações e das vegetações, com um solzinho nem quente nem fresco, mas exatamente aquele que se queria.

Porém, tudo devia tomar imprevisto novo rumo no bar-pizzaria.

12

NOVO RUMO IMPREVISTO NO BAR-PIZZARIA

E assim, em meio a essas conversas, chegamos a uma estrada asfaltada, mas também esta secundária e muito pouco movimentada. Caminhamos pela margem, ao longo de um barranco e uma sebe alta e inclinada que dá sombra.

E lembro que, depois de uma pequena curva que impedia a visão, ficamos surpresos por ver surgir uma casa diante de nós; onde estava escrito na frente que aquela deveria ser mesmo uma pizzaria.

E a casa é também de construção recente, muito recente.

Ficamos olhando eu e o prefeito pensando: 'incrível.' E ele balançou a cabeça como dizendo: 'até aqui! tudo bem!'

Porém, considerando que estávamos no fim da manhã, talvez meio-dia ou uma hora passada, e ainda que nós estivéssemos gozando de boa saúde, era preciso fazer uma parada: "Pois bem – diz o prefeito –, é um lugar, de qualquer modo, onde é possível recobrar as forças."

E para descrevê-la, para que se entenda melhor, poderia dizer que essa casa parecia ter sido construída às pressas uma hora antes. Melhor ainda, parecia que nós tivéssemos chegado um pouco cedo demais, um pouco adiantados demais, e que não a tivessem terminado totalmente. Porque, por exemplo, faltava o reboco em toda uma metade, e dava para ver os tijolos ainda novos e limpos, apenas cimentados. Depois, de uma escada externa de alvenaria que levava ao primeiro andar, saiam os ferros do cimento armado; talvez para uma balaustrada que não tiveram tempo de terminar. E o bonito era que a escada terminava em nada, em cima de um andar ou um terraço que, porém, não existia; e a porta então, que ficava um metro adiante, dava para o vazio.

Havia, em vez disso, do lado e atrás, árvores muito velhas e grandes, pelo menos à primeira vista; um carvalho que era como um carvalho centenário, com a respectiva hera enroscada. E olhando, a parte de trás da casa tinha na verdade um aspecto totalmente diferente: parecia uma velha casa de camponês cujo reboco tivesse sido destruído pelo tempo e pelas intempéries. Devia ter havido um galinheiro, uma horta, uma figueira de grande volume contra o muro, e outros animais domésticos que vagavam e bicavam no chão. Assim, por trás, a casa não pareceria artificial, mas bem harmoniosa.

Na frente, ao contrário, é como se tivessem apoiado, só para chamar a atenção, a fachada da pizzaria; e pareciam tijolos e cimento e estrutura de ferro; mas podia muito bem ser só papelão pintado. A porta de vidro de plástico, o brilho de metais cromados, as figuras coloridas dos doces e sorvetes, e a escrita no alto, pizzaria, em néon alaranjado. Depois, havia um guarda-sol de praia e duas cadeiras no espaço da frente e um caminhão de vendedor ambulante estacionado.

No conjunto, parecia uma hospedaria surgida de propósito ao longo da nossa estrada na hora do almoço, para nos estimular a entrar; feita, porém, na verdade, meio precipitadamente, de modo que só deu tempo de fazer metade, como era evidente. E feita também com os critérios ingênuos do campo, de modo que era fácil para nós desvendar o truque.

O prefeito então diz: "Vamos, que aqui está bom", porque queríamos recobrar as forças.

E procuro, agora, contar exatamente como os fatos se desenrolaram.

O prefeito me dizia depois que tinha ido pelo faro; e devo admitir que, de fato, foi ali que embarcamos em um acontecimento que teve as suas conseqüências.

Ao entrar, o prefeito, com um olho que diz ele já é clínico, no sentido de reconhecer qualquer um, quem é e quem não é, quanto a estar disfarçado; ao entrar, então, a impressão era esta: que aquele era o habitual bar de papelão pintado, feito com perfeição de modo a não se trair. Era porém, para dizer a verdade, todo reluzente e cromado, acho que, pelo fato de que no campo, onde não são muito refinados, isso lhes basta.

Então foi assim: havia ali num canto um rapaz que dava para ver que pensava nos seus problemas, um belo rapaz melancólico, com um belo rosto inspirado. E dava a idéia de ter surgido ali dentro por acaso e de ter se sentado, sem se preocupar com quem estava ou não estava ali, mas por causa da sede ou porque tinha fome. E nisso era mais ou menos como nós, gente de passagem.

Em vez disso, no fundo do local, havia dois que jogavam sobre um tabuleiro, acho. E desses dois nem falo nada, porque eram do lugar, e faziam parte do bar; dava para ver a quilômetros.

Nós entramos como clientes normais e, próximo ao balcão, vimos logo que havia um tipo meio loiro eslavo, em pé, com aquela idade que não se sabe bem qual é. E, mais do que a idade, podia-se imaginar que fosse um vendedor ambulante, nem velho nem moço.

Dava para ver que esse também era do lugar; não digo que ficasse ali permanentemente, mas dava para ver que sabia de cor e salteado como se comportar; e fazia de fato aquele que bebeu metade de sua cerveja, depois a colocou no balcão, e espera se recobrar para terminá-la toda. Mas, enquanto isso, fica olhando em volta.

Essa era, então, a cena que encontramos pela frente, como se estivesse ali a nos esperar.

E quando colocamos os pés ali, eu e o prefeito, com um só olhar nos entendemos sobre como estavam as coisas ali dentro.

Eu tinha aprendido o meu espírito de observação com Nestore, depois do caso da sua locomotiva. E, de fato, havia deduzido que aquele eslavo em pé chamava-se Manoli porque, fora do bar, havia aquela caminhonete que seguramente fazia parte das suas tralhas. E era o seu jeito de ter uma profissão. A caminhonete estava cheia de detergentes, naftalina, batedores de tapete, cera para chão e assim por diante, esponjas, cabides de pia, sabonetes, e também bacias, panelas, raladores, *et cetera et cetera*, como se pode imaginar. E na porta estava escrito: Manoli, e embaixo: bazar.

Então, a primeira coisa que fizemos foi sentar, depois que o prefeito, fosse aquele bar-pizzaria falso ou não falso, havia feito o pedido a uma mocinha que tinha perguntado o que queríamos.

E enquanto ficamos ali esperando, sentamos um ao lado do outro, atrás de uma das mesas, e tínhamos à nossa frente na outra mesa o rapaz, que eu acho que tinha feito um lanche, e mantinha ainda na boca o palito, pensativo.

E um pouco mais à esquerda, dávamos de cara com o eslavo que, por sua vez, voltava os olhos de um lado e do outro para ver.

E estando muito clara e evidente a encenação, com aquele rapaz que tinha calhado de estar ali no meio, mas que não se preocupava conosco e nem mesmo pensava em nós, deu vontade no prefeito, e também um pouco em mim, de rir. Mais do que qualquer outra coisa, pela sua ingenuidade; e depois, por estar a encenação em andamento e ele nem sequer olhar para ela.

E o prefeito então se dirigiu a ele, porque eu acho que lhe era simpático o fato de vê-lo assim, deslocado e sem saber de nada; e num momento em que ele levanta os olhos, passando para o outro lado o palito de dentes, lhe diz:

"O senhor não é daqui?"

E o rapaz: "Não."

"É, dá para ver!", diz o prefeito, e rimos.

Depois chega a garçonete e nos serve, com todos os modos feitos direitinho, de se elogiar; tem os cabelos vermelhos puxados para cima, o decote com o devido peito, e o vestido brilhante; e era bem uma beleza, para mim, já no primeiro olhar, se volto a pensar nisso.

E enquanto isso, o eslavo dá um gole de cerveja e depõe de novo o copo, e no fundo os dois jogadores de damas estão entretidos em seu jogo. Uma companhia de gente, essa, bem acostumada a cada um fazer a sua importante parte com escrúpulo. E o rapaz fica ali que nem repara em como as coisas se armam em volta dele, e toma tudo como coisa normal, que não merece preocupação; e, de fato, olhando parecia isso mesmo.

"O senhor não é do bando, não é?" diz o prefeito enquanto tomamos a sopa.

E o outro fica sem saber se entendeu bem, e diz: "Eu?"

O prefeito ri de maneira benevolente e o convida: "Venha aqui que eu lhe ensino umas coisas."

E ele não diz que não; vira tranqüilamente a sua cadeira para a nossa mesa, em frente a nós, enquanto o eslavo, isto é, o ambulante Manoli, olha para nós.

E ficamos assim: com o prefeito querendo alertar o rapaz, e tendo com ele uma conversa, onde porém faz só alusões, para dizer a ele que mesmo não parecendo, se a pessoa prestar atenção, acaba percebendo o que há por trás.

"É o que diz o nosso Savini", e faz sinal para mim ali do lado.

E então paro de tomar a minha sopa, porém sempre mantendo a colher na mão, e procuro lhe dizer que, pois bem: "... nos lugares onde geralmente se vai, ou por onde se passa, as pessoas entram em acordo para fazer tudo ir adiante, de modo que pareça que tudo vai adiante por conta própria. E em vez disso, fingem."

"Olhe aqui, por exemplo – dizia eu –, não se percebe nada."

E o rapaz tinha começado a se interessar muito, parecia-me; mesmo se por eu estar comendo não conseguisse explicar bem como se deve.

"Isto é – acrescentou o prefeito, que tinha terminado o seu prato –, isto é, as pessoas gostam de dizer lorotas. Porque, entende, são predispostas."

E em vez de ficar confuso, o jovem dizia que sim, que ele também sabia de coisas que demonstram isso, que em volta existem lorotas há muito tempo.

Nesse momento, o prefeito me disse: "Esse aí é vivo".

E a ele: "Desculpe-me, só para saber, o que o senhor faz?"

E acontece que era um estudante que vinha comer ali às sextas-feiras e algumas outras vezes. E só para resumir, tivemos muitas conversas, e o estudante dizia que era verdade, que não dava para acreditar em nada; mas que depois se alguém acreditasse, dava no mesmo.

E o prefeito escutava com grande interesse, e repetia:

"Dando no mesmo ou não, é preciso porém ficar de olho em quem vive", e me olhava para que lhe desse a minha confirmação, e eu lhe dava.

E enquanto nós conversávamos assim sobre esses assuntos, dava para ver que o eslavo mantinha os ouvidos abertos, e dali do balcão onde estava apoiado não perdia uma só sílaba, e acompanhava a discussão.

Depois o estudante disse:

"De qualquer modo, às vezes, ao descobrir como estão as coisas, a pessoa se arrepende e diz: antes não tivesse descoberto!"

Isso nos surpreendeu muito, e o prefeito franziu as sobrancelhas.

"Como assim?", perguntamos a ele, porque essa novidade nos apaixonava.

Então esse estudante respondeu que é como a história de Garibaldi, que se ele contasse, ninguém acreditaria.

Aqui, então, o negócio assume um grande interesse, e o prefeito queria que lhe contasse a história de Garibaldi, e acrescentava: "Vai ver como eu acredito".

"Não – o estudante –, ninguém pode acreditar, porque é uma história maluca, se a ensinassem na escola seria o fim."

E o prefeito então insistia, que queria saber, que de história ele entendia. E eu dizia que sim, dizia que é verdade, que o prefeito conhece todas as guerras, os reinos, as guerras de usurpação, os assírios-babilônios, os visigodos; e conhece como foram de verdade, porque não se contenta com os livros.

Mas o estudante repetia as sua dúvidas, que depois todos acabam achando que aquilo sobre Garibaldi é uma brincadeira, mas, em vez disso, é uma história secreta, que explica o mundo como ele é, ainda que pareça o contrário.

E o prefeito se entusiasmava com essas palavras, e me dizia baixinho:

"E então, Savini, você ouviu? Esse é um estudante dos bons."

E estendia a mão através da mesa e tocava a manga dele, que queria dizer que nós três nos entendíamos, e que não tivesse medo, que estava entre amigos. E fazia gestos, acho que para que risse, de tirar o vinho da madeira da mesa e de bebê-lo à nossa saúde.

O estudante já estava quase contando a história, e começava com os preâmbulos; que Garibaldi havia partido de Quarto, como dizem todos, e é verdade; e que comandava o regimento dos mil, e nós dizíamos que sim, que era aquele regimento famoso.

Porém, dizia ele, havia um nos navios que se chamava Zagreo, e que também ele ia fazer a guerra pela libertação da Itália.

"Era filho de um tio meu de segundo ou terceiro grau – disse esse estudante – e assim, nós da família, sabíamos todos os detalhes."

"Bem! – diz depois – quando descobriu o mistério que havia na expedição dos mil, queria logo que o trouxessem de volta; mas como já estavam em alto mar e não dava mais, teve de saltar na água, porque quis fugir de qualquer jeito. E dizia que aquilo era coisa de loucos, não um regimento.

E quando depois estiveram na Sicília, e a marcha para conquistar os Bourbons não havia nem bem começado, eles o trancafiaram na prisão, de onde nunca mais saiu."

Depois nos disse baixinho, inclinando-se para a frente:

"E era por causa do segredo, que se fosse conhecido, o regimento não valeria mais nada, e teriam depois de apagá-lo dos livros. Resultava então que Garibaldi não era ninguém, ou melhor, era menos do que os outros."

Nós estávamos chocados por esse profundo mistério:

"Mas como – pergunta interrogativo o prefeito –, Garibaldi não era ninguém?"

"De uma certa forma é isso mesmo. Mas depois o Zagreo, esse nosso primo distante, depois de pensar nisso por tantos anos, dizia que talvez Garibaldi fosse um grande homem. Somente não é necessário descobrirmos o segredo, senão acabaríamos como ele: desafortunados.

Essas conclusões, ele as escreveu à nossa família, e escreveu também a história como ela é na verdade. Escrevia da prisão, que então chamavam de asilo, asilo para os ofendidos. E ele havia sido ofendido nos sentimentos e um pouco, eu acho, na lucidez da mente, por causa da expedição dos mil. Mas porém o seu raciocínio permaneceu intacto, e a sua história, ele a escreveu ponto por ponto.

Eu acho que é a história mais verdadeira de todas as histórias de Garibaldi. Porque dentro da prisão, a pessoa tem tanto tempo que acaba descobrindo a verdade de tanto ficar pensando."

E enquanto nós, com grande participação, esperávamos ouvir como era o negócio do primo distante, acontece que o eslavo, que tinha estado escutando, aproxima-se com a sua garrafa de cerveja na mão e diz uma frase assim, um pouco genérica: que na prisão se tem é tempo demais, e que os prisioneiros gostariam que fosse menos. E, para mostrar que está rindo e brincando, franze a pele em volta da boca, e eu juraria que estava maquiado com uma laca adesiva; e dá para ver um dente de metal prateado, e os cabelos podiam ser uma peruca clássica, daquelas que começam na metade da testa.

Então, esse tal de Manoli aproxima-se e apóia a cerveja ali, sobre a nossa mesa, para entrar também na conversa.

E o prefeito me olha; eu estava ao seu lado. Olha-me como para dizer: 'E então, está vendo? a coisa não muda nunca!'

E dá uma olhada de pouca confiança e de desagrado maior ainda para o eslavo, para ser entendido assim: 'Acha que eu não lhe reconheço debaixo dessa cara de eslavo, a sua cara de espião?'

Mas esse Manoli não dá bola, ou não quer dar bola de propósito. E é como se ao ouvir falar de prisão, tivesse sido chamado para exprimir seus conhecimentos, de modo que quando paramos para olhar, ele já estava sentado. Fica meio de lado na mesa, mas está substancialmente sentado e falando conosco.

E ainda que estivéssemos predispostos a ouvir a história de Garibaldi, começou aqui, no momento mais emocionante, uma conversa que eu não saberia como considerar, de tanto que era fora do comum e fora de todas as previsões. Dava vontade de perguntar: 'mas o que é que esse cara está dizendo?' E eu acho que nós três fizemos essa pergunta, esperando ver aonde isso ia acabar. Mesmo que eu já pudesse dizer que acabaria mal, ou, de qualquer jeito, numa grande confusão.

"Quando eu estava na prisão – pôs-se sozinho a contar esse eslavo Manoli –, vocês não imaginam o que eu via. Havia um que se chamava Capone que tinha um troço descomunal, decididamente descomunal. E já que ninguém acreditava que isso fosse possível, faziam fila para vir vê-lo."

Nós arregalamos os olhos, pelo espanto; e ele:

"Eu digo a vocês: era algo de disforme o que ele mantinha estendido sobre as almofadas. Mas uma cobra, se comparada a ele, era pequena; parecia uma espécie de tronco de elefante, que impressionava, e de noite, se alguém sonhasse com ele, era um pesadelo horrível."

Dizia assim. Dá para imaginar a cara que fazíamos. E ele:

"Quando chegou na prisão depois que o prenderam, faziam uma disputa para ir vê-lo. Vocês não imaginam; chegavam em grupos, em meio a gritarias, dez, vinte pessoas. Ouvia-se abrir a cela, e depois, silêncio total. Ninguém ria e ninguém respirava, porque era um espetáculo que não se esperava. Uma coisa mais do que majestosa; era um meio milagre, que acho ninguém, em nenhum lugar, poderá mais ver.

E ele era um homem pequeno, um corcunda, que no confronto desaparecia. Vocês não imaginam.

E era definitivamente bom. Ele tinha esse fardo para carregar, que não tinha nada de obsceno porque mais do que qualquer coisa era uma espécie de cachalote, uma baleia marinha. Havia pouco a fazer, porque foi tocado assim pela natureza.

Ficava meio deitado, na cela, com uma coberta por cima, porque sempre sentia frio nos ombros. E olhava os seus carcereiros com os olhos tristes, sem se opor à curiosidade. Mas no final todos lhe tinham respeito, porque não era uma brincadeira mas um verdadeiro prodígio."

Ao ouvir essas conversas, estávamos mais desconcertados do que nunca; por aquele eslavo nos contar coisas do gênero, e ainda por cima desse tipo, que eram difíceis de acreditar, pelo menos de acreditar cem por cento. Porém, nós o escutávamos, porque era para ficar assombrado por tanta impudência.

"Os carcereiros – dizia – olhavam-no continuamente em turnos pela janelinha, porque não podiam se convencer de que era verdadeiro. E ele, às vezes, se lamentava, porque aquela era uma pena maior do que a prisão.

Então entrava o capelão e o confortava; dizia-lhe que a vida é um tormento, que aquele fardo lhe cabia e que devia carregá-lo com resignação, que depois receberia o prêmio eterno por isso."

Nós nos olhávamos porque sinceramente já era esperado, mas não uma coisa dessas.

"Mas o que o senhor está dizendo?", lhe disse o prefeito com uma cara muito feia.

E ele continuava sem se alterar, deixando ver o dente de prata.

"Estou dizendo que arrastava essa probóscide desmedida ao longo do perímetro do pátio e depois retornava com esse seu estorvo, meio exausto e desconsolado. E o tratava como um recém-nascido, ainda que um pouco mastodôntico. Assim tinha uma cela todinha para ele, onde podia acudi-lo e prover-lhe de todas as necessidades. Porque aquela sua coisa sozinha não tinha possibilidade alguma, era como morta, ou dotada de vida vegetativa. E ele na prática era o seu padrinho e sua babá."

"Mas porque ele estava na prisão?", perguntou-lhe o estudante que estava maravilhado e tinha esquecido totalmente Garibaldi.

"Dizem que era salteador, mas tinha sido também uma pessoa influente, quando estava na ativa, uma eminência que comandava; e tinha aproveitado a vida. Talvez na época não tivesse o estorvo. Surgiu nele em um certo momento, e continuou sem que houvesse um remédio: ou foi a má vida ou já estava escrito no destino.

Porém parece que, aos poucos, aquele seu enorme apêndice lhe sugasse a vida. Isto é, que crescesse sem limite algum, tudo para o prejuízo de seu dono. E que para manter a saúde fosse de uma voracidade sem fim, debilitando seu sistema linfático.

Aquilo crescia, entenderam? E o corcunda ficava cada vez mais fraco: enrolava-se em panos grossos por causa da anemia; assim a cabeça aparecia a custo acima do busto, e tinha os cabelos como uma auréola.

Mas a sua vida era já a de um santo anacoreta, e nos pedia perdão, a nós, por aquele seu passado sem coração, quando era potente. Porque, fora da prisão, tinha sido tremendo, um corcunda sem piedade, egoísta, um fanfarrão, cheio de feios defeitos, que gostava de mulheres em casacos de pele e de boa vida."

"Mas que história me conta?" interrompeu-o o prefeito. "Como é possível?", e estava visivelmente chocado, ainda que não deixasse de ouvir, para ver onde ia parar.

"Só para dizer como era bom – retomava o eslavo –, uma vez, vi com meus próprios olhos que dois delinqüentes gozavam dele e lhe diziam as piores escurrilidades, vocês me entendem? porque era fácil fazer isso. E faziam ainda uma espécie de encenação para que todos rissem. Mas ele, Capone, não reagia o mínimo que fosse, ficava como resignado e inerme, com os olhos voltados para o outro lado, a cabeça enfiada dentro da gola, na sua infinita, desarmante tristeza. Então aqueles dois acabaram por brigar, e Capone então os olhava sem expressão.

E acontecia sempre isso: que com a sua mansidão fazia-se quase esquecer."

"Mas o que isso quer dizer?", enervava-se o prefeito.

E aquele: "Não que dizer nada, eu digo só aquilo que é verdadeiro."

"Mas, desculpe, me faça o favor, essas são piadas ridículas e de pouquíssimo gosto até. Ninguém pediu para contá-las", e nos olhava para que confirmássemos; mas nós, eu e o estudante, estávamos emudecidos.

"E depois – acrescenta ainda o prefeito – não há nada de verdadeiro nisso."

"Não, ao contrário – o outro responde –, se quer mesmo saber, aquele troço continuava a aumentar: e aumentava e aumentava, porque dava para ver que o rancho acabava indo todo para lá. E já era algo que não se pode imaginar, uma meia montanha; e dava até medo.

Além disso, o corcunda ia desaparecendo pouco a pouco, porque era absorvido. E olhava os visitantes com olhos suplicantes, em silêncio ele e os outros, reduzido a uma sombra de si mesmo."

"Mas é loucura, é uma nojeira", diz o prefeito a um certo momento.

Nunca o havia visto tão furibundo e indignado. Estava ali, como se estivesse sempre a ponto de se levantar e ir embora, como se lhe concedesse dizer uma última frase, para ver se por acaso ela seria um pouco mais sensata. E tinha uma expressão de execração e condenação contra esse tipo sujo e nojento, e contra as suas torpezas, tão inverossímeis e enormes.

Porém, ficava ali ouvindo.

Eu, da minha parte, em vez disso, se devo dizer a verdade, escutava bastante impressionado, pensando:

'Mas que coisa, hein?, quem diria!'

E também o estudante parecia que pensasse assim.

"É melhor que me poupe delas – dizia o prefeito –, não faz o meu gênero, o que o senhor acha? Não sabe dizer nada além do que essa pouca vergonha?" Agitava-se na cadeira: "São coisas indecentes, há de convir!"

E o eslavo: "Sim, pode ser, é uma indecência. Mas havia uma fila para vê-lo. Imagine: um corcunda na prisão, com essa montanha que pesava o dobro dele".

"Mas que desgraça – o prefeito não se conteve mais em dizer –, vá contar essas suas sandices na caserna! O que o senhor quer que eu diga? Digo que são lorotas, que são só lorotas, da pior espécie." Depois, porém, ainda acrescentava: "Mas como se pode permitir no cárcere uma coisa dessas, pergunto eu?"

E o eslavo não esperava nada mais do que isso para continuar.

"E de fato – disse –, de fato, num certo momento, procuraram entender o que era. Porque enquanto o corcunda elanguescia, aquele outro troço gozava de uma vitalidade e de uma saúde soberbas; tanto que no cárcere supuseram que fosse um parasita maligno, de dimensões jamais vistas, que o tivesse assaltado. E então faziam experiências e medições, e diziam ao corcunda que a única solução seria uma necroscopia. Vocês sabem o que é.

Mas ele debilmente implorava: "não ainda, por caridade."

E tentaram as ondas magnéticas, para interferir sobre a circulação e fazê-lo secar.

Lembro que lhe prenderam a um aparelho que se chamava eletrômetro de balancim, e era uma máquina pesada, apoiada sobre um carrinho de três rodas.

E ele, esse Capone, agüentava tudo, porque lhe diziam que era para o desenvolvimento científico. Depois, faziam os seus diagnósticos: que é refratário, que é uma tromboflebite, que é a síndrome de Arnold ou mais ou menos isso, no último grau. E também os não especialistas, mesmo entre nós, entre os encarcerados, discutia-se a natureza de uma tal monstruosidade. E a prisão, naquele tempo, estava próxima de ser uma academia, porque estávamos todos apaixonados e queríamos encontrar a solução. Então, da manhã até a noite, não se falava de outra coisa; falavam disso os carcereiros, o diretor, o juiz de vigilância, falavam sempre desse caso.

E mesmo nós do nosso canto interrogávamos Capone: para saber, por exemplo, se já se nasce corcunda ou se transforma-se em um, e por aí afora, como se pode imaginar."

"Chega! O senhor é um mentiroso, o senhor mente!", pôs-se o prefeito nesse momento a gritar; e batia as mãos sobre a mesa, vermelho e suado.

"Não, eu juro pelo que é mais sagrado", dizia Manoli calmo, e colocava a mão sobre o peito. "Juro: o doutor Radeghieri que era o médico do cárcere, chegou a desenhar um corte, e escreveu como era a anatomia."

Eu estava sem palavras e estupefato, como também o estudante.

Assim, quando o prefeito disse que não podia ser verdade, que são nojeiras inventadas e que nós não éramos uns pobres idiotas e burros, que não éramos uns bobalhões para sermos ludibriados com aquelas fanfarronadas miseráveis; quando disse isso e outras coisas ainda piores, como: "maldito velho tarado, o senhor é um patife embusteiro"; então esse fulano aloirado tira da carteira uma folha de papel escrita suja e engordurada, dobrada em oito.

O prefeito olha para aquilo com desconfiança e também com um pouco de nojo pelo papel amassado e de aparência pouco limpa.

E o outro fulano abre direitinho o seu papel no balcão e diz que se alguém não acreditar, pode ler as palavras de um perito especialista, das quais não se pode duvidar.

"Vamos ouvir", comenta com pesar o prefeito, e faz um ar de quem está disposto a suportar mais e mais, porém, eu que o conheço, percebo que, por dentro, está se remoendo de indignação.

E o fulano lê algo mais ou menos assim:

"... o sujeito examinado apresenta uma massa epitelial que se arraiga pela região adjacente", e olha o rosto do prefeito desafiando-o; "ocasionando o fenômeno de gigantismo parabiliar..."

"Mas você é mesmo um patife!" desabafa, de repente, o prefeito, que não consegue mais se conter. "Mas o que você quer demonstrar com isso? O quê?"

"Espere", diz o fulano, e continua a sua leitura:

"... extensa gastropatia com prolapso do tegumento...", levanta os olhos e acrescenta: "E agora ouça isso: ... com peso aproximado de uma tonelada, com sobrecarga do arco portador e cedimento sobre a cavidade axial..."

O prefeito, de repente, alonga-se-se para arrancar-lhe o papel da mão, mas o outro dá um passa para trás.

"Dê-me isso aqui", diz o prefeito com voz raivosa. "É tudo inventado. Dê-me aqui essa droga!"

"Não, não, saiba que eu leio exatamente aquilo que está escrito."

E do outro lado da mesa, o loiro se levanta e lê outras três linhas com muita obstinação, para dar a prova:

"... um gigantesco volume com acréscimo exponencial de cubatura, até a capacidade de três mil..."

"É invenção, invenção", põe-se a berrar o prefeito; e ele também se levanta e quase derruba a mesa tentando agarrar aquele papel que dá nojo.

"É tudo inventado – grita –, dê aqui! Deixe ver! O que o senhor acha, que somos idiotas à sua disposição?"

E se não houvesse a mesa no meio, bastante pesada, acho que teria chegado quase a um corpo a corpo.

O outro vai cada vez mais para trás, com o papel debaixo dos olhos, e lê outras asneiras do mesmo teor.

E o prefeito então fora de si, com os olhos quase saindo das órbitas, pula do seu lugar e corre atrás dele pelo salão, e procura tirar-lhe a folha. E há um pouco de confusão, uma espécie de duelo de mãos, enquanto o loiro segura todo enrolado o escrito e o mantém bem apertado na mão; mas continua a dizer impertérrito:

"... cinqüenta e três toneladas de escória, duzentos miriâmetros de superfícies convexas..."

E o prefeito: "Porco nojento, dá aqui! Larga, seu mentiroso nojento!"

E procura pegar o papel forçando os dedos do loiro eslavo para abri-los. E o dedo mínimo parece quase que vai se quebrar, de tanto que o puxa. Mas não há jeito de o outro se render, e ficam ali brigando torcendo-se as mãos, em meio a todos os impropérios possíveis por parte do prefeito que está fora de si, e em meio a essas recitações científicas do loiro, com elefantes e montanhas e milhões de toneladas.

Vocês entendem que eu estava ali em poder desses dois que faziam uma meia briga e gritavam; estava em poder no sentido de assistir ao espetáculo e não entender o porquê, nem de um nem do outro. E também me levantaria para acabar com a discussão se ela degenerasse ainda mais.

Mas depois, o prefeito conseguiu arrancar um pedaço do papel, uma tirinha toda estropiada. E então parou, e veio na minha direção, desamassando-a com as mãos, e com um sorriso de meia-vitória.

"Agora vejamos o que é toda essa patacoada", murmura.

E desamassado o pedaço de papel, juntando os rasgões, lê algo como:

"... segmento que cruza a haste...", e faz cara de cético; "... cinco centímetros do plano da secção longitudinal...", e dá uma gargalhada de triunfo; "... do vértice e sobre a hipotenusa"; depois diz: "Essa é uma página de geometria. Viu? não tem nada a ver; vocês viram? Era invenção! foi tudo inventado!"

Mas o outro diz: "Não, não. Vocês ouviram: o plano da secção. É a secção como eu dizia. As medições do doutor Radeghieri."

"Patife desgraçado, impostor! mas o que o senhor quer? o quê? seu mariquinhas nojento", o prefeito pôs-se novamente a gritar; e com o comportamento de quem se prepara a engajar-se numa verdadeira rixa até as últimas conseqüências, com os lábios esticados, de hiena feroz que já ouviu tanta bobagem que agora diz: 'chega! Eu é quem vou calar aquela boca!'

Percebi que era quase inevitável que chegassem às vias de fato, porque as mãos do prefeito moviam-se sozinhas. E se tivesse sido à noite, estou certo de que teria acontecido um massacre, e teria destruído até o bar com a senhorinha garçonete dentro, e os dois jogadores. Isto é, se tivesse se entregado ao instinto dos chutes e socos como se fosse durante o sono.

Então eu e o estudante, que éramos neutros, pegamos o eslavo com boas maneiras e lhe dissemos:

"É melhor que o senhor saia."

E eu baixinho: "Olhe, eu lhe asseguro, é melhor para todos, porque não se sabe o que pode vir a acontecer."

E ele dizia: "Ah, por mim, eu já teria ido embora por minha conta." E mais alto: "Mas de qualquer jeito é tudo verdade aquilo que eu disse; era preciso uma grua, era preciso um guindaste..."

E o prefeito então voltava a se esquentar, e a ter vontade de bater os pés e as mãos; e nós a empurrar para fora o Manoli que não parava de dizer sempre a última frase: "... um dinossauro, pesava o dobro de um dinossauro", exagerando até o inverossímil: "levaram-no em um transatlântico, para embalsamá-lo; para a América..."

E, enquanto isso, o prefeito já não nos via mais por causa da fúria, e balbuciava umas meias injúrias; e teria derrubado a mesa, se fosse por ele, e teria arrebentado aquele verme e patife que era o Manoli.

Depois eu voltei para acalmar o prefeito, e o estudante saiu com o outro que continuava com as suas fraseologias. E ouviu-se o furgão partir, mas com arranques de motor dados ao máximo que pareciam as últimas investidas para enfurecer e escarnecer do prefeito. Que de fato tremia de raiva.

Assim terminou a coisa toda, isto é, este inexplicável capítulo, do qual não sei dar o motivo.

O estudante provavelmente escapou, porque não apareceu mais depois da sua saída, quando empurrava para fora o eslavo.

O prefeito quis beber para se acalmar; mas não se acalmou totalmente. Continuava a olhar o bar com desprezo, a garçonete e os dois jogadores. Pôs-se mesmo a andar como alguém que está fazendo uma inspeção; depois se aproximou dos jogadores e ficou ali debruçado sobre o tabuleiro olhando as jogadas e olhando-os no rosto.

Depois, a um certo momento, permitiu-se estender uma mão e mover um peão, para demonstrar como se devia jogar, quando se joga pra valer. E os dois protestaram, dizendo:

"Desculpe, mas o que o senhor quer?", porém com uma certa cautela, lançando olhares à senhorinha garçonete, para pedir socorro ou para perguntar: 'O que é que a gente faz?'

O prefeito queria que continuassem a partida deles e dizia em um tom desenvolto a um dos dois:

"Jogue o senhor, vamos! que eu quero ver", e dava para perceber que se não o fizesse, no mínimo afundaria com um soco o tabuleiro deles.

Assim o fulano fez uma jogada, sem pensar muito, dado que estava intimidado, e o prefeito pôs-se a gritar:

"Burro, burro! Refaça a jogada! Não está vendo?"

Mas já que estava tão assustado que não sabia fazer mais nada e sentia-se ali muito inseguro, o prefeito jogou por ele. E no final pôs-se a jogar sozinho, ali em pé, fazendo ele mesmo todas as jogadas das duas partes, às vezes gritando insultos para aqueles dois, gritando que, com ele, ninguém podia, que era preciso muito mais do que dois parvalhões que ficavam ali servindo de enfeite, fingindo jogar damas mas que nem sabiam o que isso significa.

"Bodegueiros!" dizia. E revelava na cara deles os truques, com uma veracidade tão certeira que eles, ainda que estivessem sentados, recuavam e procuravam em volta com os olhos uma saída.

Mas o prefeito termina a partida com uma jogada vencedora, e para evidenciá-la, bate com o peão sobre o tabuleiro, de modo que as outras pedras caem ao chão, e os dois temeram algum ataque de fúria, tanto que cobriram a cabeça com os braços.

Em vez disso, o prefeito pôs-se a olhar fixamente para o rosto de um deles, a poucos centímetros de distância, e a repetir-lhe:

"Diga ao seu ministro como se faz; diga a ele que lhe ensine melhor. Entendeu?", e segurava entre os dedos a bochecha dele, puxando-a; eu acho que para tirar a máscara que ele tinha, ao mesmo tempo em que dizia:

"Burro, burro, você e o ministro. Vocês não vão conseguir, entendeu? não vão conseguir!"

O amigo tentou ainda intervir porque o outro estava roxo; e via-se que junto com a máscara havia pego também sua pele. E eu também me meti na questão, ainda que a minha opinião fosse a de que é tudo inútil e que não vale a pena.

Tudo teria terminado em uma luta corporal, se não tivesse surgido uma espécie de ajuda por parte do dono do bar, que procurou consertar as coisas e dizer ao prefeito:

"Mas deixe-os jogar; o que o senhor tem com isso?"

E o prefeito: "Vocês são todos uma corja, estão mancomunados!

E o dono do bar: "Fazemos o nosso serviço, senhor."

O prefeito: "Ah! claro, eu sei muito bem disso!"

"Deixe-os em paz, então."

Esses argumentos o acalmaram muito, tanto que aos poucos convenceu-se a ir para fora, e eu saí com ele.

Esse era o ponto a que tínhamos chegado. Infelizmente, tinha acabado assim: não sei dizer mais nada.

Descemos então por uma trilha e chegamos a um campo. Ali, atrás de uma videira, sentados na borda de um barranco, pusemo-nos a pensar.

"Viu? – refletia o prefeito. – Viu como agora os mandam contra nós diretamente? Apenas entramos em um bar e viu que assédio. Eram três, mais a garçonete, o cozinheiro, todos ali em volta. E se ficássemos ainda viriam dez, vinte no socorro deles. E lá, dentro da toca deles, há pouco a fazer, nem mesmo um japonês resistiria, nem mesmo um mestre de esgrima, caro e egrégio Savini."

Eu dizia: "Sim, foi melhor sair fora".

E o prefeito: "E ouviu a história sem critério com que tentou nos enganar aquele vendedor, aquele meio eslavo? Ou que se passa por eslavo. Que nome tinha mesmo?"

Eu: "Manoli".

O prefeito escarnece: "Imagine, Manoli, o que quer dizer? O que significaria Manoli? Quem sabe onde de onde ele foi tirar esse nome. Manoli! Como se alguém pudesse acreditar nisso. E como é que era? Bazar? Manoli bazar? Mas veja o que vão pensar!", e fazia uma cara sarcástica. "E depois o senhor viu: nós chegamos e ele já tinha estacionado na frente, de propósito, o seu Manoli bazar."

Enquanto isso, faz com a cabeça os sinais de total desaprovação e de condenação.

"Sabe o quer dizer essa história toda? Que devemos ficar bem espertos, senão eles nos pegam."

Eu dizia não sei, dizia que talvez porém não quisesse dizer nada, que talvez o eslavo fizesse o papel de valentão, mas assim, porque era o costume dele, porque dava para ver que ele ficava assim na pizzaria. "Então – dizia – não tinha nada a ver conosco; deve ser o seu espetáculo fixo."

Mas o raciocínio do prefeito era outro; ele dizia que, ao contrário, era uma advertência:

"Acha que viriam nos dizer para parar? Não, eles fazem tudo de maneira indireta, de velhacos que são; eles, sabe de uma coisa? eles procuram nos influenciar. E pense só nisso: que razão existia para que nós ficássemos sabendo da história do corcunda salteador com tudo aquilo que veio junto? Não acha? Um negócio desses!" e faz uma expressão de muito nojo. "E porque agora? nesse momento? Diga a verdade: não se sente um pouco desencorajado?"

"Bem, sim – confesso. – Estou meio tocado, mas é porque me impressionou. É que é um caso impressionante. Toneladas e toneladas de troço, mãe do céu, o senhor ouviu?"

O prefeito fazia que não com a cabeça; e eu: "Porém, um corcunda que acaba absorvido, droga, é meio impressionante".

O prefeito: "Não não não, são lorotas, é tudo lorota. E sabe agora o que dá vontade de dizer depois de toda essa conversa? Dá vontade de dizer chega! fiquem vocês com as suas lorotas. E o que isso quer dizer? quer dizer que o fulano acaba se rendendo e se retira por causa do desencorajamento, por causa do nojo; o fulano acaba não querendo saber de mais nada dos recessos e dos segredos do mundo. Entendeu?"

Eu dizia: "É, talvez em parte".

E ele: "A astúcia deles é essa; que no final o fulano diga a si mesmo: mas que idiotices há por trás disso? mas o que é essa mixórdia? O senhor também deve ter se perguntado: o que significa essa história de um corcunda na prisão, com todo o resto? E de fato não significa nada. É só para encher o saco".

O prefeito pensava assim, sentado na grama e com as costas apoiadas numa videira. Eu não sei dizer se está certo ou se está errado; e não lhe dizia, então, nem sim nem não; ficava sentado escutando.

"Eles têm os seus métodos – continuava ele – que não são comuns. O fulano quem sabe acredita estar fazendo aquilo que quer, dizendo por exemplo: mas que vá tudo para o inferno, voltando depois para a sua casa levando com ele o nojo do populacho. Mas eis que em vez disso foram eles que o condicionaram a largar tudo. Pouco a pouco eles teceram um teia à sua volta. E se você é esperto, você descobre; caso contrário não entenderá nada, você será levado e então boa-noite e até logo."

"Ah! – dizia – que droga!"

"Bem, então, sabe o que para mim isso de hoje quer dizer?", e sentou-se direito.

"O quê?"

"Para mim – escandiu bem –, para mim quer dizer que está fervendo."

Eu: "Está fervendo?"

"É. Isso mesmo. Está fervendo. Ou seja que estamos bem próximos."

"Mas do quê?"

Fez a expressão de quem é muito esperto: "Aqui está o jogo de astúcia; pois nós não sabemos de nada, mas fazemos com que nos mostrem o caminho. Os velhos, mesmo aqueles de hoje, nós os usamos como se nos dissessem: frio, quente, fervendo. Conhece esse jogo?"

Eu conhecia, e por isso comecei a rir. E também o prefeito; mas eu acho que ele ria de regozijo consigo mesmo.

"Esse loiro – diz depois –, esse vestido de loiro, com o bazar; sabe o que eu acho? que ele não quis que o estudante falasse. Percebeu como fez tudo para se intrometer? Mas quem o tinha chamado? Quem queria ouvir as suas tolices? Essa é uma história policial, entendeu? estamos em uma história policial. Porém digo-lhe que se eles estão nos atrapalhando, quer dizer que está fervendo."

Essas foram mais ou menos as conversas naquele barranco. Mas eu, sinceramente, não conseguia sequer entendê-las completamente. E mesmo agora, não entendo se ele tinha razão ou se eu é que era fraco das idéias.

E não sei ainda se, mesmo depois, foi tudo uma série de casualidades, ou se ao invés disso há uma explicação, que por exemplo se pode calcular com astúcia.

Mas agora devo dizer, porém, toda a verdade sobre os meus sentimentos.

13

DIGO A VERDADE SOBRE OS MEUS SENTIMENTOS

Os dias que se seguiram foram tão densos e imperscrutáveis, tão encavalados uns sobre os outros, que tento aqui apenas desembaraçá-los, e pelo menos distinguir as noites dos dias, a insônia, como se verá, dos sonhos que tive.

No campo, é claro que a noção de tempo é mais aproximativa, e assim eu também não era totalmente dono de mim, dos meus sentimentos.

Oscilava, e continuei a oscilar e ondular em torno ao baricentro de minha mente.

Mas então, para voltar às nossas aventuras que já se faziam prementes, o prefeito tinha decidido que a única coisa a fazer, vista toda a situação intricada, era ficar ali nas redondezas vigiando a pizzaria, sobretudo na hora do almoço, para parar o estudante quando chegasse, e saber qual era o segredo de Garibaldi que ele nos havia prometido. Porque alguma coisa devia haver que valesse a pena, se haviam armado o maior pandemônio de golpes e desordens, a fim de que não a contasse.

"Não é verdade?"; o prefeito me perguntava.

E eu dizia que sim, que eu também achava isso, mas só até certo ponto. E isso por causa da minha perplexidade. De qualquer modo, enquanto estávamos ali vigiando, podíamos nos abrigar nos feneiros, nos palheiros, em meio às gavelas e às panículas, e por aí afora, nos lugares mais cômodos e convenientes que se podia encontrar. De modo a ser possível nesse meio tempo manter os olhos na pizzaria.

Assim, dizia o prefeito, era possível ver até os retoques que talvez dessem na fachada, se a repintavam, se acrescentavam mais um andar, janelas, ou outras coisas, outros escritos, disfarçadamente, para que ficassem mais sugestivos e atraentes, e cair em cima de outros idiotas, que fossem ali para almoçar ou para comer a pizza como se não houvesse nada. E enquanto isso se divertem às custas desse passante com a sua encenação, dando a ele, quem sabe? uma pizza de carregação feita somente para completar o espetáculo.

Então, essa idéia de ficar nos campos também me agradava, porque me acostumei a ficar ao ar livre e a apreciar o campo à noite e de dia.

A estratégia, então, era a de vigiar o local, ficando emboscados além da estrada. E já naquela tarde mesmo começou um novo capítulo, que consistia em ficar esperando.

Eu estava à sombra e num lugar fresco, e o prefeito, por toda a tarde, prosseguiu com as suas observações, subindo no alto de um palheiro, e segurando em uma estaca que ia até o alto como um estandarte.

Olhava e olhava e depois dizia a mim que estava embaixo:

"É um centro de distribuição, esse aí. Eu não me espanto. Vêm aqui para pegar as instruções. Há tamanho vai-e-vem!"

E, depois, disse ter visto até o furgãozinho do Manoli passar como uma flexa, cheio de frigideiras, vassouras e panelas, sem parar.

"Esse é esperto, muito esperto. Deve estar aqui em volta fazendo a ronda", comentava.

E me contou, tintim por tintim, aquilo que acontecia: se entrava alguém, se saía; depois um dos dois jogadores de dama que falava na frente da porta com um velho de paletó e boina, e olhavam depois à direita, isto é, exatamente do lado da estrada asfaltada por onde tínhamos chegado. Essa era a idéia do prefeito. Depois, tinha entrado uma gente diferente que estava reunida. E o prefeito dizia:

"Quem sabe o que estarão fazendo, não dá para vê-los", e dizia que saia fumaça de cigarro. "Deve ser para entrarem num acordo mais facilmente."

Depois veio um tipo que, segundo o prefeito, dava as ordens: tinha outros dois às costas e olhou durante um tempo para a escada inacabada, o muro sem reboco, e tomou medidas. Ou seja, era uma confirmação.

Eu, enquanto isso, não me preocupava com nada. Estava sentado no chão com as costas contra a palha, e me lembro de que havia uma formiga que carregava uma semente; eu me lembro disso porque na prática passei assim aquela tarde, e depois, com tudo aquilo que aconteceu, não poderia mais fazê-lo.

E lembro também o quanto a formiga teve que passar e o quanto teve que suar para percorrer dois metros. Encontrava algumas outras formigas e diziam entre si algo como bom dia ou boa noite, eu imagino, ou o análogo. E depois, cada uma delas ia cuidar das suas coisas: essa com uma semente para descarregar, a outra dá para ver que estava com fantasias na cabeça, com meias intenções que eram esquecidas e depois voltavam à sua mente. Pelo menos pelo que se via; vendo suas voltas variadas parecia algo assim.

As outras formigas, ao contrário, que iam em fila indiana muito densa e congestionada nos dois sentidos, na minha opinião deviam ser daquelas que dizem continuamente: 'vamos! vamos! anda!' ou: 'com licença! por favor, com licença!', quando têm pressa. E é bem possível que considerem o tráfego e as obstruções um mal irremediável dos dias de hoje.

Depois, enquanto o prefeito estava lá em cima na vigilância, eu vi ali na terra tantos minúsculos espetáculos quantos foram possíveis ver.

Uma aranha minúscula, ainda me lembro, que saltava como um gafanhoto, e tinha quatro olhos; depois outros dois, se não eram as orelhas; e experimentava com patas peludas todas as coisas, até as unhas dos meus dedos, e depois me parecia que se espulgasse. E havia seguramente formado uma opinião a meu respeito; embora não saiba qual é. Talvez fosse um herbívoro agachado, para ela; ou um monte úmido.

Uma outra aranha, ao contrário, era daquelas com uma paciência até exagerada, que ficam muito paradas e olham só para a teia, porque nada mais lhe importa. Talvez estivesse cantarolando consigo mesma alguma canção velha e banal, para matar o tempo. Eu faria isso. Ou ficava repetindo listas, para manter ocupado aquele pouco de memória que tinha.

De qualquer modo, durante duas horas não se mexeu, e não estava dormindo; ao contrário, estava atentíssima, de modo que, no final do dia, eu digo que estava mais cansada do que se tivesse subido um quilômetro de pedra. Cansada de cansaço nervoso; e então cantarolar em voz baixa algo como, por exemplo, um *blues*, ajuda.

Debaixo dos meus olhos desenvolveram-se acontecimentos diminutos, ao infinito; acontecimentos até ridículos, ou ainda cruentos e esconjuráveis, nos quais eu resolvia por exemplo com um empurrãozinho as brigas feias entre uma abelha e um mosquito; ou avisando a uma espécie de elefantinho minúsculo que ele estava em perigo, e por aí afora.

Então foi isso. A tarde passou assim, com cada um de nós olhando o seu formigueiro.

Ao anoitecer porém o prefeito pensava em fazer um piquenique como jantar, e me mandou então à cantina-pizzaria, porque não havia outra possibilidade, para comprar ovos, pão, e eu que visse o que mais.

Então fui.

E aconteceu assim: que naquele pouco tempo eu me apaixonei, ou algo do mesmo teor, mais ou menos, com todas as conseqüências que se verá.

Então, eu ia procurar os ovos e eram umas sete horas da noite, e era a hora em que as andorinhas voam no céu antes de irem dormir.

Assim eu parei para olhá-las. E esse foi o primeiro pressentimento, porque disse a mim mesmo: 'elas é que são felizes'; e senti uma pontada de melancolia.

Depois, havia uma árvore toda cheia de pássaros, não sei quantos milhares; e todos gritando ao mesmo tempo, numa barulheira dos infernos. E fiquei meio sugestionado e pensava: 'o que será que eles têm?'

E, na minha opinião, esse foi o segundo pressentimento.

Então, enquanto esperava pelos os ovos, dei uma volta em torno do galinheiro, e ao ver os pombos, tentei com a minha voz, também arrulhar como eles. Depois, passei pela horta atrás da casa, continuando a arrulhar: assim de uma janela surgiu uma dama que ficou me olhando. Tinha uma lindíssima crista de cabelos vermelhos presos e que caiam em ondas. E podia ser a senhorinha do bar, porém era como se a visse pela primeira vez, porque se debruçava de tal modo do peitoril, com essa crista ondulante, com o pescoço, com o peito, que tive uma sensação curiosa. Com o rabo do olhos, dali de onde me encontrava, tive a impressão de que estava ereta, em pé sobre os braços como sobre duas patas apoiadas sobre o peitoril; e de que não havia mais nada do peito para baixo, ao contrário do que geralmente há.

E talvez pelo fato de eu ter ficado confuso, pisei na salsinha e na salada, e ainda arrulhei, por uma espécie de emoção que me veio. Mas me dei conta de que ela fez um movimento e deu quase um sorriso, eu diria. E ouvindo um rouxinol que cantava distante, eu também assobiei, com uma arte discreta, refazendo os mesmos solfejos. E ela entendeu, dava para ver, que era dedicada a ela, essa arieta; assim, olhando-me fixamente com seu olho redondo, riu com a boca toda.

E, naquele momento, eu fiquei encantado, de um modo que não dependia de mim, mas se via que tinha sido levado a isso. Ela estava orgulhosa, com a cauda vermelha sobre a cabeça.

'Lindíssima – eu me dizia –, é o pássaro do paraíso.'

E fiquei tão entusiasmado por ela que ali, sobre dois pés, miei como se fosse um pavão, fazendo-a rir e saracotear com os cabelos. E se eu tivesse uma cauda de penas a teria aberto no ar.

Depois, disse ao prefeito que já havia pouco a fazer porque já estava apaixonado; e lhe disse que deveria ver que crista soberba, e como me havia olhado.

Assim, pedia conselho a ele: "O que eu faço?"

E ele: "É algum engano, Savini. É um defeito de visão, de luz".

E eu: "Não, não, eu vou voltar".

"Fique atento, Savini – dizia –, não se sabe nem mesmo quem é."

Porém não havia nada a fazer com os conselhos; dizia: "Vou fazer-lhe uma serenata".

E ele: "Não faça isso, é uma situação complicada, devemos ficar atentos".

Na noite seguinte, eu voei para a horta e, de trás dos galhos de uma moita, comecei novamente os gorjeios do rouxinol, com a toda a minha capacidade de torná-los rebuscados e líquidos. Depois fiquei atento à janela, para ver se se abria e se a minha bela me respondia.

Cantei com toda a minha alma e fôlego, interrompendo-me às vezes para escutar.

Então a um certo momento a janela se abriu e ela apareceu.

Estava escuro, mas eu vi que seus cabelos balançavam. Assim dei uma nota longa e muito doce; depois escutei. Mas nada.

Em vez disso, alguma coisa bateu no meio de uma sebe e me pareceu que era alguém que tinha ido se esconder.

Depois, eis que me bate muito forte o coração, porque sinto claro e perto o grito agudo da perdiz-cinzenta apaixonada. E deve ser ela, digo a mim mesmo, que me responde daquele modo. Deve ter descido até a horta, e está aninhada em algum buraco do prado, para que eu a encontre.

E então não me contenho, e para dizer que a estou procurando e que a amo, entôo a voz do pintassilgo, enchendo o ar de música, e fico repetindo rapidamente enquanto salto os canteiros e me aproximo. Depois, imóvel, ponho-me a escutar. E distante vindo de uma plantação de couve, ouço ainda a perdiz-cinzenta a me chamar.

E então corro, entusiasmado, fazendo os trinados que fazem as cotovias, para dizer: 'estou aqui, estou aqui'; e me sentia tão leve que poderia voar.

Enquanto isso, a minha perdiz-cinzenta deixou de se fazer ouvir, e eu, com o pescoço esticado para escutar, procurava saber onde é que ela tinha se escondido.

Em vez disso, ouço um cuco sobre a minha cabeça; e estando debruçado atrás de grandes folhas de couve, vasculho no escuro, entre os ramos, para poder vê-la.

Depois uns sussurros. Alguma coisa sopra, no meu rosto, e ouço novamente o cu-cu um pouco mais adiante. Eu atrás, vôo atrás dela, planando sobre o feno cortado, e fazendo os sons frementes da narceja que bate as asas. Depois, raspo no chão e a convido, com o tom flautado, para lhe dizer que não tenha medo, para se aproximar.

Mas a resposta é um assobio de guerra: deve ser a voz do cisne.

E depois, alguma coisa sopra sobre as minhas orelhas, de maneira que eu dou um pulo: deve ser ela que imita a toutinegra que não quer mais ser aborrecida. E depois, a dez passos, a risada de um pica-pau-verde e barulho de asas.

É como se essa noite toda a fauna volátil tivesse sido acordada.

Nesse momento, sobe-me à garganta, talvez por causa da impaciência, uma voz que se ouve em meio aos caniços, a voz do abetouro, que é raríssimo, mas que eu conheço, e que é como um mugido profundo, que não parece de pássaro, mas de um paquiderme ou de um búfalo. E quando eu o fiz, enchendo os pulmões, para dizer: 'fique atenta!', cai novamente o silêncio, e bem longe, muito longe, ouço novamente o seu canto de estarna, a me chamar.

'Ah – digo –, ela me quer.'

E como um tentilhão que não dá sossego à fêmea, pulo para cima e para baixo pelos barrancos, através das plantações de nabo, tropeçando a todo momento por causa do escuro, e enredando-me em meio ao zimbro.

Assim, persigo pelos campos a sua voz que aparece e desaparece, em meio a todas as dificuldades, passando como um pernalta no pântano e chapinhando na água como um ganso selvagem. E à luz de uma lua enorme vi a extensão silenciosa dos campos. Então me saiu o uivar angustiado que faz a coruja de cima de uma árvore, e depois o assobio estridente do caburé durante a caça.

Tinha a minha cabeça já como uma colônia de pássaros, e queria ter chegado sobre ela, sobre a minha bela, como um mílvio que vê, estando muito alto no ar, a presa nos vales cobertos de mato e voa para baixo e com um golpe a agarra e a leva para as montanhas.

Depois aconteceu isso: que já estava começando a alvorecer e eu não sabia onde ela tinha ido parar. Não tinha nem a força para continuar a chamá-la; e me agacho então baixo uma colina.

E enquanto estou ali, ouve-se de repente ressoar o canto do galo.

Levanto os olhos, e vejo sobre a costa do monte mas muito próximo a mim esse galo todo rígido e com o pescoço levantado a se esgoelar no seu canto agudíssimo. E o vejo ereto contra o céu clareado.

Eu não sei porque, permaneci agachado.

E ela, ao me ver, porque o galo era ela, salta num grande vôo e cai em cima de mim. E eu, corro pelos bosques, e ela atrás, às vezes, quando conseguia, me bicando a cabeça. E tentava me agarrar pela pele do pescoço e galgar minhas costas com suas patas. Mas não conseguiu.

E ouvindo aquele esvoaçar sobre mim, encolhia meus ombros para me esconder e corria precipitadamente.

Quando vi a esfera do sol, ela já tinha ido embora; tinha voltado, eu acho, para a sua casa, na sua horta, atrás da pizzaria.

E eu também voltei, abatido e cansado, ao monte de palha.

O prefeito dizia: "E então?"

E eu: "Não sei como é o amor, eu não sei. Mas me bica o cérebro, aqui dentro", e lhe mostrava a minha cachola depenada, isto é, os cabelos que não queriam mais abaixar, com uns tufos rebeldes levantados e umas esfoladuras que eu achava que mostravam até o osso.

Mas o prefeito dizia: "Não, não, é normal", e examinava a minha cabeça. "É assim mesmo, a pessoa acredita que o cérebro está sendo sugado, porque o amor faz dessas brincadeiras." Porém ele ria.

E eu: "Mas não sei se ela é uma mulher, ou é da espécie dos galos, por exemplo, dos galos monteses".

E o prefeito dizia: "É a inexperiência".

E eu: "Mas estou todo depenado".

Assim jurou que viria comigo para ver.

Na terceira noite, vou até a mesma casa, atraído por uma força maior, e me ponho atrás da sebe de modo a ver a janela da minha bela. Depois faço o som que fazem as codornas e espero.

Mas tudo está parado e a janela permanece trancada.

Recomeço então a cantar como uma codorna que tenha se perdido e chame a confraria toda, e continuo até me cansar. Mas não se mexe uma folha.

Espero mais um pouco para ver o que acontece, depois me transfiro para debaixo de um carvalho mais próximo da casa, e começo o som da poupa, que é muito insistente e quer dizer que quer se fazer escutar a qualquer custo. E fiquei ali, não sei por quanto tempo, imitando a poupa que não consegue dormir e se lamenta a noite toda esperando ver o seu belo aparecer na janela.

Mas nada, ninguém apareceu, e eu me lamentava com todo o fôlego que tinha. E para dizer que era uma ingrata, fazia o som da gralha colocando muito ressentimento nele; isto é, me esforçava para gralhar com a garganta bem aberta, para que ela respondesse, ao sentir-se ofendida assim.

No meio, para fazê-la entender que ainda a amava, gritava como a gaivota-do-mar que parece chorar e soluçar. Esperando, assim, comovê-la. Fazia de conta que em volta da casa se estendia o oceano e ali voasse o grande albatroz antártico e a águia-marinha, com os seus cantos lúgubres. E procurava imitá-los o mais fielmente possível, isto é, o mais fielmente possível a como os imaginava e a como se lê nos livros: um estrilo longo de desespero e depois soluços que vão diminuindo. E os repetia com um tom sempre diferente, porque são os irmãos que lhe respondem como um eco de muito longe. E então é fácil imaginar a extensão do mar gelado, as nuvens e a solidão.

Mas ela não se mostrava, e então, naquela pálida escuridão, eu voltava a lhe dizer as coisas grosseiras das gralhas: que ficasse mesmo fechada lá na casa, que eu não ligava nem um pouco e que até logo, tchau e benção, bruxa.

Depois parei e fiquei na escuta; pois ao me calar, havia sucedido um grande silêncio.

E mesmo sendo noite alta, e mesmo se a noite já tinha quase passado toda, resplandecia uma lua enorme, de cor vermelha e violeta.

E quando a lua fica atrás do carvalho, vejo-a então, de repente, sobre um galho, empoleirada. E vejo, porém, que era mesmo um galo.

E não tive tempo para ficar ali de boca aberta, pois ela voou para cima de mim e me pegou atrás na nuca com um bico fortíssimo e a sacudia.

E eu era como se tivesse um cabresto e sentisse as esporas, e parti de lá para cá como um louco, com esse galo montês a me roer quase até o cérebro. Às vezes, enfiando suas unhas na minha espinha, endireitava-se e enchia todo o ar e as minhas orelhas com o canto de galo selvagem, com um volume de voz assustador. De modo que a lua desbotava-se e levantavam-se os vapores da alvorada, e a minha pele se arrepiava.

Depois começava novamente a torturar a minha nuca com o bico e a me obrigar a correr, com ela agarrada às costas; e assim corria às cegas sem me poupar, em meio a um bater de asas e de penas, e pensava: 'nossa mãe, como é estranho o amor'.

Então, quando o sol nem tinha ainda nascido, eu estava todo depenado.

E pela alvorada, retomava o meu caminho sozinho, porque com a luz ela havia parado e desaparecido, com o vôo rasante e rumoroso da perdiz fugindo do caçador.

E enquanto estava andando, porém, não estava descontente, estava mais é me sentindo saciado, seco.

Sentei-me próximo ao carvalho, onde havia ficado de vigia, e ali adormeci com um pensamento de satisfação.

Mas, segundo o prefeito, não se podia fazer nada:

"Estava atrás das aveleiras – ele disse – e ouvi a noite toda os pássaros cantarem."

"Era eu."

Mas ele não me deu atenção. "Havia um bando de estorninhos – dizia – em meio às moitas, que não queriam dormir."

"Não, era o som da gralha."

E ele: "Não me parece, elas não fazem assim."

"Não, era o som da gralha; porque ela não me respondia."

E o prefeito então dizia: "Pode ser. Mas depois havia um bando de pássaros que nunca tinha ouvido, que chamavam-se uns aos outros. Perus, talvez, americanos. Talvez os criem para a pizzaria."

E eu: "Não, não, era a gaivota-real".

"Não há delas aqui entre nós, é impossível. E depois vinha do chão."

"Sim, era eu que chorava de desespero."

"Não sei quem era, não dava para ver nada, e então devo ter adormecido", dizia o prefeito.

Eu: "Não queria me responder."

"Pode ser; mas depois, enquanto dormia, ouvia um galo cantar com todo o fôlego que tinha."

"Pois é – eu dizia –, pois é, era ela. Esperei a noite toda. Mas ela voou em cima de mim de repente, e me pegou por aqui com o bico; olhe." E abaixava a cabeça para lhe mostrar. "Depois não sei mais o que aconteceu; eu me perdi nos bosques."

"Havia um galo tão próximo – dizia o prefeito – que quase me furou os tímpanos, e cantou até que o dia clareou."

"Não, era ela que tinha uma voz assim; e ficou me devorando o osso do crânio, até de manhã."

Mas o prefeito dizia que tinha vindo me procurar e eu ainda estava dormindo embaixo do carvalho.

"Sim – respondia –, estava morto de cansaço, e ainda me dói o osso do pescoço."

Eu devo dizer que, de qualquer modo, eu voltaria pela quarta vez, ainda que não tivesse forças para ficar em pé e para manter os olhos abertos. E ainda dizia ao prefeito:

"Eu vou ficar vivendo aqui."

Mas ele me respondia: "Imagine. O senhor não pode!"

E eu: "Porém o que quer dizer essa coisa de eu sentir no sangue a vontade de ir me deixar bicar? E vou, mas com o coração na mão. Por que eu quero e não quero?"

"Isso – dizia o prefeito – significa: fervendo."

"Por quê?"

"Por quê, por quê! Porque significa: fervendo! Não entende?"

Era a primeira vez que o prefeito levantava a voz para mim; e então eu timidamente voltei a perguntar:

"Mas fervendo em que sentido?"

"Ah! pobre de mim! – diz. – Essa é a manobra para me fazer ficar sozinho. O senhor não vê que esse galo foi só um sonho?"

E eu: "Não, juro, eu juro. Eu a ouvia dentro das moitas; estava sempre ali bem próxima e de depois voava para longe, e ontem à noite não me respondia de propósito. Depois chegou, naquele jeito de galo...", e ali naquele momento eu pensava de novo no assunto e dizia: "Mas por quê?", porque para dizer a verdade eu mesmo achava aquilo inexplicável.

"Mas o senhor acha que uma mulher pode ser um galo?", me perguntou o prefeito.

E era muito lógica essa conversa; de forma que eu admitia, em parte: "Sim, eu também digo que não é possível".

"Mas veja – eu lhe dizia – olhe aqui!"

E tinha os sapatos meio enlameados, e as folhas e a palha ainda grudada na roupa toda, e lhe mostrava principalmente a cabeça; eu lhe dizia:

"Olhe meus cabelos; não há um só fio que fique assentado, e eu não posso explicar por quê."

Ela balançava a cabeça: "Não quer dizer nada. Uma mulher não vira galo, a não ser num modo de dizer".

"Mas eu juro que estava lá agachado, e quando a vi na árvore, nem eu mesmo queria acreditar."

E o prefeito: "Foi um sonho".

"Não, é impossível, é impossível. Ela me esfolou a cabeça! Olhe como fiquei."

"O senhor não pode imaginar – disse então o prefeito – como sabem encenar bem. O senhor não tem a minha experiência."

"Não – dizia meio entristecido –, e mesmo assim... E mesmo assim a minha bela voou para perto de mim e corremos um atrás do outro pelo campo. E havia uma lua que eu nunca tinha visto, que sangrava, de tão vermelha. De tão quente. E eu não sei o que me punha no sangue. Ia com a garganta livre atrás da sua voz; estava cheio de felicidade e ficava assobiando assobiando. Foi assim."

E pus-me ali a pipiar como se tivesse um apito dentro da boca. O prefeito estava me ouvindo, e por alguns minutos ficou ali me olhando enquanto eu ficava à sua frente dando piruetas, umas batidas de asa ou um vôo em parafuso com uma empinada acrobática no final. E enquanto isso assobiava como um campeão, isto é muito bem, com uns crescendo e uns estribilhos de verdadeiro melro-preto. E o prefeito ao final com as sobrancelhas levantadas para mostrar o seu ceticismo, disse:

"Pode ser...!"

Então me acalmei, e ele: "Quando lhe digo que à noite os velhos são terríveis e é preciso tomar precauções, eu o faço porque sei disso muito bem."

"Mas não havia velhos lá."

O prefeito, nesse momento, fez cara de comiseração benevolente:

"E o que é que havia lá?"

"Havia a minha namorada", digo. Mas, para dizer a verdade, veio-me um pouco de insegurança.

"E como ela seria?", ele pergunta.

"Ah! dá para descrevê-la assim: os cabelos, ela os prende em cima, que nem rabo. É lindíssimo. Todo vermelho e esvoaçante. E fica na janela me olhando. De maneira que não vi suas pernas." E de fato não me lembrava delas; me lembrava de duas garras de osso de galo.

"E depois?"

E depois não estava muito claro para mim o que havia acontecido, e fiquei indeciso. E murmurei:

"Era lindíssima, era um galo", mas eu mesmo percebia que era uma contradição.

E o prefeito me fazia que não com a cabeça, que não tinha sentido. Então, ficava triste com isso, e só me dava vontade de dizer:

"Porém, era lindíssima."

"Porém – dizia depois – por que cantou a noite toda e eu a reconhecia?"

"O senhor deve entender – dizia o prefeito – que aqui eles nos enganam como querem. E procuram fazer com que nos desviemos do caminho, eles tentam de tudo."

"Mas ela me apareceu na janela e me prometeu que iríamos nos enamorar."

"E o galo?"

"Eu não sei como é, mas quando apareceu era assim. Eu não sei porque!"

"Os velhos, está vendo? – pôs-se a explicar com paciência – não ligam para nada, mas se aproveitam das situações; e principalmente à noite, quando ninguém os vê. Eles fazem de modo a que você se engane. Eu me defendo, eu aprendi. Mas se quiserem, ao senhor, não lhe deixam mais dormir, e o senhor passa a noite toda uivando para a lua ou se deixando cortejar. E depois, de dia, espera só voltar aos bosques para correr atrás do seu galo montês para se deixar esfolar. Entendeu?

Sabe, ao invés disso, o que é preciso? sabe? – e aqui ficou imperioso. – É preciso não se deixar desviar."

"Mas do quê?"

"Não importa do quê, isso não importa. Mas chegamos ao ponto, entendeu? Quer dizer que as coisas estão esquentando e que estamos próximos. Quer dizer quente, fervendo."

E, em certo sentido, o prefeito me prendia com aqueles raciocínios, de modo que não sabia mais o que dizer, e dizia:

"Está bem, não nos desviemos."

Mas também, pensando nisso, não entendia mais nada e as coisas se confundiam na minha cabeça: os velhos, o galo, se tinha dormido ou não, o papelão, o império persa e os macedônios, e voltavam à minha cabeça os poços e aquela casa onde a relva e as moitas cresciam dentro, porque tudo tinha saído dali, e eu ia atrás de alguma coisa que eu não sabia nem mesmo no início.

'E agora, – eu me perguntava – em que ponto estou?'

Assim, antes mesmo que chegasse a tarde expressei a idéia de que devia dormir, porque sentia ainda uns quiquiriquis dentro da cabeça e uns pipios que perduravam e repetiam os concertos canoros daquelas noites; porém, como se fossem assobios dos tímpanos ou distúrbios radioativos da atmosfera.

"É conveniente mesmo! – disse o prefeito. – Senão a sua cabeça vai derreter, mais do que as penas da sua nuca."

E dizia isso para fazer uma piada, e ao mesmo tempo para demonstrar que aquelas são as conseqüências e os perigos.

Enquanto isso, diz que irá fazer uma inspeção, porque é arriscado esperar ali uma eternidade, em meio àquelas malignas ilusões que vêem atrás a nos encantar, a mim principalmente.

E foi fazer uma inspeção no centro habitado mais próximo, que devia ficar a uns quatro quilômetros; mas que é, como eu mesmo veria depois, uma aldeiazinha de casas enfileiradas, quase na periferia da cidade; entre as avenidas de grande trânsito estrondoso e os prados do campo.

Queria ver, enquanto eu repousava, se o estudante de Garibaldi estava lá, em algum lugar, ou morando ou vagando por lá, como parecia ter entendido pelas conversas.

O prefeito, então, parte dali; e eu fico dormindo sobre um novo monte de feno à sombra de uma árvore, onde fiz uma cama. Com alguma perturbações de pequenos animais pacíficos que passeavam sobre o meu rosto; e na cabeça ainda os ecos das gaivotas e das corujas.

Depois ouvia, no decorrer do sono, uma cigarra que não parava; não sei se vinha da imaginação ou do campo de restolhos.

E assim devo ter dormido deliciosamente até o pôr do sol, acariciado pelos alísios e contralísios, ficando depois de olhos abertos, olhando aquela imobilidade tremulante da brisa, que se estendia da minha pequena elevação até bem longe.

No campo surgiu um gato, que preparava um cilada a alguma coisa, e depois dava um volta circunspecto. E uma aranha andou pelo meu braço, indo decidida empreender alguma fantasia dela. E eu a olhei sem interrogações, com tranqüilidade.

Quando o prefeito voltou, estava, dava para ver, cansado e afobado, e precisado de me contar o que aconteceu.

"Sente-se", lhe digo, para fazer com que ele se sente sobre o feno.

Mas fica em pé, e me diz que amanhã verá o estudante, ou pelo menos é o que espera, se não se arrependeu; visto o que aconteceu.

"Como, aconteceu?" – resolvi perguntar-lhe: "Alguma coisa aconteceu com esse estudante?"

"Não – diz –, ele é um rapaz sincero. Disse que vem, amanhã, ao meio-dia, aqui na pizzaria."

"Mas como vocês se encontraram?"

"Não foi difícil. Há poucas casas lá, em meio às máquinas. Perguntei ao barbeiro se conhecia alguém assim. E depois, além disso, esse estudante estava ali do lado sentado no bar, de modo que enquanto eu falava com o barbeiro, ele me cumprimentou e fez as saudações, frente a todos os seus amigos. Depois também lhe falei em particular, e me jurou que vem amanhã aqui, porque eu lhe disse que esperava saber o final, não é verdade? Assim ele nos conta as revelações secretas de seu tio ou primo, ou seja lá quem for."

E parou aí, e me parecia que tinha ido tudo bem, conforme todas as suas expectativas.

Então lhe pergunto: "Bem, e então?"

"Bem, mas não foi só isso. Quem dera! O fato é que eu sou muito atento, sabe? permanentemente, é pior do que uma obsessão."

E eu observava nele, agora mais de perto, uma vermelhidão no rosto, ou um aumento de rubor quase de ataque apoplético, próximo ou que tivesse acabado de acontecer. E pensei que dava para ver que a expedição não tinha corrido totalmente bem. E me dispus com o olhar interrogativo a ouvir.

"Não me dão trégua, sabe? e me preparam armadilhas, agora até de dia. Hoje foi por um triz que não fui parar no hospital."

Eu: "Mas como?", porque a coisa agora era grave.

"Se quer mesmo que eu lhe diga a verdade, os velhos são aranhas tecendo teias."

Essa era uma coisa nova, e me endireitei para entendê-la bem, ou ver se assim conseguia entendê-la.

"Mas é uma teia – diz – que não se consegue ver, mesmo se tentarmos tocá-la."

"Essa é boa!" digo eu.

"Eles a fazem com saliva, fios muito longos e tão finos que praticamente, para o nosso modo de ver, nem existem. E então, é preciso ter um sexto sentido, que vem nas pálpebras e nos pêlos da nuca; porque, vê? é como se essas teias invisíveis tocassem você de leve, e a pessoa se sente amarrada e não mexe mais os olhos de um modo totalmente natural.

Se há, então, um velho que emite o seu fio e já o envisgou, a pessoa sente isso como uma pluma imperceptível que lhe passa nos olhos, no rosto, uma coceguinha quase inexistente. Então, pois bem, olha-se para trás, e há um velho que sai correndo de maneira furtiva, ou há um substituto, vestido até como um jovem ou um quarentão, para dar um exemplo. Mas não conta a aparência, conta o fato de que ele o prendeu no fio; então você fica com a baba e é da congregação."

Eu estava ali, ouvindo a novidade, mas sem entender o que tinha acontecido. E ele, enquanto isso:

"Os fios chegam até a cem metros e até mais; de forma que a pessoa sente as cócegas características, olha em volta e não vê viva alma. Então pensa: acho que me enganei.

Mas volta a sentir o contacto minúsculo nos cílios; e então ainda se vira, e vê se escuta alguma coisa; e um pouco depois, é inevitável, vê alguém, por exemplo no fim de uma rua, bem lá no fundo, quase um vulto, e passa rápido meio inclinado ou ereto.

E percebe então o que aconteceu: a teia.

E não está excluído que esses velhos passem de bicicleta ou em um automóvel. Mesmo no trânsito, a pessoa pode sentir a teia a lhe tocar, e então procura adivinhar entre todos os carros e as bicicletas motorizadas que passam e seguem voando pela rua, quem é que foi. E é muito improvável que o descubra, porque o trânsito é um caos, e ali é a lei da selva que impera; então o velho aproveitou-se disso e passou talvez numa bicicletinha motorizada de nada, vestido como alguém que saiu agorinha do serviço e se mete na confusão da hora do pico. Aqui, identificá-lo é um desejo vão, porque todos passam velozes, com ultrapassagens e ziguezagues, e tocam a buzina, aceleram, freiam, e a pessoa pode até se virar de repente logo que sentir, e olhar um por um os motoristas. Mas no geral, pela minha experiência, o velho já tinha passado.

No máximo, se tiver sorte e for muito atento, dá para ver alguém que está a cinqüenta metros adiante que vira para trás por meio segundo, uma fração de segundo. E se vê a boca em forma de tubo, com a larva.

Então essa é a única evidência que se colhe sobre o fato, e se colhe também o sorriso hipócrita que dão, enquanto provavelmente desfilam essa saliva viscosa. Entendeu?"

Eu dizia: "Ah, entendi. Mas, porém, o que aconteceu?"

E ele: "Se eu lhe contar vai me dizer também que é coisa de maluco. Porque é raro, raríssimo que aconteça desse jeito. Nunca tinha me acontecido assim".

E via-se novamente a pressão do sangue no rosto.

"É preciso só um velho sem muita cabeça, isto é, sem muita inteligência.

Estava parado num semáforo aberto – começou a contar. – E quando ele fechou, todo o trânsito parou porque veio o sinal vermelho. Então eu atravessei, na frente de todos esses motores ligados e prontos para partir novamente. Bem! nem estava pensando nisso, e não é que no meio da rua eu sinto uma teia no pescoço, inconfundível, ainda que muito fina e impalpável. E se a pessoa não fosse bem informada como eu sou, não teria dado atenção. Teria só coçado por puro instinto.

Mas eu digo a mim mesmo: "ah! velhaco, quer ver que agora eu pego você?"

E me viro subitamente para olhar o trânsito parado, ficando ali no meio com as mão na cintura para intimidá-los. E percorro-os todos com os olhos, esses bóizinhos, ciclistas e pilotos de corrida, todos eles sentados ao volante. Estávamos cara a cara mas eu tinha uma vantagem, porque eles eram obrigados a ficar parados por causa do sinal vermelho, ao contrário de mim, que tinha o sinal verde e, portanto, podia desfrutar dele. Assim eu os olho bem direitinho, e eles, eles também ficam ali me olhando, mantendo o pé no acelerador.

Mas vejo um deles, e eu jamais errei numa coisa dessas, vejo um deles inclinado mexendo em alguma coisa numa bicicleta motorizada, perto da roda, ou fazendo de conta que estava mexendo nela para fingir que tinha outra coisa em mente do que a teia.

E de fato, aproximo-me com o dedo em riste, e ele faz a sua cara de ingênuo, como para dizer: 'eu?'

"Que desgraçado que você é", já fui dizendo; e lhe tomei o guidão e o sacudi, para que pelo menos aquele fosse demitido, já que fazia tão bem o seu trabalho que era pego no primeiro semáforo.

"Seu desgraçado", fui dizendo; e queria arrancá-lo do selim. Mas, naquele momento, o sinal fechou para mim e abriu para eles. E então todos partiram como uma avalanche, como uma onda de enchente que atropela árvores e diques, e ele também aproveita para dar todo o vapor, aquele cão sarnento. E com a roda, veio para cima das minhas calças e sobre um dos meus pés, enquanto me xingava; como se fosse eu quem tinha que pedir desculpas!

Assim, tive de largar o guidão por necessidade, e me afastar um pouco, mas agarrei uma das mangas do casaco impermeável dele e fiquei gritando alto e claro: "velho babão, jogue em algum outro as suas teias!" E segurando-o pela manga, procurava lhe dar um soco nas costas com a outra mão, para que cuspisse o seu bolo de visgo, e então para que isso fosse como uma confissão evidente aos olhos de todos. Entendeu?

Mas ele usando a força do motor empurrava-me tanto que eu não conseguia resistir, e não consegui dar um belo soco no meio das costas dele.

Mas a manga eu não a larguei, fazendo com que ele virasse e quase caísse, enquanto todos buzinavam em volta e assobiavam.

E enquanto isso, o trânsito voltava a zunir e a passar velozmente, e eu, empurrado por aquele desgraçado, fiquei no meio dele, correndo sem ter mais a possibilidade de demonstrar quem ele era. E ele se aproveitava disso, e tentava acelerar. Depois, quase lhe arranquei a manga enquanto ele tentava se soltar; e eu fiquei agarrado a ele até o último momento, para que ao menos se lembrasse bem de que não podia fazer aquilo com alguém que acredita que os seus fios de baba são pruridos vindos do nada, e se coça como um mameluco. E eles, enquanto isso, lançam-lhe o fio, e o manejam como a um marionete.

Então, quando não conseguia mais ficar atrás dele e estava correndo mais do que as minhas possibilidades, com o risco de cair no chão, fui obrigado a soltá-lo, e fiquei no meio da selva do trânsito da hora do pico, e todos buzinavam, me empurravam de um lado a outro. E continuei a correr, para não ser arrastado, enquanto aquele velho se distanciava e me gritava de tanto em tanto, umas barbaridades feias de se ouvir, tanto que eu rezei para que o sinal fechasse, porque dessa vez eu não me contentaria com o guidão, mas lhe faria cuspir até a última gota de borracha.

Em vez disso, era uma avenida onde os carros iam a setenta por hora, e então, a pé, mesmo no meu máximo, não tinha a menor possibilidade. E não havia nenhum semáforo em mais de dois quilômetros. De maneira que desisti; mas fiquei com uma raiva!

E não fui morto ali pelo trânsito por um milagre.

Se eu tivesse tido um jeito qualquer eu teria ido atrás dele até o fim do mundo. Mas num caso desses são mais prudentes, porque já sabem."

Estava tocado e impressionado; e imaginava algo de raivoso e, verdadeiramente, de perder a vida.

E o prefeito acrescenta, acalmando-se um pouco e finalmente sentando no chão:

"Todos me viram. Deve ser uma aldeiazinha de dez casas. Até aquele estudante me viu; mas eu acho que ele nem desconfia dessa história de teias. Porque se vê bem que ele é isento; se vê pelo seu jeito. De modo que sabe-se lá o que ele pensou, ao me ver arrastado pelo trânsito.

Enquanto me defendia e não podia parar, eu o vi, e lhe fiz sinais com os olhos, eu lhe pisquei para dizer que não se preocupasse e com a mão que tinha livre lhe disse: 'amanhã, nos vemos amanhã', mas bem rápido, para que não pensasse que eu desaparecia para sempre."

E depois, aos poucos, ele também se apoiou no feno; e aos poucos nos calamos.

Era noite ou já madrugada, e conseguimos também encontrar alguns restos para comer. Mas bons. E pouco depois, ouvi que já estava dormindo, daquele seu jeito em certos momentos nervoso e agitado.

Eu, ao contrário, fiquei bastante tempo acordado; não sei mais o que pensava. Via a noite estrelada e límpida, e me lembro que a lua estava surgindo.

Ouviam-se pequenos barulhos debaixo do monte de feno e um pouco adiante: raspar, depois piar. Mas, na minha opinião, faziam parte da natureza do lugar; porque agora estava com o coração sereno. Depois voavam os morcegos, uma coruja *et cetera*; e de novo devo ter adormecido. Eu ainda precisava disso, se quisesse ouvir as revelações daquele estudante, entender, além das aparências, a história prometida de Garibaldi.

14

ALÉM DAS APARÊNCIAS A HISTÓRIA DE GARIBALDI

Pode-se dizer que, no dia seguinte, porém, colocamo-nos em vigilância desde a manhã.

Estávamos no barranco próximo à estrada que passa na frente do bar-pizzaria, sentados comodamente na relva, mas não muito à vista; com uns galhos baixos que nos camuflavam, mas só para não termos aborrecimento, só por isso. E víamos perfeitamente a casa, a porta e o que acontecia.

Concluindo, por volta da hora do almoço, chega o estudante de bicicleta.

O prefeito, todo contente, levanta-se, atravessa a estrada, e eu com ele para ver o que mais devia acontecer.

Enquanto isso, porém, o estudante já tinha entrado na pizzaria, então nos sentamos ali fora, debaixo do guarda-sol, porque não tínhamos a menor intenção de entrar. Ficamos ali esperando; e já que o tempo está passando, o prefeito vai espiar pelas vidraças para ver se avistava alguma coisa.

"A senhorinha também está lá", ele me diz com voz brincalhona.

E, de fato, eu a vi aparecer e desaparecer atrás da porta aberta. Está vestindo o seu avental azul; mas são aparições tão rápidas, que, quando me viro, ela já passou e não está mais. Dá para ver só um movimento azul, atrás do reflexo das vidraças; de modo que adivinho que deve ser ela, mas adivinho por causa da garganta que fica meio apertada e pelo sangue que fica batendo dentro das orelhas.

Enquanto esperamos, quase tive o instinto de assobiar uma música de melro ou de cotovia, para ver se ela se lembraria e apareceria. Mas depois fiquei sentado sem fazer nada, com uma pontada, porém, de saudade.

Mas à luz do dia, eu não sei não: se ela aparecesse e ficasse me olhando, se atravessasse porta afora, ainda que só com o olhar, eu talvez fugisse para me esconder, não sei por quê, eu acho que pela timidez de me mostrar, depois de todas as confidências que trocamos. A coragem, ao contrário, só me vem à noite, até demais. E depois eu tinha ainda o cabelo todo arrepiado, e tinha vergonha de ser visto assim.

De modo que ficamos ali fora, e eu até preferi assim.

O prefeito viu, pela janela, que o estudante estava com mais alguém, e me perguntou: "Mas por quê?"

Então, já que o tempo passava e passava bastante, o prefeito pôs-se a fazer sinais e a arranhar a vidraça de modo a que ele se lembrasse da promessa. Depois ainda bateu nela de leve, e com as mãos, fez uns símbolos que querem dizer que nós o estávamos esperando, mas que não se preocupasse.

De modo que finalmente chegou ali fora o estudante; mas não estava sozinho, mas junto com um outro mais ou menos com o mesmo aspecto.

E ele nos apresentou dizendo: "Esse é um amigo e colega meu".

E o prefeito: "Muito prazer, muito prazer".

E eu também: "Muito prazer".

E disse que o outro veio porque também entende do assunto. E o prefeito, todo contente, diz que então, se é assim, fez muito bem; e então vamos sentar, diz, vamos ouvir um pouco como é aquela história da divisão dos mil, com aquele homem que pula no mar por causa da descoberta que havia feito.

Et cetera et cetera; como se pode imaginar: houve, uma após outra, conversas curtas para que todos ficassem à vontade e nos familiarizássemos em volta da mesa.

E, finalmente, o estudante tira uma folhas que diz serem autênticas e que agora passa a ler. Porém, a gramática devia ser um pouco aprimorada: "Desculpem – dizia –, mas esse meu primo bem distante era um soldado, e passou depois sua vida no hospício, isto é, numa meia prisão. E escrevia então dali, com todas as suas limitações".

E aquilo que ouvi, e também tudo o que veio depois, são coisas que dão para se espantar muito, porque nunca foram conhecidas, pelo menos por nós.

E me dava um pouco vontade de rir, como também ao prefeito; e eu me coçava um pouco a cabeça de perplexidade.

O estudante lia devagar, com a voz meio baixa; e nós nos sentamos inclinados para a frente para ouvir bem cada palavra. Esse primo distante, então, escrevia assim, e com um tom assim. Eu lembro da história quase de cor.

"Passei com Garibaldi oito dias e sete noites. Essa é a verdade. A divisão dos mil a que pertencia acabou logo depois que começou. Não pretendo ter feito mais do que isso.

Mas fui naqueles poucos dias, que ainda não esqueci, o seu conselheiro predileto e o seu guarda mais íntimo.

Ainda que o meu nome tenha sido retirado da relação dos mil, ainda que eu tenha partido de má vontade, ainda que eu não tenha medalhas, eu vi algo que não veria mais nenhum daqueles impostores cegos e vangloriosos que o seguiram. Ou que disseram tê-lo seguido para depois terem uma vantagem em dinheiro.

Mas eu tinha embarcado em Quarto como os voluntários. Eu vinha de Mântua.

Havia uma confusão indescritível no navio, no *Piemonte*, quando subi lá. E logo vi Garibaldi, que estava ereto na proa e observava em silêncio a nossa confusão.

Não fui eu quem se aproximou, mas aconteceu quase por acaso. Eu tinha deitado sobre um monte de cordas e Garibaldi parou bem ali do lado, a perscrutar o mar. Quando me viu, disse:

"O tempo está bom para nós. Navegaremos bem."

Eu fiquei em pé num salto e concordei. Depois apontou para as pessoas na ponte e acrescentou:

"São muitos!"

Eu, de novo, disse que sim, porque não conseguia dizer mais nada.

Que grande figura o general! A sua visão me atemorizava, então, e me exaltava. Era o nosso guia, dizia a mim mesmo, resoluto e experiente. Tinha combatido na América, durante anos, e lá o seu nome era uma lenda; havia navegado por toda parte e aqui na Itália já estava coberto de glória, com as suas empreitadas perigosas e afortunadas.

"Como você se chama?" ele me perguntou.

E eu: "Zagreo, general. Sou de Mântua e quero combater pela Itália".

Ele me bateu no ombro.

"Muito bem, rapaz. Fique perto de mim que vou precisar de você."

Eu o segui pelo convés, com todo o ardor que a minha idade e o meu orgulho infundiam em mim.

Perguntou àqueles que o circundavam: "Quantos somos?"

"Mais de mil, general" responderam-lhe.

"Ei, quanta gente! ele exclamou. – E de onde vêm?"

"Da Lombardia, da Toscana, da Polônia, da Hungria, de Gênova. Vêm de toda parte, general."

E ele: "Muito bem, muito bem. Viajaremos muito bem com toda essa companhia". E dirigindo-se a mim: "Escreva o nome daqueles que se distinguirem".

Mais tarde chegou alguém e disse: "General, não há cartuchos!"

E ele, sem se alterar: "Vamos ver, vamos ver".

"E não há carvão, general!"

E ele: "Vamos pensar nisso, meu caro, vamos pensar".

Eu não entendia bem por que me parecia grave essa notícia.

Depois lhe perguntaram a rota e ele quis que nos dirigíssemos em direção a oeste. Eu não entendia, porque daquela maneira chegaríamos em Savona. Eu lhe mostrei isso e ele disse: "Sim, eu sei, obrigado".

E ordenou: "Leme à sudeste!"

Era a direção da Toscana, mas não disse mais nada. Fiquei ao lado dele, como me havia ordenado, e o observava.

Via que era aproximativo nas respostas e se mantinha na imprecisão; às vezes até me parecia que não entendia aquilo que lhe diziam.

Mas estava tranqüilo e tão seguro de si que quando dava uma ordem, não se preocupava nem um pouco em verificar se tinha sido executada. Parecia até que tinha se esquecido dela, mas, na verdade, nunca se deixava de obedecer.

Observei que o estado maior tinha sido formado, durante o jantar, por uma tácita promoção dos convivas mais empreendedores e mais bem vestidos. Mas a minha presença não agradou. Eu sei disso.

Quando ficamos sozinhos, ele disse: "Zagreo, como veio parar aqui?"

Eu estava maravilhado.

"General – eu lhe respondi –, como todos; sou um voluntário."

Ele se calou. Parecia que quisesse dizer alguma coisa mais, mas hesitava.

Eu então: "General, onde vamos desembarcar?"

E ele: "Ainda não está decidido, veremos. Agora me ajude".

Eu o ajudei a tirar o sabre, o poncho, as botas e o coloquei na cama.

Ao se deitar me disse: "Certamente há muito a ser feito, e você poderá conquistar a glória".

Tive, ali, de repente, a impressão de que falava por falar e de que não se lembrava, pelo menos naquele momento, da missão. Olhava-me com o olhar meio perdido e dizia aquelas palavras como que por costume. Confesso que quis enganá-lo, mas eu tinha que esclarecer a dúvida. Então, devagar, eu disse:

"A América deve ser bonita."

Iluminou-se e disse algumas frases em espanhol, depois acrescentou: "Você vai ver, rapaz, e vai gostar", e falava da América como se estivéssemos quase chegando lá.

Mencionou alguns de seus companheiros de armas, estou certo de que misturando os mortos com os vivos, o general Agujar, Anzani, Juan de la Cruz, o coronel Teixeira; recordou os heróis da Bajada, o feroz Rosas e os cavalos de Entre-Rios. De vez em quando, parava e me olhava nos olhos; depois, certificado, voltava a falar.

Contou-me como viu freqüentemente, depois de uma batalha, o inimigo terminar com a faca na garganta e me pediu para ver minha faca. Ficou calado um tempo depois que lhe disse que não tinha.

Depois se perdeu novamente em uma fuga de recordações; ensinou-me a tirar a pele de um boi, a tomar o vento quase de frente, no mar, e retomar os rios. Prometeu-me uma morte em combate, como Vicente, ou voltaria com ele para a pátria.

Estava sem fôlego: Garibaldi não tinha noção da missão que estava empreendendo, e confundia as épocas de sua vida, os lugares, mencionava generais desconhecidos como se os tivesse deixado há pouco. Não tinha memória do presente ou o representava ligado a outras circunstâncias não sei se passadas ou só imaginadas. Disse até que se chamava Giuseppe Pane, mas já desvairava.

Era terrível. Quem sabia desse segredo?

Fiquei andando pela ponte do convés mas todos dormiam tranqüilos e o timoneiro fazia a rota na direção do leste. Na sala da primeira classe, um grupo discutia o programa de governo para as terras libertas: eram mazzinianos e invocavam a república. Eles se oporiam, diziam, a qualquer outra solução.

Essa viagem era uma loucura, dizia a mim mesmo, e olhava atrás de nós para o outro batel que nos seguia de perto, para não se perder. Estávamos em poder de um homem que não sabia ao certo nem o próprio nome, e imaginava estar navegando em sabe-se lá qual oceano, em direção a uma cidade que, no momento seguinte, já tinha esquecido qual fosse ou que chamava por um nome diferente vindo das ondas da sua fantasia.

Foi aí que me joguei no mar, não para me afogar, mas para me salvar daquela empreitada insensata. Eu me prendi a uma bóia esperando chegar até a margem ou ser socorrido por um barco que passasse. Em vez disso, apanharam-me e consideraram-me um suicida. Poderia ter revelado a minha descoberta, mas não teriam acreditado em mim e é difícil dar provas incontestáveis, porque Garibaldi tinha se aberto só comigo, depois do meu pequeno engano, mas com os outros limitava-se a frases breves, pouco comprometedoras e de uma generalidade tal de não se sair nunca do lugar. Teria dito: "Esse rapaz tem coragem", ao me ver ensopado e sem fôlego, e todos teriam apreciado a sua generosidade.

Mas mesmo se tivesse me tomado por um atum ou por um peixe-espada, o crédito infinito de que gozava teria dado algum significado profundo às suas palavras.

Assim permaneci ao seu lado, sem nunca perder a sua benevolência, mesmo que nem sempre ele soubesse ao certo com quem estava falando.

Algumas manhãs acordava sobressaltado e gritava: "Zagreo, o poncho!"

Eu corria e lhe dizia: "General, estamos navegando em direção à Sicília, preparei o uniforme azul."

E ele investia raivoso contra mim: "Montanhês. O que você sabe de navegação. Traga-me o poncho, eu lhe disse, e o meu sabre."

Eu tinha que me sujeitar e enfiava nele aquele poncho listado que tinha comprado na Argentina e aquele gorrinho bordado, aquela espécie de barrete que, como eu lhe havia mostrado uma vez, não servia para nada, nem contra o sol nem para lhe dar autoridade.

Também ele, às vezes, parecia perplexo com esse barrete, e o surpreendi uma vez virando-o entre as mãos seguindo com os olhos as volutas douradas dos bordados, como se não soubesse bem como usá-lo. Depois me chamou e me disse com o tom doce que tinha nos momentos de desvario:

"Zagreo, por que você me trouxe isso?"

E eu: "General, pensei que quisesse usá-lo junto do poncho, como sempre".

Ele ficou calado por um momento, depois afastou-o na minha direção dizendo:

"Não, hoje não. Leve-o embora; ou coloque-o você, se quiser. Deixe-me ver como fica em você".

Sabia que ele procurava entender o uso daquilo, porque o mantinha do avesso na mão e de vez em quando olhava dentro dele como se fosse um cesto. Quando eu o coloquei na cabeça, ele sorriu e disse:

"Tem certeza de que é assim?"

Eu então: "General, o senhor usa assim! Nunca estive na Argentina."

Assumiu então o seu tom bondoso e paternal:

"Estou brincando, Zagreo, estou brincando. Você é um bom rapaz, tire-o agora e leve-o daqui. Mas me diga, como vocês, nas suas montanhas, chamam a isso, a esse chapéu?"

Eu fiquei embaraçado, e não sabia na verdade o que dizer e depois tinha medo de irritá-lo; disse que para mim era uma touca. Ele ficou ouvindo sem pestanejar, depois me perguntou:

"Mas não pode ser um elmete?"

Eu disse que não porque era de pano e ele me deu razão, depois ficou repetindo devagar algumas vezes:

"Uma touca, é uma touca de pano."

Mas acerca desse barrete, estou convencido, nunca teve idéias claras, mesmo depois. Algumas vezes ele o punha, depois de longa hesitação, mas tinham geralmente que arrumá-lo na sua cabeça e prendê-lo porque o vestia dos jeitos mais destrambelhados. Com o poncho, ao contrário, nunca tinha feito confusão, mas, quando o pedia, duvido que soubesse onde se encontrava naquele momento. Algumas vezes, provavelmente, imaginava estar na Argentina, mas eu acho que mais freqüentemente adotava esse expediente para estudar as reações dos outros e perceber o comportamento mais conveniente, porque ao final das contas era muito esperto e atento, e sabia camuflar o seu defeito perfeitamente.

Com Garibaldi nunca se estava seguro de nada, porque tinha uma memória que ia e vinha, e se dava uma ordem não se podia saber em qual situação imaginava estar. Com a história de que tinha navegado por todos os oceanos, ele fazia executar manobras que acho que eram insensatas e algumas vezes perigosas. Mas ninguém falava nada; os soldados da tropa, porque não entendiam nada disso e sofriam permanentemente de enjôo; a chusma, porque achava que se tratava de movimentos militares ou de subterfúgios contra os Bourboun.

Chegamos em Talamone por acaso, como podíamos ter terminado na Córsega ou em Alghero. Depois nos dirigimos para a Espanha, voltamos em direção a Nápoles, depois de novo na direção do poente; roçamos a África, voltamos para trás e topamos, por puro milagre, com a ponta ocidental da Sicília, graças a um marinheiro que viu terra à direita; de outro modo teríamos terminado em Nice ou em Cagliari, se não tivéssemos virado antes das bandas de Chipre.

Durante todas essas voltas, Garibaldi estava tranqüilo, escrutando o horizonte com a luneta, dando algumas ordens, trocando algumas palavras com os seus oficiais. Fingia estudar os mapas de navegação por horas a fio, mas não acho que tinham para ele qualquer relação com a nossa viagem.

À noite eu ficava deitado em frente à porta da sua cabine e acho que nunca peguei no sono. Olhava um pedaço de céu e ouvia, lá embaixo, os pistões que nos levavam quem sabe aonde.

Pelo que se dizia em volta, nem mesmo o timoneiro conhecia a rota, que era mudada continuamente e sem motivo. Garibaldi, de vez em quando, descia e dizia: "Quinze graus a sul-sudeste"; ou então: "popa em direção ao nascente", ou: "motores a todo vapor!" Tudo era executado sem discussão, mas ninguém sabia para onde estávamos indo.

Eu estava sempre atento aos barulhos que vinham de sua cabine e, às vezes, me levantava para olhar por uma vigia aberta. Não sei exatamente o que Garibaldi fazia a noite toda, porque se deitava uma hora ou duas, depois se levantava e, andando em círculo, repetia consigo mesmo frases impensadas e logo as escrevia num pedaço de papel, depois as lia em voz alta deleitando-se com elas e exaltava-se sozinho, gritava, sempre repetindo os mesmos absurdos. Se não as tivesse anotado logo, acho que não saberia repeti-las. Não era provavelmente com o conteúdo que se preocupava, porque pela manhã eu encontrava nesses bilhetes frases incompreensíveis como "deixa o enxó e aceita a ceifa", ou "a noz é nociva e o nogal nocente"; mas gostava de fingir um vislumbre de memória voluntária.

Mantinha a folha sobre a mesa e declamava lançando às vezes rápidos olhares para o escrito. Depois acontecia sempre de o tom diminuir, alguma outra coisa atraía o seu olhar, ainda que, por um segundo, e já se tinha esquecido da folha e da frase, e ficava mudo, com o olhar perdido, em direção à clarabóia ou em direção aos livros de navegação sob a seteira.

Voltava, então ao catre remugindo sons truncados e meias frases nas línguas mais estranhas, até que se acalmava. E eu ouvia a respiração mais pesada e nasal. Então eu voltava também a me deitar e ficava pensando naquela empreitada maluca na qual havíamos embarcado. Ninguém sabia de nada, e quem comandava sabia menos ainda.

É difícil imaginar o que lhe passava pela cabeça e onde pensava estar em certos momentos. Mas devo reconhecer que nunca perdeu o ânimo. Sabia usar os outros e a memória deles como se fosse a sua; chamava alguém e lhe fazia perguntas genéricas do tipo:

"Onde você embarcou, você com a camisa vermelha?"

E o fulano: "Em Quarto, general, como todos os outros".

Garibaldi concordava e olhando-o nos olhos dizia: "E sabe aonde vou conduzí-los?"

"À Sicília, general – quase gritava o voluntário –, e depois até Nápoles, se o senhor nos guiar!"

"Muito bem! – dizia-lhe Garibaldi – E o que você vai fazer lá embaixo?"

"Lutarei e morrerei, se me for ordenado, como os irmãos Bandiera, como Carlo Pisacane!"

Ao ouvir esses nomes, Garibaldi se aborrecia e em volta fazia-se um silêncio mortal. Eu acho que ele nem sabia de quem se falava e ficava irritado era com aquela verbosidade fora de lugar e embaraçosa para ele. Mas ele se saía sempre bem, com gestos eloqüentes que os outros achavam sublimes. Mandava-o de volta para a fila, e fitava o mar por um minuto ou dois com o poncho esvoaçante. Alguém, contando isso, acrescentava:

"... e com os olhos enxutos!", mas não sei o que poderia estar lhe passando pela cabeça. Hoje acho que não poderia estar passando nada mesmo, porque já tinha se esquecido das duas Sicílias, de Pisacane e dos Bandiera, e de má vontade constatava estar em um barco a vapor.

Até com o meu nome, às vezes, fazia confusão e me chamava de Ramirez, não sei por qual associação.

"Ramirez – me dizia –, o que você me trouxe?"

Eu ficava em posição de sentido e olhava-o interrogativo. Ele me batia uma mão sobre o ombro e, devagar, me tranqüilizava.

"Vai, vai e seja leal, como me demonstrou hoje."

Eu me retirava, e nos primeiros tempos não sabia o que pensar. Uma vez tive até a coragem de rebater:

"General, eu me chamo Zagreo Neri".

E ele, calmo: "Não, eu quero chamar você de Ramirez, pelo seu olhar, e isso, saiba, é uma honra. Você portará um nome ilustre!"

Eu não cheguei jamais nem a saber quem era esse tal, mas duvido que fosse algo mais do que um som que tenha lhe chegado à boca.

Depois do banho e do salvamento, alguém disse que eu não era apropriado para aquela empreitada. Não Garibaldi, que continuou me mantendo junto de si, como se nada tivesse acontecido.

Em Talamone, aonde tínhamos chegado por puro acaso, queriam me fazer descer do *Piemonte*. Eu tinha percebido que não chegaríamos jamais à Sicília e que continuaríamos dando voltas pelo Mediterrâneo, de um porto a outro até que se esgotasse o carvão; depois seríamos rebocados a Gênova, de novo. Era conveniente para mim permanecer a bordo. Assim, fingindo descer, embarquei escondido no *Lombardo*, que era comandado por Bixio e onde ninguém me conhecia.

Lá havia mais desordem e confusão, e Bixio não parava de esbravejar de cima do castelo de proa. A preocupação principal era ficar atrás do outro navio que era mais veloz e imprevisível. Ninguém o perdia de vista e Bixio, quando o via se distanciar, começava a praguejar e a gritar:

"Bastardos, vamos logo com esse carvão. Quero que vá tudo pelos ares. Não é o fogão da casa de vocês! Aqui quem manda sou eu e digo que devemos voar!"

As máquinas iam no máximo e o casco todo vibrava, mas não se conseguia ficar atrás do outro navio que parecia sempre esquecer-se de nós. Quando começou a desaparecer na escuridão do horizonte, eu me senti desfalecer. Bixio parecia endemoninhado. E ali eu percebi que continuaríamos eternamente à procura de Garibaldi, porque Bixio era um tipo decidido e não se renderia facilmente.

Eu estava aterrorizado; Garibaldi navegando como um insensato por rotas completamente casuais, e nós atrás, à procura dele, porque Bixio tinha necessidade de uma meta, ainda que ela depois não levasse a lugar algum. Tudo terminaria tragicamente, e sob a tirania desse turbulento.

Joguei-me, então, no mar, pela segunda vez, ou caí, não sei bem. Pegaram-me de novo, infelizmente, e Bixio queria me estrangular porque tínhamos perdido quase uma hora.

Depois apareceu diante de nós, inesperadamente, o *Piemonte.* Garibaldi tinha mandado parar as máquinas por alguma repentina fantasia sua, e isso tinha sido providencial.

Para me salvar de Bixio, embarcaram-me novamente no *Piemonte*, onde retomei meu posto diante da soleira de Garibaldi.

Como era possível que ninguém percebesse a loucura daquela empreitada? Que ninguém se horrorizasse diante da mente abstrata e das palavras vazias de Garibaldi?

Conversei longamente, na última noite à bordo, com um pavês, Sacchi, que havia compartilhado com o general os anos de América e o conhecia bem. Estava de vigia na ponte superior da proa. Eu estava sentado perto dele, ao abrigo do vento, e ele me dizia:

"Foram tempos memoráveis, aqueles. Garibaldi nos guiava com a sua coragem. Lutamos pela liberdade daqueles povos, mas o general tinha sempre a Itália na cabeça e freqüentemente fingia, por causa da ardente nostalgia, estar percorrendo a sua amada terra, de estar atravessando os nossos rios, os nossos montes. Quantas vezes não chamou aquelas cidades distantes pelos queridos nomes da nossa pátria! – Malditos – eu o ouvi insultar quando do assédio de San Josè – nós os caçaremos desde Veneza e os seguiremos até Viena. – Para ele o tirano era o mesmo, em toda parte, quer falasse espanhol ou alemão, e a sua guerra era uma só."

Sacchi não suspeitava do significado das suas palavras, mas eu entendia.

"Em frente a Lages – me disse depois – eu chorei quando a chamou de Pavia porque, ali defronte, eu vi a minha cidade serva do estrangeiro; mas quando a tomamos e lá entramos vencedores em meio à multidão em festa, aí sim, a minha felicidade não teve tamanho, e entendi que o general, invocando o amado nome, tinha me dado toda a coragem de uma causa santa, e me dava a esperança de repetir um dia, em solo natal, aquela magnífica empreitada."

Sacchi, como todos os outros, ficava cego diante de Garibaldi, e nunca compreenderia, porque a sua fé era sem limites.

"Comigo – ele contava – era sempre afetuoso; dava-me os sobrenomes dos companheiros mortos ou dos companheiros distantes, como se quisesse imaginá-los ao seu lado; ou ainda, às vezes, brincava me chamando de coronel ou majestade, eu, que era só um marinheiro e um patriota. Mas eu gostava desse jogo, porque mostrava o pouco caso que Garibaldi fazia dos cargos e das homenagens. Foi sempre modesto, esquecia as ofensas e reconhecia o valor no rosto dos mais corajosos."

Não falei, porque não seria compreendido. Sacchi, envolto em um capote pesado, escrutava a escuridão do mar. Se me tivesse entendido, eu teria salvo a sua vida.

Quando estávamos com a Sicília à vista e lhe contaram, Garibaldi me pareceu perturbado. Na ponte demonstrava a segurança que lhe era habitual e observava com a luneta a costa como se procurasse algo esperado, e assentia freqüentemente com a cabeça. Desse comportamento, os soldados extraíram segurança e entusiasmo, mas depois, sob o convés, eu o vi andando pensativo.

A terra que tinha visto parecia ter lhe ficado gravada, porque disse ao capitão Castiglia:

"É preciso saber onde estamos!", e isso foi entendido como o pedido do ponto náutico.

Foi-lhe comunicado e Castiglia acrescentou:

"Estamos a seis horas da Sicília, general. Os expatriados sicilianos pedem uma audiência com o senhor. O que o senhor ordena?"

"Faça-os entrar", foi a resposta de Garibaldi; e em seguida, houve a conversa mais louca que eu já presenciei.

Eu estava próximo à porta da cabine e percebia com terror que mil homens, dois navios e o destino da Itália estavam confiados ao homem mais maluco que podia existir. Não sabia onde estava, para onde ia, nem com quem estava; não sabia o que era a Sicília, a Itália, os Bourboun, os Savóia e duvido que soubesse até quem ele mesmo era. Às vezes tinha uns lampejos de memória, diante de um discurso ou de um uniforme; eu lia isso em seu rosto, porque os olhos brilhavam e se enchia todo de orgulho. Mas acho que sempre fez confusão e nunca conseguiu ajustar a recordação certa. Estava muito atento para não se trair e mantinha a conversa num plano bem geral, mas estou certo de que ali, no mar, via o pinheiral de Ravenna ou as ruas de Montevidéu e falava com o coronel Türr como havia feito uma vez com Anita, ou como gostaria de ter feito.

Garibaldi estava sentado em uma das pontas da mesa e descascava uma laranja com um canivete. Em volta, umas quinze pessoas. Por alguns minutos ninguém falou e Garibaldi continuava a descascar com uma calma exemplar. Depois começou a tirar aquela parte branca que restava da casca e todos seguiam os movimentos das suas mãos. La Masa parecia o mais aceso e o mais impaciente. Depois, Garibaldi abriu a laranja e ofereceu um gomo a Crispi que estava sentado ao seu lado. Enquanto isso La Masa tinha se levantado e dizia:

"General, não se deve mais esperar. Vamos desembarcar e pegá-los de surpresa."

Garibaldi comia a laranja e depois de ter engolido perguntou:

"Que dia é hoje?"

Um calabrês disse: "Sexta-feira".

E aqui surgiu uma discussão sobre a oportunidade de desembarcar naquele dia mesmo, sobre o lugar mais apropriado, sobre o armamento ser escasso. E um napolitano que se chamava Morazzo estava cético quanto ao êxito de um combate, depois de tantos dias de mar. Garibaldi seguia atento todas as conversas, sem se pronunciar. Era a sua tática e eu sabia que ele tinha na cabeça uma confusão indescritível. Mas como sempre, não deixava transparecer nada. Só quando alguém nomeou Mênfis como possível desembarcadouro, enrugou a testa: talvez pensasse no Egito antigo ou no seu professor da escola ou, talvez, se esforçasse inutilmente por encontrar uma recordação que se ajustasse àquele nome.

Em um certo momento, olhou atentamente para La Masa, que estava falando: acho que não o reconhecia mais, e se perguntava quando ele teria entrado. Estava vestido de preto e quando nomeou Palermo tomou-o por um *gaúcho* do subúrbio de Buenos Aires.

Na verdade, eu tinha pena desse velho desmiolado e tinha medo por aquilo que nos aguardava. Mas a sua segurança reconfortava qualquer um, e isso eu nunca consegui entender.

Levantou-se também da mesa e andou por toda a extensão da cabine, como se estivesse meditando.

Enquanto isso, falava-se em combater e a palavra sexta-feira retornava insistentemente, suscitando a fúria de La Masa. Garibaldi olhava-o com simpatia, talvez pelo seu aspecto argentino, e subitamente, interrompendo a confusão, pôs-se a dizer:

"Mas o que tem que é sexta-feira? Todos os dias da semana são bons para quem quer combater por uma causa justa!"

Foi levado a sério, e eu ainda me pergunto como foi possível, porque evidentemente falava por falar, e não saberia repetir uma segunda vez aquela frase. Mas ficaram todos satisfeitos e tiraram dali uma lição de coragem. Fizeram-lhe depois umas propostas que ele aprovou logo, mas que nem sequer entendeu.

No final, aproximou-se de mim e pôs uma mão no meu ombro, murmurando com grande satisfação minha:

"Zagreo, você irá rever os seus montes e então se lembrará de mim com saudades."

Eu fiquei comovido, ainda que nada fizesse sentido, e disse só:

"Sim, general."

Ele me olhava, mas não sei o que via, porque já tinha esquecido o meu nome e ao me olhar de novo chamou-me de filho, como chamava a seu filho Menotti.

Eu não podia impedir aquele desembarque: o perigo havia animado a todos e esperava-se com impaciência pelo primeiro tiro.

Enquanto isso, Garibaldi debruçava-se da murada e via a terra se aproximando. Parecia curioso. Pediu uma luneta e escrutou, longamente, o perfil da costa e a esplanada do porto, onde muitas pessoas estavam atentas às nossas manobras.

Vestia o barrete redondo todo para trás, como se fosse um fez.

Perguntou-me, de repente, se eu estava vendo camelos. Eu disse que não, que não vinha nenhum. E ele comentou:

“Não existem camelos aqui”, e já que o olhava como se tivesse dito algo de óbvio, acrescentou: “não podem existir”.

Mas eu tinha percebido que ele imaginava estar desembarcando em alguma cidade do Império Otomano.

Transpassamos o porto como uma flecha e Bixio que tentou nos imitar, acabou atolado em um banco de areia.

Aquilo que se seguiu é difícil de contar. Houve sobretudo uma grande confusão, onde cada um procurava pôr-se a salvo em terra. Garibaldi olhava sem se alterar e no final desceu ele também. Aqui eu o perdi de vista um pouco, porque dois navios inimigos tinham se posto a atirar.

Só de noite retomei o meu posto ao lado dele, e ao me ver mostrou-se muito contente.

Aquela noite, na quarto em que se alojava, andou muito e falou em voz alta. Não podia vê-lo, mas ouvia as suas ladainhas e imaginava as tolices que dizia. Eu estava deitado na soleira, insone como sempre. Não dormia há seis noites e parecia que eu ainda estava navegando. Eu velava os seus delírios e não podia deixar de ouvi-lo. Talvez esperasse a solução de tudo, que teria sido uma catástrofe. Esperava que Garibaldi, com algum ato sem critério, com uma frase inverossímil, revelasse diante de todos a sua demência. Podia acontecer no meio da noite, e eu velava, esperando.

Tinham me dado, depois do último banho de mar, uma capa de oficial para me cobrir enquanto minhas roupas secavam. Desde então, eu me vestia com ela. Por essa farda eu cresci no conceito de Garibaldi e de fato eu já fazia parte de seu estado-maior. Aliás, esse era o modo em que tinham sido nomeados todos os outros, e eu me sentia nessa roupa mais protegido.

Eu já não podia me afastar deles, porque seria preso pelos Bourboun. Se ficássemos unidos talvez nos salvássemos, e Garibaldi era a nossa unidade, e a minha esperança.

Antes do amanhecer surgiu diante da porta, mas eu o tinha ouvido e já estava de pé em posição de sentido. Aproximou-se de mim amável como sempre.

"Jovem, estou orgulhoso de você. Não me decepcione."

Eu me enrijeci na saudação e pronunciei o meu nome:

"Zagreo Neri, general."

E Garibaldi: "Ah, Zagreo, me ajude" e me pediu para entrar.

Havia muita desordem no quarto e papéis rabiscados no chão e sobre a mesa. Vestiu-se enquanto eu recolhia as suas coisas.

Antes de partir de Marsala, Cairoli veio até o general e lhe pediu um proclama para a população. Garibaldi fechou a cara, virou para mim e, sem abrir a boca, indicou uma das folhas sobre a mesa, com alguns versos que tinha composto aquela noite, para os seus exercícios de memória. Diziam:

Já langue a anguis
no sangue exangue,
abate no embate
do valente o vigor.

Cairoli leu o poema na praça, mas não foi entendido.

"A anguis é o tirano – tinha então explicado Cairoli –, porque é como uma serpente moribunda que continua a matar."

Foi aplaudido por todos e os versos agradaram. Griziotti de Pavia propôs que fossem cantados na ária da bela Gigogin, e com alguma dificuldade a coisa foi feita.

Garibaldi, no comando, precedia as tropas e Bixio, em cima de uma égua, percorria as fileiras, incitando com o exemplo ao canto. Eu estava perto do general, que parecia satisfeito e me disse:

"Zagreo, escreva aquilo que viu e escreva os nomes dos valorosos."

E eu: "General, escrevo que desembarcamos e que marchamos cantando".

E ele: "Bom. E escreva para onde estamos indo".

Eu então: "Para Palermo, general".

Ele: "Bom". Depois se vira, dá sinal para fazerem o alto, e com voz toante: "Para Palermo, vamos para Palermo!"

Gritos de júbilo entre os voluntários. Eu me perguntava como tudo acabaria. Mas já não conseguia me separar dele que era doce e humano comigo, e me salvava da ira de Bixio e do desprezo dos outros. Tinha já me decidido a ajudá-lo, ficando ao seu lado e escondendo a sua debilidade mental.

Eu era precioso; sem mim a sua imagem teria desabado. Ele me interrogava com um tom distraído, depois, antes que a sua memória se esvaísse, dava as ordens repetindo as minhas palavras. Isto é, na prática, era eu quem comandava a empreitada.

Mas fazia também loucuras incontroláveis, que só pelo seu alto prestígio passavam despercebidas. Queria que nos alimentássemos do mato de um prado, e provavelmente pensava naquele momento estar guiando uma manada de antílopes. Depois se recusou a dormir no coberto, de noite, a segunda depois do desembarque, e deitou-se sobre a calçada perto do castelo de Rampagallo. Não sei onde pensava estar, mas me falou longamente de naufrágios e de navios, e dos mercados de Odessa, de Maone, de Gibraltar.

Eu ficava ao seu lado e o escutava. Era uma noite tão doce de maio, e nem mesmo a mim importava nada da empreitada. Mesmo que pudéssemos estar em qualquer outro lugar, eu teria ficado ali, ao lado daquele velho, debaixo daquele céu eterno, esperando a aurora.

Jurei que lhe seria fiel, quando me pedisse.

Sei que minhas palavras não significavam nada para ele e que não tinham peso; perder-se-iam no universo indeterminado da sua mente. Mas eu queria ser-lhe fiel, porque ele era maior do que todos nós.

Via que ele não tinha poder sobre suas lembranças: vinham ao acaso ou por pequenas analogias, mutáveis e pouco consistentes. Mas acho que definitivamente tinha uma memória formidável, só que fora de seu controle; não perdia nada do que ocorria à sua volta, e todas as coisas, estou certo, depositavam-se na sua mente e retornariam um dia, ou uma noite como aquela, reflorescendo.

Na manhã seguinte, a última que passaria com ele, eu estava animado por um ardor profundo. Estava sempre ao lado dele, como oficial e conselheiro.

As suas estranhezas tinham sido notadas e acho que alguns já comentavam. Havia os mazzinianos, que se mostravam propositadamente cansados e tomavam as ordens com presunção. Eu tremia por dentro.

Marchávamos debaixo do sol há algumas horas, e em volta a paisagem era deserta. Foi nesse momento que Pagani, a poucos metros do general, disse bem alto:

"Mas o que é isso, estamos nos Pampas?"

Eu li as crônicas daquele senhor Abba, e em meio a todas as mentiras que conta, cita também a frase de Pagani, sinal de que muitos estavam atentos. Mas não disse que Garibaldi gritou algo como: "Mira el pampero", ou "Mira el dinero", com um entusiasmo fora de lugar.

Esse Pagani não era bobo, e rondava o general há diversos dias. Acho que tinha algumas suspeitas, e de vez em quando o provocava com frases em espanhol ou português, e Garibaldi, na sua bondade, prestava-se ao jogo. Tinha se ligado nessa vil espionagem ao capitão Parodi, mais velho que ele e dotado de alguma autoridade. Por exemplo, eu ouvi que perguntavam perfidamente ao general onde estavam os rebeldes. Mas Garibaldi respondeu com a sua técnica habitual:

"Não se preocupem com isso, meus caros, e não tenham medo. Morreremos, mas estarei com vocês."

Os dois se calaram, mesmo porque em volta todos concordaram, admirados.

Depois Parodi perguntou, em seu tom traiçoeiro e astuto:

"Mas Rosolino Pilo, general, e Corrao, onde estão?"

Eu me adiantei, vestido com a capa do estado maior, e em posição de sentido disse:

"Dê as ordens, general!"

Garibaldi sorriu; então eu tinha posto Parodi para correr, e Pagani foi atrás dele, como um coelho.

Mas não acabou ali. A coluna marchava, cantando, acho, "adaga dê um passo, delícia de meu coração", e vi Parodi, sempre com o Pagani e com um terceiro que não consegui identificar, mas que devia ser Missori de Milão, comandante dos guias. Eles não cantavam, e estavam tagarelando como conspiradores. Coloquei-me atrás deles. Paroli dizia: "É preciso mais coragem nas nossas condições do que em um duelo. Aqui ninguém se lembra de Pisacane".

Ele os estava doutrinando e aumentaria, em pouco tempo, o círculo dos derrotistas. Foi aqui que eu errei, me dei conta imediatamente. Havia um riacho para ser atravessado; esperei que os outros dois tivessem passado, depois me precipitei sobre Parodi gritando:

"Às armas! Um traidor, um espião!"

Eu o teria até esfaqueado se Bixio não tivesse pulado sobre mim como um tigre. Tinha aqueles olhos pequenos, porcinos e cheios de rancor. Era o contrário de Garibaldi; e não tinha deixado de me odiar, desde quando eu tinha me jogado no mar. Tinha um memória prodigiosa para as ofensas porque tinha contas a acertar com a maior parte dos mil. Quando eu ficava ao lado do general me lançava olhares fulminantes, mas nunca tinha ousado levantar uma mão para mim: me arrancaria a túnica e me chutaria como a um cão. Estou certo de que esperava há dias por um pretexto, e para a minha desgraça ele tinha chegado.

Ele me deu um grande golpe na cabeça com a coronha do fuzil e me jogou ao chão. Depois veio para cima de mim e me espancou sem piedade. Eu gritava e tinha medo que aquela fúria me matasse. Garibaldi correu.

"Mas o que fez esse rapaz?"

"É Ramirez", alguém dizia; e um outro: "É Zagreo. Atacou o capitão Parodi. Não se pode mais mantê-lo conosco. Deve ser completamente louco."

E Bixio:

"Maldito bastardo! Eu vou fazer você pagar por tudo. Filho da mãe, eu vou estrangular você!", e já tinha colocado o cinto em volta do meu pescoço para me sufocar. E gritava sempre:

"Eu vou arrancar a sua cabeça, bastardo. De que lado você está? Diga, diga agora ou parto você em dois."

Eu queria falar, mas não conseguia nem respirar e segurava com todas as forças o cinto para que não me estrangulasse de vez. Stagnetti e Basso tinham me prendido pelos pés, de modo que não conseguia me levantar, e me arrastavam na direção da margem do torrente, acho que para me afogar.

Então Garibaldi disse:

"Parem com isso!", com a sua segurança habitual; aproximou-se, debruçou-se para me olhar de frente e perguntou: "Quem o prendeu?"

Aqueles que me seguravam ficaram meio inseguros pelo tom rude, e Stagnetti começou a dizer:

"General, nós o paramos bem a tempo. Ele tinha até uma faca. Foi de repente. Ninguém esperava por isso."

Nesse meio tempo, eu afrouxei um pouco o laço no meu pescoço e voltei a respirar. Bixio não tinha se acalmado e continuava a repetir:

"Esse cachorro vai levar nós todos para o inferno. General, deixe ele comigo que eu termino o serviço de uma vez por todas. Eu vou fazer o cérebro dele saltar fora, se ele ainda tiver um!"

Não sei se Garibaldi tinha reconhecido Bixio. Naquela manhã, ele estava de poncho e geralmente de poncho ele perdia completamente o sentido do presente. Vestido assim, porém, ele sentia toda a sua alta autoridade.

Parodi, que tinha se levantado do chão, disse naquele momento, como velha raposa que era:

"General, poupe-o."

E Bixio:

"Seu pateta! Você tinha que degolar esse cão safado; mas espere um pouco que eu mesmo o faço, vou dar uma mão para você. Aí vai ser engraçado. Porco o mundo e todos vocês, seus bastardos, seus safados."

E gritava como um demônio, puxando de novo o cinto. Ouvia-se só a voz dele; os outros ficaram calados e permaneceram em volta olhando.

Bem, foi Garibaldi quem me salvou a vida, porque deu uma olhada em volta, aproximou-se decidido de Bixio, e lançou ali esta pergunta com um inesperado tom áspero:

"Como vocês querem comandar dez mil homens se não podem comandar a vocês mesmos?"

Estou certo que nem ele mesmo sabia o que estava dizendo, porque dez mil homens era um exagero. Mas todos ficaram impressionados. Era muito esperto e sempre intuía o que se esperava dele, e era sempre tão certeiro em suas adivinhações que qualquer um ficava surpreso e admirado.

Bixio efetivamente não soube o que responder e largou o cinto. Eu estava bastante machucado e todo ensangüentado no rosto por causa do golpe na cabeça.

Eu me levantei e Garibaldi, acho, me reconheceu, ou ao menos me inseriu em alguma de suas fantasias, e ao me ver sujo de sangue ordenou:

"Prendam Ramirez!"

Foi aqui que nasceu todo o equívoco. Bixio, pelo rancor que sempre teve por mim, quis me trancar no hospício dos incuráveis de Salemi, fazendo com que esse abuso passasse por uma ordem de Garibaldi. Mas Garibaldi me queria com ele, ou de qualquer modo a minha presença sempre tinha lhe dado prazer.

Nunca mais fui solto, mas nunca mais toquei no assunto, porque se o tivesse feito teriam me considerado duas vezes louco.

É cômico o que eu escrevi? Mas ainda assim é a verdade.

São quarenta anos que penso e repenso naqueles oito dias, e poderia descrever hora a hora, minuto a minuto, aquilo que eu fiz naquele período, aquilo que eu vi, aquilo que sonhei, de noite, acordado.

Aqui eu só quis me justificar, ainda estando errado, eu reconheço, e há quarenta anos me recrimino.

Pensei que Garibaldi pudesse ser descoberto!

Isto é o cômico.

E por Parodi!

Sim, hoje entendo que é cômico. Mas na época eu temia por ele e acabei cometendo bobagens.

Eu teria lutado e vencido, ao passo que estou morto há quarenta anos e talvez para sempre."

O estudante se interrompeu. Tínhamos estado bem atentos, e eu não sabia se era para chorar ou para rir dessa sorte desgraçada.

15

RI-SE DE UMA OUTRA SORTE DESGRAÇADA

O estudante, então, tinha se interrompido, e o prefeito estava extasiado.

Mas de minha parte, não sei como, aconteceu que quando com aquelas palavras, quando o estudante estava dizendo: "... talvez para sempre" e terminava as suas folhas, no exato momento, eu me dei conta de que via através da janela do bar-pizzaria o rosto de perfil da minha senhorinha. Via o rosto do pescoço para cima, animado e em movimento, mas como se fosse em um cinema. E me distraía então de Garibaldi, apesar de ele também me maravilhar e me fazer coçar a cabeça de tão incrível que era.

Mas a visão só aparecia para mim.

Então, com o rabo do olho eu fiquei encantado, admirando os seus movimentos misteriosos, e as voltas que dava o seu olhar quando se fixava nas coisas, eu acho, ou nos clientes.

Aparecia quase como a cabeça de um galo mecânico que olha em volta com seu olho de vidro até que a bateria acaba; e talvez pela luz do néon me parecia tão distante e gelada. Ao contrário do que era durante as noites, quando a sua voz vinha procurar os meus ouvidos, quem sabe de onde vinha, da escuridão e dos esconderijos, ainda que fugidia; e entrava em mim como açúcar ou mel.

Esses eram, porém, pensamentos que me passavam ali como relâmpagos, e sem que eu quisesse. E eu sentia uma pena, um aperto de desilusão que me subia pelas veias e ficava num canto do meu cerebelo.

Depois a aparição desapareceu.

E eu estava tão distraído que não ouvi ou não me lembro das frases de satisfação e os comentários do prefeito, e as respostas, e a conversa que houve.

Eu estava quase indo com a cadeira até depois da porta, para poder ainda encontrar o ponto apropriado para ver.

Mas o segundo estudante emite uma voz bonita e sonora e toda alegre que diz:

"Mas agora é preciso que eu conte a vocês a verdadeira história do vice-rei."

E já que o prefeito o encorajava e dizia: "sim, sim, tudo bem", eu também disse que sim.

Dei uma olhada rápida, mas, já que não aparecia mais nada, me entretive a escutar.

E a história que esse segundo colega esboçou era uma espécie de continuação, que ele conhecia e que nesse momento era necessário contá-la para que a verdade ficasse completa.

O prefeito dizia: "sim, sim, assim nós a passaremos adiante", e olhou em volta, para a pizzaria e para a estrada, com satisfação.

E esse segundo estudante, com seu ar leve e divertido e o rosto aguçado, pôs-se a contar.

"Então – contava –, do outro lado daquelas terras onde Garibaldi tinha desembarcado havia o vice-rei, que governava as duas Sicílias.

E o fazia estudando muito, porque, como rei, era extremamente meticuloso, e as suas decisões então eram sempre as mais justas.

Mas os dignatários todos, do primeiro ao último, os vassalos, os ministros, os camareiros e os embaixadores, os generais, os mordomos, todos lavavam as mãos; diziam tudo bem, e depois faziam tudo diferente, no melhor dos casos; porque do contrário, por norma, batiam os saltos, diziam: "às ordens", e depois iam jogar três-setes ou canastra, conforme o grau; ou iam passear a cavalo, ou cortejar uma mulher, ou seja, perder tempo no ócio.

Porque o rei, em sua precisão, aborrecia todo mundo: diziam que sim, que era preciso um rei em algum lugar, mas que depois, no fundo, não servia para nada, porque o mundo já andava muito bem sozinho e imagine! não era preciso forçar as coisas.

O vice-rei fazia proclamas, leis e reformas, que seriam ótimos para toda a sociedade. Fechava-se dentro de seu escritório que era cheio de livros, mapas geográficos, estatísticas, e levava em conta todos os casos possíveis de acontecer.

Se, por exemplo, surgissem gafanhotos, ele tinha a solução, já pronta em todos os detalhes, para salvar a agricultura.

Se explodisse um vulcão ele sabia tanto quanto dois e dois são quatro dar as ordens, porque tinha meditado bastante sobre isso, para proteger a população.

Se por acaso surgisse na cabeça do papa de declarar-lhe guerra, até para isso, ainda que fosse improvável, tinha as estratégias já calculadas e irresistíveis. E até mesmo se voltassem os mouros, que já tinham ido embora há seis séculos e nunca mais se tinha ouvido falar deles, se voltassem ele teria alinhado os navios nos pontos estratégicos, e com um ataque de surpresa, mas estudado nos mínimos detalhes, os teria enredado pelas costas e destruído.

Por isso era gordo e pesado; não porque fosse um vadio, um inepto, mas porque passava todo o seu tempo sentado atrás de uma mesa enorme fazendo cálculos para quaisquer eventualidades, mesmo as mais impensáveis.

Ele queria que o seu governo se distinguisse pela previdência, e dizia servir-se da matemática, sobretudo da matemática.

"Nós os Bourbon – dizia quando ainda era jovem – somos matemáticos, somos reis matemáticos. De maneira que não somos nem conservadores nem progressistas; nós somos exatos."

E tinha um sistema inventado por ele para transformar tudo em número, e assim conseguir dali a solução.

E dali da sala de seu escritório enviava informantes pelo vice-reino afora a fim de que lhe contassem qual era a situação a cada momento. Quantos haviam nascido, quantos haviam morrido, o que comiam as pessoas, se possuíam casa própria ou alugada, se tinham horta; quantos cavalos, quantos asnos, quantas vitelas nasciam; quantas ovelhas. E calculava a proporção pelo número de habitantes, e para cada um, dizia, cabe tanta lã, tanto leite por dia, tanto presunto. E dizia com precisão, em milésimos. Depois, se a pessoa era um barão, acrescentava, já que era uma sistema monárquico, cabe-lhe uma casa maior, com carruagem, um valete, e aparelhos de porcelana e de prata. Mas, na medida exata, que corresponda ao grau e à porcentagem estatística.

Como sistema monárquico, então, era justíssimo, porque números, dizia, não se discute.

E quando lhe pediram a constituição, dizia que já havia, e que só um analfabeto não sabia. Porque nas duas Sicílias, a constituição é simplesmente a pitagórica, a tábua pitagórica. E ele sempre tinha sido fiel a ela, e jura que sempre será.

Quando houve o desembarque dos mil, ficou impassível e transcreveu em álgebra tudo aquilo que lhe anunciavam.

Por exemplo, quanto ao nome das pessoas, Garibaldi ou Nino Bixio, ele dizia: "nem me diga, pois seria uma atitude inútil". Para ele, Garibaldi era um *ipsilon* seguido de mil, e avançavam um quilômetro por hora do ponto seis mil e vinte e um, em direção a trinta e oito graus a nordeste.

As duas Sicílias para ele eram um caderno quadriculado, e cada região era indicada com o seu decimal.

E comentava: "Assim nada escapa".

Do seu escritório, podia saber os reforços que recebia o inimigo, onde ficavam os rios, como era o terreno, qual era o melhor contra-ataque. E dado que já tinha tudo pronto e organizado em tabelas aritméticas, calculava rapidamente.

Então a campainha tocava e ele dizia ao atendente, só para dar um exemplo:

"Seis mil e vinte e um, quinze e trinta, *aleph* doze, três *gamma*, onze graus a norte-nordeste em seiscentos e três *ipsilon* mil."

E dizia isso com uma voz estentórea e impessoal, depois voltava a sentar e continuava os seus cálculos.

Esse atendente, que para o vice-rei era o número nove, girava sobre os sapatos e marchava bem compassado para fora da porta, e ali na antecâmera ficavam os colegas meio jogados em cima do sofá, com a peruca solta e sem botas, por causa do grande calor, fumando; e alguns passivamente coçavam a orelha com o dedo mínimo.

O atendente, então, olhava para eles com ar de quem não tinha entendido lhufas.

Repetia um número, aquele de que mais se recordava, mas todos em coro diziam: "esquece!", e continuavam a lixar as unhas ou a fazer uma risca nos cabelos com um pente, porque eram pessoas, essas, mais do que outra coisa vaidosas, que pensavam o dia todo na própria aparência.

E era raríssimo que o vice-rei aparecesse, e nesse caso avisava.

Essa guerra com Garibaldi cheirava a cansaço, então, para todos. Mas tiveram que anunciá-la, mesmo que os generais não estivessem certos de nada e tivessem poucas informações.

Pelo telégrafo tinha chegado o despacho, e um estafeta foi mandado correndo para lê-lo ao vice-rei. Leu inclusive que eram mil; e parece que o vice-rei sorriu pela simplicidade desse número, ou porque é um número de poucas cifras.

Leu que eram comandados por um general, mas o vice-rei até o interrompeu dizendo: "Para mim é o general *ipsilon*."

Que tinham desembarcado em Marsala; e o vice-rei franziu as sobrancelhas porque não eram cifras. E olhando o seu mapa geográfico escandiu: "Seis mil e vinte e um!", e repetiu como reprovação: "seis mil e vinte e um! Marsala para mim não existe!"

Depois, ali mesmo, pôs-se a calcular os ataques e os contra-ataques, e a prever todas as hipóteses, de modo a vencer. E, em todos os casos possíveis, que sabia de cor, ele os desbaratava. Atacava-os por todos os lados, com um volume de fogo perfeito, nem muito nem pouco. E com alinhamentos geométricos, cercava-os sem deixar um ponto de salvação; ou penetrava em cone em meio às linhas, até que não restasse a eles senão render-se.

Calculava os feridos, e então quantas macas, quantos enfermeiros, quantos metros de gaze.

Calculava os mortos, e então a profundidade das covas, os quintais de terra e de tábuas.

E tudo desfilava em sua mente com uma clareza analítica; tudo organizado em fileiras de cifras. Porque para ele as duas Sicílias eram uma equação de muitas incógnitas, mas que se resolve a cada passagem, qualquer que seja a operação.

O porta-voz que devia transmitir as disposições cifradas, consultaria os outros do estado-maior; e todos juntos entenderiam alguma coisa.

Mas ninguém tinha vontade de levar aquilo à sério, porque já estavam cheios de compromissos: com o alfaiate, com o cabeleireiro, ou apostando nas corridas, ou tendo que levar a amante para o campo, com os filhos.

E então alguém diz: "Eu posso ficar até as cinco no comando; depois, sinto muito, não posso". Um outro está com dor de cabeça, desde que o despertador tocou, e naquele dia não quer saber de nada: "Hoje – diz –, por favor, deixem-me em paz".

Um outro diz que, para ele, a guerra é inútil, porque mais cedo ou mais tarde os inimigos se cansam; ou lutam.

E assim, ao amanhecer do dia seguinte, quando o vice-rei pede as coordenadas, o porta-voz que acabou de se levantar, para não se entediar ficando ali mudo, diz o primeiro número que lhe vem à cabeça.

E o vice-rei fica atordoado, e ouve-se o seu balbucio: "Mas é um demônio esse *ipsilon*." E olha o mapa do reino e pensa na marcha forçada que seguramente fizeram durante a noite toda, atravessando montanhas e despenhadeiros, uma empreitada que até agora se pensaria louca.

Então de novo põe-se a fazer todos os cálculos, prevendo até coisas extremamente improváveis, e depois de três horas dá as ordens. E são tão engenhosas que qualquer um, até o diabo, deveria ser levado a se render, se a lógica ainda comandasse o mundo. E estabelece que no dia seguinte, naquela mesma hora e mesmo minuto, venham lhe dizer qual foi o resultado.

Mas o estado-maior, que naquele dia não consegue nem mesmo se reunir, por culpa de um baile que haviam marcado fazia tempo, de maneira que todos tinham ido para casa para se trocar, para se emperiquitar, o estado-maior lhe manda ao amanhecer o mesmo porta-voz, que desta vez nem tinha ainda acordado totalmente.

Diz ao vice-rei alguns números; ou melhor, finge que os está lendo, já que não consegue nem abrir os olhos.

E o vice-rei pula da cadeira como se tivesse sido picado por um porco-espinho, e grita: "É impossível! mas são mil diabos!"

Ao mesmo tempo, porém, sente um impulso de admiração e um júbilo secreto, por esse adversário capaz de tudo.

E assim começa a terrível guerra que continuamente lhe escapa.

Ao rigor da lógica, não poderia senão vencer, porque as operações que ordena têm um único êxito: ou seja, *ipsilon* reduzido a zero.

De modo que, nesse momento, depois de ter ainda matutado e se perguntado sobre tudo, escreve um segundo despacho. Depois, após tê-lo comunicado, senta-se em sua poltrona para esperar o efeito: consulta ainda algum tratado de autor célebre, para tirar uma dúvida, revê as plantas do território, refaz mentalmente todos os cálculos e os acha impecáveis.

Então adormece tranqüilo e vê o *ipsilon* ereto, no fundo de um vale, resistindo com as últimas unidades que lhe restam. Mas os seus o perseguem do alto dos montes, dispostos um a cada metro, em uma circunferência de dois quilômetros; e calcula que um golpe a cada oito, segundo as estatísticas normais, atinge o alvo, com um morto a cada treze. De modo que essa batalha lhe custa trezentos e doze quilos de pólvora pírica, vinte e sete e duzentos quintais de chumbo, quatro fardos de estopa, tanto de feno para os cavalos, tanto de equipamento, tanto de tecido para os uniformes, *et cetera et cetera.*

E tudo na medida exata para vencer, sem restos ou resíduos.

Assim fecha os olhos em outros cálculos que lhe rondam o cérebro, e sonha com um mar de cifras que banham as duas Sicílias, e os soldados que se somam e se dividem, os camponeses que extraem raízes quadradas e produtos notáveis, e senos e cossenos que ondulam sobre as colinas, e logaritmos nos rios que nadam contra a corrente.

Mas ele sabe muito bem que os sonhos são brincadeiras que enchem os olhos e o cérebro. De modo que não têm importância e são girândolas feitas para rir.

Enquanto isso, o despacho do vice-rei é levado ao estado-maior; mas ali ninguém quer se pronunciar, para não ter sarna para se coçar até fora do serviço.

Assim, transmitem-no diretamente à zona de operação, onde um subtenente tenta lê-lo, e pede, porém, aos superiores que lhe mandem um esclarecimento, porque não dá para entender nada. Enquanto isso reúne as tropas.

Mas ao se olhar para essas tropas têm-se uma impressão muito ruim, porque se lamentam continuamente de que está muito calor e de que não seria o momento de travar uma batalha; dizem que há muita mosca e piolho, e que o uniforme dá muito na vista.

Depois dizem que deviam manter os cavalos na engorda, assim não temeriam a carestia se acaso viesse. E os canhões, os morteiros, as bombas de chumbo, é inútil levá-los, porque o peso deles atrasa a marcha de todo mundo.

Segundo eles, de qualquer modo, o soldado, se tiver de andar, deveria fazê-lo de carro. Mas é melhor, porém, se ficar parado em um lugar protegido e não aceitar o embate, porque, pela experiência deles, isso só traz estragos.

O inimigo se vence com o tempo, tirando-lhe os víveres. Enquanto nós, dizem, devemos nos manter saudáveis, isto é, à sombra, bem descansados e alimentados. É esse o modo de vencer. De modo que é preciso cozinheiros, camas macias, antepastos, vinho, queijo, e, no final da tarde, uma ducha.

Enquanto que os outros, os inimigos, se roem de fome e não pregam olho; e são obrigados a suar nas marchas forçadas e depois à noite não têm nem mesmo uma gota d'água, mas só as feridas das pedras. E à noite, o chão em vez da cama.

Na tropa tinham então a opinião de que, para vencer, não é preciso manobras; e sim que eles comam e bebam e os outros, ao contrário, não.

Dá para perceber que, mesmo se as páginas estratégicas do vice-rei tivessem sido entendidas, dava para duvidar de uma execução perfeita.

O subtenente, então, com muito esforço, depois de ter falado disso por horas, conseguiu com que se vestissem e se colocassem em fileira, prometendo para o jantar pernil de carneiro e purê.

Depois, andavam um pouquinho numa ordem dispersa, mas já era de tarde; percorriam alguns quilômetros, e já alguém tinha que se deitar por um pretenso golpe de sol; um outro dizia ao sargento que sentia dor a cada passo por culpa dos pés e que lhe cansava andar com o fuzil nas costas. Depois, todos punham-se a dizer que já tinham se distanciado muito e que não voltariam a tempo para o jantar, que queriam parar ali, e isso significava querer a liberação.

E se por acaso se atravessava um despenhadeiro, a expedição na prática terminava, porque todos tiravam os sapatos, o capacete, os cintos, as polainas, e não queriam mais prosseguir, dizendo que aquele calor estava de lascar.

Mas com relação aos planos do vice-rei, esse foi um outro capítulo.

Com o vice-rei preocupavam-se os primeiros-ministros, o estado-maior, os conselheiros, e, pode-se dizer, todo o bando de gente de classe que forma a corte.

Davam-lhe números, alguns nomes geográficos; mas naturalmente inventados pela preguiça. De modo que Garibaldi para o vice-rei era um louco bastante hábil que não conhecia nem mesmo os rudimentos de estratégia militar, nem a simples lógica; e contando nos dedos chegava mal e mal ao dez. Porque as suas manobras a serem combatidas eram até bem fáceis. Mas tinha sempre expedientes nunca antes tentados nem vistos por séculos; através dos quais ia e vinha, corria para a direita e para a esquerda, depois desaparecia, e reaparecia em cima de um pico; ou se barricava dentro de uma torre, ou de uma fortaleza. Mas logo depois, durante a noite, se o vice-rei tinha um pesadelo e pedia notícias, eles já o tinham visto, diziam, bem longe: aos pés do Etna, na esplanada dos Gregos, ou no cabo Milazzo. E provavelmente, tinha cavado uma passagem, porque estudando os mapas não havia outra forma de fugir ao assédio. E, em poucas horas, poderia ter percorrido trezentas ou quatrocentas milhas.

O vice-rei pensava: 'Mas quem sabe de que raça são os cavalos; são verdadeiros foguetes. É preciso levá-los em conta. A menos que estejam divididos em mais grupos, abrindo muitas frontes; e então é o caso da guerra de Münster, citada por Clausewitz na página duzentos e nove. É preciso opor-lhes vetores variáveis, multiplicados pelo quociente; e onde abc sejam os valores que reconduzem pi grego à terceira potência...'

E começavam todos os estudos novamente.

Mas, isso não era nada, porque o vice-rei se preocupava, sobretudo pelo fato de tudo ser instável: de repente, por exemplo, os mil redobravam as tropas, porque isso era o que significavam as cifras que lhe haviam recitado; ou mesmo dispunham de mais de uma frota; a qual depois desaparecia como tinha chegado, talvez quem sabe!, em um remoinho do mar, ou em um sorvedouro, ou mais provavelmente, ele pensava, pela incapacidade dos pilotos de usarem goniômetro e bússola.

E o mesmo, porém, acontecia aos mapas geográficos que, por escrúpulo, ele queria manter sempre atualizados. Mas era uma variação contínua de números, símbolos, de curvas isométricas. Variava continuamente o perfil de todas as costas, o curso dos rios, a altura dos montes.

E o vice-rei corrigia os mapas, para não correr riscos nos planos de guerra; mas era obrigado, ao pensar no assunto, a imaginar o seu vice-reino em um estado de ebulição contínua, em meio a perturbações geológicas, a maremotos, terremotos, erupções vulcânicas. Ilhas que submergiam ou que emergiam subitamente das águas; istmos de cem quilômetros que estrangulavam uma península; e rochas desabadas que soterravam um lago ou um golfo enorme. Um mar que acabava em vapor e tornava a terra seca. Ou a crosta continental que levantava como se não fosse nada, gigantescas montanhas no decorrer de um dia, levando para o alto as cidades, os pastos, os bosques que antes estavam dispostos em um ligeiro declive.

E interpretava as cartas, que lhe diziam ao acaso, em sânscrito, em grego, em latim: no seu código significavam lepra, erupção, peste negra, saque, e até mesmo que a lua havia parado de girar, que o sol não tinha surgido mais, que a terra se tinha coberto de neve e gelo.

Em meio a esses cataclismos e desastres despropositados, que ele, porém, reduzia com prudente frieza ao aspecto geométrico, continuava a sua guerra obstinada contra os rápidos saltos de *ipsilon*. Cercava-o com as colubrinas, os fossos, as tropas; mas logo depois ficava-se sabendo que nem ao menos havia aquele rio, aquela colina, aquela margem do mar que deviam ser palco da rendição definitiva.

E o vice-rei, vai parecer estranho, ao invés de cair no desânimo, brilhava todo de contentamento, e murmurava:

"Ah, não há dúvida. O caso é absolutamente inédito. Não se encontra nem no *De bello gallico*, nem no Xenofonte, nem no Salústio."

E para não esquecer uma só passagem, para que os pósteros o recordassem, enchia um caderno de dados e de anotações teóricas.

Enquanto isso, a coisa que acontecia em meio aos soldados era estranha de se dizer e nunca vista.

Desaparecia de vez em quando um cavalo, um muar, um asno; e se descobria depois que os soldados o tinham cozinhado, feito na panela ou cozido, e o tinham comido. E o sargento a princípio ficou completamente furioso, e tinha punido quarenta deles fazendo-os ficar sem pão nem água.

Depois, quando lhe ofereceram um prato de dobradinha, declarou que de fato estava disposto a fechar um olho, porque considerava a cozinha deles de altíssimo nível.

Desse momento em diante, a campanha militar que estava em curso tomou uma direção autônoma.

Ninguém lia os despachos, porque estão escritos, diziam, em árabe; ou pareciam os ternos da loto. Mas em compensação comiam sem parar.

Quando terminaram os cavalos e os outros animais de carga, que para a guerra, eles insistiam, eram um obstáculo, começaram a requisitar frangas, vitelas, gansos, porquinhos de leite; por ordem do vice-rei, asseguravam; e liam uns números com a voz alta e estentórea.

Mas os camponeses, para ficarem seguros, pediam como garantia o metal, que para eles era útil. Queriam os botões, as fivelas, os sabres, as esporas, as medalhas, as divisas. De modo que não tinham mais os uniformes em ordem, mas os seguravam com alfinetes ou com laços.

E até os oficiais ao final aprovavam, porque o campo era um perfume só de assado, e entre eles se falava só de iguarias, especiarias, molhos.

As companhias dividiram-se por tarefas: algumas depenavam ou tiravam o couro, outras tomavam conta do fogo, outras descascavam sempre batatas, outras faziam ravióli, nhoque, talharim e o dia todo faziam massa.

Por exemplo, o ex-vigia montado, que tempos atrás foi o orgulho da academia real, preparava espetinhos de louro, pássaros e rim de cordeiro que o comandante sustentava não serem comidos em nenhuma caserna do mundo.

A esquadra de artilheiros, por sua vez, fazia um risoto de açafrão, creme de leite, ervilhas, ao qual acrescentava uma taça de vinho branco, tutano e parmesão segundo o gosto de cada um.

Acabaram depois por liquidar tudo: as rodas das carroças, as selas, os seus uniformes, e tudo aquilo que geralmente distingue um exército, ou seja mosquetes, cartucheiras, cartuchos; e as baionetas, os revólveres, e também, de uma só vez, os obuses, as granadas e os morteiros, depois todo o salitre e os rastilhos.

Em compensação, porém, as panelas e os caldeirões fumegavam, e ninguém ficava mais no ócio.

Estavam acampados perto das árvores, próximo a uma bela nascente, e quando tinham almoçado em todas as divisões, fazendo visitas e provas recíprocas, concediam-se a sesta; depois já era hora do jantar. E havia, então, grande movimento.

Se continuarmos assim, diziam, vamos acabar vencendo, porque não se contam perdas, retiradas ou baixas; melhor do que isso, aqui as pessoas engordam. E até os oficiais estavam plenamente convencidos e entusiasmados.

É preciso, porém, dizer que, terminadas as reservas de objetos para troca, se acostumaram a comer tudo aquilo que lhes aparecia pela frente. Incluiu-se, então, nesses momentos difíceis, uma espécie de contenda ou batalha, à qual, eles dizem, foram obrigados.

Numa manhã em que tinham quase pulado o jantar, roendo cenouras e figos-da-Índia, apresenta-se um garibaldino a cavalo para parlamentar e reportar uma mensagem.

"Entre, sente-se", dizem todos com uma grande gentileza exagerada. Sacodem-lhe a poeira, põem-no para sentar à sombra.

"Temos água, fresquíssima", e lhe dão de beber.

"Fique bem à vontade, não se preocupe, depois que descansar falaremos sobre tudo."

E, enquanto isso, os outros cercam o cavalo, apalpam-no bem e se lambem os beiços.

"Fique relaxado, que depois discutimos", ficam ali continuamente repetindo.

E ele, sem dar muita confiança, responde:

"Obrigado, obrigado, eu queria ver o general-em-chefe."

Mas nesse meio tempo já tinham cozinhado e repartido o seu cavalo; e enquanto o garibaldino ainda estava ali esperando e conversando, já o tinham comido e chupado até os ossos.

Depois ele se cansa e, percebendo a tramóia, diz:

"Onde está o cavalo?"

Eles procuram fazer-se de desentendidos, ou seja, dizem:

"Que cavalo? aqui nós não vimos nenhum. Tem certeza que não o deixou em um prado? ou dentro do estábulo?"

E então o garibaldino fica completamente furioso, e já que tinha na cintura um sabre, ele a desembainha e grita:

"O cavalo, vocês roubaram o meu cavalo!"

E isso já poderia ser considerado substancialmente um ataque de infantaria.

Os Bourbon no início se assustaram, porque não tinham armas para lhe opor. Mas quando alguém gritou: "arranquemlhe o pescoço!", começaram a ver a questão sob um aspecto totalmente diferente.

E pensaram que talvez ele fosse macio, que talvez tivesse gosto de frango, ou quem sabe, tirassem dali uma carne de panela, umas almôndegas. Não se pode dizer o modo que cada um tinha de considerar a questão e fazer projetos; a além do mais aqueles esfomeados eram muitos. O fato é que tiraram cutelos, trinchas, assadeiras, peneiras, raladores, conchas, rolos de macarrão.

Foi uma batalha furibunda para o garibaldino, porque batia em vão nas panelas e nas marmitas que o comprimiam de perto; e afastava os ataques dos saca-rolhas e dos trinchantes.

Até que percebeu que não podia fazer nada, que aquela era uma massa de cães famélicos. E abrindo caminho a golpes de espada, quebrando uma jarra, pulando uma sebe de garrafas de vinho, conseguiu escapar pelos vales afora e sem deixar traços.

De modo que infelizmente acabou assim a batalha, com o inimigo fugido e eles ali, de boca vazia.

A guerra, depois, no seu conjunto, nunca terminou mesmo totalmente.

Esses soldados bourbons espalharam-se como gafanhotos, e não havia coisa que não comessem, já que aqueles campos eram áridos e pobres em frutas. Comiam restos, as cascas das árvores, as formigas, as cobras. Andavam em bandos, e por aquilo que se conta, parece até que latiam.

Tanto que as pessoas, ao ouvi-los, diziam:

"Os Bourbon estão chegando."

E eles, na periferia das cidades ou em meio aos canais de esgotos, jogavam-se sobre os cães, sobre os gatos, mordendo-os, em brigas terríveis.

Depois não se sabe aonde foram parar, pobrezinhos.

Quanto ao vice-rei, aconteceu que aos poucos foram se esquecendo dele. Ou seja, acharam supérfluo dizer-lhe que já estava caduco; ou talvez ninguém tenha querido lhe dar esse desgosto. E ele, então, até a morte reinou feliz sobre as duas Sicílias, de seu ponto de vista. Mas sem sair de casa.

Deixaram-no lá, fazendo sua guerra com Garibaldi sobre a superfície da mesa. Nem ficava mais de pé, por uma forma avançada de gota. E na antecâmera dormia um fiel marechal seu, que lhe dava uns números a cada três horas. De modo que ocorreram no seu longo reinado alternados e complicados acontecimentos.

"Eu nunca vou entendê-lo – dizia de Garibaldi –, parece um moleque, um doido; porém é um bom adversário, incansável."

E acrescentava: "Uma vez estive ao ponto de perder o reino; quando me desferiu três ataques de surpresa no decorrer de um dia, e tudo tinha se rebelado, até as pedras. Que riscos eu corri!"

Depois, com o passar dos anos, o marechal dava um número por semana, depois por mês; a conselho do médico. E a guerra então de posição, uma guerra mais calma, mais apropriada à idade. E o vice-reino mais estável.

Morreu assim, o vice-rei, serenamente, sem que se desse conta de nada."

Essa foi, tintim por tintim, a crônica que nos fez o segundo estudante, que era mais alegre e mais jovem.

Depois, o prefeito ficou cheio de palavras de louvor muito afetuosas, e apertava as mãos de ambos, os braços, olhava-os nos olhos e dizia: "finalmente, finalmente".

E dizia que tinha sido um congresso, ainda que improvisado debaixo daquele guarda-sol, um congresso volante: "Não é verdade?"

E eles riam entre si, e também eles estavam contentes, e repetiam rindo as frases que o prefeito dizia. E então, em meio a essa alegria, já estávamos em pé, e os estudantes na bicicleta.

Na porta do bar apareceu alguém, ao ouvir as risadas e a algazarra e, entre si, comentavam aquilo, mexendo a boca devagar.

Através da janela também surgiu uma cabeça vermelha, que lançou um olhar agudíssimo. Mas já estávamos do outro lado da rua, e eu não sei o que pretendia. Assim nos afastamos das paragens da minha senhorinha.

16

NAS PARAGENS DA MINHA SENHORINHA

Era a manhã seguinte quando acordamos. E tínhamos dormido dentro do palheiro, pouco distante da hospedaria-pizzaria.

Mas eu, durante a noite toda, tinha ouvido galos cantarem à distância e repetidamente, como se fizessem eco. De modo que sofri o desejo de rever a minha bela e de responder; ainda que pelos discursos que me tinha feito o prefeito e pela visão da tarde eu me contivesse.

Porém, não conseguia dormir. Os cães latiam como se me chamassem, como se procurassem me manter acordado para me dizer alguma coisa: que a minha bela os tinha mandado, que a lua estava para surgir, que me preparasse. E quando algum deles latia mais alto, mais lamentosamente, eu os via vestidos com os farrapos do uniforme bourbônico: velhos cães sem descanso, eu me sentia dizer na mente, famélicos, que são mandados para que a pessoa perca o sono e fique suspirando.

E nesse meio tempo, não sei quantos milhares de grilos, se somados, mantinham uma melodia furibunda e insistente que, para os meus sentimentos, era um chamado para que fosse lá ver. E o concerto, quando eu afiava os ouvidos, ficava mais forte; e alguns novos solistas então se juntavam com suas notas, para me levar para fora, para as núpcias.

Nesse meio tempo, na sonolência, o vice-rei aparecia à minha frente todo atulhado em meio a números; que eram um óleo que lhe alagava o baço, as tripas, os pulmões, o fígado. E um Garibaldi a cavalo, por sua vez, em meio a cães vira-latas, que era uma estátua vazia de terracota.

Depois uma cotovia canta, acho; depois um galinho no teto, muito perto; e eu me abalei todo em meio à palha. E quando repetiu o canto agudíssimo, eu já tinha os olhos abertos, e vislumbrei a lua desbotar-se e o dia clarear melancolicamente.

O prefeito, por sua vez, quando saiu do palheiro, parecia um senhor todo contente, satisfeito e radiante. Dizia que tinham se revelado, finalmente, as circunstâncias em que se dispunham as nossas questões por um bom tempo.

Eu não sabia, e estava confuso, até por causa da noite.

O prefeito, por sua vez, dizia que tinha dormido como um imperador dono e senhor, que tinha ficado completamente à vontade, e que tinha rido em sonho a noite toda.

Dizia que agora todas as lorotas que estão por aí, dava para ver, iriam desmoronar, que não se manteriam mais em pé; e que, se eu quisesse mesmo saber, aquele congresso a que tínhamos assistido afastava as teias de aranha e os enganos como um mistral, como um bóreas.

"Não vão se arriscar mais", dizia.

Eu encolhia os ombros, de minha parte. Não tinha mais vontade de acreditar nisso, nos velhos e no ministério. Mas o que queriam dizer?

O prefeito, ao invés disso, estava seguro e alegre, e limpando-se meio sumariamente para não parecer um vagabundo, de vez em quando ria consigo mesmo, eu acho que pensando em Zagreo e no vice-rei; cantarolava uns hinos e umas marchinhas.

"Não a conhecia assim, não é? a história."

Eu digo que não. Mas sentia em cima de mim um descontentamento.

"Viu que coisa?"

"Vi."

"Foi um belo golpe, hein? contra todos os velhos tiranos falsos e mentirosos."

Eu digo só que queria rever a minha bela; choramingava, com essa idéia fixa.

O prefeito então ficava sério por um momento: "Mas como? justo agora?"

Eu dizia que sim, que todo o resto era incoerente, para mim era algo incoerente que no final não me importava, e frases do gênero. Eu tinha em mente o meu galo e queria voltar a me acocorar debaixo do carvalho para esperar.

"Esta noite eu volto lá", dizia. Naquele momento difícil eu pensava assim, e não conseguia ver mais nada.

"Mas o que o senhor está dizendo? O senhor está querendo se enganar. Deveria conhecer as mulheres." Acho que se referia a Nestore e à locomotiva.

"Não, eu vou voltar lá", era a minha ladainha.

"O senhor quer ser depenado, como um frango." E dava as suas risadinhas de divertimento. "Não se lembra mais?"

Mas para mim, aquele negócio de que ela era um galo tinha se esvaído.

Como é que eu posso dizer? Sim, ela me depenaria no final, ao amanhecer; até me torturaria a minha nuca. Mas eu estava atrás de algo, porém, durante a noite toda, que era o ápice da felicidade, ou alguma coisa assim. E se era um sonho, eu queria sonhá-lo novamente.

Depois, o prefeito disse que era bom ficar um pouco ao ar livre, e aproveitar. E então tomamos a pé uma vereda, que depois fazia uma curva e costeava um riozinho com muito pouca água e que apresentava em alguns trechos poças pantanosas. O prefeito tinha gosto por esses passeios, e mesmo a mim eles também agradavam.

Mas caminhando devagar, e olhando em volta, continuávamos as nossas conversas.

Eu não estava alegre; ainda que, com relação à noite e ao despertar, eu tivesse melhorado um pouco. E dizia que em conclusão tínhamos chegado ali, até aquele ponto. E havíamos ouvido coisas de toda espécie, do tipo até que instrutivo a seu modo, e que eu não tinha me esquecido delas. Mas que eram coisas independentes, não havia um fio. Eu não via esse fio e, portanto, por isso, eu acabei ficando pessimista.

"Porque o conjunto todo, eu não sei o que quer dizer – eu dizia. – Eu gosto é de uma bela aventura clara e evidente."

Eu confessava a ele assim. E ele dizia que era preciso se esforçar para saber ligá-las, que é preciso astúcia: e então é claro que já fomentava a guerra. Desde quando lhe tinha feito as minhas revelações de geografia. Raciocinava assim, o prefeito, nesse modo.

E tendo os outros, como sistema, o contar lorotas e fazê-las circular, para rir e nos manter à sua mercê, eis que nós os desmascaramos, porque encontramos alguns cavalheiros.

"E agora vamos ver quem é que ri: eu digo que somos nós que vamos rir e não eles às nossas costas", procurava me persuadir o prefeito. "É uma guerra, entende? mas uma guerra de nervos; que todavia é a mesma coisa."

Eu entendia o que ele dizia. Estávamos debaixo de uns salgueiros.

Porém, a guerra ainda não a via, sinceramente; ainda não imaginava que fim-de-mundo e que revolução deveriam explodir debaixo dos meus olhos, e como estava se aproximando o apocalipse.

E enquanto nos encaminhávamos pela relva pantanosa que cresce no leito seco do rio, o prefeito se põe a me dar um exemplo.

"O senhor, seu Savini – me diz –, é como alguém que tivesse uma casa em meio às planícies de Waterloo, quando houve a famosa batalha de Napoleão."

Eu digo: "E como seria?"

E o prefeito: "Dá para imaginar.

Quando estourou a guerra, esse fulano correu a se trancar em casa, e por uma janela via passar pelo seu jardim os corpos da armada, dragões, lanceiros, carruagens; numa direção e noutra, dependendo de quem estava ganhando. E sobre a sua cabeça chispavam as canhonadas.

Depois, acamparam ali no jardim uns couraceiros, e enquanto mastigavam as suas marmitas, ele viu pela janela cair em cima deles uns ulanos a cavalo, que em meio minuto os exterminaram. E enquanto esses já estavam voltando e tinham posto os sabres nas bainhas, caíram três ou quatro granadas que pareciam vindas do céu. E muitos foram mortos, feridos ou mutilados.

E esse homenzinho que morava na casa dizia consigo mesmo: "Mas o que será que está acontecendo. Hoje tem gente de todo tipo no jardim."

E como era tímido e prudente, não tinha coragem de descer e mandá-los todos embora: pisavam nas flores, nos canteiros, tinham derrubado a cerca, e os cavalos comiam as folhas das árvores frutíferas.

Ficava assim atrás de uma veneziana, meio escondido, vendo como aquilo iria terminar. E se perguntava porque tinham que escolher justo o seu jardim para virem atirar, dormir, acender fogo, com tanto espaço que há.

Ele sabia que aquela era a vila de Waterloo porque tinha nascido lá; mas ainda não sabia que ela ficaria famosa por causa da batalha. De modo que aquele homenzinho não podia entender o que estava acontecendo. E via só que havia uma grande confusão de uniformes e de pessoas, porque algumas pareciam estar com muita pressa e passavam gritando, correndo ou galopando; outros, em vez disso, jogavam-se ao chão como se estivessem mortos de cansados; outros preparavam o almoço, e outros, depois de terem passado limpos e arrumados, ele os reconhecia depois quando voltavam pouco alegres, sujos e cheios de arranhões.

E o homenzinho dizia: "Mas olha que coisa! Quem sabe do que estão correndo"; e tendo sido sempre um tipo pacífico e reservado, não tinha idéia dos hábitos dos militares.

E não entendia sobretudo por que razão todos tinham se metido a passar por ali."

Eu estava ouvindo até que divertido, e digo: "Eu seria esse ai?"

E o prefeito continua:

"Aquele homenzinho, olhando pela abertura da veneziana, via sempre uma coisa por vez. E para ele a batalha de Waterloo foi uma sucessão de pessoas em uniforme que transitava no seu campo de visão e que atacava sem uma razão aparente o jardim."

"Tudo bem, mas me escute", digo-lhe então em um certo momento, porque me veio uma idéia bastante lógica, que certamente era verdadeira, ou poderia ser verdadeira.

"Talvez eu também saiba – digo – como foi a batalha de Waterloo dentro do jardim."

O prefeito, já que estávamos andando em meio aos caniços, à beira do rio, pára e vira para mim com um ar contente e os olhos brilhantes. Depois, afasta a vegetação que nos separava e ficava em cima do nosso rosto e da nossa cabeça, e diz:

"Ah, Savini, que bela surpresa! O senhor deve saber algo de interessante."

Eu, então, ali em pé de onde estava, acariciado pelas folhas de junco, digo-lhe que porém aquele homenzinho, ao ficar olhando pela veneziana e com o passar das horas, começou a notar que alguma coisa daquilo que via podia talvez ser explicado. "Por exemplo – digo –, quando chega o grupo de couraceiros, ele vê que eles vão se deitar justamente em cima de um canteiro de dálias; e como ele mesmo as havia plantado, adubado e regado com muito esforço, e as tinha defendido dos parasitas e de todas as pragas com uma paciência santa e tendo ficado encurvado por horas cavando, então ele consigo mesmo lança umas maldições aos couraceiros.

E com os olhos grudados na abertura, vê que não têm nenhum respeito; andam com as botas no meio dele, pisam tudo, e ainda usam as dálias como colchão, de modo que depois de vinte minutos, onde havia um canteiro, sobrou só terra batida.

E ele quase chora de raiva, e murmura: "mas o que eles têm contra as minha dálias, o que elas fizeram a eles?"

O prefeito diz: "Pode ter sido, Savini, pode ter sido assim mesmo."

E eu: "De repente, naquele momento, parece que o inferno explodiu. Os couraceiros procuram levantar-se rapidamente, carregar os mosquetes, mas não há nada a fazer. O esquadrão de ulanos chega saltando com os cavalos sobre a paliçada, disparando tiros de pistola. E utilizam os sabres como as fúrias, massacrando em um segundo todos aqueles velhacos poltrões deitados sobre as dálias.

E o homenzinho, da veneziana, esbugalhando os olhos, dá um pulo de alegria.

Com voz malvada diz: "vocês pediram por isso". E dá um aplauso mental aos ulanos que puniram aqueles horrorosos nojentos.

Depois, vê distintamente pela abertura que aqueles ulanos desmontaram dos cavalos, mas como as dálias já estavam perdidas, ele deixa.

Ele vê um deles, porém, que para limpar a lâmina ensangüentada do seu sabre, aproxima-se de um vaso de hortênsia, lindas e bem cuidadas, arranca um maço, sem nem perceber o que era, passando-o duas ou três vezes sobre o fio da lâmina até que não brilhe mais, depois o joga fora e recolocando o sabre na bainha.

O homenzinho diz consigo mesmo: "Ah, não, logo a hortênsia!"

Porém, devido ao ato de grande justiça de pouco antes, dispôs-se a deixar passar. Vê, porém, que outros também seguem o mesmo exemplo e arrancam as verbenas, os ranúnculos, as folhas dos ciclamens; e depois vê que deixam um cavalo andar sobre as tulipas, e outros cavalos comem os ramos de uma videira de moscatel de Aleppo, raríssima; e empurrando-se uns aos outros, jogam no chão a sustentação de toda a fileira, que assim cai miseravelmente ao solo.

Ele a havia podado, borrifado, a tinha levantado numa pérgula, trabalhando um ano nela.

E amaldiçoa os cavalos, e começa a pensar que poderiam ter mantido esses bisões presos, poderiam ter lhes dado feno ao invés de uva.

Nesse meio tempo ele percebe, mudando para um outro lado da abertura, que um grupo de ulanos, gritando e escarnecendo como os piores delinqüentes, puseram-se a comer os figos de uma árvore bem debaixo da casa. E não são nada sutis: puxam os galhos até arrancá-los, cortam-nos, e em um minuto uma planta que tinha cem anos quase não existe mais.

Depois ouvem-se ao longe disparos de canhão. A trombeta, então toca, e todos saltam nos cavalos, mas derrubam uma fileira de vasos de gerânio, pisoteando com os cascos uma borda de azáleas; e um oficial dá a ordem: fila de dois, mas exatamente onde há rododentros, violetas e um pequeno roseiral, que acaba todo destruído e a terra fica como que lavrada.

O homenzinho, ainda nessa hora, xinga e treme de ódio contra aqueles malditos patifes piores do que os Vândalos. E por trás do escuro sua todo, por causa daquele desastre, por aquele estúpido ataque contra o jardim.

E, quando estavam se preparando para partir, tendo feito já o suficiente para deixar para trás aquela cínica desolação, explode uma bomba debaixo do primeiro cavalo, que acaba em frangalhos, e o cavaleiro cai desmembrado em uma poça de sangue. Depois, chegam outros projéteis que espalham em volta morte e terror, e o homenzinho grita, com a voz sufocada pela agitação: "é justo! muito justo! Não destruíram a videira, os canteiros todos, a figueira, o que é que vocês esperavam?"

E continua o ataque de canhão, fazendo ainda danos suplementares, porque destronca pela base um velho cipreste e com as explosões, cava buracos no meio das violetas; mas também lança para longe aqueles traidores, aqueles miseráveis ulanos, junto com os seus cavalos desenfreados.

E o homenzinho então diz: "bem feito, bem feito", e a cada bomba ele dá o seu incentivo. Inclina-se um pouco para se esquivar dos estilhaços, e por prudência fica de lado, mantendo só um olho na abertura. Mas não perde nada do espetáculo, que segundo ele, pelo menos do seu observatório, é uma espécie de luta irada pela supremacia do jardim.

Por um momento volta a paz. Ouvem-se somente tiros à distância, trombetas, pífaros, e cavalgadas passando perto, mas que não olham para ele; devem ser tentativas falidas, porque no jardim não se vê ninguém.

Então, pega uma cadeira e continua a escutar mais comodamente.

Vê-se um ferido se erguer de joelhos e ir se arrastando em direção ao esguicho d'água da fonte; e é claro que daquele jeito arranca os lírios e a plantação de morangos. Depois cai dentro da fonte, onde infelizmente há folhas de nenúfares boiando. Mas não levanta mais; e o homenzinho, que novamente colocou os dois olhos, tem o ar impassível, de verdadeiro homicida."

"Ah, Savini, que revelações! – põe-se a dizer o prefeito. – Essas são coisas que não se sabe sobre a batalha de Waterloo, ainda que tenha sido bastante celebrada."

E tínhamo-nos colocado à beira da água onde terminavam os caniços; e eu via cada vez mais claro a aventura daquele homenzinho que morava no centro de Waterloo. E continuei contando ao prefeito o que, na minha opinião, devia ter acontecido.

"Então, esse homenzinho começa a entender que, por alguma razão que ele desconhecia, o seu jardim tinha se tornado o centro de um interesse universal.

E vinham provavelmente até de muito longe para pisá-lo e arrancá-lo totalmente e para ficarem roubando, um ao outro, o direito de devastar e deixar a terra queimada. Ouvia, de fato, falarem línguas diferentes, diferentes dialetos, e darem ordens nos modos mais incompreensíveis, talvez em russo, em inglês, em eslovaco. De modo que eram todos uns forasteiros que chegavam ali quem sabe procurando o quê, quem sabe por que gosto.

Mas depois, mais ou menos, todos pagavam caro por isso. Pelo menos parecia; porque mesmo que algum deles tivesse feito estragos e conseguido escapar, muitos outros, até por terem colocado um pé na grama, tinham perdido a vida ou uma perna ou um braço.

Aquele homenzinho explicava aquele vai-e-vem no seu jardim assim; e achava até que houvesse uma lógica ali. Ou seja, quem destruía as suas flores, cedo ou tarde pagava por isso; e todos eles, por uma razão arcana, queriam destruí-lo, fazendo nascer uma rivalidade recíproca, a vingança e a represália.

Quando viu chegarem os canhões, com os respectivos cavalos de carga, teria se disposto a lhes dar passagem, o beneplácito, em consideração à obra de total limpeza de ulanos e cavalos que tinham feito. E estaria propenso a considerá-los como amigos, como aliados que se preocupam com a integridade do seu jardim por puro desinteresse. Provavelmente, viram de alguma colina, através da luneta, a matança que estavam executando, e tinham disparado as suas granadas, com o intuito de que falei.

De modo que chegavam a meio trote as seis parelhas, e no assento de cada uma estão dois militares com colbaques e uniformes de cor creme.

O homenzinho está, de certa forma, contente, e fica com vontade de dizer: "ótimos, ótimos artilheiros."

Está em pé e olha sempre entre as vigas da veneziana, e espera que passem longe; mas em vez disso passam de propósito ao longo da sebe que tinha acabado de ser podada, e como eram carroças largas e pesadas, com a roda esquerda derrubam-na em toda a sua extensão. Para que cresçam de novo serão necessários pelo menos outros dez anos.

O homenzinho fica ali assim, contrai as mãos e quase range os dentes, gaguejando: "velhacos!"

Que fossem, pelo menos, em fila de um, no mesmo caminho! Em vez disso, não, põem abaixo a cerca, metade do portão, uma bela moita de louro, uma outra pérgula de videira, e afunda a cobertura da cisterna onde uma roda fica encalhada. E enquanto estão usando como alavanca as estacas, tiradas das estacadas, e açoitam os cavalos, acaba caindo de tudo na cisterna, terra, estrume e pedregulhos.

Quando foram embora, o homenzinho avalia que talvez aquele tenha sido o dano maior.

Depois, pelo resto do dia, não acontece mais nada. Ouve-se só os canhões, continuamente. E uma bomba isolada cai sobre um roseiral, e uma outra, por erro, dentro de uma janela do primeiro andar.

Quando parecia que tudo tinha acabado, e já era quase noite, vê-se passarem cavalos fugidos arrastando os arreios, alguns militares feridos e enlameados, algumas macas. Parece-lhe reconhecer neles os mesmos artilheiros, está mesmo certo disso; têm o mesmo uniforme branco. E dois cavalos carregam ainda consigo restos do timão da carroça.

Assim, o seu desconforto transforma-se em um surdo júbilo interior, e conclui que certamente funciona uma lei: que quem causar dano ao seu jardim, cedo ou tarde, sofrerá as conseqüências. Não sabe se é uma lei humana ou uma lei da natureza. Mas acha que é correspondente aos seus sentimentos, quase como se ele mesmo a tivesse feito.

E explica assim aquele caótico dia de Waterloo que ocorreu debaixo dos seus olhos."

O prefeito me escutava olhando para a água, com ar perdido e entusiasmado, e disse que o homenzinho tinha razão.

"Do ponto de vista dele – disse – tinha perfeitamente razão."

E como estávamos ali sentados, víamos correr sobre as águas as aranhas-d'água, que são como mosquitos boiando em pé. Via-se que se perseguiam, depois ficavam absortas, pelo menos aparentemente, deixando-se ir na leve correnteza.

Depois, ainda, corriam como loucas em ziguezague sobre o espelho d'água; mas se as observássemos longamente talvez entendêssemos por quê; e que idéias, mesmo simples, pudessem ter, sobre a vida, sobre o ócio, sobre a caça aos microorganismos.

E seguindo, então, com os olhos os devaneios das aranhas, o prefeito diz: "E depois, Savini, sabe-se de mais alguma coisa?"

Eu, que me sentia mesmo inspirado, e conseguia ver como se estivesse ali, na minha frente, a batalha de Waterloo, digo então que mais tarde, por volta das sete horas da noite, quando tudo já tinha se apagado e o homenzinho se preparava para deixar o observatório, aconteceu, infelizmente, de um general fazer o desastre definitivo.

"Um general?" perguntou o prefeito.

"Sim – eu digo. – Chegou uma carruagem puxada por quatro cavalos, e, em vez de seguir a curva da alameda, passa pelo centro de uma floreira redonda, que é a mais bonita e o orgulho de todo o jardim; com quatro pequenas palmas dificílimas de manter naquela região.

E as rodas cavam sulcos que parecem trincheiras, e o resto os cavalos fazem.

O homenzinho, pela janela, sente um golpe no coração. E como tinha se levantado esperando que o cocheiro desviasse um pouco, cai sentado novamente e fica prostrado contra as costas da cadeira, murmurando:

"Meu Deus, é o fim".

Depois, porém, com as últimas forças, ouvindo barulhos e ordens, e uma certa agitação, volta com os olhos para a abertura. A tempo de ver esse general supremo, pequeno e gordo, abrir a porta e descer sobre a última palma sobrevivente, e de propósito esmagá-la com o pé depois de olhá-la. Se tivesse dado um passo um pouco para a direita ou para a esquerda, poderia tê-la evitado!

Mas talvez não achasse honroso ter cuidado.

E o homenzinho, nem mesmo o amaldiçoou entre dentes, nem xingou. Continuou só olhando-o mudo de seu posto, mas com olhos que, se fosse possível, o teriam incinerado. Mas isso já se sabe que não é possível.

Ficou, então, ali, aquele general, ocupando o belo jardim desaparecido; agora uma charneca desolada."

Enquanto dizia isso, e estávamos sempre sentados sobre as pedras à beira do rio, o prefeito pôs-se a dar sinais de um interesse centuplicado e a mover a cabeça e a boca, como se tivesse tido uma idéia inesperada, e que estivesse impaciente para contar.

Então eu paro, porque ainda poderia dizer outras coisas que eu imaginava terem acontecido diante daquele homenzinho, depois.

O prefeito, com o seu íntimo arrebatamento, diz:

"Savini, eu concordo com a sua história, cem por cento. Está tudo muito claro, agora. Você teve uma intuição perfeita. Mas fique atento ao que lhe digo: aquele homenzinho não se dava conta, não sabia que general estava à sua frente!"

Eu escutava.

E o prefeito: "Aquele lá, sabe quem era? Era o imperador, era Napoleão!"

A idéia me divertiu, e eu a achei possível.

"Ah! – digo. – Sim, é bem provável. O homenzinho, porém, não poderia saber; nunca havia visto Napoleão, e acho que nem o conhecia de nome. Porque sobre política não tinha grandes conhecimentos; preocupava-se só com o jardim."

E o prefeito: "Ah, é isso! dá para entender. O senhor disse, porém, pequeno e gordo, com a mão enfiada debaixo dos botões, não é verdade?"

E eu: "Pode ser".

"Com o chapéu de três pontas?"

"Pode ser, o homenzinho não se dava conta, não se lembra disso, por aquilo que eu saiba."

E o prefeito: "Sim, sim, agora não há dúvidas, era Napoleão".

E ficamos contentes com a descoberta, que nos fazia rir e nos punha de bom humor.

"E se quer saber – continua a me dizer –, não foi ali que Napoleão morreu. Mas foi lá que começou a sua ruína, em Waterloo, naquelas palmas nanicas que esmagou com os pés."

Tudo agora se resolvia e se explicava.

"E efetivamente – acrescento – aquele homenzinho alimentou uma raiva durante anos; mas como não sabia que era Napoleão, achou que o general tivesse permanecido impune. De modo que lhe surgiram dúvidas sobre a lei impiedosa do seu jardim. Pensou que fosse falha, com exceções; e depois achou até mesmo que fosse uma fantasia sua."

"Não – diz o prefeito –, ao contrário, foi Napoleão quem pagou mais caro."

E já que a conclusão era lógica e satisfatória, pusemo-nos a rir e a olhar as aranhas-d'água e as rãs que vinham à superfície, cada um refletindo, por sua conta, sobre aquilo que tínhamos deduzido.

Em resumo, passamos a noite sem jantar; porque depois ficamos deitados à beira do rio, andando sobre as pedras do seu leito, e havia tantas coisas para ver nas poças d'água e em meio aos caniços, e nos atrasamos tanto, fazendo suposições sobre tudo, que na volta já era noite, e já alta.

Então o prefeito diz: "Vamos dar uma olhada na pizzaria".

Mas estava tudo hermeticamente fechado, tudo escuro, a porta trancada, as janelas fechadas.

"Não, prefeito – digo –, aqui não dá para comer."

Então fomos para o lado de trás, porque queríamos chamar alguém, por causa da fome; ou seja, para que nos jogassem uma bisteca.

"Quem sabe!" dissemos entre nós rindo; porque estávamos bem dispostos, ainda que com o estômago vazio.

"Eu a comeria com uma salada do campo – dizia em um tom de conhecedor o prefeito –, com agrião crespo, cebolinha e sanguisorba edelvais e erva-doce."

E começamos a brincar sobre as nossas possíveis iguarias, recordando os almoços dos soldados bourbons, enquanto estudávamos a volta toda da casa, para ver se brilhava uma luz. E enquanto isso fazíamos como dois velhos compadres que disputavam para ver quem pensava na coisa melhor.

"Se jogassem para nós aqui embaixo – eu dizia – um cozido, quente e fumegante, imagine que gostoso seria senti-lo na boca?"

"Com molho, Savini – dizia, por exemplo, o prefeito –, com molho de pepino e mostarda; peça para que não esqueçam do molho."

"Eu comeria também lentilhas; como Esaú, duas porções. Sabe que Esaú vendeu seu irmão por uma porção a mais de lentilhas?"

"Eu acredito – dizia o prefeito –, acredito mesmo. As lentilhas, com a sua gordura, quando derretem na boca, são algo que ninguém resiste, nem mesmo os profetas; porque são melhores do que a terra prometida."

"Eu pediria para me darem a panela toda – eu dizia –, acompanhadas de cebolinhas ao forno e fatias de salame tenro."

"Espere, Savini, vinho também, peça também vinho, um bom vinho negro encorpado; não se pode comer no seco."

"Sim, às ordens – eu dizia –, à mesa!"

E olhava para cima, para as janelas, para ver se tinha ficado alguém naquele bar ou pseudo-bar que fosse. E continuávamos, enquanto isso, fazendo listas de gastronomia, e fazendo, para nós, pratos deliciosos e preparados, bem ao ponto e fumegantes, que atiçavam o paladar e davam água na boca. Nós os víamos saírem voando pelas janelas e descerem até os nossos narizes, com os molhos voando junto, e os acompanhamentos, os guisados; em meio a vapores e temperos. Que quase sentíamos como se estivessem já na garganta, de tanto falarmos assim, saborosamente.

E dava vontade de rir a cada prato, principalmente os caldos, ao vê-los voarem e derramarem-se sobre os assados; ou a marinada de salsa e alho, o refogado de cebola, toucinho, zimbro.

"E alecrim, – dizia o prefeito – sobre o pato se põe alecrim; e por dentro mel, fígado, tordos, limão e raspas de laranja. Estou avisando, hein, senão eu mando de volta."

E ríamos.

"Estou já com a faca na mão, Savini; faça o pedido."

Eu: "Sim, sim, um momento", e olhava para cima.

Então vejo, virando para o outro lado, uma janela iluminada no primeiro andar e o prefeito me diz:

"Peça para nos jogarem alguma coisa de verdade, Savini, pelo menos um pouco de pão. E se for possível, um pouco de queijo também."

"Claro – eu dizia –, vou pedir queijo de ovelha e coalhada, está bem?"

"Claro, mas pode ser também só salame e mortadela."

E me dou conta só naquele momento de que é a janela da minha bela, de onde ela me havia sorrido e feito as suas promessas. Por causa da fome e das brincadeiras de ver os pratos voando eu tinha me esquecido.

Mas não havia ninguém lá. Assim, já que junto à casa havia uma figueira, num instante subo por ela, todo cheio da velha emoção, mas também mais ousado.

O prefeito ficou embaixo e me perguntava em voz baixa: "O que você está vendo? Há alguém ai?"

Eu não via nada no começo: "É um quarto vazio." Depois: "Não, veja, a minha senhorinha está aqui".

E com um baque que subia da barriga até o rosto, eu a vejo bem de frente, a poucos metros; porque estava com a cabeça ao lado do peitoril.

"Ah! – exclama o prefeito – a bela miss está aí. Ah! espere um pouco, não a chame ainda, não assobie. Dá para vê-la bem?"

Eu: "Sim". Estava sentada diante de um espelho.

"O que ela está fazendo?"

"Hum – digo baixinho –, está se penteando, parece. Mas está mal localizada, de modo que é difícil dizer que é ela."

Era verdade. Eu a via inteira, e não havia aquela crista vermelha como na janela, ela a havia soltado sobre os ombros; e sobre o resto, nem no bar eu a havia visto assim.

"Espere, Savini, espere – sussurra o prefeito todo perturbado –, conte-me direitinho como é, que daqui não dá para vê-la. Conte-me direitinho, que assim descobriremos quem são essas pessoas na verdade, por debaixo das roupas."

"Está bem, está bem", digo, e me ajeito direito todo entusiasmado sobre a árvore, num galho mais alto; e me estico ali para aguçar melhor os olhos.

O prefeito sobe sobre um cavalete que havia ali, e se segura no tronco, para ouvir melhor o que estou dizendo:

"E então, Savini? o que você está vendo? está vendo a miss?"

Eu a estava vendo muito bem.

"Savini, como ele está vestida? está de uniforme?"

"Não – digo –, está toda diferente. A roupa do bar deve estar sobre a cadeira."

“Ah, está vendo, eu não disse? E então?”

“Está vestindo uma outra coisa. É como uma regata, mas que funciona como vestido.”

“Mas veja só! – comenta baixinho o prefeito – Uma regata! Mas é de homem? do que é?”

“Não, é como um vestido de baile. Um vestido de mulher e de baile, brilhante.”

“De baile? inacreditável.”

“E está penteada de um jeito! Devia ver. Não dá para entender para o quê.”

E lhe descrevo os detalhes: tem duas fitas finas, está passando creme, pôs uma rede na cabeça, olha como está no espelho, levanta o rosto e olha o pescoço, as orelhas, fica fazendo careta com a boca, com as sobrancelhas.

Ouço o prefeito dizer da base da árvore que é uma total confirmação, que somos afortunados; e se fico calado não pára de dizer continuamente: “O que está vendo, Savini? o que ela está fazendo?”

“Ah, tudo bem, tudo bem – eu digo. – Mas olhe isso! Veja, tirou essa roupa também.”

E ele: “Mas o que é isso? Mas quanta roupa ela tem? – sussurra. – Ainda não terminou?”

“Não, ainda tem roupa por baixo.”

“Devem ser os uniformes intercambiáveis – diz como se fosse consigo mesmo. – E agora?”

“Tem uns elásticos, que passam pelas costas! Tem um gancho de ferro, eu acho”.

“Ah, um gancho! Mas por quê? Está ancorada a alguma coisa?”

“Não, é um gancho para segurar uma faixa. Fica como que grudada em volta do estômago.”

"Vê-se que corre o risco de separar-se. Mas há outros fechos, ou outros ganchos?"

"Não sei, tem uma cinta em volta da barriga, com algumas fitas que caem. Não; é isso, estão ligadas às meias com as pernas por dentro."

"Devem ser as meias de seda. As mulheres usam. Mas, e debaixo? sob as meias?"

"É branca, branca", e fico observando, de certo modo, tocado e contagiado por essa descoberta. "É de uma substância branca. Diferente daquela que se vê no rosto."

"É gesso?" pergunta estupefato o prefeito, com uma voz quase gritada, quase se fazendo ouvir.

"Não, eu sussurro – fale baixo; parece da cor da cera das velas, ou celulóide; não sei, seria preciso sentir, tocar com o tato."

Depois disso fico calado, para examinar melhor esse espetáculo que me magnetiza mas me impressiona e me aperta o coração. Mas o prefeito está impaciente: "E então?"

"E então que são bem feitas, eu diria. São redondas. E afinam no final. São até bonitas as pernas, em seu gênero."

E tentava descrevê-las em voz baixa: enchem-se no alto, bastante, e continuavam subindo pelo lado, e depois a cintura, que tinha uma reentrância.

"Ah – diz o prefeito –, então aparentemente são normais?"

"Na minha opinião, até melhores. São muito boas, na minha opinião. Depois, vê-se que tem um umbigo."

E acrescento: "Sabe? se eu tivesse que dizer com o que se parece?" E procurava uma expressão que, mesmo em poucas palavras, em voz baixa, desse a idéia. "É isso, uma odalisca; é idêntica a uma odalisca."

"Não! que loucura!, – responde-me o prefeito; e dá uma gargalhada. – Quem sabe o que estão tramando!" E o ouço derrubar o cavalete onde estava em pé.

"Porém – digo –, na cor é igual às galinhas, das avícolas, quando estão depenadas. Igualzinha. Mas de resto é uma odalisca."

"Ah! – e o prefeito sufoca uma risadinha – muito bem. Mas é a pele dela ou é uma roupa, de ave?"

"Só vendo de perto. Daqui não dá para ver direito – e de fato não o entendia. – Porém, faz uma belo efeito, no conjunto. De polpa branca – digo –, de ricota."

E ele, de novo, sufoca o riso, e repete que deve ser de ricota, que as surpresas não acabam mesmo nunca.

"Porém essa parte – digo eu –, porém essa parte me dá uma idéia agradável. Mesmo se for de galinha, tem alguma coisa que me faz ficar olhando."

E depois: "Deve ser de esponja, por baixo; deve dar um efeito assim".

O prefeito continuava as suas risadinhas, contidas mas todas malignas e contagiantes, tanto que eu mesmo, não sei por que, comecei a rir, nesse momento; e ele fazia comentários mordazes:

"É, Savini, de esponja! Agora o senhor me diz que gosta de uma esponja. O senhor sempre se deixando enganar. Quem sabe o que há ainda por baixo. Talvez um tripé ou uma armadura de baquelita – e ria. – Quem sabe quem ela é; não dá para confiar."

"Mas ainda assim – dizia –, eu gosto. É de cor de galinha, é como a pele de galinha. Ah! não podia acreditar."

Eu estava sempre na árvore, esticado, e mantinha a conversa dali, porque a cabeça do prefeito alongava-se o quanto podia, e aproximava-se de mim.

"O senhor está sugestionado – dizia ele. – Para o senhor, de galos, galinhas, sempre há alguma coisa. Mas quem sabe quem é, de que raça."

E devo ter começado a avançar pelo galho, só porque, eu acho, queria ver melhor, e responder ao prefeito, se havia fechos, ou junções costuradas, que revelassem haver um macacão, por exemplo, de pele. Podia ser.

"Porém – eu dizia – se é um macacão de semipele está muito bem feito, até a cor, para mim é muito bem escolhida. O senhor acha mesmo que por baixo há um cabide?"

Eu já estava tão para fora que o galho dobrou perigosamente.

"Savini, tome cuidado. É a fome que causa isso tudo. Por baixo, pode haver de tudo, até uma armação com fios de ferro, ou de ar expandido. Não sabemos nem de que raça é. Pode ser à pilha; hoje elas são feitas de todos os tipos."

E me dizia isso tudo com um fio de voz afobado; mas em um tom que me convencesse, para o meu bem.

Eu dizia que sim, que devia ser assim, mas eu precisava ver aquela odalisca. E ainda que tivesse cor de uma galinha, eu não sei, causava-me um efeito que era como sentir o aroma de um assado quando se está morrendo de fome, e se vai atrás atabalhoadamente e não se cansa nunca de ficar cheirando.

E talvez, ainda, eu fosse particularmente atraído por aquela roupa de odalisca; e inclinado por natureza a viver fechado em um harém, com elas agachadas à minha volta ou dançando: a dança do ventre, por exemplo, ou a dos sete véus, enquanto eu me delicio, dando uma de paxá em meio à música e em meio à fumaça de incenso e de mirra.

Isso eu pensava lá no galho, e o exprimia ao prefeito, dizendo em voz baixa: "Eu sempre gostei de odalisca, até em desenho."

E o prefeito: "O senhor gosta é de ave."

Eu tinha chegado quase na ponta do galho, e praticamente estava com a cabeça dentro da janela. Por isso, eu fazia sinais ao prefeito de que não podia falar, para não ser descoberto. Mas não perdia um instante de vista a miss, e em meu coração, sobre um divã, eu fumava em três narguilés, e gostava tanto dela, fosse ou não fosse uma galinha, que teria entrado até a cintura, horizontal como estava, pela janela.

Depois, devo ter arregalado ainda mais os olhos, e o prefeito deve ter adivinhado que havia ainda mais novidade, e não era mais uma questão de ser odalisca ou não.

Por isso me sussurrava: "Os fechos, preste atenção nos fechos. Tem algum?"

E eu fazia sinal para ele: 'silêncio!', que não podia mais me distrair nem um segundo, porque talvez ali desse para ver quem é que estava por debaixo de toda a roupa, talvez até um cabide; mas até agora parecia o contrário.

E ele, então, começou a subir pela árvore, e eu, percebendo, dizia com as mãos: 'fique ai embaixo!' E enquanto isso, eu via coisas nunca antes vistas, pelo menos na minha vida; que não sei se eram um disfarce e do quê.

Mas o prefeito consegue chegar até o meu galho, ainda que eu lhe diga: "não, não!" E assim que recebe um pouco mais de peso, o galho não resiste e arrebenta, fazendo um barulhão. Eu consigo me segurar no peitoril por puro milagre e o prefeito cai no chão; mas eram só dois metros e ele só teve um rasgo no casaco.

A miss correu até a janela e disse: "Quem está aí?", com uma voz agudíssima e estridente.

De modo que se pode imaginar a situação ridícula e pouco honrosa; mas eu hesitava em pular, pois não sabia o que havia debaixo dos meus pés. E fiquei pendurado balançando na quina da janela. Infelizmente eu ainda perguntei se era muito tarde para o jantar.

E ela dizia: "Que jantar? Mas quem está ai? Quem é?"

E eu ainda especificava os pratos que queríamos: coelho ensopado, dizia, agrião, molhos de pimentão, e acrescentava: "É possível?"

E ainda teria dito que ela era a odalisca mais bonita do mundo, que não tivesse medo, que eu já estava satisfeito. Mas dá para entender que não poderia falar dali por muito tempo, nem era muito conveniente.

De modo que me soltei, e a taberneira fechou a janela batendo, como alguém que estivesse irritado. E, na confusão em que eu estava e naquela escuridão, poderia dizer que deu ainda para ouvir por um momento a voz do galo chiando.

Depois, enquanto íamos embora humilhados, eu me envergonhava e dizia:

"Ela não acreditou que queríamos mesmo coelho e salada. Pensava que éramos espiões em cima da árvore e escondidos no peitoril."

E o prefeito dizia tudo bem! que ela tinha entendido. Mas que aqueles lá eram tipos, dizia, que não se rendem e não confessam nunca, nem mesmo quando fica evidente. Têm um plano de emergência para tudo.

De fato, enquanto eu, da minha posição, explicava para ela a situação, sem poder vê-la, porque estava com a cara grudada na parede, ele lá de baixo, no meio da escuridão, estava bem atento a todas as circunstâncias. E de fato, ele a viu debruçar-se, e em vez da roupa de odalisca, ela vestia então uma roupa chinesa, inconfundível; uma roupa florida e toda fechada e arrumada. Que talvez, logo que ouviu o barulho, correu para vestir.

"O que o senhor está pensando? – perguntava. – Isso é um rébus: acontece um barulho, de noite, e pronto! lá está o vestido chinês. Deve ser um roupão, o senhor poderia dizer. Claro, mas chinês, eu digo. Como se explica?"

Eu já nem falava mais, porque estava muito desconsolado. Resmungava:

"Eu disse para ficar lá embaixo! Viu no que deu?"

O prefeito, porém, seguia nas suas conjecturas: "Quem sabe o que tinha na cabeça para colocar uma roupa chinesa, quem sabe o seu plano."

E eu: "Ah! é claro que o galho ia quebrar. Eu sabia".

"São espertos, muito espertos, e têm uma rapidez!"

Eu dizia, então, que eu gostava de odaliscas, que era um disfarce, para mim, muito bom; e o prefeito me acusava de não querer entender os segredos.

E eu: "É, eu não me importo mesmo, se há alguma coisa por baixo, eu queria era ficar no galho, eu gosto de odaliscas".

E o prefeito: "O senhor se deixa prender pelas armadilhas, Savini; estou espantado".

No dia seguinte, estávamos de novo ao sabor do acaso, não sei por onde, nem nunca soube depois.

Mas já coisas demais tinham se acumulado e me enchiam a cabeça, de modo que tudo estava bem perto de explodir. Chegou o dia fatídico; e foi tão denso de coisas e de cataclismos que não será difícil contá-lo e explicá-lo.

Dirigimo-nos pela estrada asfaltada que o prefeito já havia percorrido quando procurava pelo estudante. Era uma estrada fácil e tranqüila, sem problemas de trânsito. Onde se podia andar e conversar. Mas eu tinha passado a noite toda descontente e pensando ainda na miss; e então foi como se estivesse indo para a guerra do ziquezaque.

17

A GRANDE GUERRA DO ZIQUEZAQUE

De modo que estávamos indo para a guerra sem saber.

Porém, enquanto andávamos, falamos longamente sobre mulheres, sobre como fazem a maquiagem e o resto, e sobre como se faz para reconhecê-las. Eu dizia que existe a possibilidade de que tenham na cabeça uma espécie de nuvem cheia e macia, com a qual se distinguem. E dizia isso pensando em Nestore, sobre o qual a locomotiva havia passado. Ou ainda, que possuem uma crista, ou um rabo, que já tinham sido vistos.

Mas como eram conversas sem fundamento, não lembro bem delas.

O prefeito dizia mais ou menos que, em vez disso, ser mulher era um modo de se disfarçar e de pentear os cabelos, deixando à mostra certos componentes. Um modo muito *sui generis* de se mascarar.

Eu respondia que sinto, porém, uma predisposição para ficar falando delas, ou para ficar em meio às mulheres fingindo não ligar para elas, mas na verdade farejando ou imaginando de que raça são. Eu me sentia levado a isso. E o prefeito, mais do que qualquer outra coisa, ria, dizendo que eu não devia ser levado a sério, quando se tratava de mulheres.

E falando assim, chegamos às casas da periferia, que eram bastante pequenas e velhas, e a rua terminava em uma pracinha. E aqui, andando e olhando em volta, passamos em frente ao barbeiro que estava na porta esperando os eventuais clientes.

Na vidraça estava escrito em letras grandes: Barbearia Gaudenzi.

E não sei como, talvez porque tenha me distraído lendo o letreiro, ou porque o prefeito e o barbeiro se reconheceram, fato é que ficamos parados ali na frente.

O barbeiro, então, logo que me viu, teve a idéia de me tosar. "Um belo corte, hein – dizia –, podemos dar, nesse jovem...?"; e dizia isso, eu acho, olhando o cocuruto dos meus cabelos rebeldes, que esvoaçavam em pé pelo ar; por causa das excursões de amor atrás da miss.

"Vamos dar um pequeno toque neles, uma refrescadinha..." dizia.

E o prefeito logo interviu:

"Ah, está precisando mesmo...!" com ar de quem estava dizendo algo de subentendido a meu respeito. "É! uma boa clareada lhe faria bem às idéias..."

E o barbeiro: "Então vamos lá, vamos fazer!"

"Esse galhardo jovem – dizia ainda o prefeito –, corre atrás de galinhas", e apertava os olhos com uma risadinha. "Quer dar uma de galo, ele...; e a sua crista fica em pé..."

O barbeiro, ao ouvir isso, também ficou alegre e risonho, e dizia: "Entrem, entrem, que esclareceremos esses assuntos; entrem, que disso eu entendo". E depois, ainda ficou insistindo em me cortar o cabelo, que eu me sentasse na poltrona, enquanto íamos falando, como se deve, sobre moças.

Mas eu dizia: "Não, obrigado, não obrigado, uma outra vez, não há de quê...", e me sentei, então, em um divã de espera.

De modo que, para o meu bem, para que eu pudesse, enquanto isso, escutar e compreender as mulheres, o prefeito resolveu então ele mesmo fazer a barba e o cabelo. Porque esse Gaudenzi puxava-o pelo paletó e o obrigava a sentar dizendo: "Sente-se aqui, cavalheiro, sente-se...!"

E, enquanto isso, a discussão se animava.

"O jovem aí deixa-se encantar – dizia o prefeito –, esse jovem sonha à noite com belas misses, que ficam correndo atrás dele."

"As mulheres, porém – dizia eu do meu canto –, na minha opinião, as mulheres têm uma influência..."

"Dá para entender! – me interrompia o barbeiro. – Dá para entender!"

"Na minha opinião, porém – eu dizia –, têm uma influência que fica pelo ar, e se você respirar e isso entrar no seu sistema nervoso, então – eu dizia – então você está frito."

O prefeito, que enquanto isso tinha se acomodado, comentava dando o seu sorriso de cético; e o barbeiro também, para lhe dar razão, fazia a expressão de quem conhecia aquelas coisas melhor do que ninguém, pela grande experiência que forçosamente têm os barbeiros, já que esse é o seu campo predileto e específico. E dizia mesmo que, de certo modo, até vinham ali para tomar aulas com ele, ou para trazer os casos difíceis ou os casos maravilhosos e que se devem recordar.

"Entendeu, cavalheiro?" ele perguntava, voltado para o prefeito.

E o prefeito, que estava todo enrolado e coberto hermeticamente pela toalha, de modo que ficava fora só o rosto, concordava contente; e o estimulava a me educar, com os seus conhecimentos, e me ensinasse como era a vida.

Mas, porém, via-se que para mim faltavam as bases, porque eu não podia acreditar que as mulheres fossem uma jurisprudência assim tão abstrusa e difícil. Eu achava que as mulheres eram uma fantasia que vinha até você, sem que se soubesse nunca qual seria. E que até podiam ser, como possibilidade, galos ou galinhas, dependendo do caso; ou ser, por exemplo, um vapor que faz você sofrer, ou uma dor no peito, ou sei lá, uma febre mental, uma asma, ou mesmo uma brisa celeste, e em certos casos, caranguejos ou pistons. Isto é, não se pode dizer nada de fixo e de certo. Eu achava que as mulheres, na sua substância, fossem toda uma fauna indecisa, ou seja, como um galope que passa na medula espinhal e dentro da cabeça, de sereias, orcas marinhas, atuns; e depois também leopardos, camelos, gralhas, raposas, mosquitos, formigas, *et cetera* ao infinito; porque quem poderá saber os casos que existem na vida? de encantamento?

Em vez disso, segundo a fala do barbeiro, as mulheres são consideradas pelo sistema métrico decimal; parece-me que era isso, ainda que eu tenha entendido de modo aproximativo e incompleto, por causa daquela confusão que depois de um certo momento aconteceu.

As mulheres então seriam figuras complexas; sólidos que estão no espaço, por aquilo que eu entendi; e ficam rodando na frente dos seus olhos, e apresentam o perímetro delas, as curvas, os ângulos, os planos ondulados.

“Cada mulher é um problema particular – eu ouvia o barbeiro dizer; – cada mulher deve ser tomada no seu conjunto.”

E o prefeito: "Eles, os jovens, vão só pelo instinto..."

"Dá para entender – dizia o barbeiro –, dá para entender, são uns incompetentes."

Enquanto isso, estava ali todo atarefado preparando o rosto do prefeito, porque o tinha quase deitado com a cabeça apoiada para trás e ia lhe passando um creme preparatório, para que o rosto ficasse melhor. E fazia as suas bochechas e o papo tremerem com a aplicação da massagem, e em conseqüência disso, o prefeito parecia todo feliz e maleável.

E eu ouvia que, enquanto isso, ele falava de mulheres e da geometria secreta e escondida que elas têm. Dizia que havia certas pirâmides e certos cones nesse mundo, e eu fiquei todo abestalhado; dizia que havia certas elipses, parece-me, e sinuosidades de tal feita...

E o prefeito gostava dessas conversas, dando suas risadinhas de especialista, enquanto era ensaboado.

De modo que eu fiquei ouvindo até um pouco confuso, esticando-me do meu divã.

Depois dizia que os catetos são de uma importância absoluta, e distintos do resto; e repetia isso em todos os pormenores, com casos vistos ou examinados por ele mesmo, e com outros casos ainda mais microscópicos, discutidos ali na barbearia pelos seus clientes.

"Não é verdade, cavalheiro? – eu ouvia ele sugerindo no ouvido dele – os postulados... os catetos... o triângulo isósceles..."

E o prefeito dava seu sorriso malicioso de cúmplice, de alguém que se deixou levar completamente pela geometria.

"Ah! – dizia esse tal de Gaudenzi – ah! a hipotenusa... o senhor me entende, não? cavalheiro...", e eu via que o prefeito, com a espuma de barba no rosto, o aprovava, e ria, de tão evidentes que eram aquelas coisas.

Eu deveria entender essas questões, porque o teorema de Pitágoras eu sabia de cor: que o quadrado dos catetos era igual ao quadrado da hipotenusa. Mas eu me dizia: 'como se faz para ver a hipotenusa das mulheres? será um segmento?'

E então eu lhe perguntei meio maravilhado. Perguntei: "Mas onde fica a hipotenusa nas mulheres? é subcutânea?"

E o prefeito e o barbeiro divertiram-se com a maneira em que o problema foi colocado.

E acrescentei: "Dá para ver, a hipotenusa? Onde fica?"

Porém, talvez a questão fosse mais complicada, e fossem necessários alguns instrumentos: a régua, o compasso. Então eu perguntei isso. E eles disseram que sim, que era isso mesmo: régua e compasso! Que como idéia era boa. E para demonstrar, então, que eu não era nenhum incompetente, tentei dizer que ia tudo ao quadrado, a hipotenusa, os catetos, que era tudo multiplicado, que existia a fórmula, eu disse; querem que eu a diga a vocês?

E eu vi que estava fazendo um belo papel com essa conversa, então continuei a dizer que sabia as propriedades do triângulo, das figuras compostas, e que sabia até fazer cálculos integrais.

O barbeiro interrompeu os seus afazeres, e disse com satisfação:

"Ah, o nosso rapaz, então, não é burro." E dizendo isso ia raspando as faces do prefeito, e enquanto dava os últimos golpes nos seus lábios com a navalha, eu via que o segurava pelo nariz como se segurasse uma maçã e o torcia, para cima, para a direita, para a esquerda, conforme fosse necessário. E o prefeito era dócil e rodava a cabeça ao comando dele, deliciado, além do mais, por aquelas conversas. Ele soltava o nariz de vez em quando para limpar a lâmina e dar uma afiada nela, e então voltava logo ao seu lugar como se fosse de elástico ou de borracha.

"Aqui comigo – dizia a ele – é como diplomar-se, cavalheiro; aqui comigo é como inscrever-se numa escola politécnica."

E depois, refrescava-lhe o rosto com uma bombinha de aspergir, que serve, eu imagino, para dar bem-estar e dar a ilusão de que se está em meio aos aromas balsâmicos e às delícias dos bosques; e enquanto lhe dá essas bombadas de eflúvios e a cabeça do prefeito some debaixo de uma nuvem, continua a lhe contar ao pé do ouvido as maravilhas dos corpos sólidos. E o prefeito fica como que em uma letargia feliz e inconsciente; e com os olhos meio fechados eu acho que vê desfilarem à sua frente os dodecaedros, os prismas e as circunferências, como se fossem nuvens de carne e osso.

Enquanto isso, esse tal de Gaudenzi pegou um par de tesouras dentadas e passou a desbastar-lhe a cabeça. Com um pentinho, penteava-lhe os cabelos no sentido contrário, e depois, pronto, ziquezaque começava rapidamente a cortar as pontas. E enquanto as madeixas voavam, eu ouvia pedaços da conversa deles, que eram sugestões particulares e pessoais, eu acho, de como fazer para aplicar as regras.

"Com as mulheres – repetia devagar e continuamente –, com as mulheres deve-se usar a quadratura do círculo... Com as mulheres, é preciso o pi grego..., entendeu?", e enquanto isso ia cortando a não poder mais. "Elas querem só o três catorze... pode acreditar em mim ... o três catorze... nada além disso!"

E depois ainda lhe dizia coisas do tipo: que é questão de gosto, que existem os números naturais e transfinitos...

Na minha opinião, tinha perdido completamente a clareza, e imagine o que eu poderia estar entendendo daquilo, daqueles seus números transfinitos, sentando ainda lá no divã. Enquanto isso, ele continuava a todo vapor o desbastamento, eu acho que sem sequer pensar no que estava fazendo. E o prefeito, todo enrolado na toalha como dentro dos lençóis de uma cama, dava as suas repetitivas risadinhas, emitidas através dos vãos entre os dentes.

"O senhor pense em adotar o pi grego, cavalheiro... – dizia como sugestão –, tem cada hexaedro...! cada rombóide...!"

Mas talvez, confesso, não dissesse exatamente essas palavras; mas era mais ou menos isso. E eu me esforçava para entender alguma coisa daquilo. Assim procurei me informar sobre esse negócio de pi grego, e sobre a sua serventia; e depois se poderiam por favor me esclarecer a respeito do hexaedro, porque estava claro que na escola eles tinham pulado isso.

Mas agora eles nem ouviam mais os meus problemas, e o barbeiro continuava a dar as suas aulas e o prefeito a se deliciar e a sonhar, debaixo daquela ceifada de cabelos e demonstrações teóricas.

"As mulheres são atraídas pelo apótema e se submetem...: que bissetriz que nada! – eu ouvia ele dizer – nada de teorema de Euclides!"

Eu estava maravilhado, e não entendia bem, e se não era exatamente isso o que ele dizia, eram, porém, coisas semelhantes, sobre o cubo, sobre o rombo, sobre as esferas. Mas enquanto isso ninguém mais conseguiria pará-lo, porque continuava como um possesso a fazer as suas exposições. E do meu ponto de observação via voar, por todos os lados, as tesouras e os pentes, e via-os abrir e fechar num ritmo endemoninhado.

E diria que esse barbeiro tinha perdido completamente a cabeça e que estava fora de si. E o pensamento de todas as cubaturas e cilindradas das suas mulheres talvez tenha causado em suas mãos uma espécie de frenesi ou de dança de São Vito nos dedos. De modo que eu me perguntava se ele queria depená-lo e talvez até descarná-lo, depois de tê-lo encantado e anestesiado com o poder das suas conversas. E já começava a pensar que aquelas não eram tesouras mas um trinchante ou uma sonda móvel, e tentei dizer: "desculpe, mas..."; depois me levantei e me aproximei para olhar, e ele tinha raspado e feito falhas acima da orelha esquerda, ou seja, de um lado só, quem sabe por quê. E vendo que em certos pontos ele tinha chegado até a pele que já estava quase sendo serrada ela também, fiquei tão impressionado que impulsivamente segurei sua mão para afastá-la e fazê-la parar, dizendo:

"Cuidado, preste atenção; está quase sangrando o cérebro dele...!"

E foi aí, então, que estourou tudo o que vem a seguir; porque o barbeiro como que voltou a si de repente e disse: "Hein? o quê?", com a voz alterada; e o prefeito acordou voltando a tomar como que consciência da situação. Endireitou-se no assento e viu-se no espelho todo esfolado de um lado só, assimetricamente.

Olhou-se mais de perto, como se não acreditasse no que estava vendo; depois virou e olhou fixamente para o barbeiro, e parecia que estava relinchando com o nariz e as sobrancelhas; isto é, parecia que estava farejando em volta um leve cheiro de queimado e de lorotas.

O barbeiro tinha recuado, sempre agitando pentes e tesouras, e tentava dizer que faltava um pouco, que ele se sentasse de novo, que tinha de terminar o corte do outro lado.

Porém, notava-se que no prefeito tinha surgido uma suspeita, e pensava provavelmente no bando do eslavo Manoli.

'Quer ver – deve ter se perguntado – que este aqui é o gêmeo siamês dele?'

Deu ainda uma olhada em volta, e não era difícil entender que ali também tinham preparado tudo muito bem, espelhos, frascos, pincéis, cadeiras, sabão; isto é, que era a velha história e dessa vez tínhamos caído nela.

E então o prefeito começou a agitar as pernas e os braços debaixo da toalha.

'Socorro – disse comigo mesmo –, está se formando aqui um outro tufão'; e não sabia que na verdade se formava o acerto de contas.

E nota-se que tinha chegado o momento fatal. Eu não sei o que fazer. Tinha chegado a hora e eu vou contar tudo nos mínimos detalhes.

Ainda não tinha mencionado que nesse meio tempo, enquanto o prefeito começava a bufar, tinha surgido na porta um homenzinho, tinha até entrado, andando de uma maneira meio extravagante; isto é, balançava como se tivesse algum defeito nas ancas e balançava de uma tal maneira que parecia um balanço ou uma cadeira de balanço.

E estou certo de que o prefeito, ao vê-lo, pensou que estivesse fingindo, porque parecia mesmo uma entrada teatral, no momento certo e calculado, quando no melhor da cena entra um manco e dá a sua caminhada, de modo a salvar o sucesso do espetáculo.

Para mim também estava evidente e de fácil dedução.

Essa chegada, de certo modo, porém, salvou o barbeiro, porque o prefeito, com o seu sexto sentido, pôs-se imediatamente diante desse manco claudicante que queria se fazer passar por um cliente qualquer. E o olhava com olho clínico, isto é, com um olho, pelo desdém e pelo desprezo, mais fechado do que o outro. E ouvia ele o chamar de intrometido fedido e de velho nojento metido, levantando cada vez mais a voz, isto é, como alguém que está no limite da paciência.

O manquinho ficou paralisado ao sentir-se de repente desmascarado, e então mancava para trás meio assustado, e dizia também algumas frases que eram, porém, eu acho, improvisadas; como, por exemplo: "Caramba!", e repetia: "Caramba!!" Ainda mais pela impressão que causava a visão do prefeito, com a toalha esvoaçando e a cabeça raspada pela metade; e na outra metade uma juba horrível.

De modo que o afastou até a porta e depois até a rua só com a sua aparência aterradora.

Lá fora, a poucos metros, havia um bar com muitas pessoas dentro, e ao perceberem o confronto serrado entre o prefeito e o manquitola, voltaram-se todos para ver.

E não sei dizer se começou a sentir pruridos suspeitos que o puseram em alarme; ou se queria só demonstrar quem era, publicamente, isto é, ali na frente da população. Não poderia dizer, sinceramente. Porém, o fato é que jogava as mãos a um milímetro do rosto daquele homenzinho, e juro que dava até para ouvir o ar assobiando.

E então, diante de tais desenvolvimentos, aquele velho tratante, pernas para que vos quero! foi embora apressadamente, quase se esquecendo de que tinha que mancar.

O barbeiro que tinha vindo até a porta, dizia: "Mas o que está fazendo? está me espantando os clientes!"

Mas a luta infernal já tinha começado, e o prefeito não ligava mais para nada, quase como se estivesse na cama à noite.

De modo que ficou no meio da praça. E dava para dizer que esperneava e lutava com o ar, porque fazia gestos e rodopios de braços: eu acho que tinha caído na teia dos velhos; e se sentia envolvido pelo prurido dos fios, que dava para ver que eram muitos.

Mas ali perto, nas mesas do bar, pelas vidraças, nas lojas, eu via que não estavam entendendo bem aquilo, e forçavam, então, a vista, enquanto ele se rebelava sozinho contra o estado de assédio.

Dizendo, não dá muito para acreditar, e de fato até o barbeiro perto de mim tinha recuado um pouco, e preocupava-se dizendo:

"Mas o cavalheiro...? o que está acontecendo com ele?"

E ele, porém, enquanto isso, como um verdadeiro cavalo louco e brioso, dava os seus galopes de desafio universal; de modo que todos ficaram ali em volta dele atônitos e apavorados, uma parede de gente, à espera para ver como aquilo iria terminar. E no bar muitos se levantaram e alguns até saíram, deixando pela metade a sua bebida, para sair e olhar, e ver também o penteado, que em um humano ainda não tinha sido visto.

Depois, ouço ele começar a gritar: "ziquezaque, ziquezaque", como um grilo falante que perdeu as estribeiras.

E devia ser um grito de guerra, digo a mim mesmo, que vem dos japoneses.

Mas as pessoas, pela inexperiência que têm, não sabiam traduzi-lo, e repetiam-no interrogativos entre si: "ziquezaque?", seguido por sinais de maravilha e de incredulidade, e até pelas risadas dos ignorantes.

E quando se inclinava de repente e deixava cair uma mão cortante, eu não via sobre o quê, mas imaginava muito bem os filamentos de baba.

E um espectador que olhava admirado, e não entendia os movimentos e o penteado, pergunta para mim o que estava acontecendo. E eu lhe respondo que são as teias.

"Teias?", diz o outro admirado.

"Sim, as teias dos velhos, dos velhos espiões."

E ele dizia: "Mas como...?"

E eu: "Há uma fraude aqui em volta, e tapeação, entende?"

E explicava a ele que o prefeito tinha os braços soltos, e as pernas também, que agem sozinhos, de forma que essas partes é que pensam em tudo.

"Ah!", dizia o espectador, e estava mais admirado ainda, e voltava a olhar e a pensar naquilo.

Formou-se, então, uma grande multidão de pessoas, e até das janelas e das portas saiu gente para ver. Porque, mesmo que àquela hora houvesse pouquíssimo trânsito, de vez em quando passava um carro ou uma moto. E, num certo momento, o prefeito deu um pulo ao ouvir o motor de uma bicicleta motorizada, e saiu correndo como um raio atrás dela. Mas no momento exato em que esta escapa, freia à sua frente uma outra, no sentido oposto, através da praça.

E então surge um clamor vindo da multidão, de gritos de incitamento; e eu também grito: "Dá-lhe, prefeito!", com um grito entrecortado.

Ele a tinha segurado em vôo pelo bagageiro, e procurava erguê-la pela roda. Mas o motorista que, dava para ver, não estava acostumado a isso, fazia de tudo para escapar das suas mãos, e puxava a bicicleta a mais não poder, dava voltas imprevistas num sentido e no outro, fazia toda uma estreita e contorcida gincana esperando que tropeçasse na sarjeta ou no degrau da calçada.

Mas o prefeito gritava: "ziquezaque, ziquezaque", com todo o fôlego que tinha, e procurava chegar perto dele para lhe dar um soco nas costas, eu acho que para fazê-lo cuspir, errando por duas ou três vezes; a cada vez havia uma ovação da massa. Porque até os garçons, os vendedores de frutas, os vendedores de todas as lojas tinham corrido para ver, e se debruçavam vestidos com seus uniformes junto dos patrões.

E o espectador, enquanto isso, perguntava: "Mas o que está acontecendo?"

E eu respondia que agora, finalmente, eles iriam pagar.

"Mas pagar o quê?"

E dizia que era um pouco por tudo, e que tinha de cuspir o sapo que tem na boca.

E o outro, que era ingênuo ou se fazia de ingênuo, diz: "O sapo...?"

E eu: "O grude de aranha que tem na boca! Olhe!" E lhe mostrava a cara gorda que ele tinha. "Olhe – eu dizia –, olhe a boca!" Porque, notava-se, ele a mantinha fechada e apertada, com o ar muito assustado por ter sido apanhado no ato, o que provavelmente nunca lhe tinha acontecido, uma vez que tinha o recurso da bicicleta motorizada. E fazia mesmo cara de pobre vítima insciente que se sente presa pelas costas por um energúmeno, e então tenta acelerar ao máximo; isto é, uma cara de verdadeiro descarado.

Tanto que até eu gritei: "Dê uma lição nele!"

E ali em volta um ou dois também repetiram; outros, para encorajar, assobiaram e aplaudiram, mas se via que o gordo tinha uns capangas, que apareceram de moto, um na frente e outro seguindo atrás, em grande velocidade. E pela pressa, deparando-se repentinamente com a situação ao vivo, e para anunciar que tinham chegado e que já estavam ali, faziam como se tivessem uma sirene na garganta, gritando e urrando. Depois vieram freando, com um barulho e uma espécie de cavalo de pau, e pararam então com a roda quase em cima do prefeito, quase em cima das suas calças, sempre gritando como uns desvairados, pois queriam, é claro, causar-lhe muito medo, para que largasse tudo ali e se rendesse a eles e ao gordão.

Mas o prefeito, em resposta, sempre com uma das mão no bagageiro, com a outra desferiu um golpe de surpresa, para mostrar-lhes instantaneamente a situação.

E aí, então, a peleja aumentou e se tornou uma batalha campal, porque a nenhum custo o prefeito largava a bicicleta, pelo contrário, ele a agitava mais ainda, ele a balançava para derrubar o gordo. Isto é, estava todo empenhado em levantar a roda, enquanto o outros dois o ameaçavam bem de perto. E chegaram nesse braço de ferro onde termina a praça e começa uma rua. Acontece que o gordo da bicicleta motorizada não agüenta com todo o seu peso e não consegue mais manter o equilíbrio, e com uma perna pula no chão, largando ao mesmo tempo o guidão, dando-se evidentemente, então, por vencido. Ao contrário, nem mesmo pára para continuar o desafio, nem mesmo vê que o prefeito caiu no chão; e sim foge deixando tudo ali, até dois ou três pacotes e uma carteira.

E mal eu digo: "bem feito!", que surge imagine quem.

Falar agora não é fácil; mas eu, naquele momento, fiquei admirado e assombrado de tão inesperado que foi; porque chegou guiando o furgão com o bazar em cima o próprio Manoli em pessoa. E é inútil dizer que não podia ser casual.

De fato o prefeito se levanta e se endireita quando reconhece o motor, e vejo nele o escárnio de satisfação, que quer dizer:

'tirei você da toca, velhaco; vamos então ao acerto de contas'. E que ele, então, está pronto a não ter mais meias medidas.

E tudo aquilo que dali pra frente acontece, acontece em meio a aclamações e aos apupos.

E quando parou à sua frente, a dez centímetros, do arsenal que havia na parte de trás, o prefeito, com um movimento fulminante, já tinha arrancado uma vassoura, mas tão grossa e robusta que quem a fez, eu acho, pretendia fazer uma clava de ferro.

E Manoli não ficou olhando: saiu correndo furioso e desenfiou uma espécie de remo ou de pá, que dava até medo de ver; não sei se podia ser uma alabarda ou se era cortante. Seguramente, porém, ele a mantinha pronta e untada para fazer o contra-ataque.

E ali trocaram golpes terríveis, que até voavam lascas e pedaços de madeira, e faziam tamanho barulho que as pessoas, assustadas, recuavam.

E eu sentia o eco dele dentro da minha cabeça, de tão fortes e tremendos, e a minha vista se embaralhava, como em meio a faíscas e relâmpagos. De modo que foi uma carnificina, e a pá não era inferior à vassoura, e nem dos dois sei quem era o melhor.

Até que Manoli, com um golpe que soltaria até cimento, dava para ver, bateu, porém, nos dedos do prefeito, de modo que infelizmente a sua vassoura voou longe. E o prefeito, nessa situação difícil, pulou para dentro do furgão, na carroceria de trás, em meio ao bazar. De modo que Manoli hesitou um momento em bater com o remo, para não causar nenhum estrago.

E enquanto isso, o prefeito aproveitava para lhe dizer umas coisas malucas, eu acho; isto é, coisas que são piores que tapas;

e enfiou um funil como elmo e usou como escudo um prato transparente de vidro.

No meio da massa, havia um grande alvoroço de incitamento, porque provavelmente Manoli era o chefe. Mas também muitos gritavam a favor do prefeito; eu percebia isso pelo fato de um coro esparso gritar, às vezes: "ziquezaque!" E eu também, para me pôr do lado dele, começo a gritar ziquezaque, e à minha volta muitos se convencem de que estava na hora de acabar com a liga dos velhos e daqueles que os mandam. E então muitos começam a gritar ziquezaque, e sempre de novo ziquezaque. Que era como um hino de júbilo para o prefeito.

Nesse momento, Manoli, com o remo, dá um golpe tão forte que arrebenta o escudo em mil pedaços; com um segundo golpe, que foi quase pior do que o primeiro, raspa a testa do prefeito, e tinha tanta força de inércia que estraçalhou porcelanas e copos, e aparelhos de jantar inteiros, vasos, barômetros, sopeiras, e quase fez a caminhonete sair voando. De tanto que foi tremendo e perigoso.

O prefeito já tinha pulado ao chão e saído correndo; mas não dá nem dez passos e aquela alabarda lhe acerta a cabeça como uma rocha. Por sorte, ele estava com aquele elmo, de modo que não contou o barulho, mas só a astúcia. De fato, no exato momento em que chega o golpe, Manoli acaba enfiando os pés no meio da bicicleta do gordo: onde, eu acho, ele queria jogar o prefeito.

E cai ali virado para o chão, com uma grande quantidade de danos, com o guidão entrando dentro do casaco, e as pernas presas nas varas da roda.

Não conto quantas foram as aclamações e quantos ziquezaques. Eu mesmo me pus a gritar, e todas as pessoas gritavam.

O prefeito estava em pé, um pouco dobrado de lado; com o elmo achatado na cabeça, mas com uma expressão de cruel desprezo no rosto.

E então a batalha campal parecia terminada, com a derrota do eslavo Manoli.

Em vez disso, no melhor da festa, quando ninguém esperava, ouve-se apitar à direita e à esquerda, e abrindo caminho no meio das pessoas com o som do apito, dois daqueles habituais tipos da congregação, vestidos como policiais.

E atrás deles vem o gordo.

Aqueles dois não falaram muito, mas logo puseram-se atrás do prefeito.

A multidão, porém, não estava toda de acordo, isto é, aqueles que estavam do lado do ziquezaque e que eu tinha convencido, esses também se põem no meio, e uma confusão dos diabos onde não se entende mais nada, e todos se empurram, se puxam, e pisam sobre Manoli e sobre um leito de cacos de vidro.

Em volta do prefeito há a maior balbúrdia, daqueles que são pró e daqueles que são contra, que procuram esmurrar-se uns aos outros e jogar-se no chão, ou se desmancharem como fritada de arroz.

Eu mesmo fiquei comprimido e fui atropelado por esse assédio cerrado, que mais denso eu nunca tinha nem sonhado; e suava de calor até dentro dos pés, para não perder de vista o prosseguimento dos fatos.

Mas nesse meio tempo os policiais não lhe davam razão, e com a ajuda da facção pior dos fidelíssimos, entre os quais os dois da moto, adiantaram-se para prender e levar o prefeito; e então começou uma pancadaria por todos os lados. E com os pés o prefeito metralhava para todos os lados, de modo que era em vão que até dez lhe montassem em cima e lhe prendessem pelo pescoço, chutassem as suas costelas, e ainda havia quem tentasse deslocar sua clavícula, ou tentasse arrancar-lhe o baço pulando em cima dele.

E um daqueles calçados e vestidos como policiais pôs um joelho no seu peito e tentava prender os seus braços; mas um cruzado de esquerda lhe fez voar o chapéu. Deu para ver muito bem.

E por baixo era liso como uma abobrinha.

O prefeito continuava a desferir os seus socos tremendos e famosos, completamente independentes, que causavam algum estrago. Mas quando o segundo policial também sentou-lhe em cima, ele fez um barulho curioso, que não era o ziquezaque, mas um assobio ou um mugido, que porém logo perguntei a mim mesmo em que língua poderia ter falado.

Daquele momento em diante, porém, aqueles policiais e os seus sicários não respeitaram mais as regras. E a disputa tornou-se covarde, tirando do prefeito todo o ar e o oxigênio.

E o gordo, por trás, sem coragem de se expor, atiçava porém os mandachuvas, e com a sua cara de bolo fofo ficava dando sugestões desleais e dizendo as perfídias e as covardias que deviam fazer.

Então, naquele exato momento, ouve-se um galo cantar, de onde não sei, ou canta na minha cabeça, mas como um dínamo pelo meu sistema nervoso.

Eu, então, a partir desse momento, não vi nem senti mais nada. E o meu impulso instantâneo foi o de fazer pior ainda do que o Nestore, quando desafiou a locomotiva e a cidade, bombardeando-os pela janela.

E fui correndo buscar o divã que havia dentro da barbearia. E o carreguei até com uma certa dificuldade, por causa do molejo e do peso do empalhamento.

Primeiro, eu o puxei até a porta, arrastando-o pelo chão e fazendo aquele barulho horrível de trombeta que não anunciava nada de bom por um quilômetro ao redor. Depois, apressadamente me dobrei por baixo dele e o carreguei nas costas, suando até na alma, mas com as forças centuplicadas, por causa do desdém furioso que tinha me atacado; não obstante esse não ser o meu caráter.

E pensava que agora eu o jogaria como uma bombarda sobre o gordo, sobre os policiais, e sobre todos aqueles inimigos intrometidos, e salve-se quem puder; porque agora não pouparia mais ninguém, do primeiro ao último.

E então corro para lá, pois já se lia em meus olhos, seguramente, a decisão improrrogável e ferrenha; e não havia mais nenhum obstáculo que me segurasse de lado algum, e se houvesse algum, eu o varreria para longe com ímpeto brutal. Na verdade, eu ouvia gritar atrás de mim o barbeiro Gaudenzi, porque é claro que ele queria ficar com o divã e não jogá-lo para a destruição em meio da briga.

Mas eu me sentia pior do que Hércules e do que Sansão quando levantam o cacete, e pior do que Polifemo quando destrói às cegas tudo aquilo que lhe aparece pela frente jogando os picos das montanhas.

E aquele maldito gordão ainda estava lá com a cara de chorão, induzindo os seus dignos comparsas, dizendo-lhes: "dá-lhe!", para que batessem mais forte nele; ficando, porém, meio resguardado, na segunda fila, pela covardia que sentia por ser gordo e porcão.

E naquele momento, eu cheguei e levantei ao máximo o divã, particularmente em cima daquele gordo, gritando: "covarde, seu idiota covarde, seu bolo fofo!"

E todos em volta empalideceram ao me ver, e ao ouvir os gritos de assustado do barbeiro Gaudenzi; mas já não havia mais nada a fazer, e a derrocada veio abaixo, em cheio no meio das pessoas, com tamanho estrondo, tamanho estrépito, que a praça toda começou a tremer e as casas, por um momento, eu digo, por um momento correram perigo: de racharem ou de desmoronarem, pela tromba de ar e pelo deslocamento. E se ficaram em pé, foi por milagre, ou porque estavam bem presas.

O que aconteceu não deu para ver direito, se houve feridos e quantos foram, ou se o gordo, por exemplo, espatifou-se junto daquela mesnada de fingidos e delatores. Mas a poeira que se ergueu não dá para imaginar! parecia feita de talco! não estou dizendo por dizer, e o ar ficou como que turvo e irrespirável. O barbeiro balbuciava alguma coisa. E eu vi que muitos começaram a arquejar para não sufocarem, e tossiam dos pulmões todo o fôlego que tinham. Os mais desprezíveis deles tossiam fora o visgo de borracha, com chiados e impropérios, e eram obrigados a cuspi-lo até o fim; a cuspir até a alma.

E quando o talco baixou um pouco, pude ver que tinham largado o prefeito, a fim de espirrar melhor e estrebuchar, e assoar o nariz.

Mas pude ver também, à medida que a atmosfera voltava a ficar transparente, pude ver o prefeito em meio de toda a massa: e vi que estava como que desfigurado!

Tinha o olhar fixo e encantado e olhava para um ponto, no alto, na direção da janela de um terraço ou do cano da chaminé: mantinha o olhar apontado imóvel e estava evidente que já não percebia mais ninguém à sua volta; já considerava a todos como um monte de nada, o que quer que lhe fizessem. E eu lia isso em seus olhos, porque pareciam feitos de vidro furta-cor, com um arco-iris listrado dentro.

Todos então olharam para cima. Então, eu também levanto os olhos, e fico estarrecido.

O ministro estava em cima da calha, depenado e encolhido como um peru, e tinha as bochechas tão caídas e moles que dava até um pouco de nojo, e tinha também o nariz pendente e inútil, como um bico de carne murcho e rosado. Olhava de lá do alto mudo e sem saber o que fazer. Tinha a pupila redonda pela perplexidade e um pouco de desdém, e fingia até não estar interessado; depois dava uma olhada para baixo, um olho por vez, e ficava evidente o despeito, pelo fato de não ter podido fazer nada.

Eu via que o prefeito não o abandonava com os olhos, e quase que ria mesmo por debaixo da cara amarrada.

E vi muito bem depois que o ministro se virou com um pulinho, e com a traseira levantada, mandou para baixo uma bombinha ridícula, bem ridícula mesmo, e irrelevante. E também o prefeito seguiu sua descida com os olhos e o seu apagar-se sobre a calçada.

E então eu peguei um sapato e atirei nele. E quando atingiu a calha sacudindo-a, o ministro voou para longe com um vôo felpudo.

Flope... flope... flope..., voou sem barulho e sem olhar para trás, como se para ele tivesse terminado o capítulo e o livro.

O prefeito nesse momento, porém, eu me espantei, porque parecia somente um pássaro das montanhas rochosas, de tanto que mantinha a cabeça afilada e o pescoço esticado; e a plumagem como que um leque sobre a orelha. Não parecia mais ele, em suma; e se não estivesse seguro de conhecê-lo bem, eu mesmo ficaria com medo de que me bicasse.

Depois se levantou num abrir e fechar de olhos e saiu atrás do ministro, correndo, com o nariz levantado.

Os policiais, e os seus ajudantes, e todos os sobreviventes do divã, pernas para que vos quero! correram atrás também, se bem que machucados e empoeirados.

E eu atrás também, para ver; e, se fosse o caso, dar uma mãozinha; ainda que a questão agora estivesse em um outro plano.

Viraram numa rua, porque o ministro tinha feito uma curva em torno de umas árvores; e depois já estavam perto do campo. Mas o prefeito era tão rápido em descobri-los que já tinha se distanciado dos outros e corria com muita facilidade, que então, foi lá, naquele momento, que eu compreendi; compreendi muito bem, claramente, o que tinha acontecido!

O prefeito corria atrás, exatamente como se corresse com os pés sobre o asfalto e os cascalhos, exatamente como se galgasse correndo os fossos e os quebra-molas; e os outros corriam atrás, e ele deixava que parecesse mais ou menos isso mesmo. Isto é, que estava indo atrás do primeiro-ministro com o nariz levantado. Mas eu entendia tudo muito bem, tudo agora estava evidente.

Que ele estava lá em cima, no ar, inatingível e bem alto, e que estava rindo de todo mundo, como um milhafre. Isto é, que estava passando sobre a sua prefeitura e via tudo do alto, e via certamente por trás dos papelões o deserto pedregoso que havia, com os palcos e as lonas, e via essa multidão que o perseguia, latindo como soldados bourbons.

E eu acho que via as coisas que revelam os truques do mundo, isto é, que via todos aqueles que estavam escondidos atrás das casas, de pijama ou de roupão, e de chinelo, que ficam descansando entre uma apresentação e outra, estendidos talvez em suas camas de campanha, ou já quase prontos e maquiados para aparecerem fora.

Eu não sei que tipo de particularidade dá para ver lá de cima, mas certamente todas as cordas, os tirantes e as roldanas, e as vigas de ferro que mantêm em pé as casas da cidade. E as pessoas fora de atuação devem ser um espetáculo nada decente; ali sentados miseravelmente no chão, atrás das armações de papelão, ou em alguma cadeira meio desconjuntada, em meio aos seus trastes, aos cabides, aos varais, às latas de lixo. Esperam só, eu acho, que o tempo passe; com o ar descuidado e meio despidos, e o hálito de quem acabou de se levantar da cama.

E, na verdade, estão ao ar livre, no máximo debaixo de pequenas telhas de zinco onduladas, apoiadas mal e mal e que balançam com o vento.

De modo que, vendo o prefeito passar por cima e olhá-los como são realmente, por natureza, desvelando-lhes toda a sua inconsistência de vagabundos desocupados e ociosos, ficaram espantados, eu acho, e não se sentiram mais seguros. Porque, para eles, essa aparição devia ser uma coisa do outro mundo.

De modo que, no mínimo, haverá um corre-corre caótico rumo ao deserto, ou irão ficar aos milhares encolhidos em buracos, esmagados e petulantes, como ninhos de insetos, ou como uma colônia de ecos.

E eu, então, parei ali para rir, e continuar rindo, porque esse riso saía de dentro de mim como água de um rio, de tanto que o caso me parecia encantado e bufo.

Porque ali, suspenso no ar, o prefeito voava através da beatitude de sua prefeitura. E tinha encontrado, via-se, o lugar de passagem, tinha encontrado, via-se, a linha de fronteira e a tinha ultrapassado, sem pensar a respeito um segundo sequer. E, então, nesses casos, é muito fácil alçar-se no ar e sentir-se de fumaça.

Onde depois se encontrasse exatamente, é difícil dizer; se no deserto dos Gobi ou se paira bem alto com os Visigodos; ou com os Astecas, entre os topázios e os rubis. Ou se tinha se transformado no espírito santo, que corre em ziguezague na esteira das flexas e chamusca o rabo das pessoas.

Quem é que pode dizê-lo agora?

Eu, de qualquer modo, ria, porque não conseguia resistir; e com o nariz levantado para rir, via no alto navegarem placidamente as nuvens como arquipélagos e continentes, e o azul do céu tremular como o salgado mar.

E o prefeito, eu acho, de onde estava, finalmente estava vendo tudo de lá de cima; eu acho que via até dentro dos bolsos e debaixo dos chapéus. E que fazia o primeiro ministro deles, pouco a pouco, perder altura, só por diversão, e o atraísse para um precipício para que se enterrasse, desaparecendo em uma mina ou em um poço seco.

18

DESAPAREÇO EU AO FINAL EM UM POÇO SECO

Quando retornei à praça, tinha passado algum tempo, porque fiquei perdido em pensamentos; e já era o fim do dia.

Tinham desaparecido os policiais, tinha desaparecido Manoli, e o barbeiro tinha fechado as portas. Havia só uma mancha molhada no meio, sobre o asfalto, que não sei do que era, mas parecia quase a marca do gordo com a sua bicicleta motorizada.

Não vou dizer que fosse, mas dei uma volta entorno dela e tinha a sua carnadura maligna, só que maior.

Depois olhei em volta, e via que tudo estava idêntico ao que era antes: as casas não haviam desaparecido, nem tinham caído, nem se aberto buracos nelas. Isto é, estava tudo normal e no lugar, só que meio descolorido; pelo menos, eu tinha essa impressão, mas não muito segura.

E sentia, então, chegar ao meu rosto um pouco de tristeza.

Procurava ver algum tipo, talvez, de avanço: alguma peruca, algum nariz falso, alguma falsa orelha; ou algum pó-de-arroz ou alguma dentadura; que mostrasse se todos haviam fugido de seus quartinhos dos fundos, ao verem passar no céu o prefeito.

E olhava também se tinham se entocado nos buracos, como poderia ter acontecido, reduzidos, por exemplo, a pequenas pústulas de micróbios.

Mas não dava para ver quem exatamente tinha vencido e quem tinha sido derrotado, e eu ficava, então me perguntando. Havia, porém, mais do que qualquer outra coisa, deserto e silêncio.

Só diante da porta metálica do bar, eu reconheci duas pessoas do público, e que ficaram contentes em me ver. Eu achava mesmo que fossem do partido do ziquezaque, isto é, daqueles que passaram para o meu lado e tinham gritado e aplaudido pelo prefeito. E me cumprimentavam.

"Pobrezinho – dizia um –, pobrezinho, eu o conhecia. Tinha fugido de um lugar onde comia e dormia por razões de saúde"; e apontava a cabeça para dizer que, de qualquer modo, não por sua culpa, era um pouco maluco.

Eu disse logo que, sobre comer, podia ser, mas sobre dormir eu era cético, porque aquele era um lugar de velhos, que perturbam a noite toda, ainda mais por serem numerosos. Milhares, eu dizia, apertados feito sardinha em lata.

E já que tinham se posto a me escutar, digo ainda confidencialmente que havia lá quem o atacava à noite e o atiçava. "E a culpa – acrescentei ao final – é do ministro."

Deram-me, então, as condolências: "Não diga...! – diziam. – Mas veja só...! Quem diria...!"

E eu explicava a eles que num certo momento, quando se chega no máximo, a pessoa forçosamente se acostuma a se defender. Ou as pernas e os braços fazem isso por conta própria, por instinto.

E criou-se uma discussão alternada, onde eu também dizia algo para que o prefeito se tornasse simpático e os outros, ao contrário, uns grandes covardes.

"E além do mais, debaixo do chapéu – eu dizia –, que policiais, que nada! Aqueles lá eram carecas! vocês viram?"

Começaram a rir, porque haviam notado.

E então eu digo que o gordo, principalmente, tinha dado uma cusparada: é, que havia cuspido no prefeito o seu muco, um fio de muco; fazia por hábito.

E o primeiro deles: "É uma coisa asquerosa, é uma nojeira".

Enquanto que o outro, o segundo, escutava e só dizia que sim.

Eu, ao falar dessas coisas, sentia os meus cabelos se revirarem todos do avesso, isto é, arrepiavam-se todos para cima, de tanto que a agitação voltava. E lhes explicava, então, como eram as casas, caso eles não tivessem percebido, explicava-lhes que eram feitas de papelão, que eram feitas de nada, e que as pessoas ficavam lá dentro escondidas, e depois saíam para fazer espetáculo, homens e mulheres: agora eu estava completamente convencido disso. E eram todos uns transformistas, como aqueles do teatro de variedades.

Até o segundo dos dois, que tinha um chapéu na cabeça e se coçava, prestava bastante atenção.

E eu: "São coisas que é preciso saber – eu dizia –, quando se é do partido do ziquezaque!"

Então estavam atentos, porque a questão se tornava mais comprometedora.

E eu dizia que, em volta, há só mentira e falsidade, e que é tudo uma bagunça, por toda parte, a começar pelo primeiro-ministro. E que daqui para frente, como me havia ensinado o prefeito, não contariam mais lorotas.

"E dá para acreditar? – eu perguntava. – E em quem? Nem nos velhos!"

Eu dizia essas coisas a eles, porque tinha meio que perdido a bússola, quando me vi sozinho; e com aqueles do ziquezaque eu podia desabafar, e pedir conselho, do tipo: "Mas o que se deve fazer? Vocês sabem?"

E o primeiro, de fato, que tinha cabelos encaracolados e os dentes brilhavam quando ria, o primeiro dos dois começou a dizer que no mundo, na opinião dele, as lorotas nasciam por si mesmas. Isto é, dizia que as lorotas sempre existiram, e que achava que ainda iam existir por um bom tempo. Mas que não precisava se preocupar muito com elas.

E então, ali, vim a conhecer uma história muito velha e famosa, a história de Judas Iscariotes, que, porém, me confundiu ainda mais.

"Quando eu estudava o catecismo – contou esse fulano em voz baixa –, isto é, quando eu ia à escola, descobri a história de Judas Iscariotes.

Li alguns livros e depois li outros tantos. E pensava muito sobre isso, dia e noite. E mesmo que essa seja uma história morta e enterrada, disse a mim mesmo: é, porém, uma história curiosa, que mostra que é preciso preferir as lorotas, porque são a verdade."

Eu, ao ouvir essa conversa, no primeiro momento, fiquei espantado; e olhei o segundo colega; mas ele também dizia quase que sim com a cabeça. E então me dispus a escutar ainda.

"De modo que Judas Iscariotes – dizia – um belo dia encontra Jesus. E ao ouvir ele contar a todos em volta que era filho não de seu pai, mas que tinha vindo do além, acredita nele a tal ponto que larga tudo e decide ir com ele.

Encontra-se, então, assim, com os doze apóstolos, e desde o início não se dá muito bem com eles. Entre outras coisas, é mais escuro de pele, oliváceo, e nota-se logo que é meio diferente.

De prático, depois, não faz quase nada. Fica longe dos outros e pensa só na fé, pensa só em Jesus: segue-o à distância, sem falar muito, e fica extasiado admirando-o, cheio de um zelo seu secreto.

Os outros, em vez disso, vagueiam em volta dele, falando continuamente de bobagens e de futilidades; encarregam-se do almoço, do alojamento, de quem é o primeiro pedaço de assado, brigam; e nas núpcias de Canaã, comem tanto que, no final, deu até pena.

E assim continuam as pregações: Jesus caminha sobre as águas, ressuscita os mortos, multiplica os pães, multiplica os peixes. E Judas Iscariotes olha em silêncio e fica maravilhado, enquanto que os outros dizem já estar acostumados e que é preciso fazer de tudo, infelizmente, para se salvar de qualquer jeito.

Chega-se, assim, à ultima ceia, a qual é muito alegre, porque são hóspedes e, portanto, não pagam. São Tomás conta umas parábolas, e todos bebem tanto que só de ouvir falar em joio quase estouram a barriga de tanto rir. E São Pedro, por sua vez, começa a contar sobre o rico glutão, mas de um jeito que se engasgam com as risadas. E depois, quando falou que havia um camelo que queria passar pelo buraco de uma agulha, cria-se tamanha confusão, tamanho carnaval que São João suplica e eles: "parem com isso, senão vão nos botar para fora".

Judas Iscariotes está sozinho na extremidade da mesa, todo pesaroso porque o vinho causa nele esse efeito; mas com os olhos fixos em adoração sobre Jesus.

E assim comem e bebem, talvez até um pouco demais, continuando a trocar gracinhas entre si. E quando Jesus diz, a certa altura, que alguém o trairia, tomam isso como brincadeira; fazem outros dois brindes e dizem ainda uma série de amenidades.

Judas Iscariotes, ao contrário, fica refletindo, porque o seu temperamento o faz ser assim.

E Jesus, então, repete: "Estou dizendo, alguém vai me trair". E olha fixamente nos olhos de Judas, que é o único que está acordado, enquanto que os outros já estão bêbados demais, não entendendo nada, e alguns até já caíram da cadeira. Depois molha o pão, como se fosse o sinal estabelecido, estende-o a ele para que se aproxime, e lhe diz: "Aquilo que você já sabe, faça-o logo."

Está provado que lhe disse exatamente assim.

E Judas pensa que está sendo posto à prova, porque a hora já devia ter chegado. E já que possui uma confiança incondicional e é o único que ainda está de pé, levanta-se logo e sai para traí-lo. Mas, como um ato de suprema lealdade.

Depois, segue-se o que se seguiu, e Judas Iscariotes no meio da multidão espera o triunfo. Espera que Jesus reaja, que liberte a todos, que ponha pelos ares o sinédrio e destrua a cruz. E depois, que o leve consigo.

E fica ali espiando a *via crucis*, enquanto que os outros sumiram; e quando o vê cair: pois bem! diz a si mesmo, conseguimos. E está pronto a correr atrás dele, porque acredita que aquele é um truque para alardear mais de surpresa as suas imensas capacidades.

E espera vê-lo voar pelo ar sobre um raio de luz, e já o ouve dizendo para a multidão: de joelhos! seus descrentes! Este é Judas Iscariotes, todos vocês juntos não valem a metade dele.

Em vez disso, tudo prossegue sem surpresas e piora; e Judas fica consternado com isso. Depois vêm-lhe algumas dúvidas. E, no final, tem que admitir que, provavelmente, tenha errado. Traiu um desgraçado qualquer, como ele mesmo, como todos. E lhe vem à mente a vida difícil, a fome, as lidas, as incertezas diárias; e lhe vem à mente que dormiam sempre nos campos, muito mal, e na prática viviam da caridade.

E então começa a chorar. Diz: "Que idiota! sou um idiota; tinham razão os outros onze apóstolos, era preciso rir das coisas, brincar com elas, e se contentar. Era preciso continuar assim. Porque no fundo, dava para ficar bem: conversar, viajar, conhecer as pessoas, apresentar, às vezes, um belo espetáculo, para arrecadar algum dinheiro; e deixar aquelas fantasias a Jesus".

Dá para imaginar, então, que tenha passado dias terríveis, de grande desconforto; sem dormir, sem comer, jogado em uma cama, como num calvário de verdadeiro pobre cristo. E ouvia entrarem pelas frestas das janelas os rumores da rua: crianças, camelos bebendo, mulheres, o vento leve de abril, alguém que docemente cantarola. E esses eram espinhos muito dolorosos a lhe torturar; mas não conseguia fazer com que seu cérebro calasse.

Até que, como se sabe, ao amanhecer do terceiro dia, vai até a oliveira e se enforca.

E, até aqui, pareceria só a história de um grave erro, com todas as conseqüências lógicas que daí derivam.

Em vez disso, aconteceu que enquanto Judas sofria, completava-se propriamente o engano supremo. Jesus, do sepulcro onde o haviam fechado, de dentro daquele corpo morto que habita, assiste em silêncio e sem respirar a todo o horrível epílogo. Vê perfeitamente Judas Iscariotes enquanto está sofrendo os tormentos do espírito, vê a oliveira onde foi se enforcar e a sua horrível agonia. Poderia ter feito chegar até ele a sua voz, dizer-lhe alguma coisa; dizer-lhe que tinha sido tudo uma comédia, uma simulação, porque ele era invulnerável.

E, na verdade, demonstra-se que enganou Judas Iscariotes e o atormentou até que morresse. Porque ele era verdadeiramente filho de deus pai onipotente; ou de qualquer modo, entre eles esta era, de certo modo, a verdade."

E aqui parou por um momento.

Mas talvez pelo efeito da luz que estava morrendo, talvez pelo meu fenômeno de iludir os olhos, esse fulano me pareceu verde de pele, verde escuro como uma azeitona. E como fiquei em silêncio olhando-o, acrescentou ainda:

"Para concluir – e tinha abaixado o tom de voz –, eu digo a vocês, para concluir, que ele, lá do além, de tempos em tempos, volta à terra, mudando de roupa conforme o continente e a época. Escolhe alguém para vítima e se assanha contra ele: com todos os seus truques, faz-lhe conquistar, por exemplo, uma confiança cega, e depois o larga ali como um pobre tolo."

Eu devo dizer que fiquei meio assustado, e esperava ao menos uma explicação.

"A única explicação – ele disse – é que isto nada mais é do que o famoso apocalipse. E que o apocalipse não faz assim tanto barulho. Mas se prende casualmente a alguém e vai arruinando-o aos poucos, sem pressa, por dentro. E, então, pode-se dizer que sempre existiu, e que continuará existindo pelo resto dos tempos. Só que, às vezes, alguém o sente pesar todo sobre seus ombros."

"Mas que bela brincadeira! – eu disse. – Que bela brincadeira!" tinha vontade só de dizer isso.

Esse fulano, porém, eu via que ria por dentro, de modo que suspeito que, talvez, tenha inventado essa história, em sã consciência. E eu não sabia o que acrescentar.

Todos fizemos menção de ir embora. Eu disse: "Até logo, então, bom-dia", de modo que nos afastamos rapidamente.

Depois, porém, não sei como explicar; mas esse fulano, enquanto se afastava, eu não sei, talvez pelo efeito do eco na praça deserta, ou porque a idéia do apocalipse ficou ressoando em meus ouvidos, eu poderia jurar que os seus sapatos ou os seus pés eram como que pés de cabra ou de bode. Pelo barulho do passo, eu acho.

Porém, com o rabo do olho, eu poderia dizer que eram quase um pouco bifurcados.

Mas tudo já estava na penumbra, e quando olhei melhor, esse senhor tinha desaparecido no beco.

E tomamos o mesmo caminho eu e o segundo dos dois, que pegou a mesma direção que eu. Ele me deu uma olhada e balançava a cabeça consigo mesmo, para dizer: 'ah! o que ainda está querendo?'

Não estava vestido de modo especial: tinha um daqueles casacos que vão bem com tudo, e calças de meia-estação. Então, fomos andando devagar, lado a lado, e ele começou a murmurar:

"Ah! Aqui não fazem outra coisa do que falar e falar. Afinal, o que há na verdade para ser dito? o quê?"

Eu: "É, mas aquele Judas Iscariotes...", e faço sinal de que nesses assuntos é melhor ficar de fora.

Ele abriu os braços como alguém que diz *oremus*.

Depois disso, não me atrevi a dizer mais nada, e além disso, com relação às conversas, eu estava completamente esgotado. Isto é, não me ocorria mais nada. Estava, digamos, meio seco de capacidade cerebral, e era inútil que me esforçasse.

Olhava à minha volta, isso sim.

Havia as últimas casas, nem velhas nem novas, daquele tipo que fica na média; e depois, o começo do campo, com um misto de árvores, placas de trânsito, sebes, matas e lampiões. E, um pouco além, passava a rodovia elevada, com o acesso e os indicadores. Eu lembrava dela. Era aquela da tempestade.

Mas, depois daquele fim desconhecido que tinha tido o prefeito, não sabia mais, sinceramente, o que ainda estava fazendo ali, naquelas paragens. Eu estava de um jeito nada apresentável. E os cabelos, eu acho, estavam assustadores.

Enquanto caminhava, esse tal me disse que morava na última casa, depois do acesso para a rodovia. E que a visão ampla que tinha antes, a rodovia cortou. Que, porém, não se lamentava. Porque a substância não foi mesmo mudada.

E essa substância, depois de um tempo percebi, era para ele sempre uma só: que em geral, há pouco a ser dito.

"O que é preciso...! – resmungava consigo mesmo – mais do que outra coisa é preciso dizer que o tempo passa. E só. Que o tempo vai passando devagar, em toda parte. E alguém ainda pode talvez dizer que está chovendo ou fazendo sol, mas assim, só para dizer alguma coisa. O tempo, está vendo? é uma coisa que passa continuamente. Isto é, há o dia e a noite, e assim por diante. Ou, mais ou menos... De modo que, na substância, há pouco a dizer."

Eu lhe dava razão, isto é, eu apenas fazia que sim com a cabeça. E ele, como se pensasse consigo mesmo, continuava:

"Eu vejo as coisas. Hoje mesmo, acredite: vi muita coisa, e ouvi outras tantas. Há um monte delas em volta, daqui, dali, de toda parte. Eu, porém, não sei que conversas alguém pode ter. Para mim, se a pessoa fica calada, faz é muito bem."

E deixava passar alguns instantes de pausa.

"Aí está, porém; não se ele ficar todo amuado. Há gente, por exemplo, que, talvez com a esposa que tenha em casa, fica calada de propósito. E mesmo a esposa, para responder, fica calada. Eu vi muitos assim, que não falam nem morrendo. Mas se fosse por eles, eles teriam muito a dizer, infinitamente; e continuariam falando, falando, até que nem eles pudessem mais.

Mas eu digo que esta é uma vida boa, porque calar, assim, é igual a falar; ficar ali calado mas irritado. Eu, em vez disso, digo que se deve ficar tranqüilo, e então não há dúvidas de que não se transformará em um grande falador."

"De qualquer modo – ele me diz depois, num certo momento – que há pouco a se falar, eu aprendi desde menino, e depois entendi isso até melhor.

Eu percebo por aí que existe muito esse hábito de ficar falando; como por exemplo, dizer que as coisas estão de um jeito ou de outro, e assim por diante. Não sei, porque antes eu achava que era eu quem ficava ali e não sabia o que dizer. Mas, depois, em vez disso, vi que há muito pouco mesmo para se dizer."

E tínhamos já andado bastante, e eu achava a conversa muito verdadeira, até pelo meu humor naquele momento.

Depois ele pára, quando estávamos próximos ao acesso para a rodovia, e talvez porque tivesse estado muito atento, ele me falou que, de qualquer forma, sabia porque há pouco a dizer.

"Pois bem – diz –, eu penso dessa maneira: que se o tempo dura e dura ao infinito, e avança mais e mais ao infinito, a pessoa então se pergunta: o que posso eu falar a respeito? Isto é, ao final, nem isso ela fala mais; a pessoa acaba sem ter o que dizer, mas assim, desse jeito, porque não lhe vem mais nada em mente. Mesmo aquilo que existe, continua ali. E a pessoa também continua ali, passando o tempo no meio das coisas, e sem uma grande idéia de ser superior.

Quando percebo que o tempo está passando em todo lugar e que não há nada a fazer a respeito, vai embora a minha vontade de abrir a boca; vai embora a minha vontade de dizer até que é sexta-feira ou segunda-feira."

"Bem, é isso – continua depois abaixando a voz –, eu agora posso revelar um segredo, que, no final, todos sabem; mas não se dão conta.

Dá para ouvir o tempo passar – e se interrompe para me olhar. – Eu digo que dá para ouvir o tempo passar. Mas devagar, bem devagarinho. Ouve-se bem pouco. Quando não há barulho. Então o tempo dá como que um assobio; mas é um assobio que vem de toda parte. Por exemplo, ouve-se no porão, e parecerá que vem de baixo da terra; ou à noite, se está tarde. É um assobio que o ar faz, e não se percebe logo, mas, se estamos quietos, depois de um tempo. E acho que quer dizer que o mundo está andando; ou também, só que o mundo está ali, já encaminhado, girando.

E, ao colocar o ouvido num copo, é esse assobio mesmo que se ouve; mas concentrado.

Essa é uma coisa que, por minha conta, eu diria, por exemplo, aos faladores, e àqueles que, por exemplo, gostam de ficar por aí, proclamando o seu pensamento a torto e a direito. Eu diria, então: sinta o assobio do tempo! que ele nem sabe quem é você!"

Pois bem, essas foram as conversas. Mais ou menos assim.

E passamos, então, debaixo da ponte da rodovia, e abriu-se adiante a vista toda, enorme. Para o lado onde o sol havia acabado de se pôr.

E o que se via eram as nuvens enfeitadas de ouro e de prata, e da cor do rubi. E me lembro perfeitamente de que o céu era de um azul como o da água-marinha.

De modo que ali, efetivamente, não falávamos. Eu apontei com o dedo, ou melhor, apenas acenei. E o outro disse um leve sim, porque só o seu chapéu se mexeu.

E havia ali um planeta luminoso e brilhante sob aquele fundo de céu esverdeado. De modo que senti, por um momento, que voava alguma coisa pelo ar propriamente feliz; e era inútil até mesmo falar a respeito.

Mas, nós dois pensávamos assim, de modo que pouco depois nós nos despedimos com um acenar de cabeça. E não vim a saber quem era.

Depois, como dizer? chegou a noite, com o seu séquito de constelações. E de um lado, embaixo no fundo, havia uma nuvem cheia e escura, que se preparava para subir.

Tinha chegado a esse ponto, que é talvez um ponto inacabado. Porém, não sabia o que pensar.

'E no fundo – devo confessar –, não sei mais muito bem nem ao menos quem sou.' Porque era uma época feita assim, muito inspirada; desde quando tive aquela suspeita, de que havia garrafas nos poços, de todos aqueles que naufragaram.

E então perguntei quem era eu, quando me viram voltar. Estava sentado em uma cadeira estofada e dizia: "Quem sou eu?" Mas eles não estavam muito contentes.

Agora, estou descansando um pouco; e procurei entender alguma coisa das aventuras que me aconteceram. Mesmo porque me perguntavam: "mas onde você achou que estava esse tempo todo?"

E por estar, é claro, um pouco exausto pela viagem, no momento seguinte não lembrava de nada. Não lembrava propriamente de nada; sentia o meu cérebro branco e limpo, como se tivesse passado o tempo todo dormindo.

E então pensei a respeito disso, aqui nesta cama onde me colocaram para descansar, e aos poucos escrevi tudo, onde tinha estado.

De modo que, concluindo, devo dizer que devo ter ficado fora um mês exato, porque me lembro da lua que, no final, era idêntica à quando eu investigava os poços.

Vi essa lua surgir dos lados da rodovia. E eu que quase me perdi, e tinha medo de ouvir pelo ar vindo da escuridão o barulho do tempo.

Era uma lua, eu me lembro, mais pesada do que nunca, velhíssima e toda enrugada. Que nascia já com a noite alta, malfeita. E já sentia dificuldade em se levantar do horizonte e sair dos véus de névoa.

Eu me lembro. Ou, de qualquer modo, tenho isso claríssimo na mente.

Estava opaca e como que coberta de mofo. E eu fiquei olhando para ela: uma lua, me parecia, muito cansada.

Título	*O Poema dos Lunáticos*
Autor	Ermanno Cavazzoni
Tradução	Ana Maria Carlos
Ilustração da Capa	Henrique Xavier
Capa	Negrito Design
Revisão	Cristina Marques
Editoração Eletrônica	Aline E. Sato
	Amanda E. de Almeida
Formato	14 x 21 cm
Tipologia	Minion
Papel de Miolo	Pólen Soft 80 g/m^2
Papel de Capa	Cartão Supremo 250 g/m^2
Número de Páginas	408
Fotolito	Liner Fotolito
Impressão	Lis Gráfica